走入澳洲推理謎局

探索暗潮洶湧的地方小鎮、複雜迷離的人心
做一場充滿罪惡的夢，帶著真相與滿足醒來

不僅僅只是凶案、鮮血、屍體的澳洲犯罪小說

文／木馬文化編輯部

為什麼我們要閱讀推理小說，尤其是澳洲作家的推理？對此，每個人都會帶著不同的答案，或許是期待貼近不同的文化、好奇謎團中的人心，也或者，單純想要沉浸在一個精采的故事。

英國犯罪作家協會新血匕首獎得主克里斯．漢默，接受《衛報》採訪時曾說，書寫《烈火荒原》期間，他刪掉至少十萬字，只求小說更為精彩。「無效」的字，得如割自己肉般，該捨就得捨。

奈德．凱利終身成就獎得主蓋瑞．迪希筆耕不輟，創作過程安靜不喧囂，寫犯罪小說，也寫純文學、童書，交出至少五十本作品，至今持續寫作。他曾與媒體分享，他腦中裝滿各種故事與情節，書房貼滿構想及資料，若不開展，他便會感到迷失其中。

澳洲犯罪小說新秀坎蒂絲．福克斯童年時期便熱愛書寫，寄養家庭的經歷，使得她自幼就接觸大量人群、聆聽各種他人的生命歷程，蓄積了種種寫作能量。

同是澳洲犯罪推理範疇，三名小說家各自交出迥異的作品，引起世界各地不同讀者的共鳴，再次證明犯罪故事的寬闊。漢默構思出記者馬汀．史卡斯頓這個鮮明人物，穿梭在澳洲不同地景，甚至更進一步生動描繪出虛構小鎮。不存在的地方，卻飽含現實中地方居民的無奈，面對城市高度開發、利益勾結，在澳洲光鮮的表層之下，「被留下的人」如何被看見？

一樣是「不被看見的人」，迪希在《荒涼路》以精煉筆觸呈現小鎮人民的苦楚，在南澳炎熱、乾燥、地廣人稀的荒蕪中，看見每一個屢遭漠視的人，即使他們或犯罪或一生平淡，也都再次有了詮釋自我的機會。

福克斯的《紅湖冤罪》系列，更是「邊緣人的極致展現」，主角遭到全世界鄙夷拋棄，最後遷居至偏遠的紅湖，在這裡，他所能彼此互助的，也唯有社會所認定的「怪人」。如何求生，如何活下去，或是，如何讓自己再次被愛、被信任？這是許多不同犯罪書寫中的人物在調查、破案之餘，終歸要面對的內心難題。

這些小說中，作者所精密編織的，當然不能缺少罪案的鋪陳、鮮血的流動、屍體的位置，但深入不同凶案之後，往往卻是愛與信任的重建。或許，這也是我們閱讀澳洲推理的理由之一，享受故事高潮迭起的同時，在謎團裡隨著作者的引路，逐漸看清真相，看見不同文化的他人與他地，也更加洞悉了自己。那些一般人「不敢犯下的罪」，或是內心潛藏的惡，經由故事中的他人之手，我們終究是更靠近了一點什麼。

Chris Hammer
克里斯・漢默

超越國界的澳洲犯罪小說大師

©Mike Bowers

澳洲犯罪小說家。任職記者三十餘年，為資深政治線記者，報導範圍涵蓋澳洲聯邦政治及國際事務等。多年來作為 SBS Dateline 的駐外記者，他造訪過三十多個國家，橫跨六大洲，也曾為《The Bulletin》及《世紀報》（The Age）撰稿。他的第一本書《河》（*The River*）出版於 2010 年，以記者的視角探究乾旱的河川對於國家的影響，為非虛構寫作之傑作，廣受各界好評，2011 年獲頒澳洲 ACT 年度好書獎，並入圍 Walkley 圖書獎和 Manning Clark House 國家文化獎。

2019 年，小說《烈火荒原》榮獲了英國犯罪作家協會 New Blood 匕首獎，已確定改編為電視影集。其餘創作還有《銀港之死》（*Silver*）、《信任危機》（*Trust*，暫譯）等。

馬汀・史卡斯頓——緝凶三部曲

★深刻描繪澳洲各地不論荒僻或高度開發之處，澳洲景色變換貼合角色內心的轉折。
★每冊收錄地圖，立體辨識出角色位置，追尋凶手不再迷失於繁複地景。
★漢默以資深記者經驗，寫出媒體工作者心境，其中的成功、挫敗，是每位失意過的人都能共鳴的歷程。

烈火荒原 *Scrublands*

克里斯・漢默——著；黃彥霖——譯

鎮上的牧師在禮拜開始前走出教堂，用獵槍殺死了五個男人。旱溪鎮民尖叫奔逃，警長趕抵現場，當場開槍射穿凶手的胸膛。然而所有目擊者都指證了同一件事：「他沒有瘋。他很冷靜，有條不紊。他本來可以殺死更多的人。」血案發生一年後，記者馬汀・史卡斯頓來到了這座死亡小鎮。隨著深入調查走訪，案件重重疑點再度浮上檯面。

銀港之死 *Silver*

克里斯・漢默——著；黃彥霖——譯

馬汀・史卡斯頓回到他成長的銀港鎮，準備與女友展開全新的生活，怎料一樁凶案卻發生在兩人的新家，而死者竟是史卡斯頓少時的摯友。書中融合與警方時而鬥智、時而合作的細節，呈現媒體人追尋新聞的緊湊氛圍。然而最終還是要回歸內心深處的叩問，究竟追凶破案是最為優先，還是仍該適時放下懷疑，學習相信身邊的摯愛？

信任危機 *Trust*（暫譯，預計 2023 年秋冬出版）

克里斯・漢默——著；黃彥霖——譯

一切都回歸平靜，直到馬汀・史卡斯頓接到一通語音訊息：一聲淒厲尖叫。那是蔓蒂的求救聲，是他希望共度一生的女人。她從未坦白的過去追了上來。馬汀來到疫情打擊下亟欲恢復生機的雪梨，陷入當地利益的裙帶關係、祕密俱樂部、謀殺案件。在重重謊言之中，馬汀與蔓蒂是否還能夠信任彼此、信任這個世界？

克里斯・漢默的《烈火荒原》是「後《大旱》時代」的領軍大作，同樣是乾旱小鎮驚爆殺機，背後的故事格局更大，甚至攸關國際局勢，一推出就橫掃暢銷榜，更為漢默贏得「新血匕首獎」。漢默和哈珀都是記者出身，而且是跑遍全球的海外特派員，早已練就高壓死線下的寫作本領，出道五年來平均一年一本新書，迅速奠定他在犯罪文壇的重要地位。

《大旱》的成功不僅讓漢默這樣的新秀出頭，也讓蓋瑞・迪希這樣的「老將」有了翻身機會。年過七旬的迪希和譚波是同世代的作者，童書、純文學、犯罪推理無所不寫，多次贏得奈德・凱利獎，包括終身成就獎殊榮。他的《荒涼路》寫失意警察賀許被下放到南澳鄉間，不僅面對陌生的環境，還要應付同袍的質疑。此書遠征海外，榮獲德國犯罪小說大獎。同樣是「澳式小鎮推理」，迪希的文字精純而饒負詩意，閱讀門檻稍高，但絕對值得再三咀嚼。

相較於漢默和迪希兩位「長輩」，坎蒂絲・福克斯則是野心勃勃的長江後浪，代表了蓄勢待發的女性創作者。她年紀輕輕就立志寫作，歷經兩百多次退稿，終於在2014年以《黑帝斯》（*Hades*）出道，並且連同隔年的續集《伊登》（*Eden*）成為史上第一位奈德・凱利獎「背靠背」連續兩年得獎的女作家（新人小說＋最佳長篇），寫下不可思議的紀錄。

福克斯的新系列《紅湖冤罪》以澳洲北方的熱帶小鎮為故事舞台，那裡靠近赤道，氣候溼熱，沼澤裡常有鱷魚出沒，與《大旱》的世界截然不同。兩個傷痕累累的邊緣人，以私家偵探的身分在這個危險天堂調查一個個致命疑案。本系列已拍成影集Troppo，由《太空無垠》的湯瑪斯・傑恩飾演男主角。

放眼澳洲的推理文壇，不僅新人輩出，老將也筆耕不輟，端出一部部國際級的作品。同樣位於亞太地區，我們和澳洲的距離比想像中更近，除了貿易、觀光和留學，閱讀「澳洲推理」就是認識這個好鄰居的最佳辦法。

從人跡罕至的地方小鎮
開闢至國際的澳洲推理

文／譚光磊（國際版權經紀人）

講到澳洲，你第一個想到的是什麼？是無尾熊與袋鼠，陽光沙灘和打工度假，還是雪梨歌劇院？澳洲的人口和台灣差不多，面積卻是兩百多倍，直追美國和中國，名副其實的地廣人稀。在雪梨和墨爾本等大城市之外，還有一望無際的沙漠、溼熱的雨林和沼澤等多變地貌，更因為四面臨海的天然屏障，擁有諸多舉世無雙的奇特物種，讓它成為傲視群倫的「超級多樣性國家」。

總之，澳洲第一個讓人聯想到的，肯定不是犯罪推理小說。

然而仔細一想，澳洲堪稱是「犯罪立國」：英國從十八世紀末開始殖民，此後百年間，有十幾萬名犯人被送往這塊新大陸，成為拓荒先驅。撇除被壓迫的原住民不算，這群最初的澳洲（白）人血液裡就流淌著「犯罪因子」。不過，他們並非個個窮凶惡極，許多人只是不堪飢餓偷了麵包，或對英國政府的高壓統治表達不滿，就被流放到海角天涯。澳洲最具代表性的罪犯奈德．凱利（Ned Kelly），正因不願再被警察欺壓，鋌而走險成為法外之徒。他後來被捕處死，卻被澳洲人視為羅賓漢式的英雄。一個世紀以後，澳洲犯罪作家協會就以他為名，設立「奈德．凱利獎」，每年獎勵最優秀的澳洲犯罪書寫。

講到澳洲犯罪小說，一定要提到教父級的彼得．譚波（1946-2018）。他原本是南非人，曾旅居德國，中年以後才到澳洲定居。他曾經四度贏得奈德．凱利獎，最後甚至表示不再參賽，把機會讓給年輕作家。2007年，他以《血色十字架》拿下英國犯罪作家協會的「金匕首獎」，成為該獎開辦五十多年來第一個獲獎的澳洲作者，後來更以《真相》一舉贏得澳洲文壇最重要的麥爾斯．富蘭克林獎（Miles Franklin Award）。八年後，曾長年旅居英國的邁可．洛勃森的《死活不論》講述了一個媲美《刺激1995》的美國越獄故事，替澳洲抱回第二把金匕首。

不過，正式在國際市場掀起「澳洲犯罪小說」熱潮的還是珍．哈珀的《大旱》。她在2017年技壓群雄，成為第一個獲頒金匕首獎的澳洲女作家。這本小說描寫飽受乾旱之苦的小鎮命案，具有強烈的「澳洲性」，是過去外國讀者比較少見到的一面。《大旱》全球暢銷上百萬冊，翻譯成數十種語言，也被拍成電影，更重要的是，哈珀的成功並非曇花一現：澳洲已經蓄積了充沛的犯罪書寫能量，一旦引爆，就開始在海外攻城掠地，成為北歐犯罪小說後的國際新寵。

Garry Disher
蓋瑞・迪希

澳洲內陸犯罪推理先鋒

© Darren James

1949 年生於南澳洲中北部布拉（Burra）一處農莊，1978 年獲得史丹佛大學創意寫作獎學金，開始從事創作，並遊歷德國、美國，曾於澳洲教導寫作，於 1988 年成為專職作家，創作豐沛，寫有 50 本以上著作，包含犯罪推理、短篇小說、文學、童書等。

以犯罪小說打開國際知名度，獲奈德・凱利獎（Ned Kelly Awards）終身成就獎、德國年度犯罪小說獎、新南威爾斯州總督文學獎等，入圍英國犯罪作家協會金匕首獎。其中以警察賀許為主角的系列作品屢獲討論，呈現澳洲內陸神祕之感，冷靜、克制的風格又帶點詼諧，引領讀者走入推理的迷宮，感知人物情感微妙變化，同時深入當地文化。

賀許・豪森——警界孤狼破案系列

★以精闢語言鋪陳謎團，利用情節、動作深刻烘托氛圍。
★鮮明描繪偏遠的澳洲農村地帶，地方色彩濃厚。
★作者並非只寫出警界貪腐，也呈現制度之下的無奈、不得不靠攏利益的道德難題，深刻呈現警界文化。

荒涼路 *Bitter Wash Road*

蓋瑞・迪希——著；顏涵銳——譯

賀許的同僚深陷貪汙指控，有的入獄，有的輕生，而他是活下來的那一人，也成為了人人喊打的告密者。他被調職至南澳偏僻小鎮，居民看來生無可戀；而且他們恨透了警察。一名花樣年華的少女，被目擊陳屍路邊，左眼遭鳥啄出。一名有意離婚、展開新生活的女子，被發現舉槍自盡。兩齣命案，會是賀許重振職涯的起點？

平和 *Peace*（暫譯，預計於 2024 年春季出版）

蓋瑞・迪希——著；顏涵銳——譯

賀許逐漸熟悉了南澳小鎮，他整天處理瑣碎警務，即將迎接平和的聖誕節。然而，一條人跡罕至的路上，一窪血水終究打破了平靜；他目擊遭遇殺害的小馬，小嬰兒單獨被留在炙熱的車中，還接續發現另一個案發現場，孩童不見人影。精湛的敘事、表面簡潔卻又富含深度的語言，《平和》入圍英國犯罪協會金匕首獎。

安慰 *Consolation*（暫譯，預計於 2024 年夏季出版）

蓋瑞・迪希——著；顏涵銳——譯

又是常見且被高層鄙夷的警務，這次賀許要面對的，是一名愛偷女性內衣的竊賊。他要調查的不僅是凶案，更是案件背後的孤寂人心。警界不把這些邊緣人士看在眼裡；只有賀許知道，唯有「成為他們」，才能取得破案的一切關鍵，也才有機會為小鎮帶來一絲寬慰與幸福。

Candice Fox

坎蒂絲・福克斯

嶄新突破的犯罪小說之聲

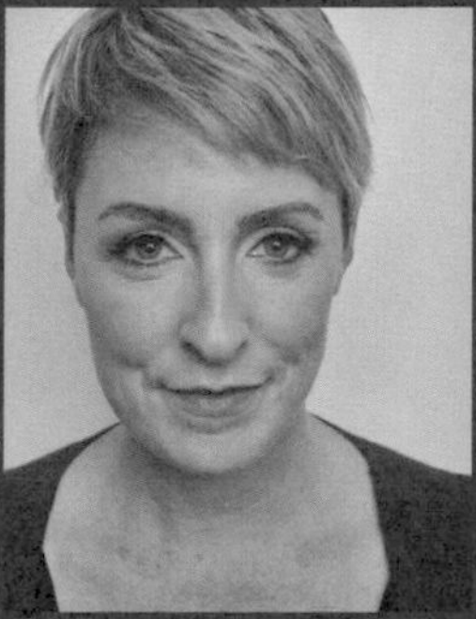

© Steve Baccon

1985 年出生於澳洲雪梨西郊，18 歲時曾短暫加入澳洲皇家海軍，然而不適應軍旅步調，隨後轉往有興趣的學術及寫作領域。憑藉第一部小說《*Hades*》獲得奈德・凱利獎（Ned Kelly Awards）最佳新作；續作《*Eden*》更贏得奈德・凱利獎最佳犯罪小說獎。此後以《紅湖冤罪》系列等作打開國際知名度，作品售出 15 國語言。

童年時期的寄養家庭經歷，使得她總是聆聽來自警界、兒童保育所的各種消息故事，包括暴力、邪惡的人性層面，這些經歷都讓她的寫作更加豐富。不安於規矩的靈魂，需要透過書寫表達，福克斯在 7 年內出版十多部著作，成為澳洲犯罪小說耀目的新星。

泰德・康卡菲——除罪三部曲

★開創全新想像與格局，謎團往往會有意想不到的反轉，帶來極高娛樂體驗。
★聚焦澳洲北部偏遠湖邊，描繪溼地、沼澤的神祕，深入地方文化特色。
★角色似乎都帶著原罪，卻也可能一身清白。證明人心容易迷失於外界輿論，也凸顯人性的複雜。

紅湖冤罪 *Crimson Lake*（暫譯，預計於 2024 年春夏出版）

坎蒂絲・福克斯——著；李雅玲——譯

泰德・康卡菲被指控侵犯未成年少女，儘管他聲稱清白，卻無人相信。雖然未被定罪，他仍是丟了警位，陷入低谷，隱居澳洲昆士蘭州溼熱的紅湖，身邊只有一隻鵝陪伴。在遇見另一位同樣遭世界背棄之人後，兩人共同經營起私家偵探一職。他們尋找種種證據，也尋求在這世界重新開始的可能。

救贖時刻 *Redemption Point*（暫譯，預計於 2024 年秋冬出版）

坎蒂絲・福克斯——著

原以為跟古怪偵探合作已是不可能的任務，泰德如今面臨更艱鉅的挑戰——他被指控侵犯的女孩的父親現身了。兩人是否能破冰找出真凶，或是泰德將永遠背負戀童癖的罪名。在鱷魚爬竄的紅湖，小鎮也發生其他凶案。泰德與阿曼達攜手調查重重線索；這一次，是泰德取得救贖，抑或再次失足的時刻？

暗夜謎局 *Gone by Midnight*（暫譯，預計於 2024 年秋冬出版）

坎蒂絲・福克斯——著

紅湖居民知道，警察查不了的案，就去找泰德；儘管他是世人認定的罪人，但他也是當地人的另一種可能。泰德逐漸在紅湖找到歸屬，也將接來他的三歲女兒到湖邊小屋居住。然而，另一個家庭卻破碎了：一名八歲男孩在白帽酒店突然人間蒸發。如果能破案，他將能拯救自己的身敗名裂；如果找不到凶手，他可能就會失去守護的女兒。

木馬文化

紅湖冤罪

Crimson Lake

Candice Fox
坎迪斯・福克斯

李雅玲——譯

澳洲推理的閃亮新星坎迪斯・福克斯與《紅湖冤罪》

國際版權經紀人　譚光磊

二〇一七年，珍・哈珀（Jane Harper）以《大旱》（*The Dry*）勇奪英國犯罪作家協會的金匕首獎，帶起一波「澳洲推理」熱潮。哈珀並非首位獲此殊榮的澳洲作者：在她之前，還有澳洲犯罪文學教父彼得・譚波（Peter Temple）和曾旅英多年的邁可・洛勃森（Michael Robotham）兩位得主。不過，譚波的作品閱讀門檻較高，洛勃森則專寫英美故事，因此還是要等到哈珀，才真正讓澳洲內陸的荒涼地景進入全球讀者視野。

哈珀得獎後短短幾年間，澳洲推理作者在海外攻城掠地：洛勃森憑藉《看穿謊言的女孩》（*Good Girl, Bad Girl*）抱回第二把金匕首，克里斯・漢默（Chris Hammer）的《烈火荒原》（*Scrublands*）把澳式小鎮推理帶往全新高度，就連與譚波同輩的老將蓋瑞・迪希（Garry Disher）也靠著《荒涼路》（*Bitter Wash Road*）系列重新翻紅，先後贏得澳洲推理大獎的終身成就獎和年度長篇殊榮，哈珀自己創作不輟，更接連拿下兩次奈德・凱利獎。

不過，早在《大旱》獲獎前三年，就有另一位澳洲推理女作家嶄露頭角，締造了不可思議的紀錄，她的名字是坎迪斯・福克斯（Candice Fox）。

福克斯的家庭背景特殊，父親是假釋官、母親則是專業的「寄養家長」，因此她從小就和許多沒有血緣關係的「兄弟姊妹」一起長大，看著他們來來去去，有的奮發向上、有的向下沉淪。從父親那裡聽到的各種受刑人故事，則讓她早早見識到世界的殘酷，更明白我們與「犯罪」的距離其實很近。

中學時期，福克斯開始提筆創作，而使她真正走上職業作家之路的，竟是某出版社的退稿信——用出版社專用信紙、印了漂亮的公司 logo，鄭重其事繕打而成——，讓福克斯覺得「受寵若驚」：原來，寫作這回事，是能夠被人正經對待的。

歷經兩百多封退稿信後，福克斯終於在二〇一四年以《冥王的禮物》（*Hades*）出道，當時她年僅二十九歲。小說主角是正直勇敢的警探法蘭克和他的謎樣搭檔伊登・亞契（Eden Archer）。伊登和她的哥哥皆任職於雪梨警局，也都是重案組的超級好手，可是他們有著不為人知的陰暗面。原來兄妹倆小時候遭人綁架，意外被外號「冥王」的神祕黑道人物收養，兒時創傷加上後天的特殊經歷，讓他們走上扭曲的執法道路，往往為了懲奸除惡而不擇手段。這對搭檔的光與暗為故事提供了絕佳的戲劇張力，雪梨的幽暗底層與黑幫世界，則是最精彩的故事舞台。

《冥王的禮物》出版後旋即榮獲奈德・凱利獎的「最佳新人小說」。更驚人的是，隔年福克斯再以續集《伊甸園的祕密》（*Eden*）摘下奈德・凱利獎年度長篇，成為史上第二位寫下這種「背靠背」連莊紀錄的作者，更是第一位獲此殊榮的女作家。這難度有多高？你一輩子只有一次角逐「最佳新人小說」的機會，如果當年沒拿到，就永遠不可能再挑戰這個紀錄。舉例來說，珍・哈珀的《大旱》雖然同樣贏得最佳新人小說獎，但是續作《消失的吹哨人》（*Force of Nature*）連年度長篇獎都沒有入圍。

完成三部曲後，福克斯被美國暢銷天王詹姆斯・派特森（James Patterson）欽點為創作伙伴，聯手寫下一本本《紐約時報》冠軍暢銷書。同時，她也推出第二個系列《紅湖冤罪》，由兩個傷痕累累的邊緣人聯手辦案：泰德原本是明星警探，陰錯陽差被誣陷為強姦犯，最終檢方撤告、但他已經家破人亡、成了眾矢之的；亞曼達高中時親手殺死閨密，後來獄中自學考上私家偵探執照。他們共同的目標：解開暢銷作家失蹤之謎。

這次的故事舞台不是雪梨的黑暗都會，而是昆士蘭省北方凱恩斯附近的紅湖小鎮，那裡靠近赤道，氣候濕熱，到處是鱷魚肆虐的沼澤，與《大旱》的內陸小鎮截然不同。泰德和亞曼達各有傷心事，可是小說也有福克斯促狹的黑色幽默，例如泰德獨居、卻養了一隻名叫「女人」的母鵝（還生了一窩小鵝）；亞曼達打死不坐車，一定要騎腳踏車，而且熱愛用打油詩來回答別人問題。

這就是福克斯的拿手好戲：遭受不白冤屈的社會邊緣人（更準確的說是「壞掉的人」）主角，在這個充滿惡意（或者說「平庸的邪惡」）的世界裡掙扎求生，乍看似乎非常「致鬱系」，但她在描寫黑暗面的同時，總不忘加入引人發噱的無厘頭笑點或地獄哏，適時緩解閱讀時的鬱悶，也算十分「貼心」。

泰德能否洗刷冤屈？亞曼達能否找回失去的笑容？紅湖小鎮的沼澤深處，還埋藏了多少不為人知的祕密？讓我們透過《紅湖冤罪》，一起來認識坎迪斯・福克斯這位傑出的澳洲新生代推理作家。

獻給Gaby和Bev

序

我發現「女人」前，心中升起許多非常黑暗的想法。這個月以來唯一陪伴在我左右的只有我的槍。槍，如果你和槍獨處的時間夠長，它在一段時間之後會開始和你說話。我在空蕩蕩的房屋周圍快步行走，這把武器用黑色的眼睛日復一日注視著我、看著我依舊無法打開走廊的箱子。這把槍側躺著看我喝酒，彷彿對我的行為不予苟同，有天夜裡我喝了半瓶野火雞威士忌後問這把槍：如果你真的這麼聰明，他媽的又能解決什麼問題。槍只給了我一個答案。

在發現「女人」的那天晚上，有另一塊磚頭從前窗砸入，自我來到紅湖以來這已經是第三次，這次我已懶得補窗，只是看著玻璃半晌然後走到後廊，在夕陽開始落下時待在那裡，看著陽光在濕地上閃爍著紅光，在灰色的沙上翩翩起舞，反正這棟房子終有一天會崩塌，這正是租金這麼便宜的原因，不過之前的住戶把後廊維持得很好，這裡有很結實的欄杆和堅固的樓梯，院子底部的鐵絲網也能保護我不受鱷魚傷害。

我也很熟悉鐵絲網，我早已習慣透過這些鑽石狀網線看世界。

晚上我坐在那裡，心裡好奇過去在這裡的住戶是否也是為了避世，而像我現在一樣欣賞著總會如預期般降臨的夜幕，那股黏膩感，生機勃勃的蟲類，鱷魚在黑暗中開始嗥叫，鬼鬼祟祟地在潮濕的地方滑行，然後嗅到我在門廊上的氣味。

夾在前方的治安隊隊員和後方的鱷魚之間，我感覺自己又進了監獄，進監獄不是壞事，至少很安全，我決定不再逃亡，因為我再也無法逃避我的罪愆。槍坐在我旁邊乾燥裂開的木頭上提醒我還有路可逃，我看著那把武器，心中微微認同，然後大口喝下僅剩的波本威士忌，聽見有鳥從鐵絲網附近飛下。

我一開始以為那是一隻天鵝，我從未聽過鳥類發出這樣的叫聲：一種像是咳嗽的嘎吱聲，彷彿喉嚨裡卡了一塊石頭。我跌跌撞撞穿過長長的草叢走下山坡，難以置信的是這隻鳥竟從鐵絲網另一側逼近我，我能看見一群灰色的小鵝在鳥試圖走路時笨拙地在牠周圍打轉潰散，這隻大鵝似乎重新思考了一下該如何接近我，她跌跌撞撞向後退，嘴裡發出嘶聲，同時拍打單側巨大的白色翅膀。

「天哪，你瘋了嗎？」我問。

我喝醉的時候會自言自語，對著我的槍和鳥說話，不過這隻鵝顯然是瘋了，竟敢帶傷在鱷魚出沒的凱恩斯沼澤旁蹣跚而行，我瞥了水面一眼，然後打開柵門。

我從未打開過柵門。三十天前我搬進這棟破舊的房屋時，曾問過房地產經紀人為什麼前住戶要安裝門，除非他們有一艘船，但似乎沒有，水裡除了死亡之外什麼都沒有，經紀人回答不出來。我試探性地走出柵門，赤腳陷進泥濘的沙中，螃蟹挖出的洞冒著泡。

「過來。」我向那隻鳥揮手，一隻手抓住柵門，大鵝在振翅間嘎吱鳴叫，小鵝聚在一起像是一團心懷恐懼的絨毛，我再次望向水面時似乎發現數百道可能是鱷魚眼睛的黑色漣漪，夕陽落下，現在正是鱷魚發威的時刻。「過來，你這隻蠢東西。」

我倒吸一口涼氣，衝上前撲向那隻鵝，沒撲到，我又撲過去一次，把鵝頭上腳下亂抓一把，骨頭、肢體、爪子和羽毛全抓在一起，鵝猛咬我的鼻子、耳朵、眉毛，鮮血汩汩流淌下來。小鵝四散開來重新列隊，一邊發出幼雛的喀嚓尖叫聲，聽起來就像母鵝的聲音。我轉身把大鵝扔到院子裡，小鵝們好像被某種本能的線繫著，緊隨其後瘋狂排成一列，我砰一聲關上柵門跑到院子裡，順手抓起一條掛在走廊欄杆上的毛巾，把槍留在台階上。

在找獸醫的途中，這幾隻大鳥小鵜全塞在紙箱中，發出的尖叫聲十分惱人，就像震懾人心的痛苦警報聲，我大喊，「老天，閉嘴，女人！」

我猜從那一刻起她的名字就叫「女人」了。

在獸醫辦公室昏暗的燈光下，這隻鵜不知何以顯得更小，男人幫我開門時，她從箱子底部凝視著外頭，她和小鵜們一起現身，就像一堆彎曲的羽毛在黑暗中喘息，現在都安靜下來了。我往後一站，這樣獸醫才聞不到我呼吸裡的酒味，但獸醫剛剛看著我停車，目睹我光著沾滿沙的腳從車道上走來，從他臉上輕蔑的表情看來，我很確定他已經對我產生成見。我交疊雙臂，盡量別讓自己笨重的身軀占據狹小檢查室太多空間，獸醫把掙扎中的「女人」從箱子裡抱出，她咬住他衣領時他畏縮了一下，獸醫似乎還沒認出我，所以我得趁機和他說話。

「她那隻腳不能走路了，」我說。

「對，看起來骨折了，這隻翅膀也是。」

我看著他把鵜折成原始的型態，把她無法抑止的恐懼混亂重新裝回原位，直到她的腳重新收回厚實的圓形骨架下，翅膀也重新平貼在身側。鵜環顧著房間，黑色的眼睛又大又狂野，獸醫輕輕壓遍她全身，抬起尾巴檢查她蓬鬆的臀部。

「所以，就把她留給你了？」我拍一下手做出結論，把鵜嚇了一跳。

「嗯，這就看你怎麼決定了，你的大名是……？」

「柯林斯，」我說了假名。

「看你怎麼決定，柯林斯先生，但你知道這裡沒有提供免費治療吧？」

「呃，我不知道。」

「不行，我們不能免費治療這隻動物。」

我抓抓頭說，「但她是我撿到的。」

「是，」獸醫同意。

「嗯，我的意思是，她不是我的，不是我養的。」

「你有說過。」獸醫點點頭。

「所以不是我的鵝，」我指著「女人」，試圖精簡我含糊的說詞，不希望他誤解我的意思，「這些小鵝也不是。」我指著幼雛，「我想這些動物是……有人丟掉的，是被人棄養的，難道你們這些人不願意拯救被人棄養的動物嗎？」

「我們這些人？」

「我是指獸醫。」

他瞪著我良久。「這不是澳洲本土種的鵝，這是一隻家鵝，一隻馴養的鵝，是我國引進的品種，恐怕野生動物救援組織也不會想要接手治療。」

「嗯，如果我把她留給你，」我問，「你會怎麼處理她？」

獸醫又瞪視著我，我在日光燈下眨眨眼，燈光輕柔的嗡嗡聲像煤氣一樣充滿這個空間。

「天啊，」我說，「好吧，那好，在商言商對吧，你不可能到處免費治療所有動物。」我掏出皮夾，翻找錢包裡的紅色和藍色鈔票，「治好一隻骨折的鵝要花多少錢？」

「很貴，柯林斯先生，」獸醫說，又捏住「女人」細長的脖子根部。

付清七百元後，我在顛簸搖晃的路程中開車回家，心煩意亂的我已經成為這群馴養鵝家族的新主人，戶頭只剩五十九元沒有什麼好驚訝，讓我震驚的是獸醫留意到我信用卡上的姓氏是康卡菲，而非柯林斯，這是個不尋常的姓，只要看過就很難忘記，而這個姓氏登上全國新聞才剛過一個月。我目睹他的表情僵住，嘴巴周圍的線條加深，然後看向我，我趕忙抓起一整箱鵝，在看見他臉上的表情之前離開。

我再也不想看見那種表情。

尚恩的影子落在我身上時，我才知道他來了。我在慌亂中抓住我的槍，我又在門廊上的同個位置睡著，就這麼靠著牆躺在一條舊毯子上睡著，我有一度以為自己下一秒就會遭受攻擊。

「這個畫面也太悲慘了，」我的律師說，晨光已經在他身後閃耀。

「你看起來像個天使，」我說。

「你為何要睡在這裡？」

「因為很好睡。」我在呻吟中伸了個懶腰，這是實話，門廊上蚊帳後的炎熱夜晚就像一場夢，遠處的雷聲隆隆，孩子們在笑，在遙遠的河岸上焚火，舊毯子與我在監獄獨居時的床墊差不多厚。

尚恩四處查看，他穿著一身昂貴布料，想要找把椅子靠著坐下，他找不到椅子，所以走到台階上，把手上一直端著的咖啡和手肘上掛著的塑膠袋放在木頭上，想清出一個地方坐下。即便在凱恩斯這麼潮濕的地方，他的穿著一如往常仍有部分的絲綢材質，我坐起身走向他，搔搔頭皮想讓自己清醒一些。我把「女人」和幼鵝放在門廊角落倒向一側的紙箱中，披上毛巾做成紙箱的入口，大鵝就躲在毛巾後方，聽見我們的聲音因而發出嘶嘶叫聲，尚恩猛然轉身。

「你不要告訴我——」

「是一隻鵝，」我說，「家鵝。」

「喔，我還以為是蛇。」律師抓住自己的領帶撫摸，想要撫平領帶，也安慰自己。「你到底養一隻鵝幹什麼？」

「其實是很多隻鵝，這說來話長。」

「你說來話長的事也太多了。」

「你來這裡做什麼？你什麼時候來的？」

「昨天到的，我要去凱恩斯，所以順道來這裡一趟，有一個性侵被告人棄保潛逃，我想說服他束手就擒，每個人都往北方潛逃。」

「如果要躲，最好躲去溫暖的地方啊。」

「是啊，」尚恩看著我，「聽著，泰德，我不是只會幫我最愛的客戶帶好吃的補給包來，我來是要告訴你個好消息，從今天早上起，你的資產也正式解凍了。」

這名白髮男子遞給我一只塑膠袋，裡面裝著一些好東西，有幾本平裝書和一些食物，我不忍心告訴他我家沒有冰箱。塑膠袋裡還有一只裝了表格的信封，厚度像字典一樣。他拿了一杯咖啡遞給我，咖啡聞起來很香但已經不熱，畢竟離我家二十分鐘車程的範圍內什麼商店都沒有，當然也沒有地方可以煮咖啡，無所謂，可怕的表格和冷掉的咖啡無法抑止我見到尚恩的喜悅。澳洲大約有兩千一百萬人認定我犯了罪，只有一個穿絲質衣服的律師仍相信我無罪。

「我猜信封裡也有凱莉的消息吧，」我說。

「離婚協議書的內容有些調整。」又來了，又是糾結於語義，她這是拖延戰術。

「還以為她不想跟我離婚呢。」

「錯了，她只是想看你苦苦掙扎。」

我喝了口咖啡望向沼澤地，眼前的景色像玻璃一樣平坦，另一側的群山在清晨的霧靄中呈現一抹藍。

「她有透露要……？」我清清嗓子。

「沒有，泰德，不包含監護權，但她不必急，她隨時都可以這麼做。」

我撫摸著自己的臉，「也許我會開始留鬍子，」我說。

我們細看著地平線。

「喏，看看你，我很替你驕傲，」尚恩突然說，「你是個英俊的三十九歲單身漢，你可以從頭開始，你有一棟租來的房子，還養了太多寵物，跟外面的男人比起來真的沒有那麼糟。」

我哼了一聲，「你這是在異想天開。」

「我是說真的，這是你重新開始的機會，讓過去的錯都一筆勾銷。」

我嘆了口氣，他的鼓勵無法說服任何人。

「所以這些鵝是用來看門的嗎？」他問道，決定改變話題。

我得思考一下他這話是什麼意思。

「納粹會找鵝來看守集中營，」他解釋道。

「是這樣嗎？」

「我可以看看鵝嗎？」

我揮揮手，他小心翼翼走近箱子蹲下，用修剪整齊的手指撩起毛巾，他穿著千鳥格圖案的襪子，材質應是羊駝毛。我聽見陰暗的深處傳來「女人」的尖叫聲，尚恩笑了出來。

「哇嗚，」他說。

「全都還活著吧？」我問。

「看起來是，」尚恩看了我一眼，「你在找工作了嗎？」

「還沒，太快了。」

小鵜在箱子裡嘰嘰叫著亂跑，爪子在硬紙板上抓耙，他把動物留在紙箱中。

「你能幫我一個忙嗎？」尚恩說。

「也許吧。」

「你可以去見見鎮上一個叫亞曼達．法瑞爾的女孩嗎？」

「要我去見一個女孩？」我難以置信地看著他。

「是見一個女人，」尚恩嘆了口氣，露出帶著歉意的微笑，「你可以去城裡找一個女人嗎？」

「她是誰？」

「就是個女人罷了。」尚恩聳聳肩。

「我去找她做什麼？」

「你的問題也太多了，別再問，照我說的去做，去找她對你有好處，就這樣，不是要跟她約會，單純見個面而已。」

「所以完全沒有戀愛成分。」

「沒有，」尚恩說。

「那到底何必？」

「天哪，泰德，」他笑道，又說了一次他在我審判準備期間說過許多次的話，「我是你的律師，不要問我理由，照我說的話做就對了。」

我沒有答應。

我們坐了一會兒，聊聊他來凱恩斯要做的事，還有他會在此地待多久，尚恩的亞麻長褲因汗水而濕透，他那看不見毛孔的光滑鼻子默默被熱帶的太陽灼傷，陽光在潮濕的空氣中慢慢炙烤這名掉以輕心的雪梨人。我只是因為在家裡附近走動一個月就曬成一身核桃棕色，目的只是步行到最近的商店買野火雞威士忌。我希望最終能融入當地，我已經漸漸安全，不會被人認出來了，那個曾連續好幾個週登上《電訊報》頭版的男子，那個穿著西裝的寬肩暴徒，曾經低著頭走出法院，臉色蒼白地走出監獄，他的模樣已經不復以往。我想留鬍鬚可能會有所幫助，時間能沖淡一切，而我需要很久的時間。

我的記憶如下，這是一個謊言，一段拼湊而成的記憶，由我真實記得的過程、審判期間聽見的內容、報紙上看到的內容，以及還押候審期間在牢房裡聽見的低語所構成。某些零碎的記憶一定源自我的噩夢——也許暴風雨沒有那麼不祥，或許她的眼睛是那麼大又那麼美，但致命時刻的記憶不可能那麼清晰，虛構總是多於事實，這段故事彷彿是由許多五顏六色的繩子編織而成，現已不能中斷，就算多年來繩子裡的細小纖維會散開並盤繞散去，但我相信這個故事，即便我也知道這並非真實。

她當時站在路邊，位置正好與路障標誌對齊，路障標誌沒比她矮多少，她已十三歲看起來卻像十歲。女孩面色蒼白，頭髮浸染在從雲層照射出的午後陽光中彷彿正在燃燒，讓她看起來幾乎就像一根路障標誌；也像孤絕公路旁的一名白色哨兵，如石頭般靜定不動。我一開始沒看見她，我在乾掉的泥巴中只看見公車站和大型車輛的破舊軌道，我放慢速度轉下高速公路，駛入公車站附近，將車停在距女孩十到十五公尺的位置。

有輛藍色的現代 Getz 從高速公路南向路段駛過，車上是三十七歲的瑪麗蓮・霍普和她十四歲的女兒莎莉，她們的證詞表示曾目睹我的車「突然」駛離高速公路並「接近」那個女孩。當時是下午十二點四十七分，莎莉・霍普能證實我駛離高速公路的確切時間，是因為她們行經該路段時她剛好看了車上的時鐘，所以記得當時距離她的舞蹈課時間還有十三分鐘。

我走下車，這是我首度發現有個蒼白的女孩站在那裡。她看著我，粉紅色寶可夢背包放在她身旁的地上。

我的第一個想法是：她是從哪裡來的？

我的第二個想法是：把噪音的來源處理一下。

釣魚竿一直敲打我的Corolla後窗，我打開左後車門，半個身體爬進車子，把釣竿和釣具箱朝自己的方向拉，拉過座椅讓釣竿的把手滑入前排乘客座椅後面的縫隙中，同時拉動釣竿的尖端，讓釣竿遠離窗戶。

此時有輛紅色的Commodore從高速公路北向路段駛過，車上是五十一歲的蓋瑞・費雪，第三名證人，他的證詞表示曾看到我的車停在女孩旁邊，後座乘客側的車門打開，打開的是離女孩最近的車門。我發現我的汽車保險續保通知書攤開而且皺巴巴的，通知書就放在駕駛座位後面地板上亂七八糟的文件和外賣容器中，我拾起那張蒼白的綠紙仔細看了一下，身體仍有一半在車裡，一半在車門外。

四十八歲的卡車司機麥可・李—雷諾茲此時從高速公路南向路段駛過，第四位證人，他證明蓋瑞的說法，即看到我把車停在女孩旁邊，後座乘客的車門打開，他表示有個身材高大、肩膀寬闊的男人，身體一半在車裡，一半在後座外，證詞符合對我的描述。

我從車裡移出身體然後站直，把保險單塞進牛仔褲口袋，我看著那個女孩，她還盯著我看，此時下起了小雨，微風拂過，細微的水珠在陽光的照耀下就像金色的小蟲般在她四周飛舞，她用鞋子踢了一腳泥土，玩弄著牛仔褲的皮帶圈，然後轉身離開。她是個瘦弱的女孩，這大概是我腦中關於她的全部記憶，也是我在最初審訊過程中告訴警察的一切，她在我的記憶中一直很瘦，骨瘦如柴又白皙，那個毀了我人生的女孩，關於她僅存的回憶，我只能用審判時看到的照片來填補，我在「攻擊前」的照片中看見她大大的牙齒，她微笑時鼻子皺起的模樣。

在那可怕的一天，我站在高速公路旁，關上車門時看著樹林外深紫色的地平線。

「豪大雨快來了，」我說。

此時有輛紅色的Kia向南駛過，車上是三十四歲和三十六歲的姊妹潔西卡和黛安娜．哈潑，第五位和第六位證人，她們的證詞表示看到我和那個女孩說話，她們無法肯定我車輛的左後門是開是關，當時是下午十二點四十九分。

「對，」女孩說。

「你的公車快來了嗎？」我問。

「快了，」她微笑，皺著鼻子說。也許她沒有皺鼻子，我實在記不清了。

「好吧，」我說。又有兩輛滿載目擊者的車輛從旁駛過，這幾個證人不確定我向女孩揮手的時候是用右手，手掌平展，面向她做出「再見」的手勢，或者我其實是在向她招手，左手抬起，手掌張開轉向自己，做出「過來」的手勢。為了確定「再見」和「過來」手勢的確切性質，作證持續了三天。

最終所有人都同意，我站在車輛後排的乘客門旁時確實做出某種手勢，而這扇門是離女孩最近的車門。

我繞過車頭坐上駕駛座，發動車子開走，沒有再回頭。

下午十二點五十二分，女孩等待的那班公車開過，確切時間記錄在公車的GPS上，司機和乘客都證實寶可夢背包還擺在地上。

但女孩卻不見蹤影。

在那個星期天下午，克萊兒．賓利在高速公路邊緣的安南山公車站遭人綁架，這裡有許多鄉間小路分隔了養牛場和空地，有人沿著這些小路把她載到大約五分鐘路程的樹叢裡，在黑暗的樹林中，她遭到毆打和粗暴的強姦，脖子被人勒住直到失去知覺，攻擊者一定以為她已經死了，但某些小孩擁有難以解釋的韌性和身體恢復力，所以這個女孩奇蹟似地生還。克萊兒在黑暗中躺了好幾小時，靜聽周遭樹叢的聲音，害怕攻擊她的人就在附近，當夜幕降臨，地平線又現微曦，女孩走出樹叢，像殭屍一樣迷迷糊糊走到高速公路上，在她失蹤地點以南約十公里處再度出現，時間是隔天早上六點左右，距克萊兒失蹤已經過了十七個小時。

有個開車前往瑞茲貝克幫兒子搬家的老人發現她一絲不掛蹲在路邊，臉上滿是鮮血，他剛看見她時還以為她戴著紅色面具，她的喉嚨嚴重受傷，所以無法開口解釋發生了什麼事。

此時社群媒體已經陷入了狂熱狀態。大約在女孩失蹤三小時後，全國開始沸沸揚揚，八點鐘在談話節目《專案計畫》和《廚神當道》之間還插播了新聞快報，整個國家的人都看見了。女孩的父母煽動恐慌，目的是希望失蹤消息出現在所有新聞網路上，且很快就出現一張克萊兒的失蹤海報在網路上分享了八十萬次，傳播範圍遠至舊金山。她的爸媽知道克萊兒被綁架了，這次失蹤完全不像女兒的行為，克萊兒的父母深知發生了可怕的事情，而他們的判斷正確。

在其中一個社群媒體貼文的留言中首度有人提及嫌犯，克萊兒照片下的留言滿滿都是分享失蹤兒童照片的請求，而當天在高速公路上行駛的一位司機在那篇貼文底下留言：「我有看到那個人。」

那個人就是我。

我在雨中走到街角的商店，有時凱恩斯的天氣就是這樣，會毫無預警開始下雨，雨點像子彈一樣往下敲，路上也沒有地方可以躲雨，六公尺高的大面積黃色甘蔗之間是一長段光禿的土地，長度綿延數公里，就像一座隱形城市的城牆，各種泥土色的蚱蜢在炙熱的土地上愉悅地跳動，數百隻燕子排列在下垂的電線上。我吸入一口熱氣看著頭頂上的雲海慢慢移動，就這樣過了一個小時。

藏身在紅湖並非出自我的選擇，我只是漫無目的隨機選了一個地方，只是開車載著家當從雪梨往北行，只是在驚慌失措之下自知不該留在原地。我隱隱有種模糊的想法，一旦人們不再認出我，一旦我感覺安全，我就會停止逃亡。從監獄獲釋後，我在雪梨度過的五、六天就像一場與媒體的貓捉老鼠遊戲，記者在我住過的所有旅館出沒，惹惱了旅館老闆，所以他們全把我趕到街上。凱莉拒絕在沒有警察陪同的情況下讓我待在家裡，所以我只能短暫回家收拾一些物品。城市裡的人群情緒激憤，我出現在每份報紙頭版，每個電視頻道、廣播電台都在討論我。我幾乎無法用餐，每次躲進速食店想吃點東西，不是被櫃檯人員認出，就是什麼都沒點就離開了，因為太害怕被人認出來。

我一路向北在小鎮上停留，在這些地方生存對我而言容易許多，愈是偏遠的地帶，居民愈不愛管閒事。直到抵達紅湖，我發現這裡的居民不僅對「城市新聞」不感興趣，而且我似乎發現了一個跳脫時空的地區，一個基礎文明，這個文明唯一的目標只有抵抗熱帶雨林把整個地區吞噬，因為苔蘚和藤蔓生長在所有可供人類經營的地面上。門前破敗的房屋沿著河流蹲伏在樹叢中向外張望，並非由磚塊或木塊建築而成，這些房屋在茂密樹葉的遮蓋下顯露出來。這座城鎮可以吞噬一個人做過的壞事，那永無止盡的濕氣，經常性的降雨，路邊洶湧澎湃的河流和湖泊，都足以洗去一個人的過往，淨化所有的罪愆。這是一個讓人自生自滅的地方；一處溫暖的綠色深淵，我就這樣倒進它的懷裡。

我找到一幢房屋，位置就在以小鎮為名的湖邊，這面湖像一片寬廣的玻璃鏡面般依偎在錯綜複雜的濕地中，房東因繼承遺產而擁有這棟房子，但年紀太大無法住在裡頭，所以房屋已被遺忘了許多年。有人帶我去看房，我站在門廊上眺望對岸，蔗農在遠處的岸邊放火燒山，烈日在濃煙中苦苦掙扎，就像一隻紅色的眼睛在水面上留下血紅色的圖案。

現在的我穿著濕透的牛仔褲，在離我家最近的商店門廊上站了一會兒，一邊查看紅湖社區的公告：出售雞飼料和電線、行動肉鋪車、吉他課和泳池清潔服務，還有一張六個月前的訃聞，是一個因車禍喪生的女人：泰瑞莎．米勒，我們摯愛的母親和妻子。我走進商店時門上方的鈴鐺響起，我坐在靠近窗戶的一排米色舊電腦前，附近擺了一疊報紙，我刻意繞道而行。

我故意不去搜尋尚恩要我見的那個女人亞曼達．法瑞爾，搜尋她要耗掉我澳幣十分的上網時間，在自己手機上google會讓我疑神疑鬼，擔心被人追蹤。我不知道她是誰，也不知道「見見她」可能代表什麼意義。我沒有刻意追問尚恩，沒有問他與亞曼達見面的目的，尚恩和我都知道現在要我談戀愛有多荒謬，所以如果跟戀愛無關，那我寧可避免見面。她會是輔導員嗎？是不是另一個遭到誣告、被關押八個月然後又被丟回原來世界的人？尚恩是不是認為我會與她同病相憐，然後跟對方分享在淋浴區奮力抵抗強姦的故事？她會不會是一名性侵犯就業輔導專員，能幫我找到一份與世隔絕的好工作，讓我遠離那些可能認定我涉嫌犯罪的人？我想不出亞曼達．法瑞爾身上有什麼我可能會欣賞的價值，事實上我再也不想認識陌生人，這太危險了。

儘管如此，我還是陷入好奇google她，搜尋結果的第一頁只有報紙報導，我挑出這些報導隨意瀏覽，一邊告訴自己不感興趣。

少女在接吻岸悲慘喪生
女孩在山頂的恐怖夜晚中倖存
警方追捕接吻岸殺手
接吻岸殺人事件有女孩遭到逮補

我瀏覽報導後將視窗最小化，盯著螢幕上的沙灘桌面背景呆看了一會兒，螢幕上有幾十個圖示。讓我作嘔的可能是那些標題字體，而不是因為真實恐怖故事的尖銳片段在我面前閃現。這一切都太熟悉了：純真的少年、監獄酒吧、抗辯、家屬在拋光的木欄杆後掩面哭泣。我用手掌揉揉眼睛，一直到左右兩旁的椅子傳出嘎吱響聲才停止。在我看見兩名警察走進店裡之前，警察身上熟悉的皮革氣味已經襲來，皮帶和釦環發出嘎吱聲和叮噹聲，其中一個警察非常胖，頭髮像向下的尖刺般平貼在前額上，他率先說話了。

「我必須隨時了解鎮上發生的事情不是嗎，盧？」

談話顯然是從外面延續進來，我偷偷深吸一口氣，點開一個體育頁面。

「不要以為自己會發現什麼，老兄，這些部分的進度相當緩慢，」盧回答他的搭檔。我從電腦螢幕上的反射觀察他，又是一隻準備心臟病發的豬玀，長了一張疲倦的桃子色臉。

「嗯，這就是我們喜歡的部分不是嗎，盧？」

「沒錯。」

「感覺鎮上好像平靜無波，安全無事。」

我擦去從太陽穴流下的雨水，汗水積聚在我的頭髮上變得熱了起來，我點開體育圖庫，看著板球運動員低著頭，盯著草地看。

「必須保障鎮上的老太太和小孩幸福安全。」

「居民不想要任何驚喜。」

「沒錯，史蒂芬，」盧說，「尤其是小孩，」警察不再打啞謎而是轉身看著我，我清清嗓子，將亞曼達・法瑞爾的新聞頁面點開，然後關閉頁面，一個我沒來得及看的頁面出現在螢幕上，我按下列印，然後像閃電一樣快速關閉頁面，驚慌失措地只想離開椅子，但又不想空手離開。

判決有罪的殺手開了一家私家偵探公司

我笨拙地扭身逃出兩名警察身軀組成的雙重屏障，扔了幾個硬幣到櫃檯上，從印表機拿走紙張。

夢境來臨時我沒有抵抗。

莫里斯和戴沃在狹小的偵訊室裡像鯊魚一樣繞著我打轉，法蘭基站在門口沒有表態立場，只是緊張地看著自己的指甲，彷彿指甲上有什麼過去從未見過的東西，她的眼睛到處看，就是不看我。

他們是我的同事，也是我工作上的朋友，這些傢伙曾在我家後院油滋滋的烤肉會上和我一起喝啤酒，一起攻堅，一起上酒吧。我們還在巡邏隊的時候曾一起在抗議活動上擔任防衛工作。法蘭基和我太太凱莉有時會一起出去喝咖啡，還會互相傳訊。我們共有的生活正在慢慢流逝，現在我坐在椅子上，坐在偵訊桌的另一端，他們顯得坐立難安又內疚，被自己說出口的話嚇壞了，即便這些話是從他們嘴裡說出來。

「你們能告訴我發生了什麼事嗎？」我懇求道。

「星期天下午，」莫里斯說，「安南山，高速公路，就在輪胎和汽車修理廠那個地方，你是在下午十二點四十五分左右開著你的Corolla經過這裡嗎？」

「是，這我已經說過了。」

我的胃感覺起來像是一塊磚，這樣鬼打牆般訊問同樣的問題已經過去三個小時，也許更久。四月十日早上我做了什麼事？凱莉和我之間說了什麼？我們吵架的原因是什麼？爭吵持續多久？我從哪一條路離開家？我在沿途看見什麼？

雖然沒有時鐘，但我能感覺到時間在緩慢流逝。一個叫小阮的反詐騙小組成員到我辦公桌把我帶走，並告訴我局長想見我，兩分鐘。我在局長辦公室，直到局長現身默默把我帶到偵訊室，十分鐘。我獨自一人在偵訊室裡嘆息，四十五分鐘。無論這是惡作劇還是什麼，都開始讓我緊張起來，一個小時的惡作劇也太久了。今天不是我的生日，是我要升遷了嗎？我坐在那裡想像他們在咖啡間裡掛上彩旗，從冰箱裡拿出一個冰淇淋蛋糕。當法蘭基、莫里斯和戴沃走進來時，我知道自己錯了，他們的神色一直很嚴肅，就像發死亡補助金時的表情。

「你們可以告訴我發生了什麼事嗎？」我苦苦哀求，「我不懂自己為什麼會在這裡。」

「那天你開著自己的車嗎，泰德？」

「是，是開我的車！你要我講多少遍——」

「你沒有把車借給別人？」說話的人是小法蘭基。不過就在幾週前，她還因為偵訊期間罪犯對她太兇，所以訓練自己別在更衣室裡偷哭。小法蘭基覺得臀部很痛，原因是警用腰帶太粗了，而且泰瑟槍太大把又掛在她身上，就像小嬰孩身上掛著一把水槍。「仔細想想，泰德。」

「沒有，」我說，「星期天下午我去釣魚，只有自己一個人，我跟凱莉吵架，所以想一個人去，我沒有把車借給別人，我行經安南山，就這樣，我沒有做錯什麼事，我不知道自己是什麼時候開在高速公路上，也許是十二點四十五分，也許是一點鐘，我不知道！那天是星期日，所以我沒注意時間，如果你們願意告訴我發生什麼事，我就可以告訴你們我有沒有看見什麼——」

「泰德，你告訴我們你去釣魚，我們不相信你的說詞，我們查過天氣預報，星期天下午下了傾盆大雨。」

「沒有，大雨下了約二十分鐘，」我堅持說法，汗水順著我的身體滑落，「我知道天氣會放晴，誰都看得出來。」

「好了，你現在他媽的變成天氣預報員了。」

「天哪，戴沃。」

「釣魚的說法不符合事實，泰德，拜託，下了他媽的大雨，你才沒有去釣魚。」

「聽著，老實說——」

「噢，你會對我們說實話的對嗎？」

「我出門的目的不完全是要去釣魚，」我說。

「你出門的目的是什麼，泰德？」

「我是為了逃避凱莉，」我悶哼著說，這麼說很尷尬，「我們吵過架，所以我想離開家裡去某個地方，做點什麼事，什麼事都好。」

「所以你離開家是處於惱怒的狀態，是這樣嗎？」

「天啊，」我說著激動起來，「到底有什麼問題？」

「問題就是你在騙我們。」

「我為什麼要騙你們？到底怎麼了？」

「沒有人跟你一起去？」

「沒有。」

「沒有人看見你。」

「我剛已經講過了。」

「我要給你看幾張照片。」莫里斯從椅子上跳起，他看起來有些痛苦。當他從門邊的架子上抓起信封時，我皺起眉頭。

「我能不能——」

「你經常去釣魚，是嗎？」

「我只是說——」

「回答問題。」

「他媽的不要再打斷我了！」我現在開始惱火起來，我的臉上一陣熱，我突然不覺得這是同事的某種惡作劇了，因為他們表現得太嚴肅，不管這是怎麼回事，這件事都是衝著我來，我從手指到手肘都在顫抖，再從腳蔓延到膝蓋，身上一陣冷一陣熱。莫里斯的介入更是火上加油，他跟罪犯交談的方式就是永遠別讓對方插話，只要他們張嘴就直接打斷，這樣持續幾個小時之後罪犯就會情緒爆發，他們唯一能說完的一句話，就是承認自己殺人。「我是在回答問——」

「在到達目的地門朗格之前，你有沒有把車停在安南山附近高速公路上的任何地方？」戴沃問道。

「沒有，」我說，「我離開家裡然後去門朗格，在門朗格買了魚餌，在加油站。」

「我再問你一次，你仔細想想。」

「我不需要想！那天下午我除了門朗格，什麼地方都沒去，發生了什麼意外嗎？有人受傷了嗎？」

「你為什麼要問有人受傷了嗎？」莫里斯手裡拿著一張照片，用照片的邊緣在手腕上劃出痕跡，這個動作表示他很焦慮，他的皮膚變成亮粉色，上面像是一條條偽造出來的自殺痕跡。

「我只是——」

「你有把車停在安南山的公車站嗎？」

「沒有。」

「我認為你有，我說你有就是有，泰德，上週日大約十二點四十五分，你把車停在安南山的公車站然後下車，你為什麼要騙我們？」

我現在明顯發抖起來，所有人都看得出來。

「不，沒有，等等，對！沒錯，等等，我記起來了。」我莞爾一笑。

「你記起來了嗎？」

「我確實有停車，」我承認，「我停在一個公車站，你說對了，我的釣竿在後座一直敲打後窗，我停車把釣竿從車窗上移開，然後就回到車裡，把車開走了。」

「所以你現在承認自己在高速公路旁的三七二公車站停車時大約是下午十二點四十五分嗎？」戴沃和莫里斯面色嚴肅地看了對方一眼。

「是的。」

「你的說詞變了。」

我猛捶一下桌子，法蘭基在門口突然驚跳起來。

「他媽的快告訴我到底發生了什麼事！」

莫里斯把克萊兒．賓利的照片放在我面前的桌子上。

我在門廊上醒來時，身上因汗水而濕透。

天色一片漆黑，只聽見鱷魚在嘷叫。

我在監獄裡關了兩百四十一天。遭到逮捕的那天早上，我先與妻子和襁褓中的女兒吻別，然後開車上班，在警局的咖啡廳暫留吃了一片吐司配咖啡，登上電扶梯，來到位於帕拉瑪塔市查爾斯街的新南威爾斯州警察總部三樓。那日天色陰霾，微風吹亂了吸菸區陽台上女士們的髮絲。此時距離克萊兒・賓利在安南山附近的樹叢中受盡折磨後再度在路邊現身，已經過去整整一週，我曾在新聞上看過這個案件，但我所在單位沒有人在討論這個案件，我的單位是緝毒小組，我正在埋頭講手機，當下偵辦的案件是進口古柯鹼的黎巴嫩幫派，這個幫派可能一直在等待新一批毒品通關，也可能沒有。戴沃、莫里斯、小法蘭基和我這幾個月來一直在觀察幫派活動，正在決定什麼時候進行搜捕，這些都是非常基本的工作內容。

咖啡配吐司的早餐是接下來數個月我最後一次吃到非國家發放的餐食，十點左右我注意到警局裡的人開始竊竊私語，臉上也浮現某種奇怪的表情，十一點鐘時，有人要戴沃、莫里斯和法蘭基到五號偵訊室，我很疑惑為什麼自己沒有被一同叫去，但我當時正在講電話，所以無法探問。到了午餐前，反詐騙小組的另一位同事小阮走到我的辦公桌前，告訴我局長要我去他的辦公室，他沒有跟我說原因。

在十四小時難捱的偵訊過程中，我吃不下一口食物，戴沃、莫里斯和法蘭基開始偵訊，他們與我同部門，應該迴避利益衝突，但沒有人公開阻止他們闖入偵訊室審問我，我的朋友們對整個情況非常不滿，我想大家都以為他們有這個權利。幾小時後他們沒有問出想要的答案，便把我移交給兇殺案警探，因為這些指控終會成立，包括謀殺未遂。當天我在自己上班的警局牢房裡過夜。我站在牢房門的縫隙旁好幾小時等待認識的警官經過，努力想從他們那得到解答。但所有人都被命令不要和我說話，在一天之內我們就從朋友變成了仇敵。

克萊兒・賓利的強姦和謀殺未遂案，我從未被判無罪。

無罪釋放可能是整件事當中最困難的部分，我受審的事實等於宣告全世界檢察長認定有足夠的證據對我不利，我可能會被判有罪，但審判進行到一半時檢察官撤回指控，稱證據不足以滿足陪審團的合理懷疑，這個意思不是指我沒有犯罪，只是他們改變了主意——不想繼續用既有的證據進行審判，同時還冒著讓我無罪釋放、永不再被指控犯罪的風險，所以他們先擱置這些指控，也許等到不利證據更充分的時候再重新提告。

我不知道是否還有人在調查克萊兒的案件，我已不是警察身分，我的老朋友們也沒有再與我說過話，我每天醒來都覺得今天可能就是再次被捕並送回監獄的那一天。

想要在監獄裡生存，只有一種辦法，就是在身體和情感上完全屈服，這是消磨時間最有效的方式，也是保持理智的唯一方法。

囚犯要遵循生活常規，要閱讀指導手冊，在所有情況下都需按指導行事，需保持牢房和囚衣一塵不染，文件歸檔，與監獄管理員和其他囚犯的互動都要專業有禮。從登記到強姦，所有可能發生的情況都會一一列在監獄規則上，監獄從不要求囚犯做出個人判斷。

例如發生鬥毆時囚犯的責任非常明確，應立即倒在地上，雙手放在腦後、手指交叉，同時等待進一步指示。例行牢房檢查時囚犯應保持安靜，聽從監獄管理員的指示，並提供所有個人物品以供檢查。若監獄的法規有任何變化，囚犯應隨時更新，並根據變化或更新的行為準則對自己的行為負責，不知道不能當作違規的藉口。

這種井井有條的生活也有好處，只要記住隨時更新規定，以及不要有自己的判斷，隨著這台監獄機器不斷擴大，囚犯也會成為其中一顆齒輪，在機器中適應並轉動，這是一顆由雷射切割而成的齒輪。

如果你讓監獄這個組織空轉，這顆齒輪就會開始磨擦出火花，有些人進監獄時堅信自己能當一顆摩擦出火花的齒輪，但沒人有能耐堅持到底。

自我抵達紅湖以來就一直放任自己空轉，我重獲自由才兩個多月，再也沒有人幫我訂定規則，所以我開始喝酒，在偏僻地帶租了一間破舊的房屋，就此遠離社會。有時我好幾天不洗澡，有時只是不吃東西。我想遺忘這些俗事，除非覺得極度飢餓。我就這樣旋轉沉淪，但現在該停止墮落了，我打開行李，不想再像條狗一樣睡在毯子上。

我坐在門廊上沐浴著溫暖的晨光，掏出手機找到凱恩斯某間家具行的電話號碼。

我沒有買電視，因為害怕可能會看見自己出現在上面。

前房客留下一台生鏽的勝利牌割草機，我發動它來修剪草坪，到了中午時我已汗水淋漓，鵝也極度受驚，但我將房屋周圍每一寸土地化為一片滿布小小尖刺的茂密綠色地毯。我把「女人」放在門廊上，把小鵝抱在手上，鵝的蹼足在我濕漉漉的手指間瘋狂踩踏，讓我笑了起來，動物在草坪上蹣跚而行地啄食，我走到「女人」身邊想要拍拍她的頭，她卻發出嘶嘶叫聲作勢要咬我，我想不是因為討厭我。

夜幕降臨時，家中已經有了一台洗衣機、一個裝滿食物的冰箱、一張新舖好的床，門廊上還有一座舒適的藤編沙發，這些陳設並不起眼，卻是我渴望在家中擁有的一切，我用木板封住前窗，掃去玻璃，鵝在紙箱裡依偎在一起過夜，我把毛巾拉到箱子前方，心滿意足地看著草坪。我對監獄生活心懷感恩，如今全新人生的規則已經一一完成，我現在處理的所有事務一定包含在監獄手冊中。

亞曼達‧法瑞爾的報導中曾經提及她位於比爾街的辦公室，我洗臉刷牙後，穿上熨燙整齊的淺色棉質襯衫和灰色長褲，於八點鐘抵達辦公室。此時的天氣對鎮上的野狗來說已經太過潮濕，牠們懶洋洋地躺在紅湖飯店旁的樹下。

我想確定自己的來意，腦中卻一片空白，尚恩要我與亞曼達見面的理由相當含糊——我的律師在審判期間了解到我是一個容易小題大作的人，所以直接由他下指導棋事情會比較容易進行。我只能判定尚恩引介我認識亞曼達的原因是她和我一樣曾經入獄，也許更生人的身分讓她遭受某些困擾，也許他早先曾參與她的案件，也許當世界上十分之九的人都希望你去死時，我們兩人還能彼此交流，告訴對方如何熬過每一天，也許如果她過得比我還差（我不敢相信有此可能），我在重啟生活的過程中就能精神一振，然後我們兩個就可以相互扶持，度過難關。

前晚我躺在新的床鋪上，一直在google幼鵰的資料，發現如果受傷的幼雛持續不進食，有時把牠與同齡的幼雛放在同一個箱子裡會很有幫助，這樣健康的幼雛就可以示範進食，讓這隻孤雛鼓勵另一隻努力生存，也許尚恩也認為兩個臭皮匠勝過一個諸葛亮，我不知道。

我不該準時抵達。我站在改建的牆版小房子外面，擠在銀行和街角商店之間遙望拉上的百葉窗，可以聽見門後傳來喵叫聲。我從後口袋中拿出我列印出來那份關於亞曼達的報導，查看文章的內容並核對地址，我發現自己又看了一遍文章內容，心中依舊感到難以置信。

判決有罪的殺手開了一家私家偵探公司

接吻岸殺手亞曼達．法瑞爾本週開始在比爾街的一家店面經營私家偵探事業，法瑞爾在二〇〇四年因刺殺紅湖少女蘿倫．費里曼而入獄十年，之後成功取得私家偵探執照。雖然當地居民對這項商業創舉表示失望，但「紅湖地方議員」史考特．博斯克表示，沒有任何許可限制能阻止「法瑞爾私家偵探公司」在澳洲北部的熱帶地區調查「從保險詐欺到謀殺案之間的所有案件」，法瑞爾則表示公司才開業三天就已經有人上門諮詢。

小小辦公室的窗戶裡放了一張手寫的便箋。

營業時間由上午十點至晚上十點
營業時間以外若想諮詢，請移駕鯊魚酒吧

鯊魚酒吧是一家熱帶主題的老式餐廳，裡面滿是天堂鳥盆栽，木槿花壁畫在牆上綻放，櫃檯上堆滿了廢物——好幾個杯子裡插滿新奇的筆、過期三個月的破舊雜誌、凱恩斯珊瑚潛水的廣告小冊，還有搖屁股的迷你太陽能夏威夷女郎。有個女服務員在擦拭櫃檯，還有兩個人坐在位子上：其中一個是身上有五顏六色刺青的毒蟲，正在翻閱報紙，另外有個女士正在閱讀一部犯罪小說，一束灰髮從她太陽穴蔓延到橘色捲髮上，我走過去坐下，她抬眼看著我。

「你到十點鐘才開始營業嗎？」我說，「天啊，這地方也太悠哉了，還真是個度假小鎮。」

「你說什麼？」那個女人皺起眉頭。

我靠著背墊上，腦中摸不著頭緒。

「你是亞曼達．法瑞爾嗎？」

「誰？」

「對不起，」我笑了，感覺臉上一陣灼熱，「對不起，女士。」

我拍拍她的小說想挽回些顏面，然後站起身向後退，那個坐在對面臉色蒼白的紋身花蝴蝶仍低著頭，我走過去，心懷猶疑地站在桌旁，她用一隻手撥弄著紙張的邊緣。

「抱歉？請問是法瑞爾女士嗎？」

「如果我不是，那麼薇琪就是你能問的最後一個人了。」戴著紅粗框眼鏡的亞曼達抬起頭，用下巴示意女服務生，我坐下時不確定自己是如釋重負還是一陣失落。我與她之間的桌面上放了五份報紙，三份疊在她右側，一份壓在她手下，一份擺在左側，我伸出手但她沒有與我握手，只是盯著我的手看，彷彿不知道我的舉動是什麼意思。

「我是愛德華．康卡菲，」我說，「叫我泰德就好。」

「尚恩的客戶，」她草草掃視我一眼，「沒想到你這麼高。」

「我沒想到你這麼……」——我看著她身上那些紋身——「五顏六色？」

她笑的時候身上突然產生抽搐，頭部反覆向旁抽動了一兩英寸，我逼自己別盯著她看。

「你認識尚恩對吧？」我說。

「不認識。」

「嗯，這就有趣了，那你怎麼會跟他聊到我？」

「因為他打電話給我，」她回答。我等她透露更多訊息，但她沒有說下去。

我們在響亮的沉默中觀察著彼此，她纖瘦的手臂上有明顯的血管，但皮膚上似乎描繪了大量圖案：收音機和麥克風，鳥類和天使，茂密的叢林植物中掩蓋了路易斯安那風格的墾殖園農舍，還有羽毛和美女畫像，包括黑人、亞洲人、混血兒，她的左手上則刺了一隻穿著三件式西裝的兔子。

「尚恩說下週之前你就可以開始上班，」她說，「是這樣嗎？還是你需要休週末？」

「尚恩說我會來你這裡上班？」

「是，」她說。

我笑出來。

「有什麼好笑的嗎？親愛的？」

「很好笑，」我笑著說，「這很有趣，很有趣，很惱人，也很荒謬。」

「你覺得他一直要把你推給我的原因是什麼？」

「老實說我不知道，」我聳聳肩，「這件事上我沒有想太多，我已經無腦聽從他的指示有一年了。」

「嗯。」

「我在想有沒有可能是因為……也許他認為我可以幫你，畢竟我們兩個都坐過牢，我知道你已經出獄好幾年了，但是——」

她笑得上氣不接下氣，「我看起來像需要你幫嗎？」

「不像。」

「我很好，親愛的，」她用一種傲慢的姿態拍拍我的手臂，「有趣的是你以為他希望你幫助我，卻沒想過他是不是希望我幫助你，你才是那個身上聞得到酒味的人，你身上有傑克丹尼爾威士忌的味道。」

「是野火雞。」我聞聞襯衫的領子。

「尚恩希望你振作起來，開始工作。」

「好吧，謝謝，」我清清嗓子，「我懂了。」

她笑了，整件事逐漸變得荒謬起來，荒謬到令人不安，彷彿尚恩開了一個走鐘的笑話，一個惡作劇，我朝門口看了一眼。

「據我所知，你經營的是某種本土私人調查公司？」

「沒錯。」她抽了抽嘴角。

「所以尚恩認為我會就這樣跟你變成同一條船上的人，開始調查案件，裝作什麼事都沒發生過？」

「我不認為他是幻想什麼事都沒發生過。」阿曼達懶得再看我，所以翻了翻她的報紙，仔細檢視照片後才將目光移到了文字上。「他很清楚你現在過的是什麼生活，這大概就是他想到我的原因吧，因為我是昆士蘭唯一可能會僱用你的人，畢竟你被指控犯下那種罪。」

我的胃不太有辦法消化這些訊息，我又看了一次門口。

「他說你現在狀況超慘，」她笑著說，「我看過你的案子，我認為他的看法正確。」

「天啊，聽著，很抱歉我這麼說，法瑞爾女士，但只不過因為你是昆士蘭偵探業唯一會雇用我的人——」

「是所有行業中唯一會雇用你的人，我說真的。」

「好，所有行業，」我承認，「這不表示我有興趣，我的意思是你自己，你是一個——」

「一個被定罪的兇手？」她抬頭看著我，「聽著，甜心，判決有罪，無罪開釋；有罪，無罪；提出控告，撤銷控告，這些名詞在這裡都是一樣的意思，如果你現在不懂，很快也會懂，你在服刑，我們都在服刑。」

我撥弄身旁的紙巾盒。

「你想想看，」她繼續說，「你和我本質上有什麼不同？」

「有很大的不同，」我說。

「好吧，你還在嘴硬。」她回頭去看報紙，不屑地對我揮揮手，「跟你講話好累。」

我們沉默地對坐良久，亞曼達繼續看報紙，彷彿我根本不存在。我盯著她的頭頂、她的眼鏡，她染黑的頭髮底下還殘留火紅橘色的髮根，她用如此隨性的方式談論我的生活，簡直讓我不敢置信，我的人生就這樣燒毀成一片荒原。她像孩子一樣大聲啜飲咖啡，我在座位上卻滿腦困惑不安，彷彿一個剛發生車禍的乘客正在努力分清楚東南西北，正在試圖理解為什麼車輛停止前進了。

「所以你有閒工作嗎？」她最後問。

「有閒？」

「有空。」

「我很有空。」

「你有什麼相關經驗？」

「待過緝毒小組，偵辦過幾起相關的兇殺案，」我回答的時候腦袋天旋地轉，「我們的對話令人不敢置信。」

「有什麼好不敢置信？」

「我的意思是，你開的這家公司是來真的嗎？」我鬼鬼祟祟地傾身向前，「你真的有客戶？」

「來真的啊，」她傻笑道，「什麼？你以為這是個幌子還什麼的嗎？」

「不是，我只是……你是一個被定罪的殺人犯，大家不會懷疑你有危險性嗎？」

「我是個被判決有罪的殺人犯，」她低聲說，咧開大紅唇笑了，「我確實很危險。」

「那大家為什麼要雇用你？」

「不知道，」她聳聳肩，「可能他們認為我懂犯罪心理，因為我身處在壞人的波長上，我可以用我的超邪惡感官嗅出騙子、冒牌貨和壞人。」她大聲抽著鼻子說話。

「嗯。」

「我是布里斯班一帶唯一的私家偵探，這點也很有利。」

「好吧。」

「好吧，聽著，」她向後一靠，發出厭煩的嗯哼聲，彷彿她認命幫了一個大忙，但此舉可能會拖累公司的整體營運，「我願意給你一個機會，算是看在尚恩的面子上。」

「可是你說你不認識尚恩……」

「我是不認識。」

「但是——」

「我們為什麼不試試看？」她說，「我們可以回辦公室了，今天早上我準備幫你挑一個案件檔案，我們可以把其中一個案子拿來當免費試用，看看你到底行不行。」

「什麼案件檔案？」

「噢，我有很多適合你的案件，」她的頭部猛然一抽，耳朵差點碰到肩膀，「像是外遇案件，保險的案件。」

「謝謝你喔，不過我對在飯店房間裡到處拍光屁股的照片沒興趣。」

亞曼達整個態度不變，她用雙手攬住自己的身體大笑出來，彷彿全身都覺得好笑。

「在飯店房間拍光屁股的照片！噢，天哪！」

「我不太確定這是個好主意，我是指這整個安排。」

她大聲牛飲一口咖啡，「好吧，我不是來說服你的。」

我盯著自己的手看，在心中權衡，左右為難，想起尚恩，也想到錢的問題。

「我對免費工作沒有興趣，」我說，「這不算見習，而且我也不是十四歲的新手。」

「嗯，親愛的，你必須承認這值得一試。」

「你手頭上在處理什麼案件？」

「噢，你不會偵辦我的案件，」她笑著說，「我不太有辦法跟別人共事。」

「我也是，」我說，「所以這件事可能還是算了吧。」

我本來要高調轉身就走，服務生薇琪卻剛好走過來把我擋在座位隔間裡，她拿著便條本和筆站著對我們微笑，我看著亞曼達，她則被動回應我的視線，此時選擇權在我身上，我點了加牛奶和糖的咖啡後薇琪離開。

「這會很困難。」亞曼達無聊地嘆了一口氣，凝視著窗戶。

「我認同。」

「這鎮上大部分的人都快忘記我是誰了，」她說話的時候沒有看著我，「如果他們沒有忘記我做過的事，至少不會像我第一次獲釋時那樣面對我，我想大家已經習慣我的存在了，但你呢？一旦那些暴民發現你就在鎮上，他們會把你當成歹徒，我真的認為你應該來上班，可以在晚上工作，到飯店房間裡拍光屁股。」

「不必了，謝謝。」

她從報紙撕下一角摺成一個小而鼓起的正方形，我看著她把正方形貼在門牙間壓平，然後吸到臼齒上。

「聽著，」她若有所思地咀嚼那張紙，「老兄，我很同情你，所以我可能會讓你跟著我一陣子，看看你除了破門而入之外還有沒有別的能力，但你最好低調一點，要隱姓埋名，懂嗎？像燒餅裡的蒼蠅一樣來去無蹤。」

她面帶微笑地大聲喝咖啡，似乎對自己即興創造出的押韻很滿意，我在考慮自己是不是該感謝她。

「你可能該留個鬍子。」

「我在努力留了，」我摸著鬍渣說。

「所以你想要這份工作嗎？我們現在是搭擋了嗎？」她問道，臉上持續已久的厭倦感消失後浮現小女孩般的興奮神色，我翻了個白眼，她開心地鼓起掌來。

「跟我聊聊你的案件吧，」我說。

薇琪端來我的咖啡，亞曼達從她左手中指上摘下幾枚銀戒指，我發現有兩枚戒圍較小的戒指在手指根部卡住一枚戒圍大許多的戒指，這枚戒指太大了，所以當她終於拔下時，戒指哐啷好大一聲落在桌面上，她把戒指滾向我，我在戒指滾落桌面之前抓住。

「當地名人失蹤案，」她說。

「傑克・史卡利案，」她用很誇張的方式說道。

「我應該對這個名字有什麼反應嗎？」

「如果你看的書夠多，就應該要有反應，」她說，「我在監獄裡看了很多書，什麼書都看，但是布里斯班女子懲教所最熱門的系列是《末日編年史》。」

「聽起來很有趣，」我說。

「是很有趣！」

「這些書的內容關於什麼？」

「這個系列從新約和舊約中挑選出一些片段，然後改編成年輕人的流行故事，這些書爭議性很大，故事背景設定在『被提』[1]之後，當中也加入許多很酷的流行文化元素，這些元素當然不太符合聖經，像是吸血鬼、狼人、女巫等等，全是以聖經為基礎的史詩戲劇，卻包含年輕人喜歡的所有超屌性愛和暴力。」

「其實我聽過這種書，銷量有一百萬本之類的。」

「是一千萬本，非常了不起。」亞曼達笑了，「主要角色是亞當和夏娃，世界末日前的亞當和夏娃一開始是普通學生，最終卻成為史詩英雄與殭屍搏鬥，還請教門徒之類的，書的內容完全是褻瀆上帝，但是基督教文化下長大的孩子看到他們的聖經英雄被重新塑造成厲害的末日後戰士，都會感到非常興奮，所有很酷的角色都包含在內，像是天使長加百列，聖克里斯多福，還有一些非常性感的惡魔。」

亞曼達越過我看向窗外，似乎很開心地嘆了口氣。

「我們在布里斯班女子懲教所裡真的很迷那些書，」她說，「我們會確保沒有人劇透，有時我們會坐在宿舍裡大聲唸給對方聽。」

「現在這些書的作者失蹤了。」我說。

「我想是死了。」

「這戒指是？」

「完全符合聖經，」亞曼達說，「有人在一隻小廂型車大小的鹹水鱷魚肚子裡找到這枚戒指。」

「老天。」我把這枚結婚戒指舉到燈光下，她把戒指搶回戴在手指上。

「案子有趣嗎？」

「非常有趣，」我說，「誰委託你的？」

「傑克的太太，她受夠昆士蘭警方了，已經三週過去，卻連一點進展都沒有，完全沒有，沒有向她回報進度。她有的是錢，為什麼不找人來幫忙呢？」

「好吧，」我說，「所以我們該從哪裡開始？」

「嗯，不要太激動，如果你要和我一起偵辦這個案件，我們必須先建立基本規則。」

「有基本規則？」

「嗯哼。」

1　基督教末世論中的一種概念，認為當耶穌再臨之前，已死的人將會被復活高升，活著的人也將會一起被送到天上的至聖所與基督相會。

「好吧，放馬過來。」

「第一條最重要，你不能碰到我，永遠不行。」

「我怎麼會料想得到最重要的規則居然是這個？」我說。

亞曼達的臉色瞬間僵硬，就像一顆長了雀斑的石頭。

「不要自作聰明，沒有人能碰我，如果我碰你，無所謂，但沒有人能碰我或者我的東西。」她把報紙朝自己拉近了一些。

「好吧。」

「不能談接吻岸的事。」

「聽起來很合理，我希望你也能對我的案子保持相同的禮貌。」

「什麼？噢不行，拜託，泰德，」她用嘲弄的語氣說，「我們實際一點吧，我要談談克萊兒，這就是我今天來這裡一半的原因。」

克萊兒的身影如躍眼前，讓我非常痛苦，她站在路邊那瘦削白皙的身軀，雨霧繚繞在她身旁。我回過神來時發現自己緊咬牙關，我用雙手抓著頭部兩側。

「我的老天，」我深吸一口氣，「你為什麼要說？到底為什麼要提起這件事？」

「因為我想談，你在開玩笑嗎？從我的老朋友尚恩打電話給我開始，我就想談這件事了。」

「為什麼？」

「因為你聲稱自己是無辜的對吧？」她俯身向前。

「什麼？是！我不是聲稱自己無辜，我本來就是無辜的。」

「哇！」她舉起雙手，「太有趣了！對不對？」

「才不有趣，這很可怕。」

「這很有趣！如果不是你幹的，那是誰？如果你在說謊，那你是怎麼讓他們撤銷指控的？」

「你不要再說了。」

「你不想抓到真兇嗎？我們可以一起辦案，下班之後有餘力就來辦你的案件，把辦案當成一種樂趣。」

「不要，」我怒不可遏，努力想擺脫那緩慢點燃我身上每一根骨頭的憤怒，「不要，亞曼達，我不想在下班之後跟你一起辦這個案子，我不想跟你或任何人一起碰我他媽的案子，我們可不可以──」

「呃，好吧。」她向後倒在椅子上，「太無聊了，你太缺乏遠見了。」

「我們能不能──」

「好了，好了！我知道了啦，」她說。她把剩下的咖啡一飲而盡，把杯子大力扔回碟子上然後站起身。「我們現在暫時不談這個，你回家去處理鬍子，我會回家弄清楚我要怎麼安排你的工作，擊個掌吧，兄弟。」

她舉起一隻手，所以我也舉起手，但我的案件突然出現在會面過程中讓我感覺仍然麻木，她與我擊掌，然後漫步走進紅湖早晨炎熱的荒野當中，留下我幫她的咖啡買單。

我整晚都在與夢境和床單搏鬥。

凱莉站在監獄玻璃的另一端，她的臉上似乎坑坑疤疤的，被我這一側柵欄上的凹口刮傷，我全身上下每一塊肌肉都在疼痛，每一個聲音都讓我腎上腺素飆升，現在該怎麼辦？下一步該怎麼走？我一直希望來我牢房的人會釋放我，卻每次都大失所望。警衛端來一盤盤食物，把律師要給我的文件推到槽裡。我是個硬漢，走起路來卻像快要崩潰。

凱莉沒有帶寶寶來，我對此非常感謝，這個地方令人害怕。

「尚恩會針對監視錄影畫面進行一些分析，看看能不能找到我出現在加油站的畫面，」我對著有溫度的聽筒說，牙齒在格格打顫。「他看起來是個好人，似乎很知道自己在做什麼，你懂的？」

「泰德，報紙上說你要接受審判。」

凱莉的語氣像是懇求，她脂粉未施，面孔扭曲，彷彿好幾天沒睡覺，我也好幾天沒睡，毫無來由想起莉莉安出生時幸福的那幾週，當時我們都執著於在黑暗寂靜的時刻檢查寶寶有沒有在呼吸，還會一起坐在廚房的桌子上發呆。

「我們不會走到審判那一步的，凱。」

「但是——」

「這真是一團混亂，沒錯，但不會再持續太久，已經三個禮拜了，這太荒謬了，不過週末之前整件事就會結束，尚恩說只要找到綁架發生當下我出現在加油站的畫面，我就能離開這裡。也許我會申請錯誤逮捕賠償，我們要去度個假，我真他媽累死了，凱莉，我好想抱抱你。」

「那個小女孩從一組嫌犯的照片中指認出你的照片，」凱莉說，她握著聽筒的指節泛白，她在求我扭轉這個局面，我很努力，但所有的壓力都向我推進，讓我幾乎無法呼吸。

「對，」我說，「有時會這樣。」

「有時會這樣？」凱莉看起來嚇壞了。

「她很困惑，」我口乾舌燥、結結巴巴地說，「尚恩說她很困惑也受到創傷，她還是個孩子，她可能確實記得我出現在公車站，然後把我和真正的兇手搞混了。」

「但她怎麼能——」

「你看，其實根本不該這樣給小孩看一組嫌犯照，」我靠近玻璃，「給孩子看一組照片時基本上表示：『我們認為照片中的其中一人就是真兇。』所以她會認為自己必須從照片中挑出一個人，那個女孩記得我出現在公車站，她看到我出現在那組照片中，而她受創的心靈只會把這兩個片段拼湊在一起，即便兩者並不相符。尚恩認為如果走到審判那一步，法庭不會採納嫌犯照的證據，但不會的，凱莉，我們不會走到審判那一步。」

「再告訴我一遍你對她說的話，」凱莉堅持。隔壁隔間的人衝著訪客大喊大叫，一邊敲打著玻璃，警衛們像狗一樣厲聲責罵，我無法集中注意力，無法把自己的思緒整理清楚。

「嗯？」

「那個小女孩，你在公車站對她說了什麼？」

我瞇起眼睛把前額靠在手掌上，試圖想像我的陳述，我一遍又一遍回想自己在數小時偵訊過程中說過的話，現在什麼都記不起來了，我的腦中一片黑暗，片斷到什麼都留不住。

「噢，天哪，凱，我不知道，」我嘆了口氣，「我說……我說快下雨了，就這樣，我說要快要下大雨了，她說，『對。』我記得我問她公車是不是快來了，我記得她說快了，就這樣。」

「你為什麼要問她這個？」

我透過玻璃看著我妻子，什麼也沒說。

「嗯？」

「什麼意思？」

「你對女孩說，『嘿，快要下暴雨了，你的公車在路上了嗎？』」

「是。」

「為什麼？」

「我不知道，」我聳聳肩，「我真的沒多想，我覺得理應要說些什麼吧，畢竟我們都站在那裡，也許我想知道她會不會受困在雨中。」

「如果她真的會受困在雨中呢？」凱莉說，「如果她說公車不會來呢？那她就會受困在雨中，你會讓她搭便車嗎？你是想問她想不想搭便車嗎？」

「不是。」

「為什麼不是？」

「因為，」——我再次無助地聳肩——「因為我是一個成人，凱莉，我不會讓不認識的小女生搭便車。」

「那你一開始為什麼要問？」

「我……」

「你倒底為什麼要和她說話？」

我沒有回答，凱莉咬著嘴唇畏縮了，這表情似乎在訴說她內心有某處已經崩壞，或者快要崩壞。

「泰德，求求你，」她說。

「什麼？」

「求求你告訴我，你沒有犯案。」

我的顫抖就這樣停止，有股熱度從我脖子後方傳到手臂上，我的眼睛感到刺痛。

「什麼？」

凱莉握著拳頭掩面哭了，我把手放在玻璃上。

「你剛剛說什麼？」

「你沒有犯案吧，你有嗎？」

「你怎麼能這樣問我？你從來沒有這樣問過我，這三週內，你沒有這樣問過，為什麼要這樣問我？」

「泰德。」

「我沒有！」

我站起來用一隻手抓住玻璃上方的鐵製護欄，我大聲尖叫，我從來沒有像這樣過。

「我沒有犯案，凱莉！我沒有犯案！」

警衛拖著我，抓住我的手臂和脖子，我迷失了，完全不知道自己身在何處，我轉身抓住離我最近的守衛，因為他是真實的，因為他是人類，因為他就在附近。我抓住他的襯衫不放，手銬銬上我的手腕。

「我沒有犯案！」

我從夢境掙扎逃出，抓住小腿抽筋的位置，我最近從會因為某些詭異的原因從睡眠中驚醒，可能是抽筋、抽搐或刺痛，我知道我聽見的噪音和聲音並不出於真實。我第一次進監獄時也是這樣，我不知道身體在告訴我什麼訊息，但我很感激身體不停撥動這些開關並切斷了噩夢。

我走出屋子來到門廊上，綠蛙入侵了這個小區域，我走進綠蛙鳴叫聲創造出的管弦樂隊，呈塊狀又濕漉漉的三隻綠蛙棲息在屋頂的椽上，像滑溜肥大的綠色黏土一樣排排站立在欄杆上，只有月光賦予牠們形狀。我走到門廊邊的箱子旁掀起毛巾，立刻感覺到一股呼出的暖意從裡頭散發出來，鳥類身上那股潮濕的泥土味也撲面而來。

「女人」把頭埋在完好的翅膀下方睡覺，我叫喚她時，她如蛇一般的脖子抬起，用黑色的雙眼搜尋我，我在她身邊放鬆坐下，把手伸到她翅膀下，抓住依偎在她身旁那堆毛茸茸的物體，把睡著的小鵝拉到我手掌裡，她沒有反抗，我們在夜晚期間休戰。

「我會把小鵝還你的，」我承諾。

我坐在月光下把熟睡的小鵝抱在大大的手掌裡，撫平小嘴喙周圍毛絨的羽毛，這隻小東西幾乎動也沒動。

我依然記得孩子抱在手中的重量。

親愛的傑克，

我寫信來的目的是告訴你我有多愛《燃燒》，我太晚讀到《末日編年史》了；希望你別介意，但是我一開始知道這系列時我媽不讓我看，後來我就完全忘了這件事。我超愛《燃燒》，我已經去買了這系列剩下的集數——我把書全放在背面有夏娃照片的金色盒子裡，我不知道該不該在重看第一集之前繼續讀下去——我看太快了，我確定一定有漏看某些段落。找到一個像你這樣讓我超愛的作家有點令人感傷，因為我知道書終有看完的一天。

我自己也是個很積極的作家，所以找到一個偉大的作家時，我會努力模仿他們的風格，我還沒有作品發表，但我正在努力，而且我已經收到三十封退稿信，我知道應該找到自己的風格和自己的故事，但我想如果可以從偉大的作家身上汲取元素，總有一天也能有成就。我寫了一篇關於夏娃和亞當的短篇小說——我希望你不介意，我知道有些作家不喜歡這種行為，但我實在太迷戀你了，從第一頁開始，你筆下兩個主角就在我腦海裡揮之不去！這個作品有點性感，但我對這些角色充滿熱情，我希望你也能感受我的熱情。

如果你認為我的作品有前途，也許可以把作品轉交給你的文學經紀人，我自己也曾把一些作品寄給卡瑞，但他只寄了一封公版退稿信給我，我敢打賭你自己也曾收過很多這種信！我不確定他到底有沒有讀過我的手稿——我聽說他們有時不會讀，尤其當工作量很大的時候，也可能他們目前在找一些暢銷題材。我認為現在最流行殭屍，所有人似乎都在出版這種內容，但我從來都不是一個「趕流行」的人，我與眾不同，如果卡瑞知道我認識你，一定會比較認真看待我的作品。

無論如何，我要去看書了，如果你有時間請回信，我真心覺得我們都身為作家，一定有很多話題可以相互交流。

——

亞曼達看起來像個毒蟲，但目前據我所知她不是。我坐在車裡，一隻手臂懸在窗外，一隻手放在方向盤上，眼睛盯著她看。我的車像蝸牛一樣沿著泥土路緩緩爬行往南紅湖地區，而她則在泥土路上騎著車穿梭在岩石之間，剛好遠離我的車輛範圍，彷彿一個憔悴的蜘蛛女，正在與一隻鋼馬搏鬥。我偶爾得讓車子轉向靠近她一些，否則我們之間的談話會因為距離過遠而聽不清。烏雲籠罩地平線上的群山，但甘蔗田間的山頂上仍有熱浪在閃爍。

「所以你是不能開車，還是不會開車？」我問。

「如果我願意試試看的話，我應該會開車。」

這輛腳踏車是一輛老舊的競賽用車，她一直持續上油，保持得一塵不染，車身是芥末黃配上鮭魚粉的車輪，她沒有戴安全帽，她騎車時手肘上有一頭獅子瞪視著我。我這輛車是尚恩在我出獄隔天送給我的一輛舊轎車，他租來這輛車讓我能把家當從家裡搬到我當時住的汽車旅館，我們家原來的車留給凱莉開，法庭讓她等了六個月才把那輛 Corolla 歸還給她。尚恩從來沒有要求我把這輛租來的車還給他，難以理解的是車裡莫名奇妙塞滿被太陽曬得變形的報紙。

「你也不願意坐副駕駛座嗎？」我看一眼身旁看似無害的空蕩座位。

「這是其中一條基本規則，我想是第五條吧，規則五：只要我還活著的一天，永遠不會開車。」

「這是一條荒謬的規則，亞曼達，我可以上訴嗎？你騎著腳踏車到處跑，會對我們的工作產生實際上的影響。」

「目前沒有上訴程序，反正我不坐車，」亞曼達瞄了我一眼，發出一個發怒的咆哮聲，也許是路上的岩石讓她沮喪，也許不是，她表情僵直起來，「從那天晚上開始，我就不坐車了。」

那天晚上指的顯然是亞曼達在一輛車裡殺害她的年輕友人蘿倫．費里曼當天，地點就在紅湖外的接吻岸，亞曼達和蘿倫一起去參加山上的一個派對，她們把車停在路邊，停在茂密雨林中的一條泥土路上，她們沒有現身在派對上，十三小時後警察在那台車狹窄的後車廂中找到亞曼達，她無助又赤身裸體，但可疑的是她毫髮無傷，蘿倫則蜷縮在後座上背部滿是刀傷，車輛附近沒有任何腳印，表示沒有任何人出現在女孩停車的地點，亞曼達的衣服就脫在附近，因整晚的雨水而濕透。

我看著她一面騎車，一面跟隨收音機的節拍用手掌敲打車側，早上我google過我的新搭檔，搜尋到的結果讓我心生不安。亞曼達最初聲稱自己在後車廂聽見有人殺害了她朋友，但她無法解釋的事情卻愈來愈多。

她無法解釋自己為何會出現在後車廂中。

她無法解釋自己為何會裸體又毫髮無傷。

她也完全無法提出實證證實案發現場出現過另一個人。

初步偵訊的過程中，亞曼達似乎小心翼翼在試探自己的清白，她一開始暗示自己沒有犯罪，不知道兇手是誰，然後她又換了個說法，說自己確實知道兇手是誰但不會說。她簡短做出一些解釋，包括說自己昏迷，說自己是夢到這起謀殺案，或者說是透過他人的眼睛看到的，幾天後又推翻全部說法。

是他人謀殺了蘿倫・費里曼的說法並不合理，為什麼會有人想在一個偏僻的山頂上開車接近兩名女性，殘忍殺害其中一人，但另一人卻毫髮無傷？但首要問題是她們兩人到那個地方要做什麼？為什麼她們要把車輛停在離派對和其他車子兩百公尺或更遠的地點，而山上明明還有足夠的空間可以停車？為什麼選擇把車停在深入樹叢的地方，而不停在寬闊露天的路邊？還有誰知道她們在那裡？兇器到底在哪裡？我思考了一下，意識到自己正在心中決定她是否犯案，我眼前那個女人是否是某種殺人魔，只因某種病態或與性有關的理由，就這樣扼殺一條年輕的生命，我想要擺脫這一連串疑竇卻揮之不去。

我用懷疑的目光看著亞曼達・法瑞爾，這件事本身具有雙重諷刺性，首先我對這起謀殺案的了解只流於表面，而整個國家的人認定我有罪，也只憑藉表面的了解，我懂被報紙讀者譴責是什麼感覺，我不想用同一種方式對待她。

我也在銀水懲教所裡與兇手、猥褻兒童犯和強姦犯一起關了八個月，但這些人裡面沒有一個人看起來像是惡魔，他們當中有人會抱著泰迪熊睡覺，會因為想媽媽而在夜晚哭泣。我當巡警還有任職緝毒小組期間也有相同的經驗，這世界上沒有所謂的「壞人臉」，也沒有所謂的「殺手行徑」。我無法從亞曼達的外表看透事情的真相，我心中理性的那一面對自己重申這個事實，但我發現自己仍盯著她看，盯著她垂下的雙眼思考著她為什麼要這麼做。

會再發生一次嗎？

「像你這種被定罪的人，怎麼能拿到私家偵探執照？」我問。

「申請就好，親愛的。」

我瞇起眼睛目睹她撞上一塊大石頭。

「犯下某些罪行會沒有資格申請，」她說，「兇殺案就是其中之一，但如果案件發生在十多年前還是可以申請，他們會逐案考慮。」

「所以他們批准你的申請，」我輕蔑地哼了一聲，「不可思議，公眾有強烈抗議嗎？」

「我每次做任何事都會引起公眾的強烈抗議，獲釋一年後我光是現身在史密斯菲爾德的公共游泳池都能登上報紙：亞曼達．法瑞爾去游泳，我活像個穿著比基尼的屠夫。」她說著自顧自笑了，「我喜歡，我喜歡新聞報導這麼活潑。」

「這些事情你都不當一回事對嗎？」

「事情過一陣子之後，如果你沒辦法幽默看待自己的處境，很快就會把自己毀了。」

我回想起撿到「女人」的那個晚上。

「所以有誰會聽我表演押韻呢？」她繼續說，表情嚴肅，「沒有人，就是這樣。」

「押韻才是你真正的罪行……違反人性，」我說，她笑到差點從腳踏車上摔下來。

「但說真的，」她說，「一旦當地報紙得到風聲，你的出現就會引起公眾的強烈抗議。」

「我很期待，」這是謊言。

阿曼達騎到裸露的岩石前方，毫無預警在我面前沿著山坡迅速向下滑行，我追逐她時發現後照鏡當中閃現紅藍色的燈光，隨後馬上聽見巡邏車對我發出警報。

我早預料到是街角商店裡那兩隻讓我心煩的豬玀，他們笨拙地下車，一邊拉扯身上的腰帶。我下車想找亞曼達，但她已經不見蹤影，可能已經躲進高大的黃色甘蔗園中，身形較高大的盧將警棍從臀部的護套中抽出。

「沒有人叫你下車，先生，」他說。我注意到他們名牌上的姓氏是亨奇及丹福德。這個丹福德不幸的是從他細長的眼睛下方蔓延到襯衫領子處全都是青春痘疤痕。

「這條路沒有速限，」我說，「車輛的行駛狀態很好，你們沒有理由攔下我。」

「警察攔人不需要理由，」亨奇笑著說，「這是臨檢。」

「你們想臨檢，就得設置一個路障，你們不能隨意攔——」

「把手放在車頂上！」亨奇用警棍尖端猛戳我的肋骨，疼痛從胸口傳來，我有一度喘不過氣來，無法將那側的手臂舉到車頂上。

「那樣會造成瘀傷，」我喘息著說。

「你想再來一記嗎？」

我真的不想。他們的車斜停，行車記錄器的位置越過田野面向高速公路，亨奇從我口袋裡拿出皮夾開始掏出所有卡片，然後把卡片扔進泥巴裡，他倒放皮夾，搖出硬幣，把唯一一張二十元紙鈔塞進口袋，而丹福德則打開汽車後廂。

「你到城裡做什麼，先生？」

「找朋友。」

「哪位朋友？」

「薇琪，」我看見丹福德將後視鏡從擋風玻璃上的外殼上拆下。「餐廳那個薇琪。」

他從我口袋裡掏出手機，滑動最近收到的來電和訊息，我嘆了口氣，他不知為何竊笑起來。

「怎樣？」

亨奇舉起手機讓我看，手機螢幕上是莉莉安的照片，我的女兒。

「手機上有個嬰兒。」

「是，」我說。

「我知道你喜歡年輕的，」亨奇笑著說，「但不是這——」

我試圖搶回手機，他早預料到我的反應，一把將警棍直直敲在我膝蓋骨上，疼痛讓我眼前一黑，耳邊也嗚聲大作，我抓住膝蓋骨雙腳一軟。像所有孬種一樣，當鋼棍砸在我身體上，亨奇就因為害怕被抓到施暴而畏縮。他的虛張聲勢只是一時，他環視田野然後對丹福德示意，接著把我的手機丟在泥巴裡。

「後會有期了，老兄！」

過了很久亞曼達才從甘蔗田裡出來，她一邊走，一邊目送警車駛離，她的表情瞬間而強烈地抽搐，彷彿在努力把蒼蠅從臉上趕走，她沒打算要將我扶起。

「沒事，真的，」我說，「別費心了。」

我坐在駕駛座上彎腰曲腿，感覺身體有某些部位正在嘎吱作響，我知道明天傷勢會更嚴重。

「我認識那兩個警察，你得小心他們。」

「真的嗎？不會吧！」

亞曼達搓著雙手，戒指叮噹作響。

「亨奇和丹福德，這兩個傢伙是這裡的老大，他們就是王法。」

我從未看過亞曼達害怕，她用力搓著雙手，彷彿雙手上爬滿了螞蟻。

「那兩個傢伙做巡邏工作有點太老了吧，不是嗎？」我說，「他們年齡一定跟我差不多，到底還在路上走來走去做什麼？」

「我認為他們喜歡在這裡巡邏，他們經常四處走動，去哪裡都能看見他們在監視所有人。」

「你在當地當私家偵探，他們有什麼看法？」我問。

「他們對你這個當地的戀童癖者有什麼看法，對我就有什麼看法，」她說，「不要招惹他們。」

亞曼達扭頭去騎車，目光仍在四處搜尋巡邏車。我擦去手機上的泥巴，也拭去螢幕中莉莉安上的泥巴，忍住別看她的眼睛。

我們在南紅湖區的房屋外停留一會兒，亞曼達伸展四肢，盯著三樓的窗戶，窗戶上映出藍色的山脈。

紅湖和毗鄰湖區的房屋對於想獨居的人來說是塊隱蔽的窪地，因為蔗農的土地綿延極遠，難以抵達，能把所有來客拒之門外，而像礦井一樣的小房屋則隱身在濕地的岩層中。如果我並非鎮上唯一的流亡者也不會令我驚訝。這裡的土地肥沃得令人難以置信，我開車行經的大多數房屋都有自己的私人花園，可以讓此地的流亡者在家裡自產自足，不必暴露到光天化日之下。月光靜止在後棚屋裡，大麻葉依偎在矮樹叢中，這裡的街道清晨不會有垃圾車隆隆作響，不會聽見孩子在走去搭校車的路上發出笑聲，來到紅湖是為了安靜，為了隱蔽。

紅湖作為旅遊勝地太偏遠又太荒涼，當地人不歡迎外來者，所以沒有人來到這裡旅遊，搖搖欲墜的木製碼頭上滿是不苟言笑的男人，他們手持釣魚線，曬黑又勇健的雙腳懸在湖水中。犯險的遊客不只一次在夏天勇敢來到紅湖泡水，想要在濕度的壓力下緩和一下，他們認為鱷魚無法在湖泊間移動，但此地的湖水是由蜿蜒在尤加利樹間的黑色小溪串連起來，這些小溪會沖走那些在水體間滑動的生物，只要光溜溜的小腿上感覺到有什麼有鱗片的生物拂過，就足以讓這些遊客腦補出一篇冒險故事回家。

有錢人喜歡此地的安靜和孤獨，南紅湖與紅湖地區完全不同，在這裡與世隔絕的隱居人口讓柏油路上的路殺動物留給烏鴉撿拾的狀況明顯減少。這裡有鋪好的車道，轉角有一家豪華的小咖啡館，有戶外餐區和張開的帆布遮棚，破敗的房屋和散落舊啤酒瓶的門廊消失無蹤，一排宅邸與國家公園接壤，鶴鴕會從國家公園穿越馬路走到街道盡頭的濕地，巨大的黃紅標誌警告民眾不要餵食鶴鴕，開車時也要提防體型跟人一樣大的鳥類。我坐在車裡幻想可以從叢林深處高聳的房屋後面聽見牠們的聲音，那古老生物的叫聲。

史黛拉和傑克．史卡利的家在這排房屋中顯得特別出眾，有色玻璃牆面切穿大量輝煌的白色磚塊，屋子前方有一座無邊際泳池。我抬起頭看見一個青少年在二樓陽台的邊緣閒晃，肘部緊緊抓住肋骨部位，晃動的手上掛著一支香煙。我在視線優越的位置上看見他似乎身穿破舊的牛仔背心，頭上戴著毛帽，那讓我目瞪口呆，因為在晨光中我的嘴唇上方已經出汗。

「所以你還沒有見過這棟房的女主人？」我問亞曼達。

「還沒，到目前為止只有說過電話。」

「她知道你會帶我進去嗎？」

「不知道，」亞曼達說，「噢，我的意思是我昨晚打電話給她，告訴她今天會帶一個搭擋一起過來，但不是你，尤其不能是你。」

「出現一個罪犯就夠了對吧？」

「如果她準備好接受我，就應該能接受你，」她沉思道，一邊在手腕上把錶轉來轉去，彷彿想把手當成螺絲旋開。「畢竟我是個性虐待狂，還是個兇手，你只是個戀童癖罷了。」

我感到右眼後方一陣刺痛，那痛感短促又尖銳，就像剛被人揍了一拳。

「哇，好吧，我可以建議把一條基本規則加入清單中嗎？」

「歡迎提出建議。」

「我們可以訂下一條規則，規定你再也不能把這種詞彙用在我身上嗎？」

「那你比較喜歡什麼形容詞？岩石蜘蛛[2]？壞老爹？戀童癖泰德？」

「我不喜歡你隨便講我是戀童癖，」我臉色難看地說。

「好吧，收到。」她跺了一下腳敬禮。

「別再從任何意義上提到我的案子了。」

「我會改進，其實我不太擅長遵守規則，而且我太愛你的案子，太愛了，多希望有人能帶我親眼現場，看這場好戲。」

我按摩一下雙眼，我的大腦就像一顆鉛球繞著頭骨滾動，不時在邊緣撞擊。

「趕快搞定這個差事吧。」我瘸著腿下車，決定如果史黛拉．史卡利或她兒子馬上認出我，我就離開，總比在調查初期就要努力迴護自己辦案的權利要好。

「所以你要用什麼……身分？」我們走到門口時，亞曼達問道。

「柯林斯，」我說。

史黛拉一定早在監視畫面上看見我們走近房子，因為攝影機像鳥群一樣棲息在整棟房屋，她打開門後幫我們扶住門，她的目光短暫停留在我身上，再落在亞曼達身上。亞曼達五顏六色的外表讓我很滿意，陽光照射在她黑色頭髮中的藍色挑染上，她用笨拙的步態走向門口，彷彿某種奇妙的人類昆蟲，我的存在感完全無法與她相提並論。

「很高興終於見到你，法瑞爾女士。」史黛拉．史卡利伸出手，亞曼達把手塞進牛仔褲裡移開視線。

史黛拉穿著一件白色棉質連身裙，介於寬鬆的洋裝和斗篷之間，上頭打著許多節，隱約能看出她纖細

2 澳洲俚語，意指戀童癖或猥褻兒童者。

的腰身和肩膀的焦糖膚色。金色捲髮和完美無瑕的皮膚上布滿雀斑，顴骨和精雕細琢的鼻子讓她看起來像個整形上癮的老模。她讓亞曼達從她身邊經過，我握住她柔軟的手，不想讓她因亞曼達拒絕握手而尷尬。

「泰德．柯林斯。」

「很榮幸認識你。」

門廳很大，二樓窗戶透進的光線穿過樓梯，從不同的角度縱橫交錯，照亮了鍍鉻和大理石材質的裝置。我腦中浮現一種明確的感覺，我在離開之前一定會以某種方式玷汙這個地方，一定會把我身上某種笨拙的野蠻帶進這個空間，比如不小心碰倒什麼物件，或者讓油膩的指紋覆蓋在什麼物品上。

我們走過客廳，穿越廚房，廚房空間大到像遊輪上的廚房，然後我們走到日光室，我躲在擺了一座藤編沙發的角落，遠離房間右側黑色大理石基座上擺的一座巨大紅色玻璃雕塑。高聳書架上方的牆上掛滿裝框的書籍海報。《末日編年史》系列第一集《燃燒》的封面引起我的注意，上面是兩名青少年的身影在燃燒著的城市前方手牽著手。

亞曼達走到書架前看著上面擺放的每一本集數，手指在書脊上撥弄。

「所以你是這次冒險行動的新搭擋是嗎，柯林斯先生？」史黛拉選擇坐在我鄰座的扶手椅上，用手順順她的棉質連衣裙。

「我叫泰德，是的。」

「我敢說他就像隻真正的獵犬，史黛拉，」亞曼達說，「在你說完『後現代主義』這個單字之前，他已經嗅出你死去的丈夫人在哪了。」

「噢，天哪。」我用手遮住了眼睛。

「我聽得出來法瑞爾女士說話非常直接，」史黛拉說，「這在大多數狀況下總不是件壞事。」

「你知道的，她說你丈夫已經過世只是出於推測，」我說，「總會有一線生機。」

「好吧，」史黛拉說，「如果結果是他在玩什麼花招，他會希望自己死了，我能說的只有這麼多。」

史黛拉．史卡利拿起一只酒杯，酒杯放在扶手椅旁邊的一張小桌面上，從我的角度看不見。我像隻訓練有素的狗般聞到野火雞威士忌的味道，她察覺到我的表情變了，於是揚起修剪整齊的半邊眉毛，晃動酒杯讓冰塊叮噹作響。

「要來杯蘋果汁嗎，泰德？」

「麻煩你了。」

她走到餐具櫃前幫我倒了一小杯野火雞，也放了幾顆大冰塊進去，她全套設備俱全：製冰盒和醃櫻桃，醒酒瓶和調酒棒罐，有吸管和鋸齒邊的小夾子，還有一塊和我手掌一樣大的砧板，用途是拿來切放在碗裡的一小堆萊姆，她是資深的飲酒者，品味高尚。我接過酒杯，深深吸入一口酒香。

「為什麼你說這是『花招』？」我問。

「抱歉，你說什麼？」

「你剛剛說『如果這是什麼花招』，為什麼你丈夫失蹤會是個花招？」

「他有祕密，也會玩花招，所以就男人而言他也算不上特殊。」

「你可以跟泰德描述你最後一次見到傑克的事，」亞曼達提議。

「當然，」史黛拉疲憊地嘆了口氣。「這事情已經過了二十二天了，一月二十一日晚上十點左右，我們一起上床睡覺，我們倆都喝了酒，我記得傑克幾個小時後起床，但我並沒有多想，我不知道當時幾點了，整個晚上他一直翻來覆去，我早上醒來時他人已不在，錢包、鑰匙和手機都不見蹤影，外頭的吉普車被他開走了，捷豹車則留在車庫裡。」

「你晚上沒接到電話之類的？也沒聽見敲門聲？」

「什麼都沒有。」

「他就這樣自己起床離家了？」

「是的。」史黛拉嚥下一口酒，咂了咂嘴。

「有點奇怪。」

「整件事都很奇怪，泰德。」她笑了笑。

「遺失的私人物品還沒找到嗎？車子呢？」

「沒有，我們刊登了一幅很大的新聞稿，報紙上刊登了照片還有所有資訊，唯一找到的是戒指。」

「更怪的是，亞曼達跟我說你丈夫的結婚戒指出現在一隻足足兩公尺長的鱷魚體內，」我從後口袋拿出記事本，翻開頁面，「有人為了收穫鱷魚皮捕獲這隻動物並實施安樂死，鱷魚是北領地北部松林溪一種討厭的生物，他們在橡樹海灘的麥卡利斯特屠宰這隻動物，你或你丈夫是否與上述任一地點有地緣關係？麥卡利斯特，或者橡樹海灘？」

「你不是凱恩斯本地人吧，泰德？」史黛拉問。

「不是，我是雪梨人。」

「好吧，如果你是凱恩斯人，你就會知道橡樹海灘除了黑人部落和沼澤之外什麼都沒有。」她啜飲一口酒，「那裡是個保留區，沒有人會去那裡，而麥卡利斯特也離這裡非常遠，我們兩人都不穿鱷魚皮，那種皮革非常粗糙。」

亞曼達胡亂拿起書架上的一盒雪茄，史黛拉和我看著她從盒裡取出一根黑栗色的管狀物，大聲用鼻子深深聞了一口。

「在鱷魚身上沒有發現人類遺骸吧，」我說，試圖把亞曼達的注意力從架上的小擺設抓回來。

「有找到遺骸，」亞曼達回答，「但已經降解到不知是否是人類屍骨了。」她把雪茄盒放回去，擺出一個戲劇化的姿勢。「我是這方面的專家，我做過很多研究，灣鱷和大多數鱷魚一樣都有一個繞過肺部的心臟瓣膜，能將血液透過主動脈直接分流到胃部，血液會吸附在二氧化碳上而不是釋放到肺部，目的是產生大量的強腐蝕性胃酸，鱷魚分泌的胃酸是地球所有動物的十倍，可以消化其他動物無法消化的物質——如軟骨、骨頭、衣服、皮革……」

「好了，」我試圖緩頰，「緩著點吧，大衛．艾登堡[3]。」

「結婚戒指在腸道深處被發現，」她繼續說的同時戳戳自己的肚臍，「所以看來我們是在生物性物質大量降解之後、白金物質遭受嚴重破壞之前找到戒指。」

「是的，」我點頭說，「好了。」

「在緊要關頭你可能會說，我們是在戒指可能破壞並永遠消失在當地濕地的陰暗深處之前找到戒指。」

「你現在可以不要說話了，亞曼達，」我說。

「遺骸在昆士蘭警方那裡，」史黛拉說，「我認為警方現在已把遺骸轉放到法醫辦公室，警方一直告訴我檢驗沒有結果，無法分離細胞化合物，所有遺骸都已經……化學中和……之類的，他們認為法醫辦公室的人員可能比警方自己人更有能力，警方唯一能判定的是鱷魚確實吃下某種東西，但無法告訴我是什麼。」

---

3 David Attenborough，英國解說員、生物學家、自然歷史學家和作家。

「湯，」亞曼達說，「死鱷魚屎看起來像棕色的湯。」

「亞曼達！」

「你丈夫煮成的湯也沒剩多少可以拿來檢驗了，」亞曼達懊惱地咂咂舌，「正當沃利和他的手下即將完成取出鱷魚內臟和收割鱷魚皮的工作時，戒指就從鱷魚的……嗯，肚子裡掉出來了！到了那時，史卡利先生做成的義式蔬菜湯已經遍布殺戮現場。」

「如果你的丈夫還活著，史黛拉，」我嘆了口氣，「我和我無腦的朋友會盡其所能找到他，如果他死在鱷魚口裡，無論是意外或是蓄意，我們都會努力查出這件事是如何發生。」

「非常感激，」史黛拉說，「聽你的言下之意，你好像知道自己要面臨什麼難題。」

「你怎麼知道傑克的目的不是詐死，把結婚戒指放在一塊肉上，然後把戒指餵給鱷魚吃呢？」我大聲發問，「這聽起來很像阿嘉莎．克莉絲蒂筆下的情節。」

「這聽起來是個糟糕的計畫，」亞曼達說，「你必須耗費一番心思才能成功，這條鱷魚要先被抓住，還需要有人找到戒指。」

「對，」我說，「好吧。」

「不過這是個好方向，」史黛拉安慰我，「橫向思考，你是退休警察對吧，泰德？」

我清清嗓子盯著亞曼達，她正在把玩幾根放在門口的高爾夫球桿。

「我擔任執法部門的工作。」

「你舉手投足都很像警察，」她說。

我咕噥回覆幾句不置可否的話，我們的話題誤入危險地帶，亞曼達正在用九號鐵桿練習揮桿，我們靜靜坐著看她，看著她決定把球具帶到戶外，對著草地揮打幾次，她的眼睛看著地平線，彷彿在追蹤球路。

「找她當搭擋是個有趣的選擇。」

「聘請她調查也是個有趣的選擇，」我說，「你不會介意她……詭異的行徑嗎？」

「噢，聽著，我相信你有注意到她很煩人，」史黛拉露出詭異的笑容，「但跟警探合作過後你會覺得她像一股清流，警方要不是不接電話，要不就是接了電話但態度很差，然後告訴你像是案件完整性和調查嚴謹性這類的官腔廢話，你不知道他們之所以瞞著你是因為他們已經掌握嫌犯，還是因為他們一籌莫展。」

「那她犯過的罪呢？」我說，「你不介意她被判有罪嗎？」

「聽著，就算我在意，亞曼達・法瑞爾還是北部唯一的私家偵探，」史黛拉說，「我需要有人查出我丈夫是死是活，否則我無法對資產提出索賠。」

我皺著眉頭在記事本上記下了一些筆記，同時感到奇怪的寒意襲來。

「噢，拜託，」她笑著說，「不要板一張臉，我如果不僱用亞曼達，我就得等個七年才能讓州政府宣布傑克死亡。」

「才過了二十二天。」

「你最近一次停止使用手機、銀行或網路帳戶三個禮拜是什麼時候？」她說，「傑克不能兩天不吃抗憂鬱藥，藥還擺在浴室裡，而且他也沒有領處方藥，他一直出現在新聞上，沒有目擊者，通通沒有，我丈夫死了，柯林斯先生。」

「也許吧，」我嘆了口氣，「當事態看起來如此糟糕時，很難抱持希望。」

「這是不可能的，而且我對國家處理這件事沒有信心，到目前為止，他們派給我的警方聯絡人都是一個比一個懶惰的白痴。」

「聽起來你並不……」我阻止自己說下去，史黛拉看著我，聽起來她並不思念丈夫，也不關心他是否還活著，但當我坐在那裡看著我寫下的筆記時，我想起凱莉，我回想起她似乎很輕易就不愛我了，她的臉龐在被告席後方的一排排人中慢慢變得僵硬。在認罪聽證的第三天開始，她的眼神再也無法與我對視，隨著不利於我的證據愈來愈多，她對我的憎惡也愈漸增長，彷彿一朵黑色的花一樣緩慢綻放，一瓣又一瓣，似乎在等待我不再朝她看去。有時我回頭朝人群看了一眼卻沒有認出她，她換了髮型，變瘦了，她不再叫我泰德，開始叫我愛德華。

她接受《六十分鐘》的採訪時我已還押候審四星期，她完全對我拒而遠之。

也許其中的心路歷程並不如表面看起來那麼容易，也許她只是想活下去，就像我一樣，也許史黛拉也一樣，她丈夫起床後就這麼人間蒸發，她只是想度過這段難關。

「傑克是個什麼樣的人，史黛拉？」我問道，一邊看著亞曼達走進來，又晃蕩回去看著那座書架。

「他是個容易上癮的人，」她說，「他是個工作狂、酒鬼，購物狂，他也沉迷於一些大男孩的玩具——像是汽車和船，還有小工具。」

「毒品呢？」

「我們年輕的時候會吸，當成消遣，最近沒有了，我們怕被哈里森逮到，」她朝著門廳和樓梯揮揮手，「畢竟他已經到那個年紀了。」

「哈里森怎麼看待這一切？」我問。

「很難講，」史黛拉在椅子挪動一下姿勢，忍住不打哈欠，「他是個徹底的混蛋。」

我嗤笑一聲看向亞曼達，想看她是否也聽見了。

「他是個——」

「混蛋，」史黛拉這次說得更明確，然後啜飲一口酒，「這樣形容他沒犯法吧？他是個青少年，他走進一個完全不同的情境，歌德、硬蕊龐克、文青，不管怎麼稱呼，就是恨這個世界的青少年，他們覺得上天對他們不公平，覺得沒有人懂他們。在傑克失蹤之前，他脾氣暴躁又悶悶不樂，他現在依然脾氣暴躁，悶悶不樂。」

「我方便和他談談嗎？」

「你可以跟他說話，但不能保證會得到任何回答。」

「還有什麼值得告訴我？你丈夫對你忠實嗎？」我問，「你對他忠實嗎？」

「近期是，」她看著我說，「自從我們有了哈里森以來，我們一直很安分守己，如果傑克身邊有別的女人，一定是個很不需要人陪的女人。」史黛拉在身下縮起雙腳，「他每週有五天在家裡的辦公室工作，他的空閒時間只有下班後晚餐前這段時間，還有週六晚上我沒去跳舞的時候。」

我查看一下我的文件，「所以，他是個非常安靜的人。」

「是的。」

「你說他在服用抗憂鬱藥物？」

「所有作家都在服藥，不是嗎？」

「但他沒有自殺傾向？」

「沒有。」

「他的名下沒有發生重大的家庭糾紛嗎？像是遺產？保險？委託書？信託？」

「沒有，他是獨生子，他的父母在養老院。」

「他有想去荒野中流浪的傾向嗎？」

「當然沒有，」她笑了出來，「傑克本來就不是那種熱愛戶外的人，而是內向的人，瑜伽墊、浪潮的聲音、冥想，你知道的……不是蒼蠅、壁蝨、日曬。他最戶外的活動是在高爾夫球場修剪整齊的草坪上漫步，但是如果球飛到懸崖峭壁呢？那就算了吧。」

我留意到她話中從過去式迅速變成現在式，她是為了我改正時態嗎？這樣我就不會逮到她認為丈夫已經過世，永遠不會回來了？或者她搖擺不定的措辭是一種自然反應，表示她有時懷抱希望，有時放棄自我？

「好吧。」

我看著天花板，努力回想自己接受過哪些尋找失蹤人口的訓練，我已經失業將近一年，儘管如此，從我在學校裡學習辦案技巧也已過了許久，我感覺手足無措。

「他和書迷的互動怎麼樣？」我問，「有什麼奇怪的粉絲嗎？有發現誰在新書發表會上舉止詭異，或者送他什麼奇怪的東西嗎？」

「噢，早期書開始暢銷時，偶爾會有怪人打電話到家裡，或者出現在前門遊蕩，」她說，「最糟的是那些想成名的作家，所有大出版商那裡傑克都使得上力，所以那些人以為如果能用某種方式讓傑克看到他們的作品，他就會被打動然後打電話給他的人脈說『快來看看這個作品』，很多手稿丟在前門，還放了幾瓶酒和巧克力，我們直接把這些東西都丟了。」

「但最近沒有發生過這類事情？」

「噢，沒有，好幾年沒有了，如果你完全忽視這些人，他們就會消失，無論如何這些人都構不成威脅，他們只是——我不知道，太絕望了吧，辦公室裡放了一箱粉絲來信，」她說，「歡迎你去查看，警察已經全看過了。」

「所以你無法在傑克的生活中立即指出任何惡意嗎？沒發生過很明顯的事件？你丈夫內心深處是否有什麼黑暗的祕密，可能會導致他的失蹤？他有什麼不為人知的祕密嗎？」

「我想不到。」她聳聳肩。

聳肩這個行為很詭異，太漫不經心了，我覺得她一定知道什麼，我一定又露出「那個表情」了，因為她帶著笑容端詳自己的指甲，苦笑著坐了片刻。

「我們的愛好幾年前就已經消逝，泰德，我說的是實話，」她說，「我們認識時個性都很孤僻，年紀愈大變得愈來愈孤僻，對我來說這似乎再自然不過了，總有一天這一切都會平靜地結束，我們一直在這裡共同生活，」她指了指我們周圍，「睡在同一張床上，同桌吃飯，但沒有真正在一起，你懂嗎？他寫作的時候我打網球，晚上我們一起在床上看書但沒說半句話，過了一陣子我們都會關掉自己那一側的床頭燈，我覺得他總有一天會找到新的對象，可能是在哈里森大到可以獨立生活之後，這樣我們都不會跟他有所糾葛，你懂我的意思吧？我們就這樣目睹婚姻破裂，你看起來懂得這是什麼感覺。」

「我懂，」我承認。

「嗯，我不是第一次目睹婚姻破裂。」史黛拉靠回椅子上，「我爸也走上了同一條路，在一個普通的夜晚，我想是星期二吧，我還記得大廳裡開門和關上門的聲音，但我跟傑克的婚姻，應該會比較簡單。」她看著亞曼達又看看我，「會斷得更乾淨。」

我在空間裡四處走動，留史黛拉一人在原地忍受亞曼達，她坐在沙發上喋喋不休談論鱷魚生物學。屋子裡到處都布置了自然環境，敞開的無窗框窗戶，一面巨大的玻璃通往從三個方向爬到房屋上的熱帶雨林，包括蕨類植物和藤蔓，以及潮濕的花朵。我瞥了主臥室一眼，發現幾本平裝書還堆在傑克床邊：

是麥可・康奈利[4]和傑弗瑞・阿徹[5]的書；史黛拉床邊則擺著丹妮爾・斯蒂爾[6]的書。我穿越走廊來到一扇敞開的門前，發現那個戴毛帽的男孩坐在床沿滑手機，床沒有鋪好。

「打擾了。」

「什麼事？」男孩抬頭冷冷看了我一眼，眼神像是打架前在自忖有多少勝算，青少年總是對全世界的人劍拔弩張。

「我是泰德・柯林斯，是一名私家偵探，負責尋找你父親。」

「喔，他人又不在這裡。」

「你確定嗎？」我用腳輕輕推開一堆高度到膝蓋的衣服，這堆衣服上方是一疊雜誌，雜誌滑落到一旁，摔在地板上。

「確定。」

「你爸失蹤那天晚上你有和他說話嗎？」

「嗯哼。」

「他當時看起來還好嗎？」

「跟平常一樣。」

「他平常是怎麼樣？」

男孩聳聳肩。

「你們有起衝突嗎？」

哈里森用力瞇起眼睛。「我沒有把我爸餵給鱷魚吃，如果這就是你的意思。」

「我什麼都還沒說。」我說。

「隨便啦。」

「你認為你爸那天晚上為什麼要出門？」

「老兄，我已經跟警方講過所有這些狗屁倒灶的事了，」男孩對著我怒氣沖沖地說，舔舔他下唇的穿孔。「你們的報告都不共享的嗎？」

「我們是私人公司，你母親很想找到他。」

「對啊，」男孩哼了一聲，「她喜歡錢，你說對了。」

哈里森．史卡利回頭繼續傳訊息，我認為此舉代表談話結束，我打算之後有機會再找這個男孩問一次話，但卻聽見樓下傳來腳步聲，我知道史黛拉終於受不了亞曼達，果然亞曼達說話的聲音從下方傳來，在高聳的牆面上發出回音。

「遇上鱷魚的死亡翻滾，大多數人都會淹死，」她說，「如果鱷魚咬住你四肢的其中之一，死亡翻滾會扭掉人的四肢，所以你的目標應該是眼睛，如果做得到的話，你可以用抓的或用揍的，弄瞎鱷魚的眼睛，在鱷魚開始旋轉之前分散牠的注意力。每個人都說鯊魚也是這樣，但鯊魚的弱點是鼻子，你得朝鯊魚的鼻子打下去，鼻子上有傳感器，懂嗎，沿著側面……」

我快速掃視一眼男孩的臥室，牆上的海報，桌子上的雜物、櫥櫃、壁櫥和地板，在腦中記下這個畫面之後離開。

---

4 Michael Connelly，美國犯罪小說作家。

5 Jeffrey Archer，英國犯罪小說作家。

6 Danielle Steel，美國浪漫小說作家。

亞曼達在騎上腳踏車之前照例先伸展一下肢體，她伸展肌肉、轉動腳踝，我坐在駕駛座上看著她，讓車內的熱氣從敞開的車窗散出。

「老兄，剛剛太搞笑了吧，」亞曼達突然咧嘴一笑，好像想到什麼，「來一杯嗎，泰德？雪梨人嗎，泰德？結婚了嗎，泰德？那個史黛拉想要你的身體，我看得出來。」

亞曼達在路上跳了一小段俏皮的舞蹈，雙手暗示性地往自己胸部上磨擦，然後又往下摩擦，還對我發出親吻的聲音，我感覺哭笑不得。

「她沒有問我有沒有結婚。」

「她看著你的手。」

「你不……」我對著擋風玻璃嘆了口氣，「你不能——」

「布里斯班女子懲教所有一個女孩就是這樣，」亞曼達說著用一根手指撫過她的下唇，蹲下臀部。「那個女孩叫卡翠納，過去常常和守衛調情，因而得到各種特權，噢，你的腰帶又粗又亮，我打賭一定很大，撞擊聲一定很大。」

我一語不發。

「不能跟客戶睡。」她在空中伸出一根手指，「第十七條規則，絕對不能碰客戶。」

「有十七條規則？」

「噗！至少有這麼多！」

「我只聽過規則一到規則五，還有規則十七！」我對她的話嗤之以鼻，「那中間那幾條呢？」

「規則五到十七之間還有很多詐欺，如果你懷疑、存疑、質疑，就能從螞蟻中慢慢了解這些規則，而且──」

「好了，好了。」

她全面檢查過整台腳踏車，測試過剎車，然後用力拉緊鞋帶。

「你知道嗎，就一個在監獄裡關了十年的人來說，你的個性有點太活潑了，」我盡力用隨性的語氣說，「我不確定自己能不能熬過去，畢竟才過了八個月。」

「噢，老兄，日子久了，船到橋頭就會自然直。」

「是這樣嗎？」我問，「真的會嗎？」

「會。」

「我覺得你不該讓這些事情過去。」

「才怪。」她哼了一聲。

我思索片刻，看著後照鏡裡自己的眼睛，我已經不是警方逮捕之前的那個人了，我再也不會是那個人，對所有事情的潛在恐懼讓我回不去了，那些審判就像噩夢，我不是無罪釋放，因此雪梨檢察長隨時可以下令重新將我逮捕。我不知道是否有人還在偵辦克萊兒．賓利的案件，如果某個超級警探在這些日子裡冒出來提供更多對我不利的證據，就會引發政府對我再次進行調查。

就算沒有發生上述事件，政府也可能會在我身上安插別種罪名，暗中逼向我，把我逮補，指控我在當地犯下性侵案，原因只是我曾出現在這個地區，只是因為我在荒蕪的邊緣地帶獨居，且大部分時間都缺乏不在場證明。如果這些想法也是亞曼達的壓力來源，她肯定掩飾得很好，看來亞曼達犯下的罪行和待在獄中的時間並沒有在她身上造成任何揮之不去的影響，當然她是個怪人，她的存在近乎於惱人，天啊，她講話還有押韻的習慣，但她顯然活得很認真——她有一份好工作，公司事務處理得井井有條，一切都只是表象嗎？

「如果之後發現這個人還活著，我不覺得有誰真的會多在乎。」我朝史卡利家點點頭。

「他的情人可能會吧。」

「他的什麼？」

「他的情人。」亞曼達笑了一下騎上腳踏車，我發動引擎追上她之前，她已經沿著馬路騎了好幾公尺。「傑克・史卡利有一個情人，是個男人。」

「你瘋了，」我說，「你怎麼會有這種想法？」

「高爾夫球桿從未使用過，」亞曼達說，「桿子上連一點刮痕都沒有，袋子上、袋子裡、輪子上、輪子裡沒卡到一片草葉，把手上的油漆沒有磨損，完美無缺，球具還散發著新橡膠的氣味，他告訴她要去打高爾夫球，無論他人去了哪裡，絕對不是去高爾夫球場。」

我端詳著她。

「還有那個雪茄盒，」她繼續說，「是非常漂亮的盒子，手工製作，算是某種藝術形式，在七〇年代很流行，現在變成某種文青復古的東西又流行回來，煙斗也是。如果你不抽雪茄，可能不會這些東西有太多興趣，我是指雪茄盒。」

「你會抽雪茄？」我對此嗤之以鼻。

「我喜歡在星期天下午偶爾抽一點，」她的語氣幾乎帶有防禦性，「這不是重點，雪茄盒的結構可能非常錯綜複雜，你可以打開小隔層和縫隙，把東西放在那裡，如果你想要的話可以放進一些祕密物品，像是一點古柯鹼，一些藥物，但主要是拿來放工作所需的東西——火柴、標籤，你的雪茄切割器或雪茄剪。」

她騎著腳踏車轉向我，從胸罩裡掏出一張紙片透過車窗遞給我，我開著車，手裡拿著紙片抵在方向盤上。

Sam。

上面還有一個電話號碼。

「這個人可能是他的園藝師，」我說。

「不是他的園藝師。」

「可能是指珊曼莎。」

「那是男人的筆跡，笨蛋。」

「亞曼達，你的說法非常極端，」我說。

「好吧，我不知道該怎麼說，」她聳聳肩，「那是事實。」

「那是事實，是嗎？」

「是的，一定！我確定：你必須決定！」

「好吧，」我嘆了口氣，「我們拭目以待。」

我與亞曼達分別，這樣才能回家閱讀她的史卡利案件紀錄，後來證實此舉相當無用，字跡散落在沾滿咖啡漬的紙頁上，乍看還以為是用紋身槍寫的，她的字寫得極小，其中一些字只是用點和斜線構成。天下起雨來，小鵝在草坪上四處遊蕩、啄食、搜尋食物，一直到柵欄邊的水坑被雨填滿。我坐在那裡看著小鵝在水坑裡拍翅翻滾，雨水噴濺出來讓柔軟的羽毛因此變得沉重而灰白，可憐的翅膀上裸露出骨頭，小鵝才剛度過外觀看起來像小鴨的階段——脖子太長嘴喙太短。「女人」安坐在離我很近的門廊上，我小心翼翼伸手用食指撫摸她的頭頂，她沒有退縮或咬我，也許她還記得前一晚我對她其中一隻寶寶很好，也許她只是累了。「你和我，我們正在建立關係，」我說著，她發出嘶嘶聲。

除了案件記錄之外，亞曼達也取得傑克．史卡利的所有通聯記錄，傑克和雪茄盒裡的「山姆」之間確實經常聯絡，在傑克失蹤三個月前兩人互傳了許多訊息，我看得到訊息傳送的時間，知道訊息傳給誰，但看不見內容，有時訊息回覆只距離幾秒鐘時間，長時間的對話可以持續好幾小時，兩人之間幾乎不打電話，傑克不想被逮到。

他失蹤的那天晚上是一月二十一日，訊息在晚間八點十五分停止，據他太太供稱，傑克當晚十點上床就寢，他睡覺後完全沒有通聯紀錄，沒有記錄顯示有訊息或來電把他在凌晨喚醒。

我檢視史卡利離家那天晚上屋外監視錄影機拍下的單張照片，昆士蘭警方已將錄影畫面帶走作為證據，但我們有很多照片。傑克在凌晨兩點十四分走出屋外，登上停在車道上的吉普車，然後把車開了出去。他的肩膀寬闊，身材和我一樣高大，但比我瘦很多，軀幹更呈現倒三角形。這裡共有四十一張照片，顯示他從房子步行三到四公尺後走到吉普車並上車，我翻看幾張照片，傑克走出去，退後一步，又走出去，這是漫長的步伐，也是堅定的步伐，他拿著鑰匙的拳頭握得緊緊，顯示他很匆忙。

夜幕降臨，鋪成一長片溫柔的夜色，雨勢緩和下來，雲層分開露出白光，變成深黃色的天空。我四處閒逛，仍在習慣這棟房子，我正在清理本來堆成一堆靠在側柵欄上的舊磚頭，把磚頭搬到屋後，這樣治安隊隊員就不能再把磚頭拿來當成武器丟擲，自從我把所有前窗都用木板封死，那些夜間戰士便不再對我丟擲東西，我好奇那些人是否在重整旗鼓計畫其他戰術，也許是更可怕的攻擊。

夜色發現我在離家不遠的泥土路上徘徊，在樹木掩映的月光照射下，我沿著湖泊的曲線漫無目的前行，腦中想著傑克．史卡利。毒販之間很難發生兇殺案，我在緝毒小組任職期間偶爾發生的兇殺案對我而言都很容易處理，毒販總會因為三件事互相殘殺——地盤、債務和女人，大頭目之所以殺害下屬，是因為下屬揩了高層的油水又被高層發現，且下屬沒有及時償還。下屬之所以殺害大頭目，是因為看穿領導者對他們的操控。無論地位如何，這些大嘴巴又愛賣弄的男人之所以互相殘殺，是因為無法相信那些願意與他們在一起的美女是真心愛他們，他們沒有安全感又脾氣暴躁，一旦坐在夜店裡互看不順眼，衝突就會一觸即發。

我到底是如何走到這一步？現在被殺害的對象與過去相比完全是另一種人，找出是誰殺了他竟成了我的責任？傑克．史卡利身邊沒有一群嫉妒的黑眼人對他虎視眈眈、幫他開門，他不是個愛說話的人，他太太已經不再真心愛他，這一點他似乎也沒有過分擔心，至少就她的說法是這樣。誰會想殺害一個在自己小小世界裡生活和工作的男人，他的個性既安靜又不張揚，他的罪惡和危險只存乎於一些大男孩的玩具和瑜伽靜修上，誰會想殺害這樣一個人？也許亞曼達的推測正確，傑克的書並非他走進另一種生活的唯一途徑，也許他有一個祕密情人，一直在壓抑跟那個男人或女人有關的所有暴力快感，只是我還不得而知罷了。

我走了很久才意識到自己的腳步跟隨熱帶雨林中的光線前行，此時多了燒木頭的煙味，接著傳來笑聲，我小心翼翼出現在空地周圍稀疏的樹叢中，緊貼高大如鬼魅的橡膠樹，火光周圍的人影凝固不動。

有一群青少年在金色的火光中游泳，男孩們用肘部互相撞擊對方的肋骨，推擠著高聲大笑，某個人的手機播放著我從沒聽過的音樂，我看著他們，想從連串的談話中辨識在說些什麼，這些人身上痛苦的自覺讓我覺得十分有趣。有兩三個人坐在一塊木頭上一起看著手機螢幕，彼此間沒有談話，其他人則相互擁抱，雙手在膝蓋之間滑動。

這些人的談話似乎關於死亡，這些青少年是那種疲倦的存在主義者，喜怒無常的青年哲學家，我可以辨識出他們的心態，他們想象中最糟糕的事情只有死亡，所以死亡讓他們著迷，包括自己的死亡和他人的死亡，自殺、亡靈、吸血鬼、永生，他們不可能知道自己全盤皆錯，因為生命中有很多層面可能比死亡更糟。

女孩們在討論葬禮歌曲，男孩們則在決定是淹死比較糟糕，還是被活活燒死。這個場景本身在深度的層次上呈現出某種奇妙的諷刺性，因為這些人處於生命中最鮮明、最生動的階段，卻被死亡的概念所吸引，我繼續偷聽。

接著一個金髮女孩站起來，把塑膠巧克力包裝丟進火焰中，我看見她的時後倒退一步，她身上穿著短到不能再短的短褲，長了一雙如水鳥般的長腿。我的靈魂本來一直自由漂浮在黑暗之中，卻突然被吸進我的身體，我回到我自己，重回泰德．康卡菲的身分：兒童強姦犯。在這些年輕人附近的人再也不是我，現在年輕男女對我而言就像毒藥，我又重回黑暗之中，直到聽見哈里森．史卡利的聲音。

「你知道鱷魚抓住你的時候會怎樣嗎？不，等等，等等，等一下！」哈里森打斷眾人說話，攤開雙手就像火光中的年輕上帝。「你知道鱷魚會怎樣嗎？鱷魚不會馬上吃掉你，會把你的身體塞在一根圓木底下等等再吃你，等到你們都流湯了。被吃掉一定是最糟糕的死法，會感覺牙齒咬在自己身上。」

青少年聞言沉默下來，幾個男孩把士力架巧克力傳過來，決定冷處理哈里森提出的明確挑戰——哈里森提到關於父親的事，是希望他們能對他說出一些冷酷無情的話。死亡最終只屬於哈里森，因為他就活在死亡當中，火光周圍的面孔上浮現嫉妒的神色。

「你真他媽有病，老兄。」

「我沒有病，我只是實話實說，鱷魚取走他的性命了，老兄，我是說真的。」

「這件事很令人難過，」金髮女孩嗚咽著說，「我很難過，哈利，我喜歡你爸。」

「閉嘴，婊子，」其中一個男孩咯咯笑道，「閉嘴不要再胡說八道，你發出的聲音像隻貓。」

「我真的很難——過！」她嗚咽著，「哈利，別說那種屁話了，不要再說鱷魚的事了，有人會找到他的，他會沒事的。」

「他不會沒事，」另一個女孩說，她背對著我，是哈里森身旁岩石上一個曲線明顯的身形。「他已變成一攤爛泥，變成河底的泥巴和泥土，變成某個人腳趾縫裡卡的鱷魚屎，這就是我們最後的結局，你知道的，塵歸塵，土歸土，這就是生命的循環，寶貝。」

我把注意力轉移到這個說話的女孩身上，哈里森摟著她，這是他的女朋友，我闖進他臥室裡的時候他可能在傳訊息給她，在他聽到我來之前嘴角曾掛著一絲微笑，然後一閃而逝。我看見那個瘦高的男孩在她耳邊低語，火焰映照著他倆的身影，我如釋重負，感覺到一股暖意，至少哈利面對悲傷時還有一個人支持他，至少在他試圖接受再也見不到父親，永遠沒機會與父親道別的現況時，還有人可以跟他講真心話。那些在暗處玩耍的呆瓜屁孩看起來無法提供任何情感支持，我不知道史黛拉是否也是這樣。哈利胖胖的小女友留著一頭蓬亂的哥德式髮型，可能是自己剪的，她扎著粗短的馬尾，末端是刺眼的螢光粉紅色，我好奇這個女孩是誰。

回程比我走入深夜的路程更加寒冷，我幻想一條巨大的鱷魚把杏眼圓睜的傑克·史卡利塞進黑暗的木頭下方，他還活著，在遠離水面的茶色湖水中不見天日。

「康卡菲先生，你會看色情片嗎？」

汗水順著我的下巴往下滑落，尚恩告訴我不要流汗，無論如何都不要微笑，也不要流汗。

「會，我會看，很多男人都會看。」

「我們把焦點放在你身上吧，康卡菲先生，我們在這裡不是要討論其他人，我們今天來這裡是因為你，因為你的所作所為。」

「反對。」

「異議成立，陪審團，請無視方才的評論。」

「康卡菲先生，你看過我拿著的ＤＶＤ嗎？」

我的喉嚨後方湧現一股反胃感，準備好蓄勢待發。凱莉坐在證人席捂著臉，記者全都轉向她，評價她，從審判開始以來一直是這樣，在審判初期就開始出現這種模式，檢察官挖出我生活中一些不可告人的部分，記者再拍下凱莉的反應，我的色情片，我的網路瀏覽器頁面，我的前女友，她知道什麼？有什麼驚喜？有什麼好料可以刊登在頭版？

「康卡菲先──」

「看過，那是我的。」

「康卡菲先生，可以請你幫陪審團念出這張ＤＶＤ的標題嗎？」

「鹹濕狂野，」我嘆了口氣。

「還有封面上那個女孩，你覺得她幾歲？」

「天啊，」我的喉嚨緊縮，灼熱的像是燃燒的煙斗。「我不知道，她是個成年人，你看看她，我的意思是，她……我不知道她幾歲，但她已經成年。」

「如果你不知道她幾歲，怎麼知道她成年了？」

「我，我知道，我的意思是，看得出來她——」

「你知道這張DVD是誰拍的嗎，康卡菲先生？」

「我是在喬治街一家店裡買的，一間很大的……店，一家正派的商店。」

「但你不知道影片是誰拍的。」

「我沒特別看。」

「所以你不知道是誰拍了這部露骨的色情片，也不知道拍片者的年齡——這是你的意思嗎，康卡菲先生？」

「反對，法官大人，」我的出庭律師說。他是一個名叫格雷戈的矮小胖子，是尚恩信任的人，也是熟悉法庭的人。「被告受審的原因不是兒童色情片，就算他是因為兒童色情片受審，檢方持有的DVD也不是兒童色情片，這一整串審問都是在浪費法庭的時間。」格雷戈非常緊張，出汗的手放在面前的文件上。

「法官大人，」檢察官張開雙臂，用疲倦的語氣懇求法官，「此舉很明顯是在試圖破解被告的性興趣。」

「駁回，厄巴先生，快點問重點。」

「康卡菲先生，據你自己承認，你是在不知道是誰拍了這部影片、不知道影片的合法性和拍片者年齡的情況下購買這張色情DVD和其他類似的影片，我的說法正確嗎？」

「這些影片……我很清楚……我購買這張DVD時，很清楚拍片者都是成年人，是成年人與成年人發生性關係，」我吞吞口水，「這就是我的性興趣，先生，我對成年女性有性興趣。」

「成年女性會把頭髮綁成兩邊嗎。」

「反對！」格雷戈面色赤紅，眼裡閃閃發光。「DVD封面女孩的髮型與本案無關！」

「她已經成年了！」我聲音破碎地發出懇求，尚恩曾告訴我絕對不要這樣說話，語氣要冷靜直接，絕對不要對他們露出任何破綻，「你看得出來，先生。」

「是嗎？」

「她……」我話語艱難，「她有胸部！她——」

「所以只要有胸部，對你來說年紀就夠大了是嗎，康卡菲先生？」

「反對！」

我身後的汽車按喇叭打破了魔咒，我意識到自己一直屏住呼吸，凱恩斯醫院後方的湖街沐浴在清晨的陽光下，沒有風來擾動路邊的棕櫚樹。

大部分停車位都已停滿且沒有遮蔭，我下車在胸前拉扯襯衫，不知在腦中重新經歷一次法庭審判讓自己流了多少汗。律師之間的唇槍舌戰，人群中冷笑和咆哮的面孔，眼睛不要往下看，這樣看起來就像有罪，不要直視他人的眼睛，這樣看起來像是挑釁。我試圖盯著車窗看，看著城市上空的白亮天空，然後發現自己的手在亂動，手指互相拉扯，發痛的關節兩兩糾纏。

不要坐立難安，你讓自己顯得很緊張。

時間還早，自動門內的醫院咖啡廳還沒開始營業，人員在黑暗的廚房中移動，因拿取東西發出碰撞聲，同時打開冰箱。我希望能快去快回，在上午十點前回到紅湖找亞曼達。我不指望找太平間的工作人員能問出什麼蛛絲馬跡，如果他們從可能咬死傑克．史卡利的鱷魚身上找到的跡證只有少量得已復原，那麼基於這些跡證的分析，他們不太可能有辦法提供我任何觀點。我不再有警察徽章可以揮舞，沒有識別證，沒穿著制服，但我還是得問。我在昏暗的早晨躺著沒睡，透過敞開的臥室窗戶聽著門廊上的鵜在騷動，向自己許下承諾，如果我打算認真接下亞曼達的這份工作，我就得在辦案過程套用所有警方流程，必須運用我在學校裡學到的所有嚴謹性和組織結構。很容易在不知不覺中被亞曼達帶壞，比如憑藉本能我行所素，想上班再去上班，當著客戶的面翻查他們的物品。在查案時和史黛拉．史卡利一起喝酒是錯誤之舉，我不會重蹈覆轍。

我沿著乏味的淡黃色醫院走廊前行，上方是標明手術病房方向的巨大標示，右轉，左轉，左轉，右轉。

我發現「昆士蘭衛生法醫暨科學服務部」的櫃檯位於鋪滿長型棕色油氈地板的大廳盡頭，櫃檯後方的年輕女子咬著指甲，一位年長的女士背對我站在櫃檯前填寫簽到表。

「早，」咬指甲女對我說。

「早。」

「請問要洽詢什麼？」

「我叫泰德．柯林斯，」我感覺到身旁的老婦瞄了我一眼，「我想找人聊聊傑克．史卡利案。」

「你是警方派來的嗎？」

「不太算。」

「你是哪邊派來的？」

「我不算是，」——我清清嗓子——「其實我不算誰派來的，嗯，我的意思是，我跟我搭擋一起辦案。」我的回答聽起來很刻意，連自己都聽不下去，我得好好練習說謊的藝術，而且要快點練習。櫃檯人員不再咬指甲，而是上下打量著我，我轉頭讓她看著我的側面，媒體上的照片很少是我的側臉。「我和我的搭檔目前在獨立調查史卡利失蹤案，他們家的人僱請我們調查。」

「柯林斯先生，我在預約本上看不到任何關於——」

「是的，我沒有預約。」

「你任職於哪家公司？」

她現在看著電話聽筒，我退後。事情怎麼這麼快就變得這麼複雜？她認出我來了嗎？為什麼我沒有事先計畫好自己的說詞？我不可能說出亞曼達的名字。我的胸口突然一緊，決定如果她拿起聽筒就離開，說不準她會打電話給誰，告訴對方櫃檯有個奇怪的人問起史卡利的案件，這個人不屬於任何機構，也不算警方派來的。我深陷於這家醫院當中，我看著走廊入口處的火災逃生通道。

「凱拉，沒關係，」我旁邊的老婦說。我看見她把手伸向年輕的櫃檯人員，她的手白皙有力，上頭布滿青筋，這是一雙救世主之手。她轉而看著我，「我可以幫你，泰德。」

我跟隨這名身材嬌小的女人沿著走廊回到醫院正面，幾乎沒心思聽她閒聊潮濕的天氣和下午的大雨，我好奇自己剛剛是否處於恐慌發作的邊緣，每次以為有人在公共場合認出我，都會令我恐慌發作差點應聲倒地，這對我們調查史卡利案非常不利，一旦在公共場合恐慌發作，就會有十個人衝到你身邊，我想像自己一定會在頭頂上的混亂人群間聽到那些話：等等……他不會是那個人吧？

當我人在戶外座的椅子上，還沒從驚慌失措的混亂中掙脫，女人則坐在一旁，咖啡廳裡的工作人員正在操作一台大型的黑咖啡機，讓蒸汽通過閥門並研磨咖啡豆。

「所以，康卡菲先生，」女人說，「你已經開始新的人生了。」

我停頓一下，想確定自己有沒有聽錯，然後我把椅子往後一推，站了起來。

「坐下，坐下，」女人一邊說，一邊拉著我的手，「我沒辦法追著你跑，我的膝蓋不行了。」

我坐下來用手擦擦臉，皮膚感覺到緊繃和疼痛，我身旁那個駝背的鳥狀人類從外套裡掏出一包煙，抖出一根菸擺在薄薄的嘴唇之間，她遞給我一根菸而我接下，我已經好幾年沒抽菸了。她頭髮剪得很短，髮絲在晨光下顯得纖白，長度大約在她巨大懸垂的象耳附近，寬闊的耳垂上掛著藍寶石耳環。

「我是在報紙上認出你，」她說，「我也在電視上追蹤這條新聞，是的，還有在網路上，但刊登在報紙上的照片讓我忘不了你的面孔。」

我抽著菸，如果我專心抽菸就會沒事。

「我是薇萊麗．格拉特，叫我薇兒就好。」

我點點頭。

「你還好嗎？」

「我不知道，」我說。

「慢慢來，我先告訴你一個故事，你慢慢整理自己的情緒吧。」女服務生從咖啡廳走出，在我們中間放了一只菸灰缸。「我年輕時擔任法醫工作，我在工作上遇到的前幾起案件中有一件是謀殺案，被棒擊致死，死者是一個名叫金巴．索拉諾的紐西蘭女性，七十一歲，有十六個孫子，你敢相信嗎？她活著不足為奇，死去才會令人驚訝，這個案子發生在當地，在凱恩斯，但案件卻在雪梨引起報紙的關注，媒體大肆報導這個案件，刊登小孩在奶奶花園裡哭泣的照片，新聞標題是：無差別殺人事件：老奶奶死於暴力闖空門。」

我把香菸敲在菸灰缸邊緣，享受手指間紙捲的溫度和熟悉感。

「我把金巴．索拉諾放在我的驗屍台上時，鬆了一口氣，」薇萊麗說，「屍體對我來說似乎很容易判定，她的頭部像西瓜一樣從中間裂開，裡面的內容物都被敲成一灘爛泥。驗屍只是一種形式，這是一起兇殺案——鈍器攻擊造成的腦部外傷。這是我接到的第三個案件，所以我花費很多時間檢查金巴，我忍不住，因為躺在板子上的屍體是如此淒慘，真的……很可惜，白白死去一條性命，我看了覺得非常難受，彷彿回到過去，但我最後擦乾眼淚開始解剖。」

女服務生走過來端上兩杯咖啡，都是黑咖啡，還有一壺牛奶，我們沒有點咖啡，我想是因為他們判定醫院的員工在一早都需要咖啡因，不論服務於什麼工作崗位。

「所以是誰殺了老奶奶？」我問。

「她其中一個騾子。」

「什麼？」我笑了，笑聲顯得有些不安，「騾子？」

「在金巴．索拉諾的指尖找到紅磷物質，」老婦人說的時候無法控制笑容，她用沾有尼古丁的手指拍拍胸骨。「她的肺裡出現腐蝕性氣泡，我一開始先找到磷，我一找到磷就開始尋找氣泡，如果沒有穿戴適當的防護設備，且在藥物實驗室待太久，就會開始吸入用來製毒的所有垃圾物質，這是典型過度暴露於冰毒當中，金巴．索拉諾的身分是一名毒梟[7]。」

「不會吧。」

「就是。」

「老奶奶是毒品女王？」

「正確無誤。」

「這太扯了，」我說，我感覺自己的肩膀逐漸垂落，心跳也恢復正常。「我在緝毒小組待了五年，遇過兩個女毒梟，兩個人都二十多歲，你是怎麼會想到要去尋找跡證的？」

「嗯，在人們想像中，我做的工作就是看著屍體然後填寫一些表格，僅此而已，但此言差矣，我會檢查屍體，檢查犯罪現場，我會看當事人生活中遺留下來的物品，然後再做出死因判斷，我的工作範疇內包括很多偵查工作，我同事肯定我的能力，但我的工作量遠比他們想像中還要多，我會檢查照片，我會和當事人的家人訪談，我會耗費工作時間的一半來思考謎團，就跟你一樣。」她指著我，表情像是拿著空餅乾罐來興師問罪的老奶奶。

「那你是怎麼把這些線索拼湊起來的？」

「花了我一些時間，」薇萊麗說，「但我發現金巴．索拉諾在凱恩斯機場工作，她是清潔工，所以我思考了一下，接著意識到她可以進入所有區域——包括飛機、辦公室、航管塔台、工作人員區、浴室，金巴一週有六天整天在海關進進出出，推著她的清潔車來回往返。」

「噢，我的老天，」我說。

「毒品飛進來，她上飛機去清理，到處打掃，撿起包裹並通過海關，很難講她做了多久，但從在她的麵包箱裡找到現金看來，我認為應該持續好一段時間了。」

「太神奇了。」

「確實很神奇。」薇兒笑了，向我露出白色的大假牙，「你的三魂六魄都歸位了嗎？」

7 騾子（mule）意指走私運毒者。

我緩緩呼出一口氣，「我想是吧。」

「所以從這個故事你也許能看出一件事，就是我看事情不會只看表面，我不會從表面上看你的案件，完全不會，這個案子讓我很感興趣，從我閱讀那個小女孩的驗傷報告然後在報紙上看到你臉部照片的那一刻起，我就無法自拔了。」

「什麼意思？」

「我的意思是驗傷報告說克萊兒．賓利的指甲尖端都磨平了，每一根手指都是，那個女孩為了自己寶貴的生命抓傷攻擊者，但你身上卻沒有留下任何傷口，連一道傷痕都沒有。」

「檢察官解釋過這一點了，」我說，「他們說我可能在犯案過程中穿了很多層衣服來保護自己的皮膚，這個理論也能支持克萊兒身上沒有找到任何外來DNA的事實。」

「是喔，」她說，「所以你穿了一件綁在脖子上的夾克，戴上手套，還穿了不知道什麼東西來保護你的臉部、耳朵和眼睛？你穿著養蜂人的服裝來犯罪是嗎？」

「也許我穿了防護衣，」我若有所思地說。

她笑了，我發現自己也在微笑，但眼睛卻因想要流淚而疼痛，我又擦擦臉，摸摸剛長出的鬍鬚。

「你很酷，格拉特醫師。」

「他們也是這麼跟我說的。」老婦人越過肩膀吹出一道煙圈。

「關於傑克．史卡利的案子，你有什麼事可以透露嗎？」我說，試圖在神經崩潰之前避談自己的案子。

「傑克．史卡利？他死了。」

「是嗎？」

「這隻生物沒有留下什麼屍體給我相驗，我從警方那裡只取得傑克．史卡利殘存的遺體，撇除最初裝屍體的鱷魚胃，遺體殘存的部分少到能裝進學校的午餐盒，但在這些混合物中我發現他的骼嵴碎片，骼嵴是骨盆的翼狀部分。」她戳戳我的臀部，「如果我發現的是一根指骨或者一根脛骨，也許我能推測他有可能還活著，但不是，這就是所謂的必死無疑。」

「好吧。」我一度幻想傑克．史卡利拖著自己的身體穿越熱帶地區紅樹林中某個被遺忘的角落，身體從胃部以下都消失無蹤，他邊走還拖著自己的腸子。我也不太能相信他仍以某種方式活著。

「你同意嗎，康卡菲先生？」

「我同意，格拉特醫師，」我笑著說，「而且我也認為自己失業了，令人驚訝的是我鬆了一口氣。」

「不必然如此，我猜史卡利太太僱用你的理由是保險。」

「你猜對了。」

「好吧，不幸的是，我無法判定這是一起兇殺案，還是其他原因死亡，」她說，「而且保險公司會想知道史卡利太太本人有沒有為了詐領保險金謀殺親夫，或者這是一起鱷魚自殺事件。」

「你直覺是什麼？」

老醫生聳聳肩，她水汪汪的眼睛盯著停車場。

「聽著，我執業三十年的歲月裡，驗屍台上還沒出現過真正的鱷魚攻擊受害者。」

「什麼？但這裡是北領地！不是一直都會發生這種事嗎？」

「不會，」她笑著說，「不，並沒有，每年人約有五起攻擊未遂事件，造成兩人死亡，鹹水鱷魚是很愛睡覺的動物，攻擊人類出於多種原因——可能是處於交配季節時大型雄性鱷魚想要保衛自己的地盤，或者在夏眠季節鱷魚為了因應夏眠而囤積食物。也許鱷魚太習慣人類在牠們的地盤進進出出，所以忍不住攻擊，鱷魚是習慣性生物，如果你每天在同一時間從同一座碼頭涉水把船隻放入水中，持續好幾個星期，可能會有東西從你身下拖走你的腿——如果處於正確的季節。但這種行為是故意惹禍上身，不是嗎？」

「我想是吧，」我說。

「傑克．史卡利是個大塊頭，其實身形跟你差不多，鱷魚能夠取走大型獵物的性命已經不是什麼新鮮事，牠們時而會地把整頭牛拖進水裡，但鱷魚不是貪婪的殺手，鱷魚很懶惰，很投機取巧，牠們比較常躺在紅樹林裡，喜歡待在溫暖的位置守株待兔，當水鳥飛太近時趁機往上一咬，不會選擇吃掉一名成年男子。」

「好吧。」

「大多數的受害者是兒童，體型大小剛好，不太會掙扎，而且當受害者引起鱷魚的注意時，通常已經在水中製造出騷動。如果你告訴我，大塊頭傑克．史卡利在那天晚上出門，盲目遊蕩到一些巨型雄性鱷魚的地盤，刻意在岸邊逗留很久，久到足以誘使那隻生物出擊把他吃掉？假設他先下水，這個推測比較有可能，所以我們要假設他去夜泳嗎？我不知道，我覺得這想法聽起來很詭異。」

「我看過史卡利家外面監視錄影機拍下的幾張單張照片，」我說，「在我看來，他走到車上的姿態感覺有點匆忙。」

「趕著出門見人？」

「也許吧，」我說，「可是對方是怎麼叫他出門的？家裡電話和他的手機都沒有來電紀錄，沒有收到訊息或電子郵件。」

「會不會是事約好的？」

「也許吧，但為何要這麼匆忙？」

「你難倒我了，」醫生微笑著說，「我必須說我很想查個水落石出。」

「可以靠鱷魚殺人嗎？」我問，她瞇著眼睛看著太陽。

「這算什麼問題？」

「是啊，」我笑了，「我知道。」

「你必須訓練鱷魚，」她說，「找一個地點每天餵牠。鱷魚不是不聰明的生物，我的意思是，首先要在不被吃掉的前提下先找到一隻鱷魚，鱷魚不喜歡遷移，所以如果你找到一隻且從鱷魚嘴巴存活下來，就可以放心如果有天你回頭找牠，牠一定會再次出現在那個區域。鱷魚經常出沒於特定水域，所以我猜你得在岸邊發出一定程度的噪音，且每天在同一時間扔一隻雞給鱷魚，這樣就可以訓練牠在你出現的時候過來。」

「這是個大工程，」我說。

「鱷魚肯定是全世界最不方便也最無法預測的兇器，」她說，「為什麼要靠鱷魚？為什麼不直接用槍、刀或一塊大石頭呢？這樣更有把握能把目標處理掉。」

「也許是個徹底的神經病，想讓傑克體驗一下被獵殺，被吃掉的感覺。」

「噢，親愛的，」薇萊麗把目光移向我，「你的內心確實很黑暗，泰德。」

「也許傑克是被槍殺或刺傷，然後扔進湖裡，而鱷魚只是走運，有天上掉下來的午餐可吃，只是在其他人發現之前先把屍體撿走。」

「有可能，」她說。

我往後靠坐，仔細端詳著薇兒，她正在掐滅香菸。我聽完她說話後發現她徹底顛覆並清空我的思緒，清除我在太平間櫃檯遇見她以來累積的所有想法。我發現自己對著她微笑，她輕敲她的菸盒，我點點頭，我們又點燃兩根香菸。

「你一個人到這裡查案嗎？」她問。

「不，我有一個搭擋。」

「嗯，有點意思，」她說，「他是誰？」

「亞曼達・法瑞爾。」

「是喔，」薇兒笑著從鼻子裡吐出一口煙，「好。」

「你對這個案件『非表面』的評估為何？」我問，「她的案件你知道什麼嗎？」

「我知道，我負責相驗蘿倫・費里曼，」薇萊麗說著用那雙水汪汪的眼睛上下打量著我，「無論是誰殺了那個漂亮的小女生，在下手那刻一定非常恨她。」

「你說『無論是誰』，」我注意到她的用詞。

「是的。」她笑了。

我開車回到紅湖，穿越詹姆斯庫克大學校園，想在超市停下來看看有沒有史卡利的書，混凝土建築的校園坐落在繁茂綠色山丘構成的曲線當中，體型與人一樣高大的袋鼠到處把整齊草坪中的祕密花園當成休閒場所。我把車停妥後沿著由彎曲波紋屋頂遮蔭的寬闊小路，行經牙醫大樓的大型玻璃立方體，我在那裡看見穿著白色外套的學生正在做筆記，在白色的桌面上擺弄白色的機器。我看著從餐廳回來的年輕學生，心中有股微微的悲傷感逼來，這個校園很像古爾本警察學院，我猶記得年輕時的雄心壯志，當年的我是如此渴望成為一名正義使者。

如今這個願景已經消失無蹤。

超市的冷氣讓炎熱得到緩解，不必花費很久時間我就找到一疊《燃燒》，這是史卡利系列的第一集，書店用標語對這位深受喜愛的當地作家失蹤表達遺憾之意，書就放在標語下方。我拿了一本在手裡掂量一下並翻了幾頁，我應該買下所有集數，畢竟其中任何一本當中都有可能埋藏傑克消失的線索，但我一直是個看書很快的人，不會被這麼多本書嚇倒。我沿著小說那排走去，從盡頭捧起一疊書，檢查最新一集當中列出的系列書目，確定四集都找到了。

我在走回櫃檯的路上逛了書籍周邊區，欣賞那些馬克杯和書籍主題抱枕，還有文學主題玩偶，我拿起一隻愛倫．坡的填充玩偶，考慮買下來送給莉莉安。我青少年時期真的很喜歡愛倫．坡，也許等她也到了「恨全世界」的年紀，當歌德魅力在她身上根深蒂固，我也會鼓勵她看些愛倫．坡的作品。

然後我想到自己可能再也見不到莉莉安，現實就是如此，即使針對我的指控已經撤銷，但只要她還是兒童，還是會有人妨礙我探視她，如果凱莉本人不站出來阻止我，她父母也會，只需要兒童保護官員一次訪視，就會認定我不安全，官方原因可能是因為我的住處狀態家徒四壁又危機四伏，我家還成為治安隊隊員的目標；也許他們會說我的職業是一名私家偵探，會在生活中吸引許多危險人士，因此妨礙對兒童的安全照顧。如果他們找不到任何在書面上可拍照、錄影或指稱的證據，就會說訪視時發現我的情緒處於激動狀態，他們會指定我進行心理評估，只有治安法官才能解除他們施加在我身上的所有限制。阻止一個人探望孩子就是那麼容易，我知道，我見過毒販遇到這種情況，他們的前妻懷恨在心，所以故意打電話給熱線電話匿名舉報他們，並拍下他們喝醉酒的照片提交給法官。

我把玩偶放回架上，在黑色羊毛做成的捲髮後方發現一張熟悉的面孔，我牢牢盯著那張臉，我感恩這張臉瞬間將我從黑暗的邊緣拉走，那張臉就出現在書的封面上，是亞曼達。

北端謀殺案：蘿倫．費里曼殺人事件

我放下手上的書，從兩疊黑幫選集中抽出這本平裝本，封面上亞曼達的照片是有人把她從一個看似法院的地方帶出，她的手腕銬在寶藍色監獄運動服腰間的腰帶上，超大號套頭衫領口露出的鎖骨上沒有紋身。亞曼達當年的頭髮較長，為了出庭吹成保守的鮑伯頭，長度在下巴下方，臉上與喬安妮．李斯在彼得．法爾科尼奧[8]失蹤後走向媒體時的表情一樣，都是一副大難不死、驚魂未定的面容，還有同樣陌生而遙遠的眼神。我用手指撫過打凸的文字，心中升起一股內疚感。

我把書翻面，在封底文案下方找到受害者蘿倫．費里曼的照片，她是個瘦骨嶙峋的女孩，臉上有許多尖銳的角度——像是下巴、耳尖、眼角向上傾斜。她的面孔看起來幾乎像隻狼，白金色的頭髮垂在白色校服的肩膀上，豔陽親吻過的膚色抵消了她僵硬蒼白的笑容，她看起來像是昆士蘭衝浪救生組織影片裡活生生走出來的人，我可以想像她沿著黃金海岸的海灘慢動作奔跑，手裡還拖著一面紅黃相間的旗幟，健康又散發自然風采。我翻回正面看著臉色蒼白陰沉的亞曼達，納悶著這兩個女孩怎麼可能成為朋友。

我把《北端謀殺案》放在那堆傑克．史卡利的書上，走向櫃檯。

8 這對英國情侶到澳洲旅遊遭遇歹徒攻擊，彼得．法爾科尼奧失蹤後生死未卜，喬安妮．李斯則大難不死，倖存下來，兇手至今不明。

親愛的傑克，

我不確定你是否收到我的上一封信，我在十號寫信給你，你可能正忙於近期針對電影版權進行的所有宣傳，我已經把報紙上所有關於你的專訪都剪下來了，《紐約時報》的評論太棒了！嗚呼！

我把你的寫作生涯全收集在剪貼簿裡，而且一直重看《燃燒》的第一篇報導，你說你很興奮終於要出書了，我讀到其中一篇報導說你在《燃燒》之前寫了四本書，但沒有一本成功出版，即便我目前只寫了兩本，但我也對你的心碎感同身受，有十二家出版社退回我的第一本小說，而且連一點意見都不告訴我，有時我在想他們他媽的是不是根本沒看內容！我看到報導上說史黛拉曾告訴你永遠不會成功，應該專心拿學位。我懂你的感受，老兄，大家無時無刻不在嘲笑我對寫作的執念，但我知道我可以，我的繆斯女神就像一個對象，如此執著，如此需要我，我的作品很棒——這不是在自吹自擂，我知道自己很棒，我敢肯定你當年也知道自己很優秀。

我很像過去的你，傑克，我真的很想成為你現在的樣子，簽書、上廣播節目，你啟發了我，就像我的導師，你現在已經不是那個在 YouTube 類型作家聯盟討論會中汲汲營營的小傑克．史卡利了，你現在更有自信，但有時我在《讀書週》上看到你時，能看見你眼中閃爍的光芒，我知道你不會認為這一切都是理所當然，我知道你不會亂賣電影版權，讓他們把《編年史》這套書拍成充滿電腦合成特效的垃圾迪士尼電影。

關於你的一切我都好愛，我把《晨間秀》你家的那集節目錄下來了，你家也太屌了！你真的成功了，老兄，我不知該如何表達我有多為你驕傲。

如果你收到這封信，也有收到另外一封，我想問你是否有時間看看我的作品，我再把我的作品附上一次以免你找不到，我知道我的作品一定能讓你驚豔，天才是沒辦法掩藏的對嗎？

如果你不介意的話，回信時請附上一本《燃燒》的簽名書，這本書依舊是我一直以來的最愛，我已經看了七遍，所以想要一本新的，從你手中送出的這一本將會是一位年輕作家永遠珍藏的禮物。

——

我抵達時亞曼達辦公室的台階上有個女人，我猜是她是潛在的新客戶，這讓我對這個小辦公室的內部更加好奇了，一開始我越過女人，透過門上的玻璃板望去，百葉窗現在收起所以看得到內部的景象。街上傾瀉而下的陽光灑落在室內一張墊子上，有兩隻超重的貓躺在墊上曬太陽，一隻翻過來側躺，大肚子靠在墊子刺刺的稻草上，另一隻蜷曲起來，大小就像一個塞滿東西的背包，我抬頭看見有另一隻貓坐在樓上敞開的窗外，一條長長的薑黃色尾巴就躺在窗台邊緣，在微風中輕輕抽搐。遠處山上的雨在下，深藍色的天空看起來非常不祥，但這裡卻很悶熱。我捲起袖子看看手錶，前臂已經因汗水而發黏。

「她十點才會來，」我對門廊上的女人說，「需要我幫忙嗎？」

「其實我要找的人是你，泰德，」女人說，她的紅唇勾起一抹不友善的微笑。

她是記者，我停下腳步。

我下車時怎麼沒有看出這個女人全身寫滿「記者」這兩個字？那完美無暇的鉛筆裙，太常敲鍵盤的強壯雙手上那排修剪整齊的指甲——一隻手拿著手機，另一隻鉤著沉重的手提包把手，還有高跟鞋，誰會在紅湖穿高跟鞋？

她在亞曼達的辦公室等我更是個壞消息，如果記者想找我，不難查出我住在哪裡，凱莉也可能會告訴她，但只有亞曼達和尚恩知道我在這裡工作，至少我是這樣認為。

馬路對面轉角處的孩子們饒富興味地看著我，我往後退了一步，我告訴自己要記得跟亞曼達要她「貓舍」的鑰匙，這樣萬一之後有需要，我就可以躲在辦公室裡。

「我是法比亞娜．格里珊，」她伸出一隻手，「大家都叫我法比。」

「我很忙，格里珊女士，」我說，「很高興認識你。」

我轉身走下門廊，聽見她的高跟鞋跟在我身後。

「我只是想聊聊，」她說。來了，風雨欲來，我就要被所有人發現了，猛烈的風暴抽打著棕櫚樹，沖打著甘蔗，我走向車子，手緊抓著襯衫的前襟扭轉，走到車旁時我卻改變了主意，我尷尬地半轉身，抬頭看著街道。亞曼達可以當我的保護傘，我想像她面對任何威脅時都會爆發成一顆無所畏懼又激動的怪異砲彈，無論她的反應為何，我都可以利用她的行為來分散對方的注意力，然後安然脫身，如果可以把我的搭檔抱起來丟向記者，然後再逃到安全的地方該有多好。是的，我必須找到亞曼達，鯊魚酒吧距離這裡只有兩個街區。

「你現在住在紅湖嗎，泰德？」記者問道，「你想在這裡重新開始人生嗎？」

「你是怎麼找到我的？」我問。

「我是《先驅報》的記者，我們人脈很廣，紅湖的居民對你的處境有什麼看法，泰德？他們知道你住在這裡嗎？」

我擦擦額頭上的汗水後上車，砰地一聲關上車門，老舊的後照鏡在車殼上發出喀擦聲，我開車離開時，法比亞娜後退一步關掉手機錄音，表情看起來很挫敗。

亞曼達騎著黃色腳踏車在泥土裡滑行時揚起一團灰塵，她似乎對此舉非常滿意，她穿著一件紫色亮片背心和膝蓋刷破的淺藍色牛仔褲，在木槿花的紋身下光著腳，腳趾甲塗上青檸綠色的指甲油。我約她在小鎮酒吧後面見面，離鯊魚酒吧只有一條街，她腋下夾著一捲報紙。

「有什麼問題嗎，靈犬萊西？」

我發現自己在喘氣，無法正常吸氣，我咳嗽一聲試圖掩飾我的恐懼。

「有個記者盯上我了。」我回頭看向小鎮末端甘蔗田邊的郵局。「我不知道怎麼會這樣，但有一個他媽的記者盯上我了。」

「喔，」亞曼達把報紙放在泥土地上然後走到我面前，她摩擦我的手臂，動作非常慢，彷彿在感受一棵陌生樹上的奇怪樹皮。「哎呀，嚇壞了對吧？」

「我沒有嚇到，亞曼達，我只是不知道她是怎麼找到我的。」

「可能是有誰發現你，你永遠不會知道是誰，我的意思是治安隊隊員盯上你了對吧？有可能是其中一個人，也可能是別的人告訴那些人你在這裡，誰都有可能，不要慌，泰迪，一個記者——」

「我沒有慌。」

「一個記者沒必要慌成這樣。」

「這很糟，」我呻吟道，「這很糟。」

「嗯，總會發生這種事，你打算逃到什麼時候？你以為你是理查·金波醫師[9]嗎？總會有人發現你在這裡。」

「別拍我了，」我推開她的手，「不要再拍我了。」

她說得對，我確實是慌了，我深吸一口氣，我討厭她這樣看我。我轉身靠著車子，把胸口壓在車上，試圖把注意力集中在胸骨上壓著車窗輪廓的感覺，還有手掌底下車頂的熱度。

「她是紙本媒體還是電視媒體的記者？」

「紙本媒體，」我說，「《先驅報》。」

「呸，誰想看《先驅報》？」

「我想大約有五百萬人。」

「下次你見到她時跟她說她臉上有東西，你就能擺脫她了。」

「什麼？」

「你就告訴她，『嘿，甜心，嘿，我不是想打斷你，寶貝，但你這裡有東西。』」亞曼達伸出下巴，輕點一下嘴角，「女人討厭那樣，此舉可以完全破壞她們想說的話。」

我搖搖頭，已經不知道有什麼事是確定的，我需要整理一下我纏繞的思緒，想暫時忘掉這一切。

「你養了一萬八千隻貓，」我說，希望迅速轉換話題能讓我的呼吸恢復正常。

「十一隻，」她說。

9　影集《法網恢恢》（*The Fugitive*）的主角，金波醫師和妻子吵架後奪門而出，回家時妻子卻慘遭殺害，警方將他逮補，其後判處死刑，他在伏法之前卻因火車翻覆意外逃亡，成為全國通緝要犯。

「誰有這十一隻貓？」

「我。」

「我意思是為什麼？你該死的為什麼會養這麼多貓？」

「你為什麼會這麼想？我去年租下這家店時有一隻貓出現，當時正在下雨，我帶她進去，她開始從產道裡射出一隻又一隻小貓，就像紅色的小砲彈一樣。」亞曼達的臉色變得僵硬，「就好像電影《異形》裡的情節，」她用拇指和食指圍成一個圓圈，然後用拳頭滑過這個圓圈，然後張開手讓拳頭打到她的臉。「噁！超噁心！」

我盯著她看，她把手在自己的臉上張開，單隻眼睛透過兩根手指凝視著我。

「所以之後你就養了十一隻貓。」

「所以之後我就養了十一隻貓，是的，」她確認。

「你把所有貓都留了下來。」

「我還能拿這些貓怎麼辦？」

「我不知道，」我聳聳肩睜大了眼睛，「把貓送走呢？」

她看了我一下，然後朝我湊近。

「所以你的意思是，」她低聲說，「如果附近有人想養一隻貓，就會剛好出現一隻貓在雨中走來走去，等著把十隻濕透又粉紅色的軟糖貓寶寶噴到牠第一塊遇到的乾地毯上？」

我嘆了口氣，她伸手用食指敲敲我的太陽穴。

「打起精神來吧，康卡菲。」

我再次忽略她的話。

「來吧，」她拍拍我的手臂，「鬧夠了吧，我們還有個案子要辦呢，你去找法醫了嗎？傑克死了嗎？」

「他死了，是的。」

「泰德嚇死了，傑克・史卡利被人殺死了，烤葡萄乾麵包好吃死了。」

「夠了。」

「好了，跳上你的車，我們去向這家人報告消息吧。」她把一隻腳晃上腳踏車，轉個彎把車騎到我面前，在泥土地上劃出一個漂亮的凹槽，我滑進車裡時聽見山上傳來雷聲。

亞曼達騎在我的車子前方，我們彷彿是想要抵達某個終點的兩個孩子，她看到終點線並加快速度時才宣布這是一場比賽，她沿著棕櫚樹成蔭的寬闊大道騎了不遠就發現警車並放慢了速度。那是一輛凱恩斯巡邏車，剎車燈還亮著，我把車停在警車後面的路緣石旁，看著亞曼達走到駕駛窗前，低下頭大而化之地檢查車裡的人是誰。

總警司下車整理一下腰帶，不知對她說了些什麼，她咧嘴一笑在腳踏車上往後退，然後丹福德和亨奇也從車裡出來。我突然感覺胸口拉扯了一下，想要下車介入，我害怕警察會傷害她，她的個頭那麼小，身上又五彩繽紛，彷彿一隻被狗襲擊的小小變色龍。

「……這個大塊頭是我的搭檔泰德，」亞曼達告訴警司，老人布滿皺紋的臉轉向我，他認出了我，我已經習慣人們看到我的臉時會露出眉毛一垂、嘴巴一癟的表情。

「亞曼達，我可以問你今天出現在這裡做什麼嗎？」警司沒搭理我。

「我們正要去史卡利家告訴他們死訊，」她爽朗地說，「我們今天早上從法醫那裡得到內幕消息，我猜你們也知道了，對嗎？」

「我得請你們兩位離開這裡，」警司再次打量我，無法掩飾眼神中的不屑，「這對大家都好。」

盧．丹福德和史蒂芬．亨奇一直盯著我看，我知道只要跟他們的老闆待在一起，他們就不會傷害我，但他們傷害我的渴望依然存在，我們相互打量，就像背著老師做壞事的學生。我再次注意到他們的年紀，還有他們的官階有多低，他們的年紀想必是四十多歲，到四十多歲還在當巡邏員警要不是完全無能，要不就是自願如此。我不認為他們無能，因為他們太邪惡了，他們整個員警生涯都在做他們加諸在我身上的暴行——追捕社會的棄兒並痛揍他們，因為這個舉動能讓他們感覺自己很有力量，我知道那種感覺很吸引人，沒有什麼比穿著全套防暴裝備強行破門更吸引人的事，把東西踢翻，搜找許多年輕男子生活的碎片，幫他戴上手銬，看著他在地板上哭泣打滾。我的警察生涯中從來沒當過真正的暴徒，我沒有好好扮演這個角色，但有時會有人要求你的外表和表現都要顯得很強硬，目的是嚇唬對方並逼對方合作，這種習慣可能會上癮，我認識的許多人都因此性情大變。

我把目光轉向亞曼達，心中想著這兩個惡人在她犯下謀殺罪時年紀多大，可能還是培訓員警，他們有參與案件偵辦嗎？他們是不是被傳喚來的巡邏隊，負責檢查停在接吻岸樹叢中的車輛？

「我真的認為如果由兩個像我們這麼光鮮亮麗的好友負責進去告訴他們這個壞消息，才是對大家都好，」亞曼達說，她的手一掌拍在我手臂上，讓我猛然回神。「你們配槍又戴著好笑的帽子像星際大戰裡面的帝國風暴兵一樣衝進去，會讓壞消息糟糕十倍。」

「亞曼達，」警司嘆了口氣。

「亞曼——達，」她學他雙手叉腰的姿勢嘲弄道，「亞曼達什麼？多爾蒂警司，我知道你討厭跟家屬宣讀死訊，拜託，老小子。」

「你們兩個認識？」我說。

「多爾蒂警司是我接受審判時的控方證人，」亞曼達說，「所有的警察都認識我，因為我是大明星，臭名昭著的黑幫兼犯罪高手。」

我們一行人開始向史卡利家走去，儘管亞曼達的態度兒戲，但多爾蒂警司的聲音低沉又不友善，丹福德和亨奇的眼睛仍然盯著我看，我清清喉嚨。

「所以你們兩位也認識亞曼達，」我說。

他們沒有回答，我感覺前臂上的寒毛直豎。

「她遭到逮補時你們在場嗎？」

依然沒有人回答，警察很擅長這種恐嚇的把戲，我感到一股想吐的感覺，我走在亞曼達和警司身後，在這段緩慢而從容的路程與他們保持一大段適當的距離。

事實證明，我們沒有人在通知史黛拉・史卡利丈夫死訊這件事上得到充分的讚許，我們一行人轉彎後行經修剪整齊的前花園小徑，然後走到大門，她打開門，我看出她的表情上寫著：已準備好接受死訊。她舔舔嘴唇，看著我們所有人，最後目光落在我身上，我看向一旁盡量不看她，她說話時似乎是在對著我說。

「他們怎麼確知死亡的？」她問。

「髖骨，」我說。我覺得最好直接告知，在我看來這是她想要的方式，多爾蒂警司轉身白我一眼，是那種連偵訊室裡的兇手都會畏懼的眼神，我的雙眼之間感到一股疼痛，彷彿他剛才揍了我一拳。

「史卡利太太，」他對她說，「我們跟這些人不是一道的，我們沒有邀請他們來，我們也沒有邀請他們用如此冷酷無情的方式告知你先生的可怕死訊。」他搖搖頭之際又看了我一眼。「老天，我不知道該怎麼解釋了，我們可以進去說嗎？」

史黛拉轉身用手擦擦眼睛，然後光著腳走過巨大的門廳，亞曼達走過門口，但我上前時丹福德和亨奇卻在我面前轉過身，擋住我的去路。

「幹得好啊，小混蛋，」亨奇譏諷道。

「你知道這要有點儀式感，」身形較胖的丹福德說，「搞浪漫你懂吧，你要先請對方坐下，幫他們泡杯茶，然後摘下帽子表示敬意，這就像前戲。」

「不過你不喜歡前戲是嗎，康卡菲？」

「嘿，是她開口問我的，」我說，「我就告訴她，我不想要先進屋，胡搞瞎搞，泡個茶，拖拖拉拉，然後打開他媽的信封，好像在頒獎典禮上一樣，我不想讓事情變得更糟，而且我根本沒有戴帽子。」

「你是個混蛋，」丹福德說。

「你知道的，她一開始會雇用亞曼達和我，就是因為你們這些蠢蛋擺爛得太過分了，你們現在就是在胡搞，故意在這裡招惹我，你們出現在那裡不是只會拍警司的馬屁嗎？」

「你現在是在教我們要怎麼當警察嗎？」

「你到底對我有什麼意見？」我說，「這真的是我被指控的原因嗎？因為自我來到這裡以來，還沒有見過一個十六歲以下的孩子，你說你想保護這個鎮上的孩子，哪來的孩子？」

「所以你不認為十六歲還是孩子嗎？」

「那不是重點，」我嘆了口氣，「我意思是我沒有構成威脅，你們明明就知道。」

「不，我們不知道，」亨奇嘲笑道，「事實上所有證據都會指向不同的方向。」

「如果你那麼擔心我，為什麼不跟監我？」

「誰說我們沒跟監？」

「我認為這一切都跟我的罪行無關，」我說，「我想你們生氣的是鎮上還有另一個警察晃著老二，大搖大擺到處走，我很驚訝你們會允許亞曼達在你們的巡邏地區工作，你們當初為什麼會允許亞曼達在這裡開公司？」

沒有人回答，這就怪了，他們只是冷冷看著我。

「你們兩個他媽都去死吧，」我說著轉身要走，我還沒跨出半步，丹福德就抓住我的手臂。

「滾，」他輕聲說。

他只說了這個字，但這個字卻對我產生作用，進入我體內，像一團有毒的雲爬進我嘴裡，順著我的喉嚨而下，讓我的內臟燃燒起來。我看見這個人的臉在我上方，感覺到我背後的草，感覺他的手指掐在我喉嚨上，我覺得這種威脅就像一種包羅萬象的幻覺，一種幻影般的死亡。想像自己蜷縮著身體、閉著眼睛凍僵在路上，卻有輛汽車以過快的速度直直衝向你，你大聲尖叫，我現在的感覺就像那種衝擊。

丹福德不必把「否則我會殺了你」這句話說出口，只要看著他我就心知肚明了，如果我不按照他的要求離開，我聞到的最後一個味道就是他的鼻息。

我聳聳肩掙脫開來，然後向後退了一步，我的雙腿感覺僵硬而笨拙，我沿著房子一側向後退離。

如果我預期當屋內的警官告訴史黛拉死訊時，她會演出好萊塢式戲劇化的情緒大爆發，我一定會失望。從我等待的小石頭庭院的門看過去可以看穿門廳，看見客廳中她精緻側臉的一部分，她坐得挺直，雙手放在膝上聆聽，她看起來無動於衷，態度冷靜，姿態就像在聽課。

我聽見身後傳來沙沙聲，及時轉身看到哈里森從雨林邊緣的樹叢中走出，黑色的羊毛套頭衫肩膀上結滿了水珠，他一邊走一邊低頭看手機，我清清嗓子，以免他在走向門口時撞到我。

「哇哦，」他停下來，靴子踩過黑色的河石時發出嘎扎聲響，「你來這裡做什麼？」

我深吸一口氣，瞄了裡頭他母親一眼。

「當地警察找你媽見面，」我掙扎著說，「亞曼達和我……我們……我們也來了，但她在裡面處理事情，我被拒之門外。」

「他們為什麼要見面？」他問。他又在嚼那個唇環了，同時窺視我的眼神，那個在現場吹噓他父親慘死的自大青少年現在已經消逝無蹤，他整個人的外表似乎都軟化下來，我不想當那個人，我不想告訴這孩子他父親過世的消息，如果他是我第一次來時在樓上看見的那個小混蛋，他當然能應付得了，但眼前這個人——看起來隨時會崩潰。

原來我沒必要告訴他，他像他母親一樣從我身上讀出訊息，直接奪走了真相，他握著手機，低頭看著手機，手指緊緊掐著，這個他隨身攜帶的機械朋友不知何以現在沒有任何安慰可言。

「我以為他只是跟誰跑了，」他低聲說，「她說他只是跟別人跑了。」

在我意識到發生什麼事之前，男孩已經撲倒在我懷裡，他的臉貼在我的胸口，我並不想擁抱他，他可能也不想被擁抱，但當悲傷撕裂他的身體時，我緊緊抱住了他，除此之外我無能為力。

我透過窗戶看了一眼，看見丹福德和亨奇在門廳看著我，其中一人肘擊另一人，一邊比手畫腳，一邊竊笑，他們貪婪的眼神在我身上徘徊。我仍然抱著這個孩子。

你在監獄無法成為無神論者。如果你是無神論者，就是在自找麻煩，即使你沒有對外宣稱自己歸屬於某種信仰，如果你聰明，至少得以宗教指涉的方式來指稱罪行：善與惡、罪與懲罰、救贖與內疚。收押在監獄中如果是行政性獨居，原因就是暴力犯罪，且受害者必定是婦女、兒童和老人，此時想為自己做過的事開脫罪責聽起來非常冷酷無情，譴責自己破碎的靈魂和腦中魔鬼的聲音，會比歸咎於有缺陷的額葉更為安全。如果你是無辜的，責怪上帝的手比暗示法律系統可能有問題更安全，監獄的守衛不喜歡這種言論。

我母親是個自覺罪孽深重的天主教徒，但自她去世後我就不太思考宗教的事，也不太思考自己在宗教中的角色。我第一次被人帶進牢房，門一關上我卻想到向宇宙呼喊，首先是尋求幫助，其二是問為什麼命運待我如此。我記得自己用手撫摸牢房門內側的鐵製表面，想著我見過許多次牢房門的正面，卻很少看見牢房門的背面，這與過去是同一扇門，我過去把醉漢、不良少年和夜間鬧事的人丟進警局的牢房裡又把這些人拖出牢房時，不會去看關起來的牢房表面。我輕推一下門，想看看門是否真的鎖上，我曾把所有的希望寄託在這一切只是開我一個玩笑，但現在希望已經全然落空，我聽見法蘭基在警局的某處哭泣。

那天晚上我躺在床墊上，從牆上的縫隙望向橙色的天空，天上只有一顆星星，我好奇是否會有聲音傳來，小時候在教堂聽到的故事告訴我們此時會聽見聲音，隨便哪個門徒或者任何人被扔進地牢、扔進獅子堆裡、扔進火坑時，總會傳來一個聲音向他們解釋當前面臨的處境，告訴他們原因，還有必須做些什麼事才能度過難關，還會告訴他們必須從中吸取什麼教訓。

還押八個月期間，那個聲音一直沒有出現，我卻聽見很多聲音，但這些聲音都不太想幫助我度過這段苦難折磨，我不知道該如何讓一切停止。

亞曼達騎到聖三一浸信會教堂的半路上都沒碰腳踏車把手，整路與我並駕齊驅，她的雙臂交疊，風吹拂著她的黑色短髮，讓髮絲不時掠過她的眼睛。我們不太交談，我幾乎可以想像她和我一起坐在車裡時瞇著眼睛看太陽的模樣，她可能不時會伸出手，把手掛在副駕的窗框上。我不能讓時速超過三十五公里，否則她會追不上我，如果有車從我們後方開過來，她會放慢速度，我則靠邊讓車開過去。

傑克．史卡利《編年史》系列書散落在副駕座位上，我把《北端謀殺案》包在超市的牛皮紙袋中，然後塞進手套箱裡。

傑克的教堂是一座小型的鞋面牆板建築，距離聖三一水道岸邊只有幾公尺之遙，長長的傾斜草坪盡頭沒有圍欄，一直到草坪變成一長排岸邊的蘆葦牆，圍欄才出現。跨越灰黑色的河流，我可以看見平凡的阿德米拉爾蒂島綠地，這是紅樹林的另一道屏障，擋住通往這片土地的任何去路。

有幾個原住民孩子坐在舊建築的門廊上，用棍子在泥巴裡畫線，亞曼達從腳踏車下來伸展股四頭肌，腳趾壓在我的汽車輪胎上來伸展她的小腿。

「所以，我們掌握了什麼資訊？」我問。

「嗯，這是傑克的家庭教堂。」亞曼達用手臂掃過教堂的景觀，彷彿在展示猜謎節目的獎品。「他每週會在這裡發表一次演講，客座演講，在周日晚間布道時間講個幾分鐘，每當有新書出版時他都會在書店和教堂巡迴宣傳，但他不如想像中是個宣傳大師，眾人皆知的是他很害羞，所以如果你想見到他本人，就必須來這裡。」

「傑克很害羞？我們知道他很害羞嗎？」

「我會說他在書中口頭上支持基督教主題其實是一種刻意為之的障眼法，如果是我的話？如果我背著太太和一個男人鬼混，我不會想太定期露面，還對著那些容易受影響的年輕人聊人類的罪和地獄之火，感覺非常偽善。」

「但你還是完全找不到證據證明山姆是個男人，對嗎？」我說，「這個人無論是男是女，你也無法證明他與我們的案子有任何關聯。」

「是沒辦法。」亞曼達眨眨眼，「但很快就會了。」

我發現自己又在審視亞曼達，我非常想讀《北端謀殺案》，是什麼讓她用這麼誇張的方式脫離人生軌道？她還沒回到正軌嗎？有時她沒注意到我在觀察她，她的行為看起來肯定像個精神有問題的人，我幾乎已經習慣她頭部的輕微抽搐，也很少看到了，她眼睛的眼白部分有點太多，關乎她的一切都像這樣：過度神經質又瀕臨瘋狂，因為太瘋狂了反而變得理智，言行不一致又顛三倒四。她生活可以自理，我想心理醫師會這樣形容她：功能性失能，只要她還能穿衣、刷牙、上班和買菜，誰有權利質疑亞曼達的心理健康？質疑她有潛在威脅？畢竟她已服完刑期。

她也不是剛從監獄裡放出來，我知道大多數被定罪的殺手會經歷哪些步驟，如果她經歷同一步驟，那麼她還監獄裡就應該已經完成囚犯釋前計畫，她已獲得假釋委員會批准，並在更生人計畫中與其他女囚犯一起搬到中途之家，她遵守宵禁，聽取其他更生人的客座談話，知道如何重新適應外部世界，她復歸報告上的所有條件都已勾選，她對社會來說已獲得安全認證。

我跟隨亞曼達進入教堂，我在心中細數她在重回社會這件事上獲得的所有幫助，發現自己幾乎嫉妒起她來。當你的案子被擱置一旁，他們會解開你的手銬然後走開，他們會不屑地走向門口，就像一個疲倦的老師放留校察看的學生去吃午餐。

你可以走了，不要，再次，犯案。

針對我的指控已判決為「不予起訴」，這表示該州隨時可再次起訴，但當下無法鎖定我，他們不想繼續在法庭上追究此案，不想讓一個無罪釋放的強姦犯和謀殺未遂犯成為自己的負擔，不，他們想讓我遠離這世上的清新空氣，在煉獄裡像溫水煮青蛙一樣慢慢煮熟，把我丟在地獄之火上方無能為力。

擋風板教堂的內部近期塗上精美的油漆，使牆壁的一面閃爍著粉紅色和綠松石色，這一側有陽光從東邊的窗戶照射進來，一座小門廳裡擺滿照片，照片全擺在廉價相框裡，有張桌面上放著許多單頁通訊和諮詢服務的小冊子。亞曼達快速瀏覽過這些照片，並踮起腳尖看更高處的照片。我走到軟木板處閱讀訃聞和祈禱通知：泰瑞莎．米勒，我們思念的母親和妻子。教堂裡有個高額頭的人在聖壇上做出搖擺動作，彷彿一隻搖擺的螳螂正在祈禱，我們溜到教堂後方的靠背長椅上。

「這就是問題所在，」神父說，「馬太對他們說，『收成很豐富，但是工人很少！所以要懇切禱告，懇切向收成的主祈禱，祈求收成的主，派工人去收割神的莊稼。』」

「哈利路亞！」我給亞曼達一個挖苦的笑容。

「不，不，先不要說哈利路亞。」她警惕地看著周圍人群俯身小聲說，「等到該說的時候再說。」

「我只是在開玩笑。」

她發出噓聲要我閉嘴。

「這代表什麼？」神父問道，「我會告訴你們這代表什麼，我的朋友，這代表缺少那些甘願、快樂和以主的愛為榮的人，願意在主美好的愛中分享收成的人太少了，這需要工作，這需要勞動，女士們，先生們，接受上帝的愛吧，你知道嗎？成為罪人更容易，不是很容易嗎？成為罪人太容易了。」

我環視周遭的人群，很多人在我面前頻頻點頭，包括老男人的禿頭和布滿斑點的頭，還有年輕男子修剪過的髮型，許多原住民男子用雙臂摟著女友或妻子，坐在拋光的長椅後面。在會眾前面有一群孩子跪或躺在地板上塗鴉，孩子還太小，無法理解布道，所以他們坐在傳教士的腳下，神父站在一具巨大的彩色玻璃十字架前，耶穌的臉因臨死的痛苦而抬起，嘴巴垂落。我的不安感不斷增加，肩膀和脖子開始發癢，時間一分一秒過去，我坐著聆聽布道。

「可是人們為什麼不來幫忙收成呢？」神父問道，「他們為什麼不為上帝的愛而勞動？因為人們都喜歡找藉口，有些人說他們犯罪是因為他們的家庭，他們說，『父母都是用這種方法把我養大的！我不知道要怎樣變好！我必須偷竊和說謊，撒旦一時興起我就屈服，因為我母親也是這樣教我的。』有些人會責怪社會，『噢，』他們說，『我必須背離神，因為當一個好基督徒不時髦，不酷，我的朋友不會喜歡我的。』同性戀者則責怪自己的血統，『我生來就是這樣，』他們說，『我的血、我的基因和神經元當中有某種東西告訴我必須違抗上帝的旨意，讓男人與男人，女人與女人發生性關係，我必須遠離收成。』」

「哈利路亞！」亞曼達從座位上跳起，將拳頭舉向空中，我感覺自己的臉頰因尷尬而漲紅，眾人轉頭看著我們。

「讚美主！」

「亞曼達，」我低聲說，然後用手抓住她，「坐下！」

我無法理解亞曼達的爆發預期要達到什麼效果，直到我看見神父的表情，他的布道幾乎沒有停頓，但即使他一邊說話，嘴巴還是咧開笑了，他看了我的搭檔一眼，用手指了指她，長袖隨手一揮。

「是的，姊妹，沒錯，同性戀者也許是人類最大的藉口製造者，他們告訴我們，他們邪惡的欲望居然可以存在上帝最小的子民身上，新生兒還躺在母親的懷裡……」

「現在我們等待。」亞曼達微笑。神父受到了鼓勵後開始偏離主題，偏離最初的布道，走上了一條黑暗的道路，把同性戀視為不願幫忙收成的人，視為一種特別危險的類型。我們周遭的人也受到亞曼達舉動的啟發，像羊群一樣自然發出叫喊，他們把大喊當成一種有趣的消遣，唯一記得的只有這很有趣。

「他對男人說謊，就像對女人說謊一樣。」神父為了製造效果停頓一下，臉孔因厭惡而扭曲。「這是侮辱上帝的計畫，這世界上有比這更大的侮辱嗎？」

有個動作引起我的注意，有個年輕人在沿著後排悄悄移動，匆忙之際將祈禱書打翻，他走向前門時從口袋裡掏出一包香菸。

抓到了，我心想。

台階前的小女孩們一得到自己的著色本就忘卻了木棍和泥土，我關上身後的門，那男子年齡不超過二十歲，至少有部分的澳洲原住民血統，紅色T恤的腋下被汗水浸濕，我凝視著群山，假裝是出來透透氣。

他看著我，露出像青少年被人抓到在學校電腦看色情片時的呆滯表情，我牽動一下嘴角表示打招呼，然後看著小女孩方才在泥土上畫的畫，我抬頭一看，那個年輕人朝我晃晃那包菸。

「謝謝，」我拿了一根後更靠近他，讓他幫我點菸。

「不客氣。」

「天啊，每次一講到收成。」我露出不自然的笑。

「對啊，」他羞怯地笑了笑，「馬太把我逼瘋了，重複性太高，馬太還有寫給哥林多人的書信，有時我希望有人可以直接讓我解脫。」

我笑了，還押八個月，我還沒有失去警察看人的直覺，我一看到那個人就知道他的心思不在布道上，我知道自己看著一個騙子，在過去我甚至在進審訊室之前就能發現對方是騙子，在我逮捕對方之前就能確知證人或嫌犯身上有某種「不對勁」，從他拖著腳步走出教堂和低著頭的模樣，我就知道這孩子有問題。

「我沒在這裡見過你，」他說。

「對，我是來拜訪人的，我叫泰德。」我伸出手。

「雷。」

我們看著甘蔗田間蜿蜒而逝的河流，神父低沉含糊的聲音從門口傳來。

「這教堂還不錯。」我轉身對著屋頂點點頭，教堂小小的尖頂靠在雲層上，此話並非違心之論，這個教堂真的很別緻。

「對啊，布道會之後會吃蛋糕。」雷對上我的眼神，這可能是第一次，「蛋糕還不錯。」

「我聽說過這裡的蛋糕，」我說。

「真的？」

「假的。」

「噢。」雷笑了，寬闊的嘴邊揚起深深的酒窩。

我笑了，「我來是因為我聽說那個作家會來這裡發表談話，寫《編年史》的那個人，我希望在途中能遇到他，我喜歡他的書。」

「是喔，」雷的笑容消失，他撥撥一頭飄散的黑色捲髮。「沒辦法，傑克失蹤了，你一定沒看到新聞，報紙上有說，他已經失蹤很久，有天晚上起床之後就人間蒸發了。」

「人間蒸發了？什麼，是逃亡，還是……？」

「不知道。」

「哇，」我說。

「是的。」

「該死，該死，這是真的嗎？所以發生了什麼事？」

「老兄，一點頭緒都沒有，」雷靠得很近，「報紙上只說他某個晚上出門之後就再也沒回來，不過那是幾週前的事了，我的意思是，他失蹤的消息已經從新聞上消失了，我猜警方是遇到瓶頸，我一直在找相關報導但找不到。」

「嗯，」我猛然呼出一口氣，把煙吹往肩頭。「我想你什麼都不知道吧，不知道他的任何祕密或……其他事情？我的意思是，你來這個地方，」我指了指教堂，「你認識他本人對吧？」

雷看著我一下，接著後退一步。

我從來都不是個好演員。

「我已經把所有知道的事情都告訴警察了，」他說，他的臉色現在更僵硬了，已經看不見酒窩。

「我不是警察。」

「但你還是有別的意圖。」

「有意圖，是的，」我說。

教堂的門撞上我的後背，亞曼達從我身邊鑽出，樓梯上的小女孩四散而逃然後又像受驚的鳥兒一樣回來。

「噢，天哪！」她哀嚎，「哥林多人！」

雷踩熄香菸，從口袋裡掏出車鑰匙，他想轉身離開，但我用手圈住他的二頭肌不讓他走。

「別急著走。」

「不要碰我，」雷突然厲聲說，這是恐懼下的反應，情急之下脫口而出。「他媽的不要碰我。」

「我不是警察，」我說，「她也不是，我們幫傑克的太太查案，只是有幾個問題——」

「他是同性戀不是嗎？」亞曼達說。我哼了一聲，雷沒有反應。

「我根本不認識那個人！」

「你認識，」亞曼達說，「這扇門裡有一張你的照片，你就站在傑克旁邊，二〇一三年的聖誕節服務，我們要進去看看嗎？」

「不要，」雷聳聳肩，甩開我抓住他的手，「沒有必要。」

「你在照片中拿著他作品的第二集，他有幫你簽書嗎？」

「你們想要什麼？」雷問。閃電在群山上空閃過，這個少年把鑰匙弄得叮噹作響。

「快速回答我們的問題就好，」亞曼達說。

「最好他媽的快點問，」——雷惡狠狠地瞪了我一眼——「因為我想走了。」

「好。」亞曼達挽起袖子，就像魔術師準備好大展身手，她把手背甩上我的胸口，「看著啊，泰迪，學學甲級聯賽的表現。」

我因擔憂而心情沉重。

「傑克，」亞曼達說，眼睛盯著雷，「他對妻子忠誠嗎？」

「沒有，」雷說。

「經常不忠？」

「是的。」

「對象是男人？」

「是的。」

「跟你？」

「是的。」

「最近的事？」

「不是。」

「教堂以外的人知道嗎？」

「不知道。」

「他有對哪個人認真嗎？」

「有。」

「最近的事？」

「是的。」

「是個叫山姆的人？」

「對。」雷瞄了我一眼，他在我臉上找不到任何安慰，我和他一樣對亞曼達的問案方式感到困惑。

「他會在教堂跟山姆見面嗎？」

「我不知道。」

「你知道山姆姓什麼嗎？」

「不知道。」

「好吧。」亞曼達心滿意足地交疊雙臂，她的頭部微微抽搐兩下，笑容始終沒有離開她的臉龐。「那差不多了，下課解散。」

雷抓住鑰匙轉過身來，在他離開之前又上下打量了我一次，台階上的小女孩看著亞曼達表演快問快答已經忘記著色，不知道發生什麼事但完全被教堂前的即興採訪所吸引，我看著雷走上車。

「你太不可思議了，」我告訴亞曼達。

「什麼？」

「你剛剛激怒了那個證人，他現在不會再幫我們了。」

「你本來打算怎麼做？」

「我本來想假裝自己只是傑克．史卡利的粉絲，」我嘆了口氣，「但我的演技不太好。」

「不像，你看起來不像粉絲。」

「我很會演流氓，我曾經假扮自己是一個憤怒的流氓，打電話要求快速進行毒品交易，是我還在緝毒小組的時候。」

「我想聽，示範一下。」她輕推我一下。

「才不要。」

「好啦！」

「不要。」

「聽著，我們不會再需要這個證人了，」雷把車開走時，她對著車揮揮手。「我們現在需要找到山姆，看看他對傑克失蹤有什麼了解，我們的判斷是對的，泰德。」

亞曼達很快在小路中間停下。

「泰德、山姆、雷，三個男人，這三個人的名字都是三個字母，這裡有個三角關係，她看著天空，好像天上有什麼東西可以確認她的判斷。

「別再做奇怪的事了，告訴我為什麼山姆會比雷更清楚傑克在哪裡。」

「因為山姆是傑克的長期伴侶，不是隨便的一夜情。」我跟著亞曼達走向我的車。「傑克把山姆的電話號碼放在他客廳的雪茄盒裡，把他祕密生活的微小證據藏得好好的，如果雷對傑克來說不只是一時的歡愉，他會留下來告訴我們所有能說的事，他是想幫忙的。」

我不確定自己是否該相信她，我不喜歡她的風格，我習慣搭擋在偵訊證人之前預先與我沙盤推演過所有策略，列出我們會說和不會說的內容，同時保留以備將來使用的內容。即便是我離開緝毒小組遭到關押之後也是如此，除非我和尚恩先講好，除非我們事先預估過發言可能造成的傷害，否則我從來沒有吐露過一字半句。

但她對山姆的看法是對的，她完全猜對傑克的性傾向和不忠，只憑藉她從雪茄盒裡挖出的一張紙條。我站在路邊，手裡拿著鑰匙盯著草地看，當我意識到亞曼達騎著腳踏車繞著我轉圈時才回過神來。

「醒醒，泰德，」她說，「我們還有案子要辦。」

對小鵝來說這雨下得太大了，牠們的體型還小，一顆碩大的雨滴滴在頭上就像被一記小拳頭擊中一樣讓牠們猛然縮頭，每一隻都是如此脆弱，容易疲累，又容易信任他人。所以那天晚上，我在浴缸裡盛滿十五到二十公分的水，把小鵝全部放進去讓牠們四處游泳，讓小鵝自己做些有生產性的事。我用T恤把小鵝包起來時，「女人」似乎並不介意，搖搖晃晃走到浴室門口看著我們一會兒，小鵝在浴缸中來回游泳，我則坐在馬桶蓋上閱讀傑克·史卡利的第一本小說。一開始這些小鵝興奮地在水面上快速游泳潛水，不斷拍打翅膀，接著很快就安靜下來，我幾乎忘記牠們的存在，我抬頭一看，「女人」已經從浴室門口消失。

小鵝上下划水，灰黑色的小腳劃出大圈移動，時不時縮頭躲起來豎起柔軟的羽毛，用嘴喙在翅膀下磨蹭，啄食自己的身體。我伸手在浴缸裡攪動出一些波浪，水花濺到牠們身上，小鵝似乎很喜歡，有一隻翻了一整圈筋斗後翻身露出身體下方黃色的羽毛，然後把濕答答的腿踢向空中，我發現自己在小鵝翻回正面時微笑掏出手機拍了一張照片，以防牠又翻一次身。

但我要把這張照片拿給誰看？我在膝蓋上敲敲手機，然後收起。

傑克是一位優秀的作家，這點我看得出來，因為我在監獄裡讀過很多垃圾書，監獄書籍的生命週期很複雜，決定書的印刷量時要先估計銷量，當鋪到書店卻不賣不出去時，書店必須決定如何處理這些書，可能是打折，可能移動到其他地點並貼上貼紙，如果真的找不到人買書會退回出版社，出版社有時會將這些書送到剩書商店，到那裡貼上更多貼紙，貼上寫上字的螢光貼紙大幅降低售價，如果回到倉庫還是賣不出去，書就會捐贈出去。

等到普通的還押囚犯手中拿到這本書時，其他囚犯已經看過這本書好幾十次，所有的貼紙都因無聊而被其他人撕除，但書封上仍殘留黏黏的膠、黑黑的砂礫和油脂，還有零星雜散的毛髮。有時因為這些表面殘留黏膠的書接觸到其他殘留黏膠的書，所以一半的封面已經撕除，如果你是不經意看到這本書，無法得知書名和作者是誰。書中只要有任何與性相關的部分內容都會被撕除當成自慰的素材，有時書中還會有其他部分消失——詳細描述兒童或謀殺的章節。殘存的封面圖通常會因某種方式受到汙損，通常包含一根巨大浮有血管的陰莖突兀地豎在兩顆不太像球形的毛髮球狀物上。

但無論如何你還是會看這些黏答答、不知書名、滿是老二的書，因為你必須看。

傑克的書在深入閱讀之前就已贏得我的心，我用手指撫摸純白書頁和打凸的封面，整本書設計得很美，火光中熾烈燃燒的城市，兩個迎風少年站在懸崖邊遙望著一片荒地，我一讀很快就無法自拔，晚餐時我放下書本暫停一下，用擦手巾擦乾小鵝，然後把小鵝送回門廊上給鵝媽媽。夜幕降臨時我伸展肢體躺在門廊沙發上，開始閱讀第二集《耳語》。小鵝們回到原來的箱中，我放下毛巾門蓋住牠們溫暖的小窩，「女人」待在離我很近但又不是伸手可及的門廊上，煩躁地望著雲間的落日。

我一個字一個字閱讀下去，感覺自己離傑克愈來愈近，對我來說他書中角色的危險性就像我正在追捕的那個人，彷彿陰魂不散的傑克從現在靈魂的棲身之處對著我訴說。

我在黑暗中徘徊良久，說不清有幾個小時，地平線上時不時閃爍著各種邪惡的顏色，火紅的黃和如血的紅，火焰在曾經安靜的郊區肆虐，我走向火焰，身體搖擺不定，有時當記憶刺破恐怖，腎上腺素的波動會刺激我，我的家園，我的家庭，我們曾在溫柔的夜度過寧靜的夢，還有醒來的早晨，不知有天會在避難所裡遭遇什麼樣的恐怖。我們過著貪食的生活，人們身上囤積的快樂脂肪建築在多年的現世安穩之上，在新世界的火焰中上演，這是個破碎的世界，我邁出步伐走在倒塌塔樓的玻璃上，每一步都發出嘎扎嘎扎的聲音，這裡就像地獄。

我陷入沉睡，夢中充滿審判時的低語，我張著嘴唇彷彿在回應，透過一層層的夢境我發出不似自己的聲音，讓我心神難安。

康卡菲先生，你看過青少年小說嗎？過去看過。

你自己有這類書嗎？

抗議，與本案無關。

駁回。

我有幾本這種書，是的，我有……啊，戰爭主題那個，《明日系列》。

還有別的嗎？

嗯，啊，我有《暮光之城》，《暮光之城》的第一集。

是有人送你這些書嗎，康卡菲先生？

不是。

你買的？

是的，我買的。

你能告訴我們你為什麼要買這些書嗎，康卡菲先生？這些針對青春期前年齡的書？

因為我喜歡這些書？我的意思是，我喜歡這種書的調調，我聽說過這種書的好評。

你喜歡這些書，你的意思是這樣嗎？

反對，法官大人，重複問題。

為什麼你這麼喜歡這些書，康卡菲先生？

嗯，我沒那麼喜歡《暮光之城》。

抱歉？

我沒——

這幾個系列書籍的主角都是青少女是嗎？

她們……嗯，是的……是的，都是。

《明日系列》、《暮光之城》、《小婦人》、《飢餓遊戲》、《分歧者》、《我現在的生活》，上述的書你都有對嗎，康卡菲先生？這些書的故事全部都是關於青春期前的女孩，不是嗎？

我在警笛聲中驚坐而起，也許是我把那聲音誤認成警笛，「女人」離我很近，但身體用奇怪的姿勢扭曲，頭低垂在地上，沒有受傷的翅膀抬了起來，同時發出一種尖銳的哀號聲，然後又急劇變成一種咆哮聲。我擺脫腦中持續的夢境，用手把頭髮往後一耙。

「天啊！你是怎麼了？」

「女人」露出淺灰色的舌頭跺了跺腳，她站直身軀若有所盼地看著我，我的皮膚因恐懼而刺痛，我起身站在那隻鵜旁邊。

「怎麼了？」

沒有下文，鶇盯著我看，我掀開紙箱上的毛巾看著她的小鶇，牠們都蜷縮著疊成一堆在睡覺。

「你好奇怪，」我告訴「女人」，然後走進屋內。

我在屋內沒待多久，就聽見尖叫和咆哮聲再度傳來，我聽見那隻鶇沒受傷的翅膀在廚房後門上拍打，我透過沙發上方的窗戶瞥了門廊一眼，卻什麼也沒有發現。這隻動物盯著我看，等待我行動，我洗了個澡，穿好衣服，聽見她第五次或第六次發作時我真的火了，我怒氣沖沖走到戶外，鶇站在門廊的角落裡瘋狂撲騰，我把牠從角落趕了出來。

「你是怎麼了——噢——哇——該死！」我張大嘴巴看見屋頂橫樑上的蟒蛇，接著沿著橫樑和柱子後面看見牠厚實接近黑色的軀體，那隻生物完全靜止，我往鶇的方向後退時她撲到我的腿。蛇頭貼平在木頭上可能一直在睡覺，但牠一隻白色的眼睛卻茫然地盯著我，距離寬大的蛇頭六英寸之處，蛇瘦削的身體突然變寬，出現一個呈球形的凸起。

「噢，天哪，」我說，然後看著「女人」，「天啊，不，不不不不！」

我碰觸到箱子時手在顫抖，我把蓋起的毛巾扔到一旁嚇壞了小鶇，牠們瞬間全都站起，彷彿驚醒的士兵。我輕點小鶇的數量，已經無法控制自己的四肢。

一、二、三、四、五、六。

我吞吞口水又深吸一口氣，用手推小鶇將牠們分成兩組。

一、二、三、四、五、六。

全都還在。

我向後一倒慢慢恢復了呼吸，一邊看著「女人」在門廊另一端昂首闊步，嘰喳、尖叫又咆哮，尚恩的判斷正確，她是一個非常好的守衛。我本來可以從房子前面聽見她發出恐慌的叫聲，很幸運的是她持續發出叫聲，即便我不想理會牠，否則當我那天下午回到家時，入侵的蟒蛇身體裡可能已經出現第二個腫塊。

我不是個愛笑的人，做了什麼好事時更不喜歡笑。那條鑽石蟒長達兩公尺，那天早上我扛著那隻徒手抓到的蛇走出家門、走上陽光普照的道路時，臉上卻掛著燦爛的笑容。我在「女人」的注目禮下用廚房器具製造出一架捕蛇器——一種由麻線製成的活結或絞索。我把裝置穿過塑膠掃把的空心手柄，誘捕那條蟒蛇並把蛇拖了下來，蛇肥大的身軀緩慢流動，從屋頂的樑上下來落到門廊上，蛇扭動身體微微盤繞，身體上半身的凸起也在移動，但在蛇吐出獵物讓自己的身軀更輕盈、更容易逃脫之前，我抓住蛇頭，用另一隻手抓住蛇扭曲堅硬的中段身體，然後將蛇舉起，蛇的身體和我的手臂一樣粗，我護送著入侵者離開屋子時，鵝像大為讚賞的妻子一樣靜靜觀賞。

我知道自己走到路上時笑容有多燦爛，因為當我看到記者時，笑容瞬間消失，那時她才剛關上車門。這條蛇彷彿反映我的感受，竟然在此時排便了，我的手和前臂頓時灑滿芥末黃色的殘渣，我站在那裡看著從手肘滴下的蛇屎，蛇蠕蟲般的身體盤繞在我的二頭肌上。

法比亞娜在我面前停步，她看看蛇，又看看我，彷彿無論是蛇還是我都未曾絲毫讓她困惑，她烏黑的大眼望向屋子。

有人把鮮紅色的油漆投擲到建築物前方，門上、用木板封住的窗戶上、舊紅磚上全是鮮紅色的油漆，這是一種令人難忘的表達方式——戲劇化且精心挑選了顏色，鮮豔的顏色暗喻了生肉和死亡，油漆已經滴落下來，房子的下半部因此滿布數百條光滑的細線，彷彿一座燃燒監獄的柵欄，我對「女人」看門的信心瞬時一落千丈。

「重新裝修了？」她問。

「是的，」我說，「想讓房屋外觀生動一點。」

她的手已經放在手提包裡，我及時轉身破壞她的大好良機，她沒拍到站在血跡斑斑小屋前的泰德・康卡菲，沒拍到獨家照片，一尾巨大、可能是毒蛇的蟒蛇在他彷彿獵食者的手中掙扎。她只拍到我的肩膀，拍到我歪斜的側臉。

「不要！」我厲聲說。她試圖再次對焦，我扭過頭去。「我不准你拍我的照片，你入侵我的土地就需要徵得我的同意。」

「我不在你的土地上，我在議會的土地上。」她指著自己的鞋子，她的高跟鞋深陷在我門外公共綠化帶的乾草中。

「如果你不小心一點，馬上就會和這條蛇一起站在議會的土地上。」我舉起蛇，作勢要丟出去，「我認為這是一條赤腹伊澳蛇。」

這顯然不是一條赤腹伊澳蛇，這是一條非常黑的地毯蟒，但她終歸還是退後到泥土路上，以防我知道什麼偽裝的稀有品種赤腹伊澳蛇，而她不知道。

「你放下相機，我就不放下蛇。」

她把相機塞進包包裡。

「泰德，我們可以談談嗎？」

「不行。」我開始走路。我本想扛著蛇走到路上，然後把蛇扔到離房屋很遠的地方，這樣牠就可能找不到回來的路，但是一看到法比亞娜，我就改變了心意想開車去，我看著側窗反射出自己的身影，真是荒謬，紅湖的弄蛇人竟以為自己可以把這隻生物塞進副駕駛座位，幫蛇扣好安全帶然後上路。我看向城裡，如果法比亞娜跟著我（她一定會跟著我），我也無能為力。

「我只是想談談，我沒有錄音。」

「放屁。」

「你在這裡做什麼，泰德？」法比亞娜快步走到我身邊，眼睛牢牢盯著路，她的高跟鞋因泥土地上的鋒利石頭而側翻到一邊。

「沒做什麼。」

「我的消息來源證實你正與亞曼達．法瑞爾一起工作，你一定知道亞曼達是個被定罪的兇手，你跟她在一起做什麼？你在和她談戀愛嗎？」

「這年頭讀大學唸新聞就是教你這些東西嗎，法比亞娜？專門挖掘一些不重要的事嗎？」她差點絆倒，如果她摔倒而我沒扶她，我會有點幸災樂禍，因為我手上滿滿抱著一條爬蟲類。

「噢，無論如何你都不是個不重要的人，親愛的，」她回神過來之後說，「大家都想知道你在搞什麼鬼，想知道他們的城鎮有你在是否安全。」

「我對所有人來說都很安全，」我說，「這個鎮，下一個鎮，有我在的地方不會有人不安全，這就是審判的重點——可以讓你確定某個人是否不安全，或者他只是個對所有人來說都很安全的普通人。」

「但是——」

「他們已經撤銷對我的指控了，法比亞娜，你有看報紙嗎？」

「我有。」

「所以你現在只是在化外之地的路邊跟蹤一個清清白白的人，然後想看看這個人在搞什麼鬼，」我說，「而答案是他什麼事都沒做，好吧，不是什麼都沒做，你想要獨家新聞嗎，法比亞娜？我現在在搬運一條蛇，這就是我在做的事，清白的泰德．康卡菲在搬運一條蛇，我幫你下了一個好標題，寶貝，這可是頭條新聞。」

「你愈來愈生氣了。」

「不，我沒有。」

「我們都知道你不是無辜的，泰德，整個澳洲都知道你不是無辜的。」

我停下腳步，我沉重的嘆息不如我預期般那麼咄咄逼人，反而聽起來很悲傷，因為我喉嚨一個哽咽讓嘆息聽起來破碎不堪，我瞪著法比亞娜，試圖彌補我的男性尊嚴。

「你錯了，」我說。

這名穿著高跟鞋的荒謬記者站在那裡看著我，比較年輕樂觀時的我可能會認為她憂慮的目光中隱藏愈來愈難懂的思緒，也許是我剛說的那句話當中有什麼蛛絲馬跡，也許是我說那句話的方式，也許是我眼中有什麼敲開了她腦中那些緊閉的門扉，讓她心生疑竇，但我很快就擺脫了樂觀，記者從不會相信任何人。

我走開，她追上我。

「我很樂於投入這場悲劇和戲劇性的事件當中，但恐怕我對此的經驗太過豐富了，」她嗤之以鼻地說，下巴抬起，「我做重大新聞，不做專題新聞。」

「很厲害，真的，我很佩服。」

「我讀過你的法庭報告，泰德。」

「全部？」我問。

「是的，全部。」

「太厲害了。」

「好人被冤枉是個非常浪漫的概念，但我追求的是事實而不是虛構。」

「嗯哼。」

「證人，」她氣喘吁吁地說，她跟不上我大大的步伐，「你不能質疑證人，他們的說法都很一致，都很可靠。」

「我沒有質疑證人，」我說。

「你家的分析呢？補充資料？」

「你是指我的色情片和我的書？」

「是的。」

「又怎麼樣？」

「這些資料能說明你的性格，」她說，我沒有回應，我們沿著馬路走進一片熱帶雨林時她一直在說話，同時伸出纖細的手指列舉出一條條說法。這個地方的氣味聞起來很香，有種泥土樸實的味道。袋貂穿越劃破我們頭頂上的天空，網管讓動物在樹木間移動時遠離道路，保護動物的安全。我抬頭想找到一隻，但可能為時已晚。我們現在離房子大約一公里，我越過肩膀回頭看了看，試圖透過樹林看見房子，在這裡放生蟒蛇是否足夠遠？蛇對周圍環境的了解程度如何？我知道自己吸收周遭世界的細節只是故意讓自己遠離法比亞娜說的話，因為她快速說出審判當中的逐字逐句，還引用檢方的話。我在監獄時遇到其他囚犯向我吐露罪行時經常像這樣神遊太虛，這是一種溫和的精神恍惚，目的是逃離痛苦，逃離我個人噩夢的血腥細節。心理學家針對此行為可能有個詞彙可以形容，但當我在審判期間這樣做時，媒體卻說我看起來「百無聊賴」。

我停步，她也和我一起停下，看著我蹲下把沉重的蛇放在地上，我鬆開蛇的身體時用一根手指固定住動物的腦袋，然後抬起手指迅速後退，那條蛇沒有轉向我。地毯蟒就像老人一樣，性格溫順又不慍不火，這隻動物用舌頭探測空氣，然後慢慢開始朝向紅樹林蜿蜒而下，穿越像柱子一樣濕淋淋的草地。

我回過神來發現法比亞娜仍在觀察我，我不知道她希望看到什麼，我在把蛇放生到野外時有可能顯露出什麼「性格」嗎？我不在乎她看到的我是否與在法庭文件中讀到的個性不符，說服她也不能阻止有人在我家門口潑油漆或者對著我的窗戶扔磚頭，我突然發現跟她說話是在浪費時間，也許這就是亞曼達獲釋後幾個月裡學到的一課：有些人永遠無法說服。

「不要跟著我走回去，」我告訴法比亞娜，「你打擾到我了。」

她的表情看起來因為這句話受到輕微的侮辱，我給了她一個禮貌的微笑，然後轉身朝家裡走去。

亞曼達走下凱恩斯火車站的樓梯，然後走向車子，我一直在閱讀關於她的故事，她在身旁牽著她的黃色腳踏車，我饒富興味地盯著我怪異又煩人的新朋友，試圖將她的形象與她同學在接受《北端謀殺案》作者埃莉諾·查普曼採訪時證實的亞曼達形象相對比。

眾所周知，青少年時期的亞曼達是個奇異又可怕的生物，像大多數典型的高調殺手一樣，這本書裡全都在宣判她反社會的本性，描述有人想跟她成為朋友，結局卻是一場災難。她顯然會在沒預警的情況下態度突然「冷卻」，會在與對方互動剛開始順利時放棄所有交流，會拒絕與新朋友聊天或者進行眼神交流，會一個人躲在操場，所以同學也無法與她修復突然間發生又毫無理由的友誼破裂，上述所有行為都會破壞她交到新朋友的可能性。亞曼達就像一隻野狐，先是小心提防在房屋附近徘徊個幾天，奪走一些食物然後好奇地蜷縮在樹林邊緣，突然受驚奔逃後就再也見不到她的身影。

她很安靜但非常聰明，在寫作方面表現出色，但在表演或小組合作方面完全不及格，她高中一年級有個老師犯了一個錯誤，因為老師對著全班朗讀她寫的一篇文章，此舉讓她大驚失色，據說亞曼達當場翻桌跑出教室。

亞曼達在騎車前伸展她的股四頭肌和小腿時，我坐在汽車引擎蓋上觀察她，書裡的說法我都相信，過去的亞曼達是個聰明的怪人，可能現在已經長大成為一個聰明的怪人，她古怪的自信無疑是在監獄裡養成，畢竟在監獄裡你無法躲起來迴避所有人，監獄裡無處可逃，他們會到牢房裡找你，把你拖到公共休息室，審問你的過去，逼你參與，如果你只是不想跟人互動，他們也會利用這件事來折磨你。我知道這一點是因為我曾試圖躲避我在銀水懲教所的獄友，我不想聽他們在電視室玻璃纖維材的沙發上描述可怕的謀殺和強姦故事，囚犯都不喜歡神祕的邊緣人，因為與世隔絕表示你自認與他們不是同一類人，表示你自認自己是更好的人。

但儘管我相信書的真實性，書中也有一些說法我無法置信，身為一名前任警察和真正的資深犯罪類型讀者，我在哈里．霍華德．福爾摩斯[10]和約翰．韋恩．蓋西[11]等著名連環殺手的故事中多次看過類似的描述，一定會有童年虐待動物的內容。亞曼達一位科學課同學說過一個恐怖的故事，她有天一大早去上課，發現那個女孩用課桌上的本生燈活活燒死教室裡一隻寵物鼠。她抓住老鼠的尾巴，老鼠在抽搐，

我永遠不會忘記燃燒的動物毛髮的氣味，永遠不會忘記老鼠尖叫的模樣，我做了很多年的噩夢。

我不相信，這段敘述非常有想像力，非常有畫面，在創意寫作課上足以得到優等，我認識的亞曼達並不符合那個燒死老鼠的亞曼達，現在的亞曼達顯然收留了一小群她甚至並不喜歡的貓科動物，且從店面櫥窗看到的情況看來，這些貓養得很好，也得到完善的照顧。

有個男人在亞曼達家附近長大，但沒有與她上過同一所學校，他描述亞曼達曾攻擊當地街角商店的老闆，只因店裡的紅皮棒棒糖賣完了，而亞曼達很喜歡紅皮棒棒糖。確實有一張照片證實這件事，是一個冷漠的青少年在學校嘉年華上吮吸棒棒糖的照片，當時她獨自一人坐在一張木製的野餐桌旁。這位不願在書中透露姓名的證人描述他把亞曼達從老人身上拉下來，老人的臉慘遭亞曼達又踢又踹，亞曼達顯然爆發出瘋狂的笑聲，並威脅要回來殺了老人，一直到警察到達前幾分鐘，她還一直在商店裡橫衝直

10 Henry Howard Holmes，經營旅館並謀殺入住旅客。

11 John Wayne Gacy，因以小丑形象參與義演活動，俗稱「小丑殺手」。

撞，把貨架上的東西偷走並打翻好幾籃子水果。

但警方沒有對此一事件進行說明，商店老闆或者其他任何人都沒有，所以我不相信。

亞曼達完成伸展運動後繞過汽車一側，騎上她靠在那裡的腳踏車，她把裸露的手臂掛在車把上，在陽光下瞇著眼睛。早在她抵達之前我就把《北端謀殺案》藏在手套箱裡，但我想像萬一她不知因為什麼理由從窗戶伸手打開手套箱，而我又來不及阻止她時會發生什麼事，我感到不寒而慄。

「好吧，夥伴，」她說，「下流的哥們，準備好啟航了嗎？」

「我們又突然變成海盜了，」我說。

「噯。」

「你從哪裡編出這個地址？」我問。

「嗯，我從這個電話號碼開始找，這是私人電話，所以我無法取得電話號碼的主人或地址的詳細資訊，我用一個天才的電話服務策略打了超多通電話，我確定這麼做能讓山姆告訴我他的全名，但他沒有接聽，也許他不想接聽他不認識的電話號碼——我也一樣，但在紅湖傑克教堂的教區紀錄簿上恰好有四個人叫山姆，」她伸出四根手指，「我昨晚檢查過這四個人。」

「用Google搜尋嗎？」

「不是，其中三人仍然住在紅湖，」她說，「所以我繞到他們住的地方偷窺他們。」

「你的私家偵探認證課程一定有教過你不要當一個沒道德的偵探，亞曼達。」

「你的重點是？」

「你不能在別人的房子附近偷窺，這就是我的重點。」

「嗯，反正我偷窺了，」她聳聳肩，「所以如果你能別像個小公主一樣為這件事哭個半分鐘，我可以告訴你，我排除掉這三人了。」

我呼出一口氣。「繼續說。」

她憑藉著一股新手偵探的自豪挺起胸膛，「我打開冰箱發現杏仁奶和石榴羽衣甘藍沙拉時，我很確定第一間房子可以排除了。」

「啊？」

「杏仁奶和石榴甘藍沙拉。」她無奈地笑著搖搖頭，「有些人就是這樣。」

「你進去他們的房子？」

「我剛剛告訴過你了啊，對不起，我一定是說了中文，我說的是中文嗎？」

我摀著臉。

「電腦搜尋和電話搜尋一無所獲，我檢查了第二個人的文件櫃，整理得非常非常有條理，他用一個單獨的文件夾來紀錄園藝相關的支出，種子採購、肥料和軟管，那是個不錯的花園，但是——」

「亞曼達！」

「如果要長話短說的話，我們今天要拜訪山繆．波爾森，他在幾年前加入三一教堂，懂嗎？他就是那個人，雪茄盒裡電話號碼的那個山姆，傑克的前男友。」

我跟隨亞曼達穿越凱恩斯的街道，朝著港口和濱海大道前去，在難以平靜的水面上觀察波紋，這可能表示底下有鱷魚藏身。鬱鬱蔥蔥的城市街道上長滿棕櫚樹和藤蔓，九重葛和藍花楹在每一處角落盛開，花朵在中午的炎熱中下垂，午後的雨來時又會重新煥發活力。我們停在一棟五〇年代風格的公寓樓前，淺金色的磚配上白色的鑲邊，每扇窗戶上的防蚊紗窗都破舊不堪。

亞曼達似乎很清楚自己的目的地，她將腳踏車停在樓梯旁光滑的綠色瓷磚上，開始緩步爬上去。她身上有老經驗偵探身上那種安靜的自信，她實際上從事這份工作只有兩年，但感覺上年資卻久很多，彷彿她敲門時可能面臨到的所有危險都包含在她的教戰守則中，無論是戰或逃，她都能從中選擇出適當的反應。我跟著她走上樓梯時一邊想著亞曼達自獲釋以來接手過多少案件，這些案件有多成功，她到底犯過什麼錯，才能在面對不確定的狀況時有這種怡然自得的態度。

也許不是經驗讓她擁有如此自信，也許只因為她是個神經病，我在巡邏許多年之後才有辦法那麼處之泰然，她這種天不怕地不怕的態度讓我擔憂。

她敲了敲門，一時間沒有人應門，我決定讓她帶頭——我們在教堂與雷交談後我有種感覺，無論如何她都喜歡事情這樣發展，且畢竟她才是那個找到山姆的人。過了一會兒我們聽見鏈條取下來的聲音，聞起來有霉味的大廳裡充滿新鮮萊姆的味道。

「是誰？」

我們面前的人很矮小且比我預期要老，可能已經五十多歲，一張寬臉上有幾道深深的皺紋，他穿著一件質樸的白領襯衫，看起來好像從來沒有穿過，襯衫上有珍珠母貝鈕扣，口袋經過精心熨燙。

「波爾森先生，我是亞曼達．法瑞爾，這位是泰德．柯林斯。」亞曼達用拇指戳了我一下，「我們來這裡是想談談傑克的事。」

山姆在驚訝之餘快速皺起薑黃色的眉毛，似乎想告訴我們他不知道我們在說什麼，但困惑的表情很快就被悲傷而無奈的微笑所取代，男人看著我。

「所以，他死了。」

「你為什麼要說這種話，波爾森先生？」亞曼達厲聲問。

「噢，別廢話了，進來吧。」他推開門，「如果你們不要用警察那套爛招來問我問題，我會讓你們待著。」

我跟著亞曼達走進公寓，空間很寬敞，五〇年代的室內風格與建築物的外觀一致，一間薄荷綠色的廚房穿過鋪上褐色粗毛地毯的客廳，我上一次走在粗毛地毯上是還可以在上面滾來滾去、側躺在羊毛中玩樂高的年紀，我現在油然產生一種奇怪的渴望，想要躺在地毯上做同樣一件事，但我忍住了。

波爾森先生一直在幫自己調製莫希托雞尾酒，廚房的長凳上放著一根厚實的木製攪棒，他又把那東西取回，開始用不銹鋼雪克杯的底部壓碎萊姆片，現在才早上十點。

「我可以請你們喝一杯嗎？」

「不了。」

「好——不，不用了，謝謝。」我清清嗓子。

「你說你們是警方的人嗎？」

「傑克的太太私下僱用我們，」亞曼達說。

「噢對。」山姆乾咳著笑了兩聲，然後把他的酒倒進一只老式的水晶平底高杯裡。「對，我本來確定你們是警察，但如果是史黛拉僱用你們，你們應該很急。」

「你認識史黛拉嗎？」我問，我們跟著山姆走到敞開陽台門旁的藤編沙發，怡人的微風吹拂著我的胸口和身側，吹得襯衫上的汗水都涼了下來。

「不認識，不認識她本人，只是透過傑克的口中。」

「你會怎麼形容你和傑克的關係？」亞曼達問道。

「複雜的友誼。」山姆笑了。

「長期的關係？」

「是的。」

「性關係？」

「是的，」山姆笑著看著我，「這位小姐是有做過功課的，對嗎？」

亞曼達對我揚起眉毛，得意地輕晃她的頭。

「你和傑克在他失蹤那天晚上互傳了很多訊息，」我說，「你們談話的內容是什麼？」

「喔，只是聊聊天罷了，」山姆說，「你知道的，像是工作還好嗎？家人怎麼樣？」

「如果你們兩個這麼熟，傑克為什麼要把你的電話號碼放在他的雪茄盒裡？」我問，「如果你們能互傳訊息，他應該有你的號碼。」

「抱歉，」山姆搖搖頭，「雪茄盒？」

我解釋我們是如何找到他的電話號碼，他盯著自己的膝蓋看，看起來垂頭喪氣。

「我猜他一定是把我的電話當成某種紀念品吧，」他嘆了口氣，「我第一次給他我的電話號碼時是寫在一張紙上，我是在一家夜店暗中把紙條塞給他，我後來才知道我們有共同的朋友。」

「不過亞曼達是在教堂紀錄簿上找到你的，」我看了我的搭檔一眼，「你上過傑克的教堂嗎？」

「當然沒有，」山姆哼了一聲，「去上那家教堂不是為了彌撒或布道，但是教堂幫傑克做了很多宣傳，所以我報名了，這樣如果他會露面，我就會收到通知，他討厭認識的人聽他演講，所以以我不得不偷偷溜到後面。」

「你會去聽他演講？」

「我關心他，」山姆聳聳肩，「我喜歡聽他對作品發表談話。」

「所以你是在和他談戀愛嗎？」亞曼達問道。

「曾經吧，很短暫，至少我是這麼認為，傑克和我會定期見面，但我們不會只跟對方約，」山姆啜飲一口酒，「我們是一個群體，這一切都很隨性，如果你是一個喜歡男人的男人，而且住在凱恩斯這種地方，你就不會想專一，因為你不想毀了另一個人，不想讓自己陷入了解你的那一類人當中，你懂我的意思嗎？」

「我懂，」我說。

「所以你在這裡要面對很多歧視嗎？」亞曼達說。

山姆身體前傾，手裡端著酒，他用手在左眉上撫過一道長長的水平傷疤。

「縫了十九針，」他說，「在我四十五歲的時候，你能想像嗎？在四十五歲的時候被人毆打，你最後一次出拳揍人是什麼時候？」

此時是一陣尷尬的沉默，因為我想起自己不到六個月前就在監獄裡被揍了一記，打得我牙齒格格作響。

「他進過監獄，」亞曼達吸吸鼻子，我的回答梗在喉嚨，只好對著拳頭咳嗽起來。

「監獄？」山姆笑了。

「她開玩笑的，」我說，「她的意思是我來自雪梨，街上的人很粗暴，這就是她的意思。」

「是雪梨人！」

「我是。」

「好吧，歡迎來到一九四五年，柯林斯先生。」山姆揮揮手向我展示了門外的土地，「街角酒吧裡的暴力醉漢會把同性戀男人和少數民族當成隨機出氣筒。」

「所以傑克覺得可以在男同性戀的小小社群裡表達自己就很自在了？」亞曼達問道，「他覺得和你們在一起很安全？」

「身體上和情感上都是。」

「他讓你看見的是他的真實自我。」

「我覺得是，」山姆說。

「你們在一起多久？」

「我認識傑克大約有二十年了。」

「所以比他認識妻子的時間還長。」我看著亞曼達。

「是的。」

「如果他在你們的群體中如此自在，為什麼要跟史黛拉結婚？」

「噢，他總是過著假面的生活，早在他跟史黛拉結婚之前他就已經建立了這種生活，」山姆啜飲一口然後凝視著地平線。「他並不是離開我們跟她結婚，然後建立異性戀家庭男人的表相。他一直維持著這種表相，他父母都是教會的大人物，他整個高中期間和他早期工作生涯一直有女友，他父親是某種政府辦事員，他的人生已設定好要跟隨父親的腳步，他認識了史黛拉，她要不是對他另一種人生的樣貌視而不見，要不就是刻意忽略，我們都走過雙面人的生活，畢竟這裡是凱恩斯，你必須保護自己。」

「同意。」

「他開始透過一個作家團體進入地下同性戀場合，他在那裡認識我的朋友克萊夫，我們認識後我意識到克萊夫也認識他，傑克當時在寫吸血鬼的色情小說。」山姆悲傷地笑了笑，「他在電話裡把內容念給我聽，我假裝自己也會寫作，但我這麼做的原因主要是我喜歡上他了。」

「這是什麼時候的事？」

「九〇年代中期，」山姆說。

「他就這樣在他的表相世界和你們的世界之間來回穿梭?」我問。

「我想他曾經告訴別人我們是高爾夫球友,」山姆笑了,「我這輩子從沒見過那傢伙打高爾夫球,我看他連該使用球桿哪一端來打球都不知道。」

我感覺到亞曼達用手肘輕推我,我沒理會她。

「然後他寫了那本書,」山姆嘆了口氣,「之後就這樣消失了,他在另一個世界裡封閉自己,然後把鑰匙扔到一個連自己都拿不到的地方。」

「你是什麼意思?」亞曼達問道。

「傑克在《燃燒》之前還寫了幾本書,但從未出版,」山姆說著把襯衫袖子往後一推,「我認為他寫《燃燒》只是在開玩笑,他非常喜愛末日小說,每週日他上教堂坐在史黛拉身邊時,神父都會把『被提』的故事強加在他身上,我認為他沒料到這本書會引起如此大的迴響,但是美國一些知名的傳教士發現了這本書,這些傳教士主持的教堂像足球場一樣擠滿信徒,就是那些砲轟墮胎診所的衛道人士,那些基督戰士,突然間這本書在美國的晨間福音電視節目上播出,每種主要基督教教派都可以從中擷取一些元素——無論是極端還是隨意的,他們他媽的超愛,書引起很大的迴響,你知道那些美國人見獵心喜是什麼樣子。」

「哇。」

「是的。」山姆把酒一飲而盡,「哇,這一切剛開始只是他媽的轟動,我們都圍坐在一起取笑他,傑克幫自己買了一輛敞篷車,一輛黑色的……捷豹,我想是吧。他是那種走進滿是男同性戀的房間時還能夠不為所動的人,是我見過最會偽裝的人,但在第一本書之前他總是能夠安全脫身,然後還有金錢,那本書為傑克帶來他做夢也想像不到的錢,他從沒見過這麼多錢,事態愈來愈嚴重,他不得不繼續前進,工作人員到他家架設攝影機採訪他的父母，跟著他上教堂。」

山姆端詳自己的指甲。

「如果在剛開始，有人得知傑克跟我們過著的另一種生活，人人都會對他避之唯恐不及，史黛拉可能已經離開他，他的父母可能對他破口大罵，但在那本書之後，如果大眾發現傑克的真面目，那就真的麻煩了，麻煩大了。」

「你認為發生在傑克身上的事情，可能是因為有人發現他是同性戀嗎？有可能是史黛拉發現了，還是其他人？」

山姆思考著然後起身，將雙臂伸過頭頂。「史黛拉？我不知道，其他人？聽著，他有一些非常忠實的粉絲，他會收到一些很怪的信，我不知道他有沒有把任何一封信留下來。」

「怎樣奇怪？」

「噢，基督徒就很奇怪。」山姆笑著走進廚房，「你知道他們在搞什麼鬼吧，他們認為傑克是上帝的使者，認為書裡寫的內容是真的，而且迫在眉睫，有一個人寫信給他，問他主角亞當和夏娃的事，這孩子堅稱亞當和夏娃是真實的青少年，想知道他們的聯絡方式，因為他創作的內容讓讀者相信傑克知道某些關於上帝的事，而這些事是其他人不知道的。

「但他不是什麼使者，他只是從聖經中抽出一些廢話然後重新詮釋，寫給年輕的讀者看，加入一些槍枝和爆炸元素。他們無法理解他灌輸給讀者的內容跟畢生由教會和父母灌輸給他們的事情並無二致，感覺很熟悉，感覺很好，他們迷上了這本書，整個世界都入迷了，看在上帝的份上，大阪和馬德里的讀者都寫信給他，這不是什麼神聖的訊息，充其量只是抄襲。」

「你上一次見到傑克時，他看起來怎麼樣？」我問。

山姆小心翼翼切著一塊萊姆，目光下垂看著自己的動作，他思考了很久。

「他看起來有點奇怪，」山姆終於說，「過去幾個月，他吸食古柯鹼的狀況有點過量——這其實無所謂，我的意思是大家聚在一起的時候都會有點過量，但這種情況愈來愈少了，但我感覺他經常吸食過量，不僅是在這裡的時候，多年前他曾說過這能幫助他讓寫作的速度更快，也能維持專注。」

「他有壓力嗎？有煩惱嗎？」

「我不知道，有可能，他曾經擺脫這一切，找出時間跟我們一起聚聚，但他出現時不會待太久，也無法放鬆，在我看來他只是很忙，不一定是有壓力，就是極度忙碌，他能聊的只有草稿、編輯、新書和電影版權的買賣。他做了一些錯誤的決定，把他所有的錢和房子、孩子的學業綁在一起，所以現金短缺，我認為他把錢花在錯的地方。」

「你憑什麼這麼判斷？」

「上一次他來這裡的時候，大約有四分之三的時間是在講電話，」山姆說，「我有一個前男友也是這樣，他是個問題很大的賭徒，我從千里之外就嗅得到這種味道，這是古柯鹼造成的，如果你經常吸食的話，你會開始焦躁不安，也許他想要更常叛逆一下，他在每天的行程中排出很多時間開車來這裡和大家見面，也許維持一些小陋習能讓他覺得自己還有贏面，他的假面具並沒有完全把他囚禁起來。」

「好吧。」

「我在他失蹤的那天晚上傳訊息給他，部分內容就是關於這件事，我用隨性的態度輕鬆問候他，但其實是想窺探，想知道他的狀況是否安好，我可以把訊息給你們看，我想讓他知道如果他真的很擔心，我可以借錢給他，大家都說千萬不要借錢給朋友，但你知道的。」他聳聳肩。

我坐回位置上，把手臂搭在沙發的盡頭，亞曼達的手臂本來放在我手的附近，此時卻把手移開。

「你知道傑克到底在賭什麼嗎？」

「他喜歡賭馬，賽狗，靠機率贏錢，對賭徒本身沒有太多技巧要求的賭法，比如說撲克，撲克，你贏了，是靠你自己。賭馬，賭贏了，是某種神聖的干預，是上帝的手推動那隻動物前進。」

「他有沒有說他的賭注登記人是誰？他的賭注登記人和莊家是同一人嗎？」

「不知道，」山姆說，「我知道就好了。」

亞曼達坐下來和山姆釐清細節時，我在陽台上接了一通不認得的電話號碼。熱霧籠罩在城市上空，在郊區邊緣模糊了熱帶雨林的風景，我認出電話另一頭沙啞的嗓音時發現自己面露微笑。

「康卡菲先生。」

「格拉特醫師，」我笑道，「什麼榮幸讓你打電話來？」

「我本來希望能告訴你一些開心的消息，但不幸的是，我打電話是要通知你有個記者盯上你了，」她說，「以防你還不知道。」

我的心裡一沉。「我知道，」我警戒地看了沙發上的兩人一眼，「一個漂亮的黑髮女子，對吧？」

「沒錯。」

「她為何要跟你說話？」

「似乎是為了追溯你的腳步，」我聽見背景中有什麼東西在隆隆作響，是一台病床推過去的聲音。「試圖查出你是否在偵辦什麼案件。」

「你沒有——」

「我該死的當然沒有，」薇萊麗語帶嘲弄，「但我確實告訴她一些想法，我從遙遠的記憶中想起一個非常髒的青少年用語，我因為那個字眼被兩所高中開除。」
「我相信是，她有什麼反應？」
「她沒有外表看起來那麼狂妄自大，因為她表現出一臉震驚和恐懼的表情。」
「幹得好，醫師。」
「如果你遇到麻煩，」她說，「記得求援，好嗎？」
「我會的，」我告訴她，「謝謝。」

事實上你永遠不知道誰會成為你的盟友，人跌到谷底時會抓住所有對你伸出的手，無論你曾多麼有骨氣說你不會接受對方幫助。

我第一次跟人打架時，已經在銀水懲教所關了三個月。我的外表看起來和那個叫羅伯特・菲提奇的人很像。他因為非常女性化處於保護性拘留狀態，在一般性還押候審時被多次性騷擾，我們從背後看一模一樣——有著一樣寬闊的肩膀和黑色的短捲髮，同樣的步態和大大的手掌，從正面看羅伯特的臉較長，前排牙齒少了兩顆，我的眼睛是深藍色，而他的眼睛是巧克力棕色。我有好幾次出現在守衛或其他囚犯的視線範圍內時發現他們叫我「鮑比」，因為我們的外貌太相似，另一名囚犯有一次抓住我的手臂，低聲告訴我獄方即將進行徹底搜查，他的眼睛四處投射，之後落在我臉上時才發現我不是他預期中的那個人，但我仍懷著感激之情接受這個警告，反覆搬動我持續囤積的零碎違禁品。

問題出在羅伯特・菲提奇經常服用羥考酮來治療背痛，監獄中的海洛因吸食者由於再也無法獲得他們想要的毒品，因此羥考酮成為非常受歡迎的毒品，他們會千方百計想拿到處方來消除監獄戒斷毒癮的痛苦。一個所有人都叫他「柯基」的傢伙長期逼迫菲提奇，想要拿到他的羥考酮，菲提奇只要把藥丸吐出來給柯基，柯基就不會把他打個半死，總之這是一種內定的協議，據我所知菲提奇可能一直在用羥考酮交換看電視的特權，或者換取瑪氏巧克力棒。

一天晚上有人把菲提奇調走，我不知道調去哪，他就這樣人間蒸發，事情就是這樣，可能是針對他的指控突然撤銷，或者可能是傳喚受審。就在那天早上，這個名叫柯基，杏眼圓睜、搖頭晃腦、上顎牙齒全部掉光的老毒蟲，開始找我麻煩，向我索討羥考酮。

「我是泰德．康卡菲，」我告訴他，「你要找的人是鮑比．菲提奇。」

柯基告訴我他要把我他媽的眼睛挖出來，這聽起來像是一種可怕又不必要的恐怖懲罰，如果不是因為我已經聽過上百遍，正常人聽見都會打從心裡感到恐懼。監獄裡的每一個人都有他們專屬的威脅方式，把眼睛挖出來跟「我要殺了你」一樣平庸無奇，在銀水懲教所裡沒有作用，因為沒有人害怕死亡。

但柯基認定我就是鮑比．菲提奇，對他來說，C舍房從來沒有出現過兩個高大黑髮的笨蛋，他連續三個早上來找我，用愈來愈咄咄逼人的語氣詢問他的羥考酮，我開始擔心他可能會兌現他的威脅。

我不需要擔心太久，當我在第四天早上走到食堂的轉彎處時，柯基用它小小的身體盡全力直直打中我的鼻子，我瞬間被他擊倒。

我曾經當過街頭巡警，又是資深的緝毒小組成員，當然知道怎麼打架，但是突如其來的伏擊讓我措手不及，第一拳徹底擊斷我的鼻子，我的腦袋裡湧出大量紅寶石色的血液，這幾秒鐘內我卡在這個狀態中無法反應，眼裡冒出淚水。在這可怕又盲目的幾秒鐘內，柯基跳到我背上，開始快速出拳猛擊我的後腦勺。

食堂另一端同時發生的鬥毆分散了守衛的注意力，監獄暴動就是這樣開始的，一場戰鬥引發另一場戰鬥，因為在守衛必須決定要先投入哪一場戰鬥的瘋狂時刻，雙方都會有人被打。有時同時有兩場鬥毆讓警衛分心，所以沒有注意到誰確切參與其中；同時進行三場鬥毆時，有人可能會在警衛找到機會採取行動之前就被人打死。今早守衛全都趕赴大廳遙遠另一端處理鬥毆，沒有人來救我。

在鬥毆中向我伸出手的人是克里斯多佛．希恩，他是一名前消防員，被控性侵多位年輕男孩，還在等待審判，這個案件可以追溯到我出生之前，他是個強硬的老傢伙，手臂粗壯，我知道他隨身帶著自製刀械。

我抓住他的手。

我開車沿著甘蔗林立的高速公路回到紅湖，腦中想著我的妻子，還有她何以會離開我。我好奇這麼說是否公平，自從我因為沒有犯下的罪行而被關進監獄以來，我一直想要更坦然地思考對與錯、無辜與有罪，還有遺棄之類的事情，如果想要盡可能持平而論，我不確定自己能論定凱莉離開了「我」。

在某天早上，她在參加媽媽團體時接到法蘭基的電話，要她去警局一趟，她到警局坐下之後有人告訴她，她的丈夫綁架、強姦並企圖勒斃一名十三歲的小女孩，還把她丟在原地等死。法蘭基、戴沃、莫里斯，他們都是我的朋友，我週末的烤肉夥伴——他們沒有告訴她我是被指控犯下這個可怕的行為，而是告訴她我犯下這起案件，因為他們真的相信我犯罪。當有人目擊我車輛的報告開始傳來，他們人已經在現場，他們幾乎和凱莉一樣震驚。

有沒有可能在那時，泰德對凱莉來說已經形同死亡？我不再是她認識的泰德，而是強姦犯泰德，一個她根本不認識的人？

和往常一樣，正當我開始產生原諒凱莉的想法時，我發現方向盤上的指關節發白，喉嚨一陣啞，我想念我的孩子，甚至想要踮著腳尖走進那片漆黑大湖的湖水中，這個想法讓我從幻想中驚醒，我抖抖雙臂，轉轉肩膀，把心思放在面前的道路，我沒有時間去想莉莉，思念會讓我一蹶不振。

我的任務是從傑克的太太那裡找到證據，任何關於傑克的賭債或者恐怖粉絲的證據都好，但在我抵達他家之前，我發現傑克的兒子哈里森坐在半個街區外的一輛車裡，我面對著擋風玻璃認出他毛帽的輪廓。我開車經過時看著車內的他，還有一個跟他風格很像的歌德風女孩，他們坐在一輛灰色達特桑車裡，兩個人都在抽煙。她可能是那個出現在湖邊的女孩，但我沒仔細確認。哈里森帶扣的靴子掛在副駕駛座窗外，他一邊隨著音樂敲擊車身。我不知道他是如何從車用音響的音樂裡中找到節拍，因為我搖下窗戶經過他們時只聽見單調的白噪音大聲轟鳴。

我繞著街區開，等我繞回來的時候哈里森正朝著房屋走去，女友和她的車都不見了，他手裡拿著一本平裝書，他看到我後停步，我從青少年時期就知道這本書的封面。他的目光一落到我身上就迅速別開，那個傲慢憤怒的哈里森回來了，他對自己向我展現脆弱的一面非常不爽，他也很不爽自己讓我碰觸到他。我無所謂，我可以配合他，好警察、壞警察，溫柔的青少年、強硬的青少年，我可以適應他想表現的形象。

「噢，滾開，」他抱怨著，試圖從我身邊擠過去。

「你父親寫基督教小說，你竟然看安．萊絲[12]早期的作品，」我說著我舉起雙手，「這樣可以平衡宇宙的力量。」

「隨你怎麼說，」男孩說，他朝房屋走去，我則大步追上他。

「你沒有你想像中那麼叛逆，」我說，「作者最近有精神上的轉變，她的最新作品更和諧——」

「老兄，你為什麼要跟我說話？」哈里森轉身，目光投射在我臉上，「有沒有人告訴過你，如果真的想幫忙，就不要多嘴？」

12 Anne Rice，美國女性作家，主要創作歌德小說、基督教文學和情色文學，她最著名的作品是《吸血鬼紀事》小說系列，該系列改編為電影《夜訪吸血鬼》。

「幫忙？」我笑了。這少年的反應倒是很快，我確信他這張聰明的嘴不僅代表一個青少年對失去父親這件事的憤怒和不解，我從他的聲音中聽出某種校園霸凌受害者話中的防衛性和苦澀，也許是因為他父母給的資源太多，但愛卻不夠多，他的反駁台詞似乎說得太順口了。「我是來找你母親的，她在家嗎？」

「不在，」他打開了門，「所以你他媽的可以滾——」

史黛拉在哈里森推門時拉開了門，讓男孩踉蹌了一下，在某一瞬間，母子倆幾乎肩碰肩。撇開他的黑髮和可悲的山羊鬍，我還是能看出母子間的相像之處：他們倆人都矮小精瘦，長了一張尖臉和大眼睛。哈里森從她身邊溜過，步履沉重地走上樓梯時對著我比出中指。

「我看到你的車了，」史黛拉說。

「對不起，我應該先打電話。」

「不必道歉，柯林斯先生，我喜歡驚喜。」她用一種歡迎的方式碰觸我的手臂，然後關上我身後的門。

「我，」——我深吸一口氣，感覺尷尬——「我很遺憾你失去了丈夫，史黛拉。」

她盯著地面連續看了三次，彷彿在腦海裡數著三下節拍，在這沉重的片刻有適當的停頓也是應該。

「我能告訴你什麼資訊，還是你只是來調查我？」

「我來這裡是為了檢查傑克的文件，」我說，「我是特別來找粉絲寄給他的信，你知道他有沒有留著嗎？」

「噢，無聊。」她大笑起來。她帶領我走過門廳，走向我們第一次坐在一起的大日光室，我開始分析她的步態，她喝醉了嗎？我瞥一眼時鐘，現在是中午。我自顧自笑了，我現在居然在這個地方到處跑，觀察凱恩斯居民還有他們的醉酒程度，然後對比他們在一天當中什麼時間喝酒。我回想起「女人」走進我人生時那些熾熱又搖搖欲墜的時刻，試圖把一箱受驚的鵝塞進後車廂有多麼困難。我是如何在駕駛座的車門停步，彎著腰，好奇自己是不是快吐了？是鵝讓我開始過起清醒的生活，還是亞曼達？我在這裡自稱清醒才過了幾天，史卡利太太身上波本威士忌的香味就讓我的肩膀因欲望而收緊，我太可笑了。

她帶著我走進死者辦公室後逕自離開，過了一會兒又拿著水晶酒瓶回來，我在傑克的抽屜裡翻找時用一隻眼睛瞥她，她進出好幾次，而後在巨人橡木辦公桌前的地板上擺出一席野餐會，放上兩杯波本威士忌，一些軟起司和看似昂貴的餅乾，我對這場酒精饗宴的渴望與害怕自己會坐在地板上與她共飲的恐懼成正比，我幻想她會再次離開房間，我就能把門在她身後鎖上。

傑克的文件一團亂，他是經典的創意人士，整理好這些文件需要好幾個小時，我拿起桌面上的物品，把這些物品從一邊移到另一邊：版稅聲明、各種顏色字體搭配的封面設計選項、一大疊印刷的書頁用巨大的長尾夾裝訂起來，這是一份尚未完成的新手稿。我翻閱這些文件，一邊用紙張搧臉，看著傑克用鉛筆在空白處寫給自己看的小筆記，我把沉重的手稿砰一聲重重砸在找到這些手稿的桌面上，揚起的空氣讓許多便利貼散落在鉛筆盒周圍，便利貼像羽毛一樣飄動。

「來這裡休息一下吧，偵探，」史黛拉說。

我想像樓上臥室裡的哈里森正在發怒，正在腦中重演他母親拉開門的那一刻，害他在他正在挑釁的男人面前跌了一個踉蹌，我想像這個男孩，大作家父親和他沒用、沒有方向又情緒不穩的兒子之間一定有過上百次交戰，我想像那個典型的青少年兒子，走下樓和那個糾纏他母親的陌生男子算舊帳。

「我找到預付款的付款單、書店的出場時間表，還有……」我瞇著眼看著我面前的一張單子，「編輯註記，你知道他把粉絲寄來的信收在哪裡嗎？」

「我說，來這裡，休息一下。」她話中的冷酷讓我相信如果我不加入她，她就會無故崩潰，情感上或身體上的崩潰。

我走過去尷尬地坐在她身旁的地毯上，拿了一片洋芋片，咀嚼發出的嘎吱聲大到令人厭惡，這次她穿著一件深藍色的棉質洋裝，單側露肩，更像是一件漂亮纏在她腰際的複雜罩衫，她彷彿採葡萄的希臘女神一樣百無聊賴。

我的臉感覺很熱，我灌下半杯波本威士忌，感覺像豎起白旗投降。

「傑克好賭嗎？」我問。

「他喜歡小賭。」

「你覺得他賭博有到達危險的程度嗎？」

「我們不要談傑克了。」

「傑克是我來這裡的原因，史卡利太太，他是我來這裡唯一的原因。」

她笑著，豐滿的嘴唇在醉醺醺中發出輕蔑的聲音，這讓我懷疑她是不是在挑戰我的男子氣概，試圖要逼我勇於對抗她那個已死且被鱷魚消化殆盡的丈夫，那個不想要她又不放她自由的丈夫。「沒有人來紅湖是為了工作，大家來這裡是為了避風頭，要不就是一心求死。」

史黛拉用手背撫過我的手臂，不按牌理出牌地拍拍手臂上的汗毛，此舉讓我顫抖。

「你在躲什麼？」她笑了，她放在我手肘內側的手指幾乎讓我疼痛，她的手指是那麼溫柔，那麼溫暖。

「沒什麼，」我嘆了口氣，「我沒有……我不是……」

「騙人，」她低聲說，「騙人，騙人，騙人。」

一個流暢的動作，她從洋裝底下上伸出一根曬成古銅色的長腿，她的腿滑過我大腿又滑到我身上，然後跨坐到我的腿上，臀部壓在我身上，她把我前額的頭髮向後撫平，呼吸裡的波本威士忌香味噴到我唇上。

她沒有馬上吻我，而是用溫熱的前額抵住我額頭，然後收起我的雙手放在她腰間。

「噢，天哪，」我說著緊緊閉上眼睛。

「我一個人已經太久了，」她低聲說。

我覺得自己在笑，「那天」早上是最後一次有人用任何真實的欲望或親密碰觸我，那天早上八點，我在郊區小小愛巢的臥室裡和我妻子做愛，然後我們吵架了，而我出去「釣魚」，但更準確的說法是「做任何事都好」，她在無助的痛苦泡沫中對著我嚎啕大哭，我只想從她身邊逃走。這是新手媽媽的恐懼，我已經目睹她在那個殘酷的處境中打滾夠久了，不讓任何人了解她的痛苦，不接受任何外界的幫助。

自那之後還有人用僵硬的擁抱安慰過我，次數用十隻手指數得出來，而且我還被毆打過好幾次，除了被守衛到處拖著牽著之外，其他時間都沒有人碰觸過我，我強烈意識到這一點，而現在美麗而罪惡的史黛拉．史卡利卻壓在我身上晃動著她的臀部，我靠在她的脖子上呼吸，聽著她身上昂貴的棉質布料在我沾滿鵝屎的牛仔褲上移動的聲音，就像海妖的歌聲。

突然間在那美妙的樂音當中，傳來審判時檢察官說話的聲音。

你，一個身高超過六英尺、體重一百一十公斤的男人，一身受過警察訓練的肌肉，在路邊挑中那個小女孩，好像挑一袋馬鈴薯一樣，把她苦苦掙扎的身體扔進你的車裡。

我把手從史黛拉的腰間抽回，呼吸卡在我胸口。

「怎麼了？」

「沒事，」我哽咽著釋放出肺裡所有空氣，「沒什麼，我沒事。」

剛剛那段思緒是從哪裡冒出來的？我看見我的大手撫過史黛拉窄小的肩膀，她正在解我襯衫的釦子，用她溫暖而纖細的手指推開我肩上的布料，親吻我的頸項，我抓起一把她的頭髮，試圖留住她的人、她的氣味，她嘴唇留在我嘴上的味道。為什麼我現在要一直在想審判的事？當她的手指放在我身上，她的指甲穿過我的頭髮，就在一切都感覺如此美好又如此剛好的時候，在溫暖和夢幻中卻傳來法庭的迴聲、麥克風的嘎嘎響聲和憤怒人群瞪視的目光，

「噢，天啊，」史黛拉低聲說，「泰德，拜託。」

「拜託，拜託，拜託！」她求你，「拜託不要傷害我！」她哭了，但你對她沒有絲毫憐憫對嗎，康卡菲先生？你開車的時間整整有五分鐘，那個孩子在你後車廂裡，你無視她的哭聲，無視她哭著找媽媽……

我從史黛拉身上掙脫，將她推倒在我身下的地毯上，我掃開零食托盤，打翻我的酒杯，搖著頭努力把視線集中在她身上，她的髮絲纏住我的手指，害史黛拉尖叫起來，我笑著道歉，推開她臉上任性的髮絲。

「史黛拉，」我說，「史黛拉，史黛拉，史黛拉。」

我試圖提醒自己在這裡，和史黛拉在一起，我不是……

……在高速公路邊那片黑暗茂密的樹叢中，你把那個又踢又叫的孩子從車上拖下來，你把她像動物一樣丟在光禿禿的地上，不是嗎，泰德？然後像禽獸一樣撕破她的衣服，你……

「不！」我大喊，「不！不！不！」

我站在窗邊望著戶外的草坪，手掌按在我的頭部兩側，我痛苦地喘著粗氣，我的呼吸在面前的玻璃上吹出一股霧氣，我無法吸氣，但感覺就像肺的頂部和胸部的其餘部分都變成固態，灌滿了混凝土，我抓著頭髮說，「不。」

「你到底是怎麼了？」史黛拉問道。

我的手不由自主把耳朵往下拉，抓住喉嚨的頂端然後緊掐，我抓耙自己的臉，試圖撥開眼前閃過的幻象，那光禿地面上的小女孩，小女孩在哭，我轉身看著史黛拉，發現她正盯著我看，她的臉因厭惡而扭曲，她洋裝的上半身肩部已經解開，現在垂在腰間，她棕色的乳房裸露，她迅速用手臂擋住胸部，不想讓我看見。

「出去，」她厲聲說。

我猶豫了，試圖想找個理由，想要說些什麼。

「滾！」她尖叫道。

我離開了。

親愛的傑克，

我想知道這些信寄去哪了，顯然不是寄給你，我知道你不是那種會收下忠誠粉絲的來信，然後再把那些那些信像垃圾一樣丟掉的人，也許信是寄給你那個自私的狗屎經紀人了，嗨，卡瑞！可以把這封信轉給傑克嗎？我收到你的退稿信了——寫得還真是真誠，謝了，老兄，我沒有生氣；我懂，跟這麼有才華的人一起工作一定讓你很痛苦，一定讓你感覺自己是個冒牌貨，好吧，記住了，卡瑞，無論你怎麼裝，你永遠不會得到傑克擁有的天分，所以放手吧，請給我應得的讚美。

傑克，如果這件事影響到你，我想告訴你我在《讀書週現場》看到你了，我本來打算去凱恩斯把過程錄影下來，但我臨陣退縮，你相信嗎？光是想到能見到你本人，能和你說話，我就激動不已，所以我後來待在家裡，活動結束時我好崩潰。

你描寫角色的方式，我可以看出每個角色都是你的一部分，你內心存在著亞當——他的力量和決心，他不讓夏娃受到任何傷害的決心，夏娃也在你心裡，傑克，她的敏感，她對世界的不信任，這一點是我在你身上看出最明顯的部分，我看得出來，當她被祕密所束縛，你也隱藏著自己的祕密，否則你怎麼能如此完美了解被群體拋棄的感覺，如此了解戴著假面具的感覺？作家之所以寫作，是為了想創造出一個安全的地方，一個安全的世界，我完全懂你的心境。

我了解你在書中創造的世界，你揭露了我們每天在這個國家看到的骯髒和黑暗，汙穢、自私和貪婁，人們那麼喜歡相互批評，那麼樂意指出人與人之間的不同之處和不足之處，卻看不透那些外表不美麗、不強大和不完美的人身上的善良和才華，有時我真的驚嘆於人類的盲目和野蠻，當我坐在公車上環顧四周，看著那些人流著口水的嘴和呆滯的眼神，我知道他們非我族類，他們不會思考，他們是沒有信仰的人，他們與禽獸無異。

我知道我只是一個粉絲，一個陌生人，但我想讓你知道，傑克，我可以成為你發洩私密痛苦的安全場所，你可以吐露那些壓抑在胸口的痛苦，免得被你我周遭那些野蠻人占據，我與你的生活毫不相干——最重要的是，我尊敬你，傑克。我寫作是為了逃避自己愚蠢的生活，你在《美國醒來！》上曾說自己在澳洲唸大學時總感覺自己像個局外人，感覺沒有人理解你，除了你的老師。我完全懂，傑克，我們是同一種人，如果你能知道就好了，你會很高興自己終於在茫茫人海中找到了我。

我也附上近期一直在寫的作品——我自己的作品，但內容與你的作品有關，我一直在構思關於末日的主題，這只是手稿的前幾頁，我創造了一個和你筆下一樣腐敗又絕望的世界，在當中納入你在書中用過的風景和角色，如果最終有幸出版，也許可以和你的書搭配出售，我不在乎卡瑞是否看過我的作品，你比那傢伙強多了，傑克，我說真的。

請替我向史黛拉和哈里森致意。

—

隔天早上十點鐘敲響比爾街辦公室大門的人是疲憊不堪的泰德。我前一晚睡得很不好，一直在精神上重演與史黛拉發生的那件事，我們有肌膚之親時腦中浮現的事情讓我非常煩惱。從我在毀滅一生的那天離開家以來，我就與性愛絕緣了，但現在居然連性暗示都會被我在審判中聽到的可怕話語所影響，他們指控我做過的那些事，一個禽獸泰德，一個不是我的我，在法庭上每個人的心目中都非常真實。他們精心描繪出一個虛構的禽獸泰德，他攻擊了一個小女孩，他把自己的身體當成對付她的恐怖大型武器，那個禽獸泰德想讓我知道他仍然陰魂不散，控方創造了他，賦予他生命，他喜歡這個世界的滋味，那個惡魔喜歡逗留，喜歡活著，因此決定留下。

我好怕那個泰德，他在傑克的辦公室裡輕易玩弄我的思緒，讓我失去控制，他在腦中給我看的那幅畫面感覺是如此真實。

早上我在前廊發現一個紙箱，我戒慎恐懼，害怕這可能是治安隊隊員送給我的禮物，我在前院用一根樹枝掀開上蓋，卻發現裡面裝滿了文件，史黛拉一定是打電話給亞曼達，跟她要了我的地址，箱子裡頭裝了粉絲來信，還有裝訂好的厚重列印文件，都是傑克的銀行帳戶對帳單，日期可以追溯到六個月前。傑克的妻子可能已在我身上看到她不喜歡的特質——也許覺得被我拒絕——但她仍然希望丈夫的案子水落石出。晨間新聞上警方宣布法醫裁定傑克．史卡利已經死亡，我端著咖啡穿著運動褲，光著腳站在客廳看了簡短的新聞報導，有兩隻小鵝從敞開的門裡溜進來，認定我腳拇指上的毛髮是食物，小鵝絕望地站在那裡拔毛，試圖從我的皮膚上解放毛髮。

史黛拉．史卡利如果想拿到保險金，必須證明傑克沒有自殺，還需要昆士蘭警方結束對他死亡一案的調查，這是要拿到錢的唯二條件。

亞曼達穿著蝙蝠俠睡褲和一件寫著「請勿打擾」的汗衫打開了門，四隻矮胖的貓站在她身邊，好奇地想知道是誰敲門。

「你不是早起的人對嗎？」我說，她的頭髮像被怪異的風吹過一樣吹到一邊。

「進來吧，」她說。

我進門後出現愈來愈多高度及膝的毛茸野獸，我小心翼翼怕踩到牠們小小的腳趾，我進入的空間是一間很大的辦公室，擺了一張L形桌面，上頭堆滿了紙張，我把箱子放在桌上，領著貓走到房間角落，角落裡掛著一組證書，包括亞曼達的私家偵探執照以及布里斯班女子懲教所頒布的許多證書，她在獄中完成高中最後一年的學業，還有一些武術課程。我揚起眉毛，發現私家偵探執照的上方是匿名戒酒會的證書。

「我不知道你去過匿名戒酒會，」我說。我在出獄頭幾週曾經考慮過加入，但不希望有人在小團體裡認出我來。亞曼達在廚房裡發出噹啷響聲，大半的貓都跟著她，另一半則在我小腿上磨蹭。

「我沒有酗酒問題，我幾乎不喝酒，」她說，「只是完成課程罷了。」

「為什麼？」我笑了。

「在布里斯班女子懲教所完成課程可以獲得販賣部的積點，所有課程都可以，牆上的那些課程是我覺得有趣的課程，其餘的證書都在那裡。」她對著書櫃第二層架上的一堆證書揮揮手，我走向前翻閱證書，她完成了文學、生物學、景觀設計和心理學課程，共有幾十張證書。

「你會吹小號？」我嗤之以鼻地說。

「我還可以鉤編一條阿富汗毯；我發現這個技能在日常生活中非常實用。」

「這也太好笑了吧。」

「你看完我的東西了嗎？」她背對著我，將牛奶倒入兩個咖啡杯中，一隻巨大的黑貓突然出現在她旁邊的櫃檯上，她一邊倒牛奶，一邊發出噓聲並用肘部驅趕那隻動物。

「下來，九號，九號！」

貓拒不聽話，她放下牛奶，把貓抱到地板上。

「九號？」

亞曼達打了個哈欠，她依序指著這些貓。

「九號，四號，七號，那邊那隻肥胖鬆垮的是一號，那隻蕩婦貓是這一切的始作俑者，她用腳輕推一隻貓，這隻虎斑貓比其他貓更瘦且更老，「你會發現她是個壞母親，她的親戚是她另一個親親，祕密入侵，在他的地盤上廢掉其他肥貓。」

「我相信你的說法。」

「找不到很多詞可以跟母親押韻，」亞曼達若有所思地嘆了口氣，她把咖啡給我，「箱子裡是什麼？」

「粉絲來信，」我說，「我大概看了一下，但找不到什麼特別之處，很多都是一些歌功頌德的信，我愛你，我好愛你書裡的角色，我一直在看你寫的很多書，你讓我想起這個或那個作者。」

「有人控訴他想當救世主嗎？」

「噢，是有幾封信裡面有很多聖經經文。」

「沒有人提及要把他抓去餵鹹水鱷魚吧。」

「是沒有看到這類言論，但我沒有仔細看。」

「聖經裡是怎麼描述鱷魚的？」她大聲提出疑問後在電腦前坐下，開始調查。這些貓像是圓滾滾、毛茸茸的鯊魚圍繞我的椅子跑，一邊發出喵嗚的聲音，希望有人能注意到牠們的存在。

「噢，屁啦，超多。」亞曼達滑動網頁，「《利未記》認為人不能吃鱷魚，因為鱷魚肉不潔，地上爬物於你們不潔淨的乃是這些：鼬鼠、老鼠、其類中的巨大蜥蜴、壁虎、鱷魚、蜥蜴、沙地爬蟲類，以及變色龍。」

「好吧，我完了，我早餐吃了三隻沙地爬蟲類。」

「不要吃這些生物，也別讓這些動物與其他物種交配，」亞曼達說。

「什麼？那我到底該拿這些生物怎麼辦呢？」

「不要理會牠們就對了，泰德。」

我交疊雙臂。

「《出埃及記》中提到埃及人害怕以色列的孩子，因為以色列的孩子正在繁衍且愈來愈強大，法老呼籲所有人民將以色列新生的男嬰丟進河裡。」她看著電腦螢幕閱讀低吼著，「淹死希伯來嬰兒！把這些嬰兒餵給鱷魚吃！」

「但沒有提到地下同性戀作家，」我說出結論。

「是沒有，」她說，「《利未記》當中有談到男人若跟男人同寢，就像跟女人同寢一樣，必被處死，但沒有描述如何處死。」

「這傢伙根本不准人做任何事，」我說出結論，「我敢肯定是當成晚餐餵給鱷魚吃了。」

「你那裡還有什麼？」

「有一份六個月期間的銀行對帳單，」我給她看了幾頁，「我還沒看過。」

「好吧，你先開始看吧，我正在整理一些《編年史》書中的段落，我想給你看看。」

我靠在桌面上開始挑出傑克的消費模式，傑克是詹姆斯庫克大學一家小型健身房的會員，隔週付費一次，我在這類消費明細上畫出一條粗黑線，他的電話費和電費，每週都會到7-11和Woolworths採買日用品。他去世前一個月，他在網路上買了一個新鍵盤、一堆文具，還在Workplace Health Online上買了某些商品，我在購買明細中找出代碼，然後在手機上搜尋，是一個護脊肩托，用來防止駝背，我想這是作家的職業傷害。

我面前的頁面漸漸變得希望渺茫，有一筆交易引起我的注意，這是一筆非常不規則的扣款，沒有扣款說明，是扣款到一個個人帳戶，我用粉紅色螢光筆畫線標示出來。

經紀人卡瑞．米諾付給傑克的巨額版稅支票匯入帳戶後，他會把部分金額匯入一個神祕帳戶，有時金額非常大，有時卻很小，都是整數，我告訴亞曼達這個匯款模式。

「他轉帳的金額不是他為了繳稅，所以把固定百分比的金額先存起來嗎？」

我看了數字。「不是，金額有時大約是百分之十，有時是一半，在他失蹤前一個月，他所有的版稅收入幾乎都匯往這個神祕帳戶，而且這個神祕帳戶看起來不像他的帳戶，他有兩次短期扣款，而且是每天。」

「他的存款狀況怎麼樣？」

「對一個有這種收入的人來說，幾乎沒有存款。」

亞曼達在桌子上撥弄她的指甲，抓抓手上那可怕的兔子紋身。

「但付款金額愈來愈大？」

「是。」

「如果他在付高利貸，」她說，「對方可能已經意識到他是一棵搖錢樹，所以開始穩步提高利息，如果傑克在死前很沉迷，他可能會借錢來賭博，然後透過帳戶償還賭債。」

「但他們為什麼要殺他？」我問，「如果他是搖錢樹，而且還在持續還錢？」

「高利貸和客戶之間的關係很難維持，因為總是只有一方得利，也許傑克想退出，誰知道呢？」

「我們會查出來的，很快就會。」

「我念這個給你聽，」她說著打開傑克的第二本小說《耳語》。「書中有一些段落，從第二集開始，然後持續到第三集和第四集，這些段落與敘事無關，至少我是這麼認為，每次只要主角亞當獨自一人時，他就會開始覺得有個……什麼東西在跟蹤他。」

「繼續說，」我說。其中一隻遲緩又黑白相間的肥貓停止繞圈後跳到我腿上，沿著我的腿伸長身體，嘴裡還發出深沉的呼嚕聲，亞曼達開始讀出書的內容給我聽。

它是個沒有形狀的生物，就像一道跟蹤我的影子，總是在我身後，隨著白日降臨延伸並張著大口，它從不加快步伐，彷彿走在繩子上一樣無聲遊蕩，這是必要的，它吞噬了我留下的碎片、血、思想、罪惡，我不知道它從何處來，但我每走幾步就要轉身，只是想辨別它是否離我更近，我在夜裡驚恐地輾轉反側，知道總有一天我會看見它逼近。

「聽起來很不舒服，」我說。亞曼達換了一本書，開始唸《被提》裡的段落。

有時我能忽視它的存在，但它了解我，它愛我，我內心有某部分感覺到一種罪惡的渴望，渴望那種愛，這不正是我走到這一步的原因嗎？因為在這種奇怪的方式當中，我沉迷於落在我身上的光，光引導這個梅菲斯托費勒斯生物追隨，我擔憂如果我把光藏在黑暗中，就永遠找不到路回到山頂光輝的溫暖當中。

「梅菲斯托費勒斯，我在什麼時候有聽過那個名字。」我皺起眉頭，亞曼達交疊雙臂坐著盯著我看，她的下巴因為有節奏的抽搐因而輕微突出。「我覺得過去好像聽過這個名字。」

「我也是。」她敲擊電腦鍵盤。

「有什麼東西在追捕亞當，但他有點喜歡這個東西，或者至少他沒有反抗，」我說。另一隻貓跳到我的腿上，與第一隻貓爭奪空間。

「亞當喜歡溫暖和光輝，在我看來這可能是隱喻傑克從癮頭中得到的某種眩暈感，」亞曼達說。

「沒錯。」

「他在最後一集《被提》中寫道，現在那個跟蹤他的東西已經如此接近，他知道自己就要落入它的懷抱。」她用一隻手在Google的頁面上滑動，一邊用另一隻手指著身邊書中的某一段。「我對自己做過這件事，我想過天國的榮光，當時鐘走得愈來愈慢，那隻蹣跚的野獸已經到來，準備接收他快樂的獎賞。」

「我知道了，」我說。

「梅菲斯托費勒斯先生是音樂劇《貓》當中的其中一個角色，」她說。

「《貓》？」我誇張地喘著粗氣，指著公寓裡到處都是的生物。「所以是你！你殺了傑克！」

亞曼達冷冷地嘆了口氣，意圖模仿我對她古怪行為的反應。

「不，這個名字聽起來耳熟是另一個原因，當時鐘走得愈來愈慢，這個東西就要來抓人了，梅菲斯托費勒斯，這是一齣戲，是莎士比亞戲劇嗎？什麼博士……」

「《浮士德博士》？」

「就是那個！那傢伙出賣了他的靈魂，」我說，從我上高中到現在已經二十幾年，我對自己記憶猶新非常驕傲。

「你還真聰明？」亞曼達把她的電腦螢幕轉向我，「看看這個，不是莎士比亞，是克里斯多福．馬羅的悲劇，但很接近了。」

螢幕上是《基督教文學雜誌》上發表的一篇學術文章，標題是〈地獄只是一種心態：克里斯多福．馬羅的《浮士德博士生與死的悲慘歷史》與傑克．史卡利的小說〉。

「有人該頒發一張證書給我，」我說。

「這篇文章把書中跟蹤亞當的東西對比《浮士德博士》中魔鬼在午夜回來奪取浮士德的靈魂，」亞曼達看了文章一眼，「浮士德為了獲取權力和快樂，將靈魂出賣給路西法……為期二十四年。浮士德在交易中得到魔鬼的其中一個信使梅菲斯托費勒斯，作為自己的私人僕役，但浮士德並沒有將真正的力量用在任何特別的事情上，只是到處閒晃，一個善良的天使告訴他要在魔鬼奪走他的靈魂之前悔改，但他沒有，時間已經不多。」

「我喜歡那齣戲。」所有貓都已躺好，一隻蜷縮在我的肚子上，一隻趴在我膝蓋上，熱呼呼的重量壓在我大腿上。

「這篇文章似乎暗示這齣戲劇和傑克的書探討的是同一個主題，一個不知道自己擁有力量的白痴，浪費了自己的影響力和天賦，被一個快要抓到他的東西跟蹤，讓浮士德和亞當都提心吊膽。」

「如果我們沒誤解這些文字的含義，也許傑克本人也是。」

「這裡說有兩個不同版本的劇本，」亞曼達說，「一個是一六〇四年的版本，另一個是一六一六年的版本，其中一個劇本中說只要浮士德現在願意悔改，就永遠不會太晚，另一個劇本則說只要浮士德將來願意悔改，就永遠不會太晚。」

「所以在一個版本中，他有能力拯救自己，在另一個版本中，他沒有辦法。」

「沒錯。」

「那傑克是哪一種狀況？」我問。

「我不知道。」她對著我的手機揮揮手，「我們打電話四處打聽一下，想辦法找出答案！」

我盯著手機看了半小時左右，只能倒數計時逼自己撥號，我退縮了很多次，然後我硬著頭皮打電話，電話響了，戴沃接起來，在說話之前大聲地吸吸鼻子，他過去經常這樣，這是他的習慣，我感到一股莫名的悲傷。

「大衛・伯奇警督。」

「戴沃，我是泰德。」

一片寂靜，我聽到椅子嘎吱作響的聲音。

「對不起，誰？」

「是我，泰德。」我幾乎無法呼吸，「老兄，我在昆士蘭，我打電話來是因為我——」

「你他媽的以為自己在做什麼，打電話給我？」戴沃的聲音突然放低，他的呼吸聲在手機麥克風裡嘎嘎作響。「搞什麼……你怎麼敢？你這該死的垃圾。」

「戴沃，」我說，「拜託，先聽我說完，好嗎？我需要你的幫助，我現在跟——」

電話掛了，現在重點是得在戴沃打電話警告莫里斯不要幫我之前先打電話給他，我滑動手機螢幕瀏覽聯絡人清單時手在顫抖。

「莫里斯・韋克菲爾警督。」

「莫里斯，我是泰德，拜託不要掛斷電話，拜託，我不想重打。」

「搞什──」

「我不想重打一次電話，我也不是想重新回到你的生活中，我不會惹麻煩的，莫里斯，我打電話給戴沃過，我只是需要你幫我一個小忙。」

又是一陣長時間的沉默，背景當中的噪音發出劈啪聲，我等著聽到喀嚓一聲之後傳來嗶嗶聲，幾秒鐘後我趁機說話。

「我目前與昆士蘭的一名偵探一起工作，」我小心翼翼地說，「我們接手了一起失蹤人口案件，我只是需要快速查一下那個人的銀行帳戶，就這樣。」

「我不想跟你牽扯上任何關係，泰德，我真的不想。」

「我完全理解，」我低聲說，「我真的懂，我現在還是想尊重你的意願。」

「這次我會幫你，然後你就永遠，永遠不要再聯絡我了，懂嗎？永遠不要了。」

「謝謝，謝謝，莫里斯，我——」

「那個人叫什麼名字？」

「傑克·史卡利。」

「出生日期？」

我告訴他，我再次張開口想跟他道謝，但電話已經掛斷。

我告訴亞曼達傑克經常匯款的神祕帳戶主人是一個叫盧埃林·J·布魯斯的人，她知道後一點也不驚訝。她踢開腳踏車開始騎行，彷彿她一直都知道我們要去哪裡，我跟著她來到托馬蒂斯溪上的一個碼頭，她在碼頭擠上一艘平底汽艇，彷彿自己就是船主人，把我丟在身後付租金給那個滄桑的老碼頭工人，亞曼達坐在前端，我開負責開船，我載著她沿著小溪抵達開闊的水面，看著風吹過亞曼達的頭髮，向後吹開她的襯衫，露出她脖子後面一個巨大的黃玫瑰紋身。她時而用手指指出一個方向，我順著方向看見一隻肥大泥褐色的身驅從岸邊滑入水中，這個生物滑出岸邊，只有眼睛浮在水面上，牠在我們經過時沉入水中，只留下一兩顆氣泡表示牠曾經存在。

我們在出發點西南方的另一座碼頭停靠，我猜是在亞拉巴附近的一個水灣，出海後海浪拍打在羅基島礁周圍，平靜海面上的騷動將海鷗從庇護海灣的懸崖上吸引過來，亞曼達等了我一下之後拖著沉重的步伐走進樹叢，我不得不慢跑才能跟得上她。

「所以你認識這個人嗎？」我問。

「我知道這個人，」她說，「留在小路上，我們在鱷魚的地盤。」

我沿著一條穿越紅樹林的沙路跟著她，直到看見前方的視線開始開闊，此處是一片淡水湖切入茂密森林的位置，已經聚集了一處小營地，營地包括兩座大型的開放式鋼製船屋，裡頭裝滿各種廢棄物，散落許多塑膠製的桌椅，還有一處將周圍幾公尺大地燻黑的火坑，這裡的沙子呈灰色，四處都是一塊塊顏色黯淡的草地，我們剛抵達就出現一群狗衝過來對著我們吠叫，把我們趕到男人聚集的地方。

我馬上就看出盧埃林·布魯斯是誰，因為其他人都是皮膚黑藍相雜的硬漢，身上的紋身看起來年代久遠，顯然是受過陽光的荼毒，這些人聞言全都退後，方便布魯斯能看見我們。布魯斯是這群人當中體型最大、紋身最多的人，他在掂量我們時，用一種期待的神情舔舐一排嚴重推擠的暴牙。

「你有先約嗎？」亞曼達在他面前停步時，布魯斯問道，那群人在我們周圍竊笑，亞曼達伸出手，布魯斯的動作讓我吃驚，因為他竟與她握手，我猜是因為紋身。

「我是亞曼達·法瑞爾，這位是泰德·柯林斯，」亞曼達說，「我們來這裡是想快速談一下——」

「毒品，」布魯斯指著亞曼達的臉說。

「不是。」

「狗，」我附近的人說，我搖搖頭。

「腳踏車，」另一個人說。

「我們來這裡是為了傑克．史卡利，」我告訴布魯斯，他的臉色一沉，白色的山羊鬍陷進他古銅色皮膚的皺褶裡。

「噢，沒什麼有趣的事可說。」他開始走路，人群散去，大多數的人都回到摩托車旁，車子就停在離這裡最近的庫房，這些庫房有部分已經組裝完成。我們尾隨布魯斯來到火坑旁的一處臨時酒吧。「無聊，無聊，真無聊，再也沒有人能給我驚喜了，來了兩個不速之客，我還以為是我兄弟們記得我的生日，幫我請了一個脫衣舞孃，早該知道你不是脫衣舞孃，看看你的奶有多小。」

亞曼達看著自己的胸口，用手掂掂自己的胸部。

「我覺得還好，剛好可以一把抓。」

「小得像蜜蜂叮一樣，」布魯斯嘆了口氣。

「我們還是言歸正傳吧，」我說，「我們知道傑克．史卡利會從他的常用銀行帳戶定期付款給你，可能是為了償還欠款，你可以跟我們確認你確實有借錢給他嗎？」

「不行，」布魯斯說著從吧台後面拿出一把巨大的獵刀，開始用一條髒抹布把獵刀擦乾淨。

「所以你沒有借錢給他？」

「我沒有這麼說，我只是說我不會跟你們確認這件事，你們兩個到底是誰？」

「傑克的太太聘請我們，」亞曼達說，「我們是私家偵探。」

「噢，私家蒸蛋？你們是混蛋吧。」布魯斯因自己的笑話竊笑，看著棕櫚樹透出的光線映照在刀鋒上。「你們怎麼會認為自己隨時可以從水面上飄來這裡敲我的門？你們認為這裡做的是什麼樣的生意？」

「你這裡又沒有門，」亞曼達說。

「聽著，我們對這裡做什麼生意沒有興趣。」我把亞曼達推到一旁，遠離刀鋒可及的範圍。「傑克失蹤了，我們只關心這件事，我們希望你能對發生的事情提出解釋。」

「提出解釋？」布魯斯用刀指著我的胸口，「你是警察。」

「我曾經是，」我吞吞口水，「大多數的私家偵探都有一些執法背景。」

「你看起來很眼熟，」他把刀翻轉幾次，他的身高比我高，如果我試圖逃跑，他很快會追上我。「你是警察，看起來很眼熟。狀況對你們兩個愈來愈不利了。」

「如果你願意說出我們想知道的事，我們就會離開這裡，真的，我們不是來這裡為難你的。」

「呃，」布魯斯咕噥道，他把刀插進腰帶，低頭看著圍在他身邊的狗，狗群嗅著他堅硬的膝蓋。「這算什麼生日？」

他朝紅樹林走去，一小群狗跟著他，我落後時回頭看了看營地，看到那些坐在摩托車周圍抽煙、喝啤酒的人。這條沙徑深入紅樹林，我們遇到一條小溪，溪邊擱淺了一艘木製浮舟，從這個地方小徑開始變寬。布魯斯在狗的包圍下站了一會兒，然後彎腰伸手選中狗群中最矮最胖的那隻狗，把脖子一扭然後抓起，一隻巧克力棕色的雜種狗全身慢慢失去血色，在我弄懂發生什麼事情之前，他從腰帶上取下刀，插進狗的身體裡，我感覺亞曼達在我身旁一震，但我們都沒有作聲，我們沒有，狗沒有，布魯斯也沒有，他手裡抓著的那條狗頓時一軟。

「穿過腋窩，插進心臟，」他說著收回刀刃，他擦擦狗身上的血，「這是最人道的方式。」

亞曼達用手肘用力推我的肋骨，在水面下幾公分的水中出現了一個形體，一顆蒼白幾乎呈黃褐色的大鱷魚頭反射從上方照射下來的光線，從泥濘深處看不出這隻鱷魚體型多大，但在水中徘徊的頭部和我手臂一樣長，我把亞曼達朝我拉近，我想如果那玩意向我們撲來，我就得把她甩到一旁。

「這隻是附近一個老農夫的鱷魚，」布魯斯說，「老頭子照顧不了，眼睛看不見，所以把鱷魚抓來給我，我不介意幫忙照顧。」他把手上的死狗轉了個方向，所以死狗的側臉面向我們，我看見有顆腫瘤掛在狗腹部無毛的肉上，這隻狗腿內側裹著一顆巨大的腫塊，他把死狗扔進水裡，水面下的鱷魚沒有動靜，狗屍漂浮著幾乎已經漂到鱷魚的頭頂，鱷魚依然不動如山。

「有時鱷魚需要一點時間才能嚐到血的味道。」布魯斯說，他看著鱷魚，狗屍仍在漂浮，「這種生物的反應慢到跟恐龍一樣。」

突來一陣波濤濺起了水花，鱷魚白色的下顎張開對著水面上的狗屍咬去，其他犬隻開始吼叫咆哮，鱷魚的尾巴輕輕一甩後水面平靜下來，水面下所有殘忍的線索都消失無蹤，小溪看似非常平靜。

「傑克・史卡利被鱷魚殺了，」亞曼達說。

布魯斯雙手插在口袋，一縷灰白的髮絲垂在他的眼睛上。

「是喔?嗯，不是我幹的，只要可以，我會照顧人們的狗和狐狸，狐狸是種討厭的生物，如果沒辦法穿越鐵絲網，牠們會嚇死整座雞舍裡滿滿的雞，在那到處吠叫，把雞全都嚇醒嚇死，真是殘酷的生物。」

我看著水中升起的氣泡，犬隻們默默凝視著水面。

「有警察來這裡找你談過嗎?」

「有。」

「你為什麼不告訴我們?」我說。

「因為你沒問。」

「所以警方認為你有嫌疑。」

「小子，我上一次被警方懷疑是在一九五二年。」

我們陷入了沉默，風吹過我們周遭的熱帶雨林。

「當年，」布魯斯說，「大家說我透過舊的濕地垃圾處理系統『消失』了附近幾個麻煩的小伙子，那可能是真的，但現在不會了，我不像以前那麼愛生氣了，生氣對健康不好。」

「那現在如果有客戶不肯還錢給你，你會怎麼處理？」

「不會的。」

「什麼？」我嗤之以鼻地說，「從來不會不還錢？」

「因為當年我花了很多時間讓壞客戶接觸大自然的美麗，」他微笑指著周圍的沼澤地，沼澤地裡躲藏了致命的野獸。「我現在不需要做這種事了，退休計畫就是這樣運作的，我的朋友，年輕時努力一點，老到屌毛都掉了的時候就可以微笑收割了。」

他一把抓住他的胯部搖了搖，亞曼達大笑起來。

「他媽的真是個混蛋，」亞曼達爬回汽艇時說。

我登上船看著狗群從樹林中逐漸遠去，這些骯髒的動物已經決定我們要踏上歸途了，牠們似乎一點也不介意少了一名成員，我好奇這些狗的情感和智能是否足以思考下一隻喪命的會是誰。「你說『混蛋』的方式不像在罵人，」我說。

「沒錯。」

「那個人在我們面前殺了一條狗。」

「他的舉動是為了終結病痛帶來的痛苦，」她說，「你有看到那隻狗走路的方式吧，牠活得很痛苦。」

「他應該帶狗去看獸醫，讓獸醫終結牠的生命，最好的狀況是應該讓狗主人帶牠去看獸醫。」

「上次我去看獸醫是帶六號去檢查屁股，她長了寄生蟲，一包驅蟲藥要價十二元，診斷只花了三分鐘，要價八十元。」

我開著汽艇沿著紅樹林返回，我想用雙眼看穿紅樹林卻只看見黑暗，風愈來愈強，將浪頂吹過船頭的尖端，亞曼達坐得離我更近，想偷偷把我當成擋風玻璃。

「所以你怎麼看？」我問，「這條線值得追嗎？他的犯罪手法符合我們的目標，」我說。

「我不認為他是兇手，」亞曼達在風中喊道，「他是一個不會浪費時間的人，他的個性很實際，他喜歡事半功倍，他沒有讓那條狗受苦，那隻狗連一聲也沒吭，泰德，牠甚至連發生了什麼事都不知道。」

「你的重點是什麼？」

「我的重點是，如果我們對傑克的書，還有他被黑暗力量跟蹤的判斷正確，那麼我們懷疑盧埃林犯案的判斷就不可能正確，盧埃林不會去跟蹤傑克，他不會想讓他害怕。如果他在過去十年內曾離開那片空地，我會很驚訝。」

「嗯，我不同意，我覺得是他，」我聳聳肩，「我認為有很多指標都指向布魯斯，金錢流向、死亡方式，放高利貸的人天生就很有威脅性，就算布魯斯不是那種會跟蹤和糾纏的人，也不能表示布魯斯某些有威脅性的行為就不會讓傑克有被跟蹤和糾纏的感覺，也許我們對他的書過度解讀，卻對那個人表現出來的行為解讀不夠。」

「如果你想要，可以進一步追蹤布魯斯，」亞曼達向我揮揮手，「你下午可以再思考一下，但我不想浪費時間。」

我回頭看見大雨將至，小溪口有幾名原住民男子泡在水裡，水深及腰但他們無所畏懼，依然從泥濘的水底拉起網，我們經過時他們停止動作。變成深鐵灰色的水面湧現白色的浪尖，下午的暴風雨跟隨我們回到小溪。

我很壞，我的行為鬼祟卑劣，簡直糟透了。

下午我沒把亞曼達留在船艇下水坡道，繼續進一步探究盧埃林．布魯斯還有他與傑克的關聯，而是直接開車回家，坐在濺滿油漆的房子前閱讀《北端謀殺案》，我太想繼續看亞曼達案件的故事，所以還來不及下車就無法自拔，我知道我是一個糟糕的搭擋，但我無法忘懷這本書。我方才坐在她上方的汽艇駕駛座上，看著她用那雙洋娃娃般的大眼注視著我，色彩斑斕的雙手握著兩邊的繩索緊緊不放，幾乎像是隻聰明的小美人魚正在乘坐一艘漁人的船，她皮膚上滿滿的圖案和形狀不知何以使她變得不似人間，就像一隻彩繪的毒蛙。

她會是個衣冠禽獸嗎？

太陽開始西下時，我發現自己開車到接吻岸一座雜草叢生的停車場，停車場位在半山腰剛好遮蔽了紅湖地區，山坡上滿是潮濕廣袤的雨林。我把車停在一個黃色油漆剝落斑駁的車位，看著薄霧滾滾而下到小小的鎮上，小溪蜿蜒穿過廣闊的黃色甘蔗田一直延伸到紅樹林，流入大海。我走回狹窄的道路上，這本書就像無名的聲音般引領著我，我穿越馬路，走下山，才發現一條雜草叢生的支路通往黑暗。

在距離通往山下的主要道路約一百公尺有一處小空地，十七歲的蘿倫．費里曼是個受歡迎且美麗的少女，她將一九八九年式的現代Sonata停在這處小空地上，車尾面對馬路。副駕駛座坐的人是亞曼達．法瑞爾，那天下午費里曼在學校接她上車，據信兩個女孩都喝了一瓶兩百七十五毫升的覆盆子口味酷思樂伏特加調酒，費里曼表哥的銀行帳戶顯示他前一天晚上幫他未成年的表妹買了這些酒，費里曼的驗屍報告顯示她死亡時血液裡的酒精含量為零點零二。

後座放著一個邁爾百貨的購物提袋，上面還貼著膠帶，裡面裝著一條摺疊起來的羊毛毯，車內散落各式各樣的物品，都是些預期會在青少女車上找到的東西——一根Rimmel的睫毛膏、一些速食店的包裝紙、一些收據和一件舊的黑色套頭衫。

亞曼達在審判中承認她們在車裡坐著聊天大約十分鐘，兩個女孩下車後不久，她就開始攻擊，一場小雨剛剛開始落下，這是她留在她朋友身上九道刺傷中的第一刀，然後她脫下衣服，把她的衣服留……

我停止閱讀，然後她脫下衣服？我往前翻了幾頁想看照片，看見警察在離車幾公尺遠的樹叢裡發現了一堆衣服，包括亞曼達的牛仔褲和T恤、她的短版上衣、內褲、襪子和鞋子。

如果亞曼達捅了蘿倫九刀，鮮血一定會浸透她的衣物，但在書中的「獨家照片」部分，攤在不銹鋼材質實驗室桌面上的T恤卻一塵不染，這本書聲稱是雨水把亞曼達衣物上的血水沖走。

但那些衣物堆成一堆。有些血跡沾到衣服的確會被雨水沖掉，但如果是成堆的衣服，血跡沾到那堆衣物深處的皺摺，就不可能被雨水沖掉；就算衣服被雨水浸透，也一定還會有一些血跡留下。對我而言，亞曼達只有在刺殺女孩之前預先脫掉衣服，才可能讓衣服完全沒沾上蘿倫的血。

所以當亞曼達在蘿倫面前脫光衣服時，蘿倫在做什麼？

還有後座的邁爾百貨購物提袋？為什麼用膠帶封起？

兇刀是從哪裡來的？謀殺後兇刀又去了哪裡？

在接吻案的派對上沒有目擊者證實自己曾目睹謀殺或聽到蘿倫求救的尖叫聲，音樂太大聲了，體育掛的孩子和戲劇掛的孩子們聚在一起，幾乎全校舞蹈隊的人都玩得太開心，聽不見風中傳來瀕死的痛苦。亞曼達．法瑞爾脫掉衣服，赤身露體顫抖著站在雨中，等待雨水洗去她的皮膚上的血跡，然後爬進車輛的後車廂，她拉上門閂關上並將自己封閉在黑暗中，派對的音樂還在她身邊飄蕩。

車輛後車廂裡有一張裸體青少女亞曼達的模糊照片，有人在找到她的那一刻拍下這張照片，她瞇著眼睛，伸出一隻手擋住晨光，我看不見她身上有瘀傷或任何痕跡。

我在草地坐下，把書放在腿上並閉上了雙眼。

蘿倫．費里曼是個受歡迎且美麗的少女。

亞曼達留在她朋友身上的九道刺傷。

我翻閱這本書，找到蘿倫．費里曼的照片，她確實非常漂亮，一身陽光金黃的膚色，牙齒潔白，顴骨的輪廓分明，是個擁有美人基因的少女，有一張她在懸崖頂巔望著地平線的照片，手指不經意地拂過身邊一隻拉布拉多的黃色毛髮，一個漂亮女孩正要走向美好成功的成年生活，本來她會比亞曼達高很多。

這名含苞待放的選美冠軍跟社交失調的青少年亞曼達．法瑞爾在一起做什麼？如果亞曼達在課堂上活活燒死老鼠和大發脾氣的故事是真的，亞曼達不可能允許蘿倫．費里曼和她一起坐車，亞曼達不可能是她同學口中那個可怕的邊緣人，同時又是小團體的一員。

有人沒說真話。

我在《北端謀殺案》作者埃莉諾．查普曼的個人網站上找到她的郵件地址，傳了一封電子郵件要求她打電話給我，開車回家餵鵝，我把鵝安全鎖在浴室裡過夜，再次出門想找一家酒吧待著。我離開家時看到鵝在毫無安全性的後廊上自由走動，這畫面讓我心生不安，我在家裡的時候牠們可以睡在後廊，但我覺得把鵝關在浴室裡更安全，至少不會遭到治安隊隊員攻擊，也許有人會到我房子後方徘徊，看看能製造什麼損害。

他們讓我想起我在雪梨的小女兒，人們是因為我才針對凱莉嗎？對我提出離婚是否足以阻止人們對她報復？

我告訴自己至少可以把鵝保護好，如此就好，我不能擔心一些我無法改變的事實，凱莉已經好幾個月沒有接我電話了，我不能打電話給她，無法問她們母女兩人是否安全。奇怪的是我發現自己很希望她已經幫自己找到一個男人、一個新的伴侶或者男友，這個人也許是在我遭到逮捕後的幾個月間出現在她身邊，試圖安慰她，我嘲笑自己竟有這種想法，我真的已經放棄對凱莉的所有希望，我永遠與她和解了，竟然已經想在她的生命中安插一個有男子氣概的人類看門狗。

前往紅湖的路上我收到一封奇怪的訊息，是亞曼達傳來的，她過去從未傳訊息給我，訊息上寫著：做好心理準備，下雨了！

我皺起眉頭，主要是因為訊息中的陌生感，確實開始下大雨了，蒸汽從路面上升起，為了保險起見我回覆她一張笑臉，然後我在她辦公室對面轉角處的酒吧前下車，在進入酒吧之前瞥了一眼報刊亭的櫥窗，尋找是否有關於我的新聞，門口貼了一張小公告，公告上有一些手繪愛心。

懷念忠實的顧客泰瑞莎．米勒，在悲傷中思念你。

默克斯酒吧裡的人比我想像中多，沿著牆面排列的木製雅座附近聚集了成群的原住民，有些人在打撞球，我突然感覺胸中閃過一絲恐懼，有預感可能會在這裡遇上丹福德和亨奇，但快速環顧四周後我得知自己很安全，我走到櫃檯前，坐在那裡的高凳上。

我看也沒看酒保一眼，眼睛還盯著亞曼達那封奇怪的訊息，我點了一杯啤酒，幾秒鐘過去我才抬頭看了一眼，因為我視線角落裡的那個人一動也不動。

他是個一臉兇相的老人，皺巴巴的手指被啤酒泡沫浸濕，肩上掛著一塊擦拭布，他直直盯著我看，吧台旁的下一位顧客也盯著我看。

「請給我一瓶卡爾頓啤酒好嗎？」我重複一遍，心想他剛剛一定是聽錯了，兩個人都沒有動彈，吧台後方的寂靜和靜止漸漸引起空間裡其他人的注意，就像紛爭在擁擠的空間裡如狗哨一樣無聲地響起，幾秒鐘後我的臉上一陣滾燙，他們認出我是誰了。

我快要吐了，我離開酒吧走回車上，一股噁心感迅速膨脹，我摸索鑰匙卻掉在地上，我爬進車裡，我還沒準備好再次被人認出。

「他媽的白痴，」我很氣自己，「他媽的白痴。」

會有愈來愈多的紅湖居民知道我在他們鎮上，我一定要記住這點，一個暴力兒童強姦犯搬進小鎮這種小道消息不可能隱瞞太久，畢竟這些人為八卦而生。

我發現自己開著車，往附近的小型旅遊景點霍洛威斯海灘駛去，在紅湖酒吧裡的遭遇讓我動搖，但我無法忽視自己在內心下定的決心，我的決心在逼迫我，挑戰的欲望從我腦中某個大膽的角落低語：如果你找不到一個願意賣啤酒給你的地方，你怎麼會認為自己可以找到地方願意讓你進去吃飯？如果他們不讓你加油該怎麼辦，泰德？如果你有天晚上想叫救護車，救護車不來怎麼辦？

剛剛那罐啤酒是我生存機會的標誌，至少在黑暗的車內，至少在那條甘蔗林立的寂寞路上，感覺確實如此。棕櫚樹開始在地平線上排開，我咬緊牙關開車進入那座沉睡的小鎮。

我走進第一家酒吧，帶著無法抑止的憤怒點了一杯啤酒，就像即將在第一輪比賽上場的拳擊手。櫃檯後面的女孩開始倒酒，完全沒有意識到我的憤怒，找錢給我的時候甚至還面帶微笑。我氣喘吁吁走到最黑暗角落一個雅座裡貪婪地狂飲，但這場小小的勝利很快就毀了，因為法比亞娜．格里珊滑到我對面的座位上。

「請你離開，」我說。

「薇萊麗．格拉特醫師一定很喜歡你，」她說，一邊從我們中間的桌面上拿過一個杯墊，墊在她的酒杯下面，「因為她什麼也沒告訴我。」

「她可能知道自己在浪費時間。」

「我不這麼認為，」法比亞娜說。她看著我的神情比那天早上在我家時帶有更多欣賞的成分，或許她迫害我的決心已經動搖，我不知道也不在乎——無論我有多需要朋友，我都會拒絕眼前這個人。

「你一直在跟蹤我嗎？」我問，「如果有需要的話，我準備隨時控告你跟蹤我。」

「這是一個小地方，泰德，沒那麼多酒吧，而且現在是喝啤酒的時間。」

我的手機上出現一條訊息，是亞曼達傳來的訊息：你知道的，貓毛在孤獨的人眼裡閃閃發光。

你人在哪？我回覆。

「克萊兒・賓利接受警方面談時告訴調查人員，襲擊她的人是一名警察，」法比亞娜突然不再客套唐突說出，「針對這個說法，你有什麼要說的嗎，泰德？」

「我不想和你討論我的案子，法比亞娜。」

「叫我法比，拜託。」

我從齒間吐出一口氣，喝下更多的啤酒，我們之間出現一種不安的沉默，她等待我開始為自己辯護，而我試圖照她的意思做。

「她為什麼要這麼說？」法比亞娜繼續說道，「她不可能看了你的嫌犯大頭照就知道你是警察，而且你綁架她時也不可能穿制服。」

「克萊兒在面談過程中說了很多奇怪的話，」我的語氣緩和下來，「很多都沒什麼意義，如果你不是只看媒體上那些經過編輯的文字紀錄，而是看過帶子，你就會知道。」

他們逼我在法庭上的陪審團旁邊看這些帶子，畫面裡是假設的受害者克萊兒・賓利，我已經看過那些畫面，不想再看到一次。在那不幸的一天我在路邊瞥見了一個小女孩，而克萊兒彷彿是她的影子，帶子是她出院後不久錄下，所以她的臉嚴重瘀傷，眼睛在房間裡閃爍打轉，彷彿是在追蹤飛蛾在天花板附近飛舞的路線。檢察官告訴法庭，翻白眼是一種創傷後壓力症候群症狀，她也有夜驚和進食困難等症狀。她幾乎沒有看自己面前的照片，我是照片中的其中一人，她說話的時候語無倫次，聲音小到像是耳語。

「在黑暗深處，進入黑暗，他把我帶進去黑暗，我不能，我不能，我不是，媽媽，媽媽，有一條白狗，安德森太太，我不能……進去……要確定有帶著你的作業，進入黑暗，警察來了，他帶我去……」

「你剛剛說什麼？」偵訊克萊兒的輔導員抓住這個詞，「你說他是『警察』？」

安德森太太是克萊兒老師的名字，在一組兒童創傷專家的指導下，女孩與警方的面談內容全是這樣：一些思緒的斷片在破碎的大腦中飛逝而過，包括她與朋友度過的一天，當天早上的早餐，其中一些是幻想式的喃喃自語，內容關於蝴蝶、狗和顏色，女孩時而神智清楚，但當目光一落定，臉色一平靜下來，才幾秒她就淚流滿面，倒在坐在她身邊的母親懷裡。

有時在整段面談過程中，克萊兒只是重複周圍的人說的話，檢方反複播放的片段都是小女孩重複著輔導員的話，語速很快卻含糊不清。

你說他是警察？

你說他是警察？

你說他是警察？

到了面談錄音的第三個小時，我失去理智哭了，隔天我雙手抱頭的照片出現在《先驅報》頭版上，標題是「鱷魚的眼淚」[13]。

「所以你不知道她為什麼這麼說，泰德？」法比亞娜問我。

「她指的有沒有可能是正在面談她的警察？幾天來都是同一位穿著制服的警察？有沒有可能調查人員在與她面談幾小時內的某個時間點直接問她犯案的人是不是警察？有沒有可能那個女孩在無意間聽見

13 意為假同情，假裝悲傷流下的眼淚。

父母和調查人員討論我，可能聽見他們說我是一名警察？」

「我不知道。」法比亞娜聳聳肩。

「我也不知道，我不知道她在說什麼鬼話，我只知道她在描述攻擊者時說的並不是我，因為我不是兇手。」

她坐著盯著我看，在桌面上轉動她的酒杯。

「她從一組嫌犯照片中挑出你了。」

「是，她是挑出我了，因為她見過我，」我厲聲說，「這件事我不知道已經說過多少次了，那天克萊兒在路邊見過我，我從來沒有否認過。」我嘆了口氣，臉上一陣熱。

「你待過緝毒小組，」法比亞娜說，「這一直是很多人看待這個案子的興趣點，有了毒品就有毒販，有了毒販就有貪汙的警察、律師、法官，待過緝毒小組可以幫助你撤銷指控嗎？」

「怎麼可能有幫助？」我問，「我逮捕了毒販，他們為什麼要幫我？他們為什麼會希望我回到街頭？他們又不是我的朋友。」

嚴格來說事實並非如此，我確實有朋友是毒販，一旦你逮捕的人夠多，就會開始跟毒販建立關係，我在工作上逮補過一些人，那些人當初都還是十幾歲的年紀，過了一段時間後他們不再把這件事視為個人恩怨，因為我逮補他們是由於他們搞砸了，而不是因為我是個壞人。我從銀水懲教所釋放後做的第一件事就是聯絡其中一個狡猾的廢物，要他幫我找一把槍，我不會在沒有槍的情況下逃亡，但記者不需要知道這件事。

「我沒有犯案，」我傾身向前告訴法比亞娜，看著她的眼睛，「我沒有強暴克萊兒．賓利，我受夠了，不想再解釋了。」

法比亞娜坐回位置上，我環顧酒吧一眼，幸運的是我們尚未引起其他人的注意，但我不會等到有人注意到我們才離開此地，我把剩下的啤酒灌下。

「你的話很有說服力，」法比亞娜輕聲說，「你說話的方式很有說服力。」

「很好，」我說。我砰一聲放下啤酒杯，離開此地。

我在車子裡看手機，收到亞曼達傳來更多語焉不祥的訊息，更多荒唐的廢話，我撥電話給她，通話時背景聲音很大聲，電話接通時她已經在說話。

「不，不，閉嘴！是我的搭檔，泰德？泰德！泰迪！噢，我想我不該叫你泰迪的，只有史黛拉能叫你泰迪。」

「幹嘛？」我燃起一股怒火，我意識到自己正在咬牙切齒，「你在說什麼？你在哪？」

「來奧圖爾，泰德！」她說，「這個地方的岩石真他媽難騎！」

奧圖爾酒吧是詹姆斯庫克大學南部庫克船長公路上一個學生的聚會場所，這裡不是正常的學生聚會場所，而是毒蟲和中輟生的聚集地，雅座的桌面上沒有課本和筆記本，牆上也沒有特價威士忌。我走進門，酒吧員工和兩個在櫃檯玩Uno紙牌的年輕女性立即對我行注目禮。

大房間後面有一排撞球桌，那裡傳來的大笑聲吸引我的注意力，我走過去站著看了亞曼達一會兒，腦中滿是問號。

她不知為何變身成一名夢幻少女，她卸下笨拙的穿著，小巧玲瓏的身軀緊緊包覆在一件午夜藍的洋裝裡。這件深色洋裝尺寸很小，色彩繽紛的紋身仙子、妖婦和皇后在亞曼達整條大腿上跳躍，我從未看過她的雙腿裸露在外，但她的大腿因騎腳踏車而緊緻，小腿上繃著一雙大號的閃亮銀色高跟鞋，無論是走紅毯還是穿上脫衣舞俱樂部的舞台都能輕鬆駕馭，她試圖馴服她狂野的黑髮，但髮絲卻在她耳後和脖子後方跳動蜷曲。

她很美，她美麗的方式讓我心生警覺，她傾身靠在撞球桌上，正在擺出一次高難度的擊球動作，年輕男子站在她周圍觀看，她是個經驗豐富的撞球好手，男人發出歡呼雀躍的聲音，但顯然他們的欣賞一半是因為她的撞球技巧，一半則是因為她的存在，因為近在咫尺的她，就像一個飄入他們世界的誘人小祕密。

有人拉拉我的手臂，我旁邊的吧台也擠滿男人，他們全都轉身看著撞球桌周圍的熱鬧。

「老兄，你知道那個小妞是誰嗎？」一個年輕人問。

「嗯？」

「那可是亞曼達．法瑞爾，老兄，」年輕人告訴我，他鬼鬼祟祟地湊過來。「她殺了一個女孩。」

「他媽的砍掉了她的腦袋，」另一個人說，一邊對著喉嚨做出割喉的動作，「她是瘋子，老兄。」

我受夠了，我大步走進人群，在亞曼達擺出下一次擊球動作之前舉起她的球桿。

「泰德！」她說，她把眼睛睜得大大的，緩慢地抬頭看著我，「你來了！」

「我們該走了，」我說。

「不，不，留下來，泰德，留下來，你來見見我的新朋友，這位是約翰諾、布萊德利和米奇……」

她從桌邊一排三個矮杯中端起一杯酒，確實有一長排年輕的色鬼排隊想買酒請她喝，我抓住她的手臂，她一個踉蹌倒在我身上。叫米奇的那個人是個古銅膚色的衝浪青年，他不情願地推了我胸口一下，他知道我如果揮個手他就完蛋了，所以很快就退到我揮不到的距離。

「滾開，老兄，把她放開。」

「她可以自己決定要不要跟你走，」另一個少年冷笑道。
「這不是聊女性主義的時候，孩子們，」我說，「他媽的退後。」
「他是我的搭檔！他是我的朋友！」
「來吧，」我拉著亞曼達，「跟大家說再見。」
「大家再見！」亞曼達大喊。
在停車場昏暗的燈光下我才意識到她喝得有多醉，我在想是不是有人在她的酒裡加料，她停步抓住那雙大高跟鞋，似乎想把高跟鞋扯下，然後她又改變了主意，跌跌撞撞地向前走，滿嘴胡說八道，詞不達意。
「在布里斯班女子懲教所有個女孩名叫曼妮，」她說，「我們就像，天生一對，她……我們……因為她叫曼妮，我是曼蒂，我們的鋪位是……我們……」
亞曼達的步伐踉蹌，我試圖用一隻手臂摟住她，但當我的肌膚碰觸到她時她卻畏縮扭動著把我甩開。
「不要碰我！」她厲聲說，「這是工作規則。」
「你還好嗎？」我問，「你想要停下來把高跟鞋脫掉嗎？」
「你必須尊重……規則，你去看合約，白紙黑字寫得清清楚楚。」
我停下腳步看著她又想去抓高跟鞋，她摔倒了，我在她倒在碎石之前抓住了她，將她轉個身抱在懷裡，像抱著孩子一樣摟著她。
「真是亂七八糟，」我說。
「亂七八糟亂七八糟，」她靠在我的脖子上喃喃自語。
我把車停在停車場外面的路上，將亞曼達抓起靠在胸前，然後打開副駕駛車門，輕輕把她放在座位上繫好安全帶，我關上車門時她把頭靠在窗戶上閉上了雙眼。

我坐上駕駛座發動引擎，思考要把她帶回家安置在門廊上的沙發，還是讓她睡床上，讓她睡床更有紳士風度，我自己睡沙發就好了。

我啟動引擎時發現她醒了，亞曼達慢慢恢復意識，眼睛睜得大大地看著儀表板。

「你沒事吧？」我問。

「噢，不，」她說，她的手伸向胸前的安全帶，「不，不，不。」

她猛然彎著背撞向座位，雙手敲打著儀表板、車窗和車頂，她似乎不知該如何解開安全帶，她開始尖叫。

「不！不！不！不！」

「沒事的！」我邊說，試圖要抓住她，「沒事的！亞曼達！亞曼達！沒事！」

她在黑暗中掙扎扭動，手抓耙著車門想找到把手，她用力拉把手發現車門鎖上，於是摸索著窗戶想找到按鈕。

「天啊，拜託！拜託！」

她踢著擋風玻璃，扭身掙脫安全帶，在車門邊掙扎。

「求你幫幫我！」

我下車狂奔到副駕駛側，此時她已經從駕駛座側的車門爬出掉到碎石地上，她爬離車燈的範圍然後鑽進草叢，全身劇烈顫抖。

「亞曼達！」

「不要坐車，不要坐車，不要坐車，」她哭著，我試圖把手放在她身上，但她尖叫起來，「不要碰我！」

我倚靠著汽車的後輪向下滑落，我看著她躺在草地上，雙手抱頭，下巴抵在胸前，她就那樣躺著，顫抖著吸著鼻子，我說話時她拒絕回答，我伸手想拉她的手，她卻把手抽走。我等待她的神智恢復到有能力看著我，才從車後拿了一條薄毯，想幫她披上毯子，但她卻把毯子從我手上扯開，甩到自己的肩膀後。

她身上突然生出一股狠勁，一雙大眼睛在路燈的燈光下閃閃發光，眼裡閃耀著橘色的光球。

「你再碰我一次，泰德，我會殺了你，」她說著用手指指著我的臉，我感覺自己的胃部在扭攪。

「亞曼達，」我說。

「不，閉嘴，」她厲聲說。「我殺過人，你懂嗎？我殺過人，我知道把生命從人的身體奪走是什麼感覺，我也會這樣對你。」

這幾句話熱辣辣地懸在半空，烙印在我皮膚上，我過去從未害怕過亞曼達，但現在眼前的她已經完全不是幾天前在鯊魚酒吧第一次見到那個身上滿是蝴蝶的脆弱小女子，站在我面前的她就像個食屍鬼，一個空洞的靈魂，我在她嚴厲的表情中看到的情緒讓我瞬間感到噁心，她把所有的黑暗力量都集中在我身上，就像一隻在角落直立身體的蜘蛛。像所有蜘蛛面對威脅時一樣，她蜷縮著自己的身體，歪歪扭扭地爬進黑暗中。

也許我們都想迴避前一晚的尷尬，所以隔天我和亞曼達都沒有打電話給對方，我打電話給傑克的經紀人卡瑞．米諾，在他去開會之前設法聯絡上他。

我向他描述來電意圖時彷彿是在浪費他寶貴的時間，整段談話他都在嘆氣和噴氣。

「噢，瘋狂粉絲到處都是，老兄，」卡瑞說，「作家愈大牌，瘋狂粉絲就愈多，傑克遭受的是雙重打擊：作家瘋子和宗教瘋子，一網打盡。」他笑了。

「有發現需要顧忌的人嗎？有人威脅過他嗎？」

「讓我想想，聽著，那些宗教狂熱分子不喜歡他拿偉大的文本來東拼西湊，他從許多基督教文本中到處取材，《舊約》、《利未記》、《創世紀》，」卡瑞說，「有些基督徒喜歡，因為他將那些古老又晦澀的故事引介給當代的年輕人，但有些人不喜歡，書裡的角色都是青少年，所以他們面對的都是重大的罪，像是嫉妒、情慾，有時角色的表現正直公正，有時卻有罪，亞當和夏娃在第三集當中發生婚前性行為，這讓我們遭受到全球讀者的抨擊。」

「什麼意思，抨擊？」

「有混蛋駭入傑克的網站並進行攻擊，」卡瑞說，「到處都是兒童色情圖片和犯罪現場照片。」

「什麼？」我搖搖頭，「怎麼會——」

「有什麼意義嗎？沒有意義，」卡瑞說，「這些人純粹是瘋子。」

「第三集是什麼時候出版的？」

「兩年前。」

「好吧，」我嘆了口氣，「我想知道的是最近發生的事。」

「我想到離現在最近的一件事是去年這個時候，」他說，「有個女人買下他在紐卡索談書會的所有門票。」

「哇。」

「是的，」卡瑞說，「我想有五十張票吧，得花掉她一大筆錢。」

「他們為什麼要把所有票賣給同一個女人？」

「他們不知道是同一個女人，」經紀人說，「那正是病態的部分，票是分開買的，刷不同的信用卡，從不同的帳戶扣款。他們說她曾打電話來，甚至還有出聲，相當瘋狂，我們在談書會開始前一個小時才聽說這是個騙局，所以傑克沒有到場。」

「她一定很想和他私下見面，」我說，「她是什麼人？某個積極的作家嗎？」

「我想只是個愛幻想的人吧。」

「你還記得她的名字嗎？」

卡瑞告訴我細節，我拿出一張紙，在紙上寫下蕾妮・麥金泰的詳細資料。

「你後來有再聽說過蕾妮的消息嗎？」

「不，沒有，」卡瑞說，「她跟傑克單獨見面的嘗試失敗後，我們有段時間會檢查觀眾名單，但她再也沒有出現過。」

「好吧。」

「史黛拉那邊也會留著所有粉絲的來信，」卡瑞說，我聽見電話的背景聲音中有人和他說話。

「是，我正在處理那些信件，」我說，「沒有看到什麼非常可怕的信件。」

「好吧，我要——」

「我知道你很忙——你掛斷之前，」我說，「還想得到比蕾妮．麥金泰更近期的事件嗎？最近幾個月左右，只要想得到都可能有所幫助，比如一通很激動的電話？還是收到奇怪的禮物？」

電話彼端只有沉默，他可能已經掛斷我的電話。

「在簽書會上有個粉絲攻擊另外一位粉絲，」他說，「我想是在凱恩斯，或者可能在布里斯班，地點是書店，你得去找找看，報紙報導有人被打暈，但我和傑克在現場沒有聽聞也沒有目睹。」

我在上午花了點時間打其他電話，我一邊用掃帚和肥皂水擦去門廊上的鵝糞，一邊用免持電話通話。蕾妮．麥金泰是個奇怪的人物——她有多個化名，每六個月左右就換一次工作和公寓，她經營一個非常陽春的網站，似乎一心想破壞傑克的聲名，網站頁面上充斥其他粉絲的多項「證詞」，從他在新書活動中不禮貌的態度，到他書中明顯的抄襲部分全都詳細列出，看來傑克拒絕出席她包場的談書會讓蕾妮自覺遭到嚴重的蔑視。有個自稱「羅莎」的粉絲寫下一段非常憤怒的段落，內容描述傑克在作家節出現時喝得醉醺醺的，且意圖在人群後面舌吻她，可疑的是羅莎的寫作風格與蕾妮的網站介紹非常相似。

我注意到仇恨傑克的網站已經有一年沒有更新，這條線索也宣告失效，約三小時後，我終於確定蕾妮當前的地址在泰國蘇美島，她六個月內都沒有回澳洲，這是條死路。有時偵辦工作就是這樣，坐在桌子後面好幾小時，手裡拿著電話鬼打牆，假裝不同人的聲音就可以撥打同一支電話許多次，但問對方不同的問題，然後在記事本上寫下筆記，突然之間這一切卻戛然而止，你還來不及察覺到自己的喉嚨和胸口憋著一股興奮感，那股興奮感就已然消失。我習慣在警局擁擠的開放式辦公室裡打電話，身邊都是我的同事兼朋友，我可以在每一通電話之間翻白眼或偷聽，現在每一通電話之間除了馬路對面田野裡蟋蟀的叫聲和樹上吸蜜鸚鵡發出的叮叮聲之外邈然無聲，唯一能聽見的只有自己的思緒。

隨著生活漸上軌道，我開始想著之後是否有可能跟女兒聯絡，我希望尚恩能開始與凱莉討論某種監護安排，這個國家的所有法院連莉莉安一半的監護權都不會判給我，一旦報紙掌握這類消息，就會引起公眾的強烈抗議，可能因此讓凱莉和莉莉安陷入危險之中。在我不知情的狀況下，記者會站在凱莉允許我與莉莉安見面的公共場所外面，拿著相機對著麥當勞的大面窗戶試圖拍下我把寶寶抱在懷中的神奇照片。家事法庭唯一受人尊敬的作為就是讓我在有人監督的前提下進屋探視，我知道即便如此，他們還是會分析我與凱莉的談話，他們會準備好筆電，只要聽見攻擊性的語氣或惡意的評論，耳朵就會豎起。

這將是一場噩夢，但聊勝於無，我最害怕的是她長大後對我的身分一無所知，莉莉安長大後，凱莉不會在屋內擺我的照片來提醒女兒我是誰，但如果我能定期與她見面，即使是在某個家事法庭辦公室的遊戲室裡，即便處於緊張、無菌的環境中，也許她也能開始接受我是她生命中的一個小小部分。

我應該要對整個情況更生氣才對，我應該要求探視莉莉安，應該傷害凱莉，應該逼到她讓女兒接電話為止，這樣我才能聽見她的笑聲和呼吸聲，我應該告訴她我會得到法庭命令，逼她傳照片給我。但我的憤怒在入獄後已經不存在太多，監獄裡充滿溫火慢燉、無能為力的憤怒，每個人的雙眼之後都醞釀著怒火——無論是囚犯、守衛、專員。憤怒在那些磚牆建成的機構中滋生，在頭幾個星期，我大部分時間都坐在床邊，雙手抱頭，雙眼緊閉，只有憎恨在燃燒，憤怒的脈搏不停跳動，我懷抱著憤怒靠在上鎖的門上，我懷抱著憤怒將指甲從臉頰和脖子上刮過，我懷抱著憤怒尖叫大哭，就像所有的火焰一樣，憤怒在我體內吞噬了自己，直到一無所有。如今我並非不再憤怒，只是內心已如槁木死灰，精疲力盡，我依然無法入眠，沒有一日不擔憂莉莉安結婚時誰會陪著她走過紅毯、當所有孩子在學校做父親節卡片時，她又能做什麼。

我也知道當有一天，當我不再那麼疲憊又精疲力盡時，總有一天憤怒會捲土重來，在我落魄至此留下的星星之火再度被憤怒點燃之前，我只能呼吸到這麼多振奮人心的自由空氣。總有一天我將坐在後門廊上，看著門外河上美麗的日落，我會記得用手臂摟著一個愛我的女人是什麼感覺，就這樣看著日落，不必去想現在是否有人在屋前打開一罐紅色油漆或者用磚塊瞄準我。

我不確定這些憤怒是否是針對克萊兒·賓利，她從嫌犯照片當中挑出我並沒有讓我非常憤怒，我知道她已因受盡折磨而發瘋，如果我內心對克萊兒有絲毫憤怒，也不是因為她所做或所說的任何事，只是因為她在那天出現在那裡，在路邊，彷佛等著誰來把她帶走，她應該趕上早一班公車，她應該讓她的父母來接她，她應該他媽的走路回家。是的，我對自己很誠實，我恨克萊兒·賓利，我恨她，她為什麼要在那糟糕的一天，不去這世界上的任何地方，偏要去那個地方，為什麼要站在那裡，為什麼要站在離我幾公尺遠的地方，為什麼要看著我下車，彷佛高大的草地邊緣上一隻警戒的兔子。我恨所有發生在她身上的事，也恨這些事對我造成的傷害。

但這一切也只是胡言亂語，我不可能恨克萊兒，這一切都不是她的錯。

是那個男人害慘了她，害慘了我們。

但他到底是誰？自那件事發生以來，我所聽見的只有那個人怎麼會是我。

正當我開始重新想像與我年幼的女兒有可能建立某種關係，想像這樣的事情怎麼會發生，為什麼會發生時，我也同時意識到我與鵝的關係突然發生了變化，這些小傢伙的銘印現象已經發生在我身上。小鵝一開始走進我的生活時，我上Google搜尋鳥類食物選擇，因此得知了「銘印現象」，小鵝們會開始認定我是父親或母親，我與鵝是完全不同物種的事實並不重要——YouTube上也有小鵝和小鴨在貓狗身上發生銘印現象的影片，幼雛會聚集，母親走到哪牠們就排成一排跟到哪，這都是小鵝對我做出的行為，因為牠們的母親受傷無法到處走動，所以當我從一個房間走到另一個房間時，牠們會跟著我排成一排，每當我停下，牠們會蜷縮在我的腳趾邊，牠們不知何以有能力預期我的動作，會先讓路給我走，所以我剛開始深怕會踩到其中一隻，但經過一小時左右，我已完全忘記害怕，習慣了那一小群跟屁蟲。

牠們跟隨我外出走到信箱，我檢查一下治安隊隊員的最新傑作，他們一定是在提高攻擊強度，因為草坪上的鋼製信箱只殘留下燒焦的殘骸，我在馬路對面發現更多原本的信箱結構，前面有一塊殘骸，塑膠材質的數字七融化成黑色的芯繩，罪魁禍首是中級派對炸藥，就是後院群聚派對上用來炸野兔的炸藥。他們完全沒有對房屋造成任何損壞，但這可能是個實驗，我感覺治安隊隊員應該很年輕，年輕到如果嚇嚇他們，他們就可能會放過我。

中午時分我產生一股衝動，在後門廊耗費好幾小時用筆電搜尋所有關於盧埃林・布魯斯的線索，但結果卻是死局。一月二十二號凌晨傑克失蹤當晚，一家當地報紙拍到布魯斯和另外兩名男子出現在凱恩斯的諾基俱樂部外面，因為警方針對這家俱樂部執行毒品臨檢，事實證明布魯斯確實每十年至少會離開他的島嶼藏身處一次，卻剛好是我希望他可能出現在別處的那個晚上。

> 這位退休的機車幫討債人是澳洲熱帶北部諾基俱樂部和其他俱樂部的股東，他駁斥上述場所是國內毒品走私集團的一環，「我是個老人，過著簡單的生活，我很少進城，所以只要我的俱樂部裡出現不速之客，他們的行為對我來說都算新聞，老兄。」

我猛然闔上筆電，想開車出門釐清自己的思緒，天空布滿灰色的雲層，亞曼達對布魯斯的看法正確讓我內心有某部分不太高興，她對自己的所有結論都非常篤定，彷彿一隻腳已經踏進未來，好像正在帶領著我解決傑克失蹤的謎團，她那種不疾不徐的態度讓我生氣，查明她犯罪的真相在那一刻幾乎像是一種報復，我要讓她知道她不能對我隱瞞過去的祕密，我會讓她知道我是個很有作用的搭擋。

等我恢復理智時，我已經站在蘿倫・費里曼家的門廊上，我敲擊簾幕，三隻短腿、毛髮如絲般柔滑的棕色狗衝到門前，隔著網眼向我吠叫低鳴，我聽見裡面有人大喊著門沒關，於是我便進門。

你在做什麼，泰德？你到底想證明什麼？

這棟房子正如《北端謀殺案》內容所描述，我感覺自己彷彿走進了書頁，彷彿作者會開始描述我的動作。

走廊的牆壁上掛滿了家庭照，這是費里曼家族的紀念通道，陽光透過遠方的窗戶在後院水池的水面上嬉戲，在敬愛的祖父、祖母、叔叔、阿姨臉龐上的玻璃閃耀起舞，在家人憔悴的面孔間有一個陌生人微笑坐著，一個不屬於這個家的人，一個因為太年輕而不見容於這個家的人，這個家永遠的選美皇后。

一位身材矮小的金髮女子在客廳入口處撞見我。

「噢！我還以為是戴娜，」她說，「你好呀。」

「你好，」我說，「我是泰德・柯林斯，你是……呃……」

「我是寶拉・費里曼。」

「蘿倫的母親。」

聽見她女兒的名字仍然使寶拉・費里曼臉色一沉，她舔舔上唇，從我身邊退離，不想再與我保持友善的近距離。

「哇，聽著，我不想跟記者談，小伙子，對不起，你知道的，我從很久以前就不再跟記者談了。」

「我不是記者，」我說，我沒有掩飾語氣中如釋重負的感覺，「我只是，呃，我來這裡是因為……」你在幹什麼？

「我在警方的歷史案件部門工作，」我咳嗽道，「這是警方的……某種歷史分析機構，我，呃，我的工作是研究某類型案件的相似性？暴力案件，還有你們的，嗯……」

「警察？噢，對！對不起，對不起，我不曉得！你知道的，因為有好多怪人上門想跟我說些什麼，請進。」

她招招手，我滿臉愧疚地尾隨她。

「我得小心點，你知道的？很多人會來，記者，怪人也是，他們會說自己看到了什麼，或者知道什麼，或者說姓法瑞爾的那個女孩是無辜的，老天，只有天知道，進來吧。」

她帶領我走進一塵不染的廚房，開始幫我煮咖啡，然後問我要不要咖啡，我不安地滑到廚房中島後方的高凳上。

「我在等我女兒戴娜回家，所以你敲門時，我以為……」

「沒關係，謝謝你願意見我。」

「給你，」她把即溶咖啡推給我，她給的咖啡恰好符合我的喜好——加奶也加糖，她看起來疲憊不堪，她把前額細軟的金髮往後撥。「哎呀。」

「有人不請自來一定很困擾，我很抱歉。」

「嗯，警察通常會事先打電話知會我，」她苦笑道，「不過，是的，沒錯，你說得對，是很困擾，我不會再抱持任何期待，很多人來我家——電工、水管工、送貨員，然後嘡啷！又是與蘿倫有關的人。」

她在我對面坐下，修剪整齊的指甲輕彈著大理石檯面。

「蘿倫很漂亮，你知道的，」寶拉說，「年輕漂亮——這是他們那麼關心她的原因，那些犯罪愛好者和陰謀論者，瓊貝妮特．拉姆齊[14]就是一個完美的例子，大眾對那個孩子的關注沒完沒了，如果她是個男孩，得到的關注只會剩一半。」

她喝了一口咖啡，我幾乎沒有接話，不想鼓勵她繼續說下去，她一股腦把這些話全盤托出，那些她獨自在家時一直在腦海裡盤旋的話，現在滔滔不絕全盤托出。

「他們都說自己在現場，有好多人跑來我家或者寫信告訴我，說他們那天晚上就在現場，我是指謀殺案發生的那天晚上；不可能所有人說的都是實話，」寶拉說，「山上本來就人山人海，因為有一場盛大的狂歡派對，不是過去那種青少年聚會，跟她同學年的每個學生幾乎都聲稱自己那天晚上在現場，大約有一百人吧。」

「哇，」我說。

「而且他們每個人都有自己的版本和看法，聽到這麼多不同版本的說法，有時很難不抓住其中一種說法，你知道的？說服自己相信某個說法。」

「你為什麼會想相信某個說法？」我問。

她盯著咖啡看。

「有時人們說的話能讓我覺得……那天晚上發生的事有比較好的版本，」她說，「很難不相信這些說法，因為就算只能帶來一絲解脫也很好，我願意相信其中一些說法。」

「有哪些比較好的版本？」

寶拉嘆了口氣。「有個女孩，她打電話給我，告訴我那天晚上她看見一個男人跟蘿倫和那個姓法瑞爾的女孩出現在樹叢中，她說該名男子曾試圖搶劫她們兩人，她調查過布里斯班幾樁搶劫案，發現有個嫌犯鎖定車裡的年輕女孩，她的理論是蘿倫一直想保護那個姓法瑞爾的女孩，而那個男人，那個搶匪，殺了我的孩子。」

我們暫停談話一起想像這個說法，咖啡的蒸氣在我們面前混合。

「這算比較好的版本，不是嗎？」寶拉笑了，「稍微好一點，雖然蘿倫還是死了，但至少是個英雄，雖然發生了那件事，但至少她死得有些……意義。」

「是的。」我點點頭。

「我聽過最瘋狂的說法是說我十幾歲的女兒是某個祕密組織的創始成員，某種邪教之類的，還跟政府有關聯！我收到一封信說蘿倫被殺是因為她打算徹底揭露這個組織，而那個姓法瑞爾的女孩只是個代罪羔羊。」

「總是會扯到政府，不是嗎？」我笑了。

「沒錯，」她笑著說，「蘿倫連洗好的衣服都收不好，怎麼可能是某種邪教領袖？還有一個匿名來電者說蘿倫有一個年長的男友，說她沉迷於毒品，說她在拍色情片。」

一群狗本來蹲在我們腳邊，現在卻從腳邊衝過客廳跑到前門，我聽見外面傳來車門砰一聲關上的聲

14 JonBenét Patricia Ramsey，一名美國兒童選美皇后，一九九六年在科羅拉多州博爾德的家中遇害。

音，然後門廊上傳來腳步聲，我在內心質疑自己進來這棟房子的目的，臉上又是一陣發熱漲紅。

「媽？」

如果不是因為她的身材，你可能會以為走進來的女孩是蘿倫．費里曼，她比姊姊更矮胖些，但仍然很漂亮，是個身材曲線優美又膚色健康的二十幾歲女孩，她腰間圍著一條綠松石色圍裙，上頭沾滿了粉末，想必是沾上食品衛生手套內層避免出手汗的粉末，手上還提著幾個裝滿蔬菜的購物袋。

「噢，」她看到我時說。

「這位是湯姆，警方的人，」寶拉說。

「泰德。」

「泰德！對不起，這位是泰德，警方的人。」

「好喔。」戴娜上下打量我，把她的購物袋抵在牆上，「媽，我可以和你談談嗎？私下談？」

這兩個女人在走廊密談，我盯著自己的咖啡，偷聽到幾個詞。

「……有看到徽章嗎？」

「這不是電影，戴娜……不能到處要求別人秀出徽章，他是在研究……總之……有徽章。」

我周遭的狗非常篤定我的口袋裡裝了幾隻小鵝，牠們仔細檢查我鞋子的氣味，充滿期待地坐著等待我交出小鵝，我拍拍每隻狗安慰牠們。

寶拉沒再回到廚房，戴娜小心翼翼地走進來幫自己倒了一杯葡萄柚汁，寶拉在另一個房間裡奔忙時我倆陷入喘不過氣的沉默。

「我媽媽很少談論蘿倫的事，」戴娜最終說，她的語氣平淡中近乎帶著諷刺，她靠在冰箱上看著我，一副滿腹懷疑的模樣。「她常常對著她說話，但不太談關於她的事。」

「對著她說話？」

「噢，蘿倫還在這裡。」戴娜點點頭環顧四周，她聲音裡的諷刺意味現在變得相當濃厚，「她一直都在。」

「你聽起來不太高興，」我說。

戴娜靠在我面前的檯面上，砰地一聲放下杯子，發出一聲巨響。

「那是因為我媽讓那個蘿倫如影隨形，」她說，「照片、書上和雜誌上的那個蘿倫——那個蘿倫和死去的蘿倫完全不是同一個人。」

戴娜剛剛才責罵母親竟隨意與來家中的陌生人交談，如今卻對我坦誠不諱，這令我非常驚訝，但我感覺到她姊姊陰魂不散帶來的傷害讓她不吐不快。

我張嘴正想問戴娜是什麼意思，但寶拉回到廚房，戴娜後退幾步，表示我們之間的談話結束。

「泰德，你想看看蘿倫的房間嗎？」寶拉問道。

房屋後部一間陽光照耀的小臥室裡還有一個紀念場所，這份紀念只獻給一個人，房裡的窗簾拉起，防止陽光把床上未使用的被單照得褪色，一直到我進入房間時窗簾才拉開，我發現自己站在一個凝結在兩千年初期的時間膠囊中，有一張青少年偶像時期的李奧納多黑白大海報占據床頭上方的牆壁，桌子上方的架子上擺滿CD，專輯名稱是：《勁歌新曲：二〇〇四年夏季金曲大帝國》。

一切都維持得與蘿倫離世時一模一樣，桌面上堆滿了五顏六色的中性筆，角落裡擺著一堆便條紙，是高中生四處傳紙條會用的那種，我拿起一個摺成四瓣花形狀的摺紙拼圖，花瓣表面分別寫著「藍」、「黃」、「綠」、「紅」四個字。

「我小時候也有這些。」我笑了，把摺紙拿給寶拉看。我把摺紙拆開，在裡面找到編號從一到八的摺蓋。「女生之前都會摺這個，她們把這東西稱為話匣子。」

「這玩意我們叫算命師，」她說，「先選一個顏色，再選一個數字，然後就可以算出你的命運。」

「我不懂算命，」我說，「我們學校的女生過去做這個東西的時候只會用來罵人，我總會抽到『你很臭』或『你是個廢物』之類的結果。」

寶拉坐在床上看著窗外，我小心翼翼打開摺紙拼圖的其中一個內側翻蓋。蘿倫的算命師摺紙比寶拉和我記憶中的她還要可怕一些。

你是個蕩婦。

你跟湯普森老師上床。

看到你的臉就想吐。

所幸算命師摺紙內側的結果中還有一個正面記號，如果有人選擇了數字三或四，摺紙會顯示：你會嫁給你的真愛。

有人用另一種顏色的筆在「真愛」兩個字下面寫下「李奧」，並畫上一張笑臉，我看著李奧納多的海報，心中為蘿倫．費里曼感到難過，她的生命在那段美麗天真的時光裡戛然而止，在那段時光，仍然有人相信自己的真愛是好萊塢帥哥。她就像纏在蜘蛛網上的蒼蠅，定格在她的少女時期，彼時「真愛」真實存在，公主會嫁給王子，有人看到你的臉就想吐真的會讓你覺得受傷，但這個房間與纏繞在蘿倫身上的其他跡象並不相符，包括那個酗酒的她，還有坐在方向盤後方的她。這個年紀還小的蘿倫不可能如格拉特博士所言那樣「可恨」，因為兇手一定要非常恨她才會對她下這種毒手。到底哪一個才是真實的蘿倫？

親愛的傑克，

成為神的感覺一定很好，我指的不一定是名人，而是無論走到哪裡都能讓群眾蜷縮在他們身下爬行的人，儘管我相信你很了解箇中滋味。丈夫可以成為妻子的神，她可以讓他掌控她的一生，她願意用這種方式來愛他，她可以把她的頸項放在他手中，讓他決定要讓她繼續呼吸多久。我發現自己已經將你奉為神祇，傑克，有時我能感覺到你的手指就掐在我喉嚨上，讓我喘不過氣來。

在麥克勞德街的凱恩斯書店見到你的時候感覺有點像這樣，這是我第一次靠近你，一見到你我的喉嚨一緊，我在那裡的公車上幾乎快吐了。讓我震驚的不只是你，還有那些在你周圍打轉的怪胎，那些快樂的惡魔幫你倒水，幫你按筆，像守衛一樣站在你身邊，而讀者則沿著牆壁排成一排，所有虛偽的笑聲和痛苦的微笑。看著你身處那群假惺惺的人當中讓我怒火中燒，傑克，他們不像我那樣愛你——他們甚至假裝愛你，這個事實讓我非常憤怒，心中充滿苦澀，他們不懂長久以來寫信給你卻石沉大海是什麼感覺，他們不知道被拒絕是什麼感覺。

你可能認為我是個怪胎，很多人都這麼想。會寫一點同人小說、寄給你幾封膚淺的信件，一次意外看見你本人——畢竟你真他媽太忙了——現在你把我弄得像個發情的憤怒婊子一樣，冷靜點，老兄，請排隊，蛋糕很大塊，每個人最終都會分到一塊傑克。

他們不懂對嗎？他們不懂這是什麼感覺。

我們的關係不是作家與讀者，從來不是，一直以來都是送訊人和收訊者，我已經收到你的訊息，傑克，但是所有這些假惺惺的人，他們阻礙你接收我的訊息。

我隨信附上更多作品，我知道你正在看，卻不知道你為什麼不回我信，也許你做不到，也許你害怕在我身上看到太多自己的影子，別害怕，美好的神，我不會背棄你的。

——

我發現亞曼達在我的廚房裡幫自己煮咖啡，她沒事先說要過來就直接出現了，我完全能想像這種行為。那些治安隊隊員在快天亮時把車停在我家門外，我穿著四角褲，拿著掃帚跑了出去，此舉嚇壞了他們，我不知道他們在籌謀什麼，但他們三人正好要下車，三個人一看到我就跳回車上，我沒有留意他們身上或車輛的任何細節，我想起戴娜．費里曼的話，所以昨晚睡得很不好。

那個蘿倫和死去的蘿倫完全不是同一個人。

「你養了鵝，」亞曼達說，我穿著棉質長袍走進廚房。

「是。」

「如果知道你養鵝，我絕對不會選你。」

「我也不會，」我說著看向窗外，門廊上的鵝擠在一起。「養鵝算是意外，就像你養貓一樣。」

「我們可以合開一家農場。」

「鵝、貓、食人鱷魚，可以形成一條自己的小食物鏈。」

我咖啡的味道讓她畏縮了一下，她看起來很累，雖然距離我看見她最脆弱的模樣已經相隔一天，但她看起來還是不太對勁，臉色看起來既憔悴又略顯疲憊，就像一個精神不穩的女人，感覺隨時會抓不穩車把，騎著車突然偏離道路衝向路邊。她注意到我盯著她看的距離太近，所以回過神來開始像往常一樣閒聊布里斯班女子懲教所的事，就像回憶高中暑假一樣帶有一股懷舊的溫馨氛圍。

奇怪的是亞曼達在獄中有朋友，她甚至稱那些人為「朋友」，回想起那些朋友時感覺得出來她們之間感情很好。無論好萊塢電影怎麼誤導我，怎麼讓我產生在獄中交朋友的錯誤期待，我幾乎立刻知道這根本不可能，監獄裡到處都是罪犯，就算只是為了最微不足道的好處，罪犯一定願意出賣身邊的所有人，可以睡在厚一點的床墊上比有朋友更好，可以延長看電視的時間比有朋友更好，可以搬到一個監管沒那麼嚴格的牢舍比有朋友更好，在任何情況下為了交朋友而做出某些犧牲都很不值得，有朋友確實能與人親近，身為小團體的一員可以從其他小團體手中獲取或保護這些微不足道的好處和舒服的特權，但小團裡中的人並非你的「朋友」，在小團體內部，這些好處被瓜分只是時間問題，畢竟人不為己，天誅地滅。

在監獄裡交朋友的另一個困難點是監獄告密者太多，可能會有一個囚犯找你聊天聊好幾個小時，然後在緩慢的過程中小心翼翼從你的生活中盡量搾取出精準的細節，像是你住在哪，開什麼車，或者你太太的名字。幾天後他們會開始找碴，問你一些罪行的細節，像是你那天早上做了什麼，事情發生時你穿什麼衣服，然後把這些資訊跟他們在報紙上讀到的內容結合起來，然後直接告訴警方你在食堂角落裡偷偷跟他們坦承犯行，他們已經收集足夠你在真實世界中的細節，所以說詞聽起來會很可信，告密能幫助他們談成減刑、移監，或者多發一條該死的毯子，上述條件都是他們作證的回報。

監獄就像叢林，也像瘋人院，但現在亞曼達卻告訴我，她晚上在布里斯班女子懲教所裡跟她的獄友徹夜深談，就像小女孩在睡衣派對上玩真心話大冒險，把毯子鋪在水泥地上。

小鵝從門廊敞開的門看見我，於是直直衝向我，聚集在我的腳邊。

「牠們對你產生銘印現象了，」亞曼達抬起頭說。

「是的。」

我們都看著牠們。

「亞曼達，我們能談談——」

「不要，」她說。

「我早該猜到了，」我嘆了口氣。

「我們可以談談這個，」她指著桌面上的一個文件夾說，「這是凱恩斯麥克勞德街的書店發生襲擊事件的警方報告，傑克曾在那個地方開談書會，警方也用電子郵件把監視錄影畫面寄給我了。」

「我們來看看吧，」我說。

我們從亞曼達的電子郵件中下載四個影片檔，畫面沒有聲音，我們觀看第一支影片時，門廊上的小鵝群聚集在我們的腳邊——這是一個屋頂上的鏡頭，拍到傑克從計程車走進書店的前門，建築外排了大約五十人的隊伍，手臂下夾著幾本書，尷尬地低著頭，當一個身形高大的男子從白色計程車裡走下，人群歡欣鼓舞。

「他真的好像某種搖滾明星，」我說。

「他就是，看看這小妞，她高興到快尿褲子了。」

亞曼達輕敲螢幕，傑克要走進建築物時，有個年輕女孩對著他滔滔不絕不知說了些什麼，他經過時她抓住他的手，傑克走進書店後，另一個男人又對她悄悄說了些什麼。

「那是卡瑞，經紀人，」亞曼達說。

我們再次播放影片，但沒有發現任何可疑之處，我們換到第二個影片，影片是店內四台攝影機的連續合成畫面，攝影機會錄十秒鐘，然後再輪播下一台攝影機的畫面。

傑克走進書店，有一群書店工作人員把他安置在桌邊，幫他倒水，把書放在他身旁，像興奮的鳥兒一樣在他身邊嘰喳嘮叨，那名身形高大的男了似乎對這種場面處之泰然，人群在窗外站著觀看，等待有人允許他們進入。

「想像自己擁有那種力量，」我說，「每個人都追著你，到處跟著你，仰望你。」

「小鵝也會追著你跑來跑去啊，」她說。

「牠們也會抬頭仰望我。」我低頭看著小鵝，幾乎全部都在我腳趾上睡著了，「還有很長的路要走。」

「這個人是誰？」亞曼達問道，手指了指螢幕。人群已被放進書店，她在人群邊緣挑出一個戴棒球帽的男人，他沒在隊列中而是在集會附近的書架間遊蕩，那人穿著一件翻領黑色夾克，看起來是個不高又削瘦的男人，但除此之外，我無法從鏡頭中看出別的事情，他翻閱走道上的一些書，不時瞥一眼傑克。

我轉而查看警方報告。

14:19:47 經書店店員確認的年輕男性嫌犯出現在簽書台附近的書架間，證人二和三表示嫌犯當時正在自言自語／喃喃自語，沒有聽見他具體在說什麼，證人二表示語氣具有侵略性。

「我也喜歡在書店裡用侵略性的語氣喃喃自語，」亞曼達說，「所以這到底有什麼問題？」

「跟蹤狂行事應該要低調才對，應該少說多做。」我說。

「你認為他是個跟蹤狂？」

「我不知道，」我嘆了口氣，看著那個男人在走道上踱步，消失之後又重新出現在螢幕上。「他一定很激動。」

14:24:13 記錄嫌犯損壞書店財產。

我看著走道上的男人把手指伸進兩本書之間，然後朝著單側掃過，他用很誇張的手勢一次掃落書架上的十幾本書，左側的書架也同樣被他掃落，書架中央只留下少量幾本書獨自兀立。

「他在鬧場。」

「我敢打賭那些是傑克的書，」亞曼達說，「他把傑克書附近的書全掃到地板上，書架上只留下《編年史》系列。」

影片中的男人蹲下，似乎有段時間抓著自己的頭，書店的工作人員都沒有留意到書本掉落，那個人緊緊抓著自己，有幾個排隊的粉絲看著他，但他們都在排隊等待與最喜歡的作家見面，似乎不想犧牲自己的排隊位置去通報走道上出現一名瘋子。

我們開啟第三支影片，看見那個男人快步走出書店。

14:32:02 嫌犯離開書店。

「這就是攻擊，」亞曼達說著打開第四支影片。那個戴棒球帽的男子走出書店後左轉，遠離排隊的傑克．史卡利粉絲，似乎想要徹底離開現場。我看見他的腳步停在畫面最邊緣，就在另一雙腳前方，有人擋住他的去路。兩雙腳在那片刻還穩穩站著，男人的左腿擺回戰鬥姿勢，畫面中一陣掙扎，兩人再次出現在螢幕上，有個女人倒下，男人則出現在她身體上方。亞曼達在她的座位上變換姿勢，我們看著男人舉起手肘，一拳揮向女人的臉，一拳，兩拳，然後起身跑出螢幕。

歌迷的隊列散開，全都圍著這個女人，螢幕中擠滿了人。

14:32:59 嫌犯用拳頭攻擊派翠西亞．多雷爾。

「我們有派翠西亞供述的記錄嗎？」我翻閱文件，亞曼達在雜亂的巡警筆跡中摘出藍色的證人證詞。

「他路過時我攔住了他，問他書店有什麼活動，」我大聲念道，「他說是傑克．史卡利的簽書會，我問他傑克．史卡利是誰，他就抓住我的手臂把我甩到地上，我被揍了兩拳，昏迷不醒。」

「嗯，」亞曼達說，「超級粉絲無法接受有人不知道他的英雄是誰。」

「感覺不太對勁，」我說。

「什麼？」

「如果他連作者本人都無法靠近，那他算什麼超級粉絲？」我說，「他繞過書架後面走出書店，他跟傑克的距離從未縮短到，多少？五公尺以內？傑克根本連注意到他都沒有。」

「所以？」

「所以他不是那種會說噢！傑克！我愛你！的人」

我對著想像出來的傑克揮手，亞曼達對我模仿粉絲的樣子做出不失禮貌的微笑，我覺得自己臉紅了。

「夠了，你知道我的意思。」

「也許這就是重點，」她說，「也許傑克沒有注意到他才是重點，我的意思是他是個憤怒的人，對吧？我們看得出來，也許憤怒的對象是傑克，也許他氣到想殺了他，傑克是否有習慣會回粉絲的信？」

「我查看過史黛拉在他辦公室找到的粉絲來信，根據我所看見的內容，他從職業生涯開始就會回信給粉絲，」我說，「他甚至會跟一些粉絲保持友好的通信，但那是他書剛出版的時候，他當時對名人的身分還有點新鮮感，第二集在美國造成轟動的時候他只能停止回信給粉絲，信太多了。」

「箱子裡的粉絲信件就是全部了嗎？」亞曼達問道。

「不，不是，那些只是紙本，卡瑞讓我連結到傑克的電子郵件帳戶，裡面有好幾百封，我快速瀏覽過這些信，但顯然我必須更仔細看。」

「女人」棲身在我們附近的後院台階上，此時她站起身來，用上了支架的的腿一瘸一拐走了幾步，她張開巨大的翅膀，低下頭，我過去聽過那種半吠半咆哮的奇怪聲音又再次傳來。

「鵜媽媽怎麼了？」

「她前幾天也發出過這種聲音，」我說著起身環顧屋頂的橫樑，「當時有一條蛇，她比我早很久發現。」

屋前傳來三聲巨響，亞曼達從座位上跳了起來，我原以為治安隊隊員不會在光天化日下找我麻煩，但當我站著聆聽時卻懷疑自己是不是判斷錯誤，我家硬木地板上傳來腳步聲，有一個聲音從屋內響起。

「你好，」他喊道，「有人在嗎？」

亞曼達似乎認出那個聲音，她迅速俯下身子開始收拾小鵜，我疑惑地看著她把小鵜護送回門廊角落處的箱子，然後把鵝全都推了進去，再拉下毛巾當成門，她甚至把「女人」推回角落，大鵝抵死不從。

警員盧·丹福德從門廳走進我的廚房，我感到一陣電擊穿過我胸膛，一股憤恨又屈辱的情緒。

「什麼鬼？」我說，「我沒邀請你進來。」

「我們有先喊話，」亨奇說著出現在他的搭檔身邊，「我們一直打電話，還在前門直接表明身分，沒有人應門，所以我們執行強制進入的決定，以防裡面有任何人處於危險之中。」

「你沒有先打電話，」我說，「我們在這裡可以聽見你的聲音。」

我走進廚房，看著門廳，前門的鉸鏈不見了，平躺在地板上。

「可能因為史蒂芬的聲音太沙啞了吧。」丹福德笑了，他臉上的青春痘疤也隨著笑容伸展開來，「可能他聲音不夠大。」

「你到底來這幹什麼？」

「我們收到鄰居舉報你的信箱被炸藥炸毀，在家庭環境中擁有爆炸物，包括煙火和製造炸彈的用具，都是犯罪行為，老兄。」他把拇指塞進腰帶，「我們已獲准搜索這個房屋。」

較矮小的亨奇從胸前的口袋裡拿出一張紙，然後扔進了水槽，我回頭看著亞曼達，她像我的看門鵝一樣站著，一隻腳放在小鵝的小房子門前，另一隻腳把「女人」按在門廊的角落裡，她的眼睛沒看著我們，而是盯著地板。

「我為什麼要炸毀自己的信箱？」我嘆了口氣，明知道解釋沒有用，卻又忍不住想說。「為什麼會有人會……呃，算了。」

「我們不會待太久的，」丹福德說著從我身邊走過，然後走到水槽邊，「我相信我們不會找到任何東西，我就在這裡快速檢查一下而已。」

他把碗盤瀝水架放在一邊，把放在裡面的盤子、玻璃杯和餐具倒在地板上，震耳欲聾的聲音讓「女人」再次尖叫起來。

「我來看看這裡，」亨奇高興地說著然後打開冰箱，開始從最上面的架子挖出罐子，然後把罐子砸碎在廚房的地板上，內容物噴出鮮豔的色彩，他拿起一罐牛奶擰開，把裡面的牛奶倒進地板上的那攤爛泥裡。

「你們就自便吧，」我說著走回門廊，「我待會再回來。」

紅湖警察搗毀我的房子時，我走到門廊的座位上，告訴自己這不是那個月發生在我身上最糟的事情，我等待他們抄家時，亞曼達的行為引起我的注意，她慢慢蹲到「女人」身邊，及時用一隻手臂摟住這隻大鳥，甚至用指尖撫摸她完好翅膀上巨大的白色羽毛，「女人」沒有咬她，只是保持警戒，不時因為屋內傳來的聲音而發出痛苦的尖叫聲。亞曼達的目光落在地平線上，眼裡充滿了悲傷。

我打算從這兩個爛人身上搜尋一些線索，亞曼達在警察突襲我家的過程中悄悄溜走了，丹福德和亨奇完事後，我聽到他們走出前門，我把筆電挪過來，開始在網路上搜尋關於他們的蛛絲馬跡。

找不到多少資料，這點並不令人意外，畢竟他們不算是這世界最上鏡的人物，我找到一篇關於哈洛威海灘橄欖球隊的文章，當中提到亨奇在中場休息時一次很好的攻擊，滿身是泥的警察看上去更加兇惡，他滿身大汗與另一名球員擊掌，當男人講了非常噁心的笑話或者在酒吧打架之後都會用這種方式擊掌，幫派強姦犯也會用擊掌的方式用來換手，他眼中存在某種有害的欲望和敵意。

文章裡說亨奇四十三歲，另外還有一篇很難找到的文章，內容是關於一群候補警官在凱恩斯加入警隊的文章，裡面包含他們乘坐公車前往古爾本學院的照片，沒有兩人的照片，只有他們的名字，亨奇，十七歲，丹福德，十九歲。

這兩名警員都四十出頭，在二十多年的警員生涯中從未升過半個職等，原因只有兩種可能性，第一，他們的行為非常糟糕，多次升遷機會都沒有考量過他們，但明明單靠年資就一定會獲得升等。如果他們在工作上的表現那麼糟糕，他們兩人一定有裙帶關係——一定有家人在警界阻止兩人一起被解僱，我該相信他們兩人都有高層袒護嗎？

如果還有別的理由，唯一的解釋就是我之前的想法正確——因為這兩人想繼續巡邏，他們想要作威作福，希望自己飆車、踢倒車門的時候不會有見習警員眼睛睜大、全身發抖地跟著他們，他們占據了紅湖地區的巡邏員警空缺，讓這個地區沒辦法吸收新進人員，因為這裡他們的地盤。

還有一篇文章引起我的注意，這是一個遊艇部落格上的一篇小文章，當中提到丹福德買下一艘非常敏捷的高速海軍藍色遊艇，名叫鰻魚號，我喜歡這艘船的名字，我認為船名非常適合船的主人。我看到一張照片是丹福德與前船主尷尬握手的照片，他的臉別開，沒有看著鏡頭。我不太懂船，只是想打發時間，所以順手複製了船名和型號後輸入到搜尋引擎，搜尋結果出現了。

這艘遊艇的舊廣告還刊在遊艇代理的網站上，澤西船公司列出的價格是七萬九千九百九十九元，這是一艘船身低淺的時髦遊艇，船公司驕傲地把一道巨大紅色的「已售出」字樣放在這艘船的圖片上。

那對一個警察來說是筆巨款，我回頭去看丹福德和船賣家原本的照片，照片上兩人的手只握了一半，丹福德的臉別開只剩下四分之一張臉，我只看到閃光燈迸發時，他似乎反射性地躲開鏡頭。

警察離開後，我花了大約六小時打掃房屋，他們在摧毀我的東西方面做得非常確實，但我也全心投入清理，試圖從屋裡清除他們行為的汙點，從而淨化自己的心靈，我甚至把他們沒碰過的杯盤從架子上取下，放在水槽徹底清洗，我必須確定物品的表面，尤其是我要用餐和睡覺的表面都是剛剛清潔過的。

尚恩在我重新把門裝上時寄了一封電子郵件來，正如我所預料，他告訴我凱莉不打算放棄莉莉安任何形式的生活監護，但她寄來一大堆孩子的照片，就像表達一種零碎的姿態，目的是要我安靜。我跪在門廳的地板上打開附件，我年幼的女兒坐在我的舊餐桌旁，那張桌子是我們新婚時到宜家亂買的，我沒有心理準備看見她長多大了，她烏黑的頭髮髮量足以綁一個小馬尾，照片裡的她在笑，在她張開的嘴裡我看見她可能開始長牙了。我放大照片，感覺自己的臉上綻放出燦爛的笑容，她要長第一顆牙齒了。

有人敲門，我迷失在內心的悲傷之中，還沒整頓好自己的表情就打開了門，在我意識到自己做了什麼好事，來不及轉身偷擦自己的臉頰之前，法比亞娜已經瞥見我整張臉，看見我下垂的嘴型和含淚的雙眼。

「你還……好吧？」她問。

「我很好，我很好，是漂白水的緣故，我正在用漂白水。」我以最快速度從她身邊走開，她的高跟鞋聲在門廳的地板上響起，我感覺到自己緊咬著後排牙齒。

「我沒有邀請你進來，」我躲在廚房的窗戶邊喊道。

「那你剛剛應該關上門。」

「我以為你被人甩過很多次門，已經很知道別人的意思是什麼，法比。」

「你怎麼了？」她問，「收到壞消息？」

「不是，」我用手背擦擦鼻子，「一切都很好，有什麼事嗎？」

「有咖啡嗎？」她說。

「喝完了。」

「那就喝茶吧。」

「茶也喝完了。」

「聽著，我來這裡的目的不是騷擾你，泰德，我今天是來跟你講和的。」

「我不在乎你的來意是什麼，」我推開櫥櫃門，「我的茶和咖啡都見底了，剛剛有……客人來過，他們把所有東西都……用完了。」

她看著層架，亨奇或他的邪惡搭檔掃落所有能找到的玻璃製品，倒光橄欖油、一些番茄醬和單身漢的液體黃金——一瓶醬油，她的目光落在層架的最底層，那裡排排站著幾瓶便宜的酒。

—

我倒了一些酒跟這個女人坐在我家後門台階上，我問自己到底在做什麼，我好奇是不是亨奇和丹福德稍早的入室攻擊剝奪了我的反抗能力，那些穿著制服的禽獸或是夜裡造訪的治安隊隊員，還有我出現在鎮上的消息一傳十，十傳百，就像惡性細胞一樣漂浮在這座小鎮的血液中——上述任何一件事，每一件事，都粉碎我出獄後好不容易振作起來的所有決心。但我也不得不承認，法比亞娜身上有某部分激起我的興趣，因為只有靠她出現在周圍，才能激起我的憤怒情緒，憤怒的感覺是那麼新鮮又截然不同，畢竟我被捕後只能感覺到某種安靜的恐懼，這種傷痛感覺起來有些熟悉，在我內心久久難以忘懷，傷痛舒適地包裹著我，就像房屋底部的柵欄。

「你這裡有鱷魚嗎？」她示意遠方的鐵絲網圍欄，彷彿能讀懂我的心。漸暗的陽光映照出她酒杯裡的酒紅色，同一個顏色交織在她的黑髮中，讓她看起來像個女巫，一個火焰中的美人，我移開視線。

「我是沒見過半隻鱷魚，但我聽過鱷魚的叫聲，咆哮聲。」

她看起來根本沒在聽我說話。

「你為什麼不從頭到尾告訴我那天的事呢，泰德？」她突然說。

「什麼？」

「那天，我們為什麼不談談那一天？」

我的怒火在翻滾。

「因為沒那個必要，」我說，幾乎帶著冷笑，「我沒有義務這麼做，法比亞娜，我沒有義務要讓你進來，事實上我不知道我為什麼要讓你進來，我想我可能是快要瘋了，我累了，我厭倦了這一切。」

「那就放棄吧，」她說，「別躲了，別跑了，把所有事情告訴我。」

「我現在跟你在一起是在浪費時間，」我說。

「嗯，我不知道，」她聳聳肩，不自在地揉著膝蓋，「我再也不知道你跟我在一起算不算是浪費時間了。」

她不像是那種經常會詞不達意的女人，然而她在我面前顯得非常掙扎，不知道眼睛該往哪裡看。

「你的意思是，你可能真的會相信我說的是實話嗎？」我嗤之以鼻，「你說你幫《先驅報》工作。」

「我一直在調查這起案子，」她說，「真的很認真調查，我聽了那個女人說的話，薇萊麗，她告訴我一些驚人的消息，都是關於你的，她要我檢視你被逮捕的照片，看看你身上怎麼會連一道傷痕都沒有，她也告訴我防衛性傷口的理論，我不得不承認這起案件有某些部分完全不合理，她要我去調查一個名叫特雷弗．富勒的人。」

「那個沉默的證人，」我靠在被陽光照得溫暖的門廊上，這完全就是薇萊麗的典型行為，「嗯哼。」

「我查不到太多關於他的資訊。」

「是沒多少，」我啜飲一口酒，「反正用『富勒』這個姓查不到什麼，他過去有好幾個名字，但審判後他又改名，無家可歸的人總會一直改名，目的是每次被捕時在警方記錄上都是新的人，在審判期間，他的名字是特雷弗．芬奇，但從未傳喚他到證人席上，在裁定不起訴之前沒有問到他那邊去，所以從未有人聽過他的證詞。」

「特雷弗知道關於你的什麼事？」法比亞娜問道。

「不是知道，是他看到，」我嘆了口氣，我正在向下沉，深深沉浸在那天的回憶中，沉浸在無盡的警察報告中，沉浸在一小時又一小時的偵訊影片中，在這些影片中，我努力想解釋那天的每分每秒，我在路邊注意到克萊兒．賓利，在那可怕的時刻之前、之間，還有之後，我當時渾然不知接近她會為我帶來多可怕的災難。

滴答，滴答，滴答，幾秒鐘過去。

下午十二點四十七分，瑪麗蓮．霍普和莎莉．霍普開車經過，目擊我的車轉彎，突然停在公車站。

下午十二點四十八分，蓋瑞．費雪開車經過，目擊我打開後排乘客的車門。

下午十二點四十八分，麥可．李—雷諾茲開車經過，目擊我打開後排乘客的車門，我的身體一半在車裡，一半在車外，不知道在後座做什麼。

下午十二點四十九分，潔西卡和黛安娜．哈潑開車經過，目擊我和克萊兒．賓利交談。下午十二點五十分，還有兩台車上的目擊者看到我朝那個女孩揮手。

「所以呢？」法比亞娜說，我滿頭大汗，用手掌擦拭潮濕的前額，以免汗水滴進我的眼睛。山邊沒有暴風雨的跡象，這表示明天雨會很大，土地潮濕到令人窒息又喘不過氣來。

「十二點五十分時我開車離開，」我說，「我走高速公路到7-11，大約十二分鐘車程，我去買了魚餌。」

「那個加油站裡沒有監視攝影機，」法比亞娜說。

「沒有。」

「為什麼沒有？」

「因為那裡才剛改成一家7-11。」我揉揉眼睛，我好厭倦陳述這些過程，「那裡過去只是一個私人加油站，7-11計畫進行翻新，並在內部加裝攝影鏡頭，只有建築物外部才有攝影鏡頭。」

「為什麼你買的魚餌沒有列在當天的銷售紀錄當中？」

很難不尖叫出聲，因為我已經回答過這些問題上百次，我忍住不尖叫，從牙齒間把怒氣釋放出來。

「那個人的電子轉帳系統壞了，」我說，「我拿了一瓶水和魚餌到櫃檯結帳，我把一張五元的鈔票用來買水，但不夠買水和魚餌，所以我要求透過電子轉帳系統付款，那個人告訴我系統無法運作，他看著我手裡的紙鈔然後說不必付魚餌的錢，就當送我了。」

「這說法對我來說似乎不太尋常，」法比亞娜小心翼翼地說，「7-11是一家大型連鎖公司，每件物品都應該要求結帳，那種基層員工沒辦法這樣直接把商品送人。」

「誘餌就幾塊錢而已，老實說他似乎對這份工作不太有興趣，總之他看起來很厭世，也許進款還沒有轉移到大連鎖店，說不定這個人是加油站私有時期留任下來的員工，所以習慣做這樣的事，我不知道，因為沒有人盤問過他。」

「所以你買了水，得到了魚餌，截至目前為止你的行蹤成謎，你的購買紀錄沒有出現，那個人也不記得你，因為他很冷漠。」

「因為他在整個過程當中，」我皺起眉頭，「接了一通電話，他在幫我結帳的時候接了一通電話，所以分心了。」

「所以他分心又冷漠，」她說。

「沒錯。」

「而且很習慣把小的商品送給客人，他忘記要結帳，這解釋了為什麼這筆金額沒有列入當天的進帳當中。」

「沒有，他只有把現金拿走。」

「那你為什麼沒有出現在戶外的監視錄影畫面上？」

我無奈地笑了笑，「因為我進出加油站時剛好處在攝影機的死角。」

法比亞娜盯著我看，我知道我的說法聽起來如何，我從一開始就知道這說法會給人什麼感覺，我知道這極盡牽強之能事，但實情就是那樣，我無法改變。

「監視錄影機的範圍覆蓋了加油機，」我邊說邊用手示範，「是從建築物的屋頂上對著外面拍，我把車停在建築物側面直接走到建築物下方，通往加油站的道路是從汽車道上急劇彎出，所以攝影機拍不到我，完全無法。」

「這種倒霉實在太不可思議了，」她說，努力吞下她的懷疑。

「那還用說。」

「所以你把車停下然後走進商店，然後特雷弗．富勒跟在你後面走進去？」她面向我，似乎挪近了一點。

「不是，他從來沒有進過商店，」我說，「他在外面遊蕩，我不知道他在做什麼，可能一直在那邊翻垃圾箱找食物吧，人們從旋風烤箱裡丟掉很多過期的食物，他確實曾短暫出現在攝影畫面上，只是在四處遊蕩。」

「特雷弗．富勒一直以來都是流浪漢，早在九〇年代他好幾次用別的名字遭到逮捕，原因是吸毒，二〇〇九年時他在國王十字區一家精神病診所接受治療。」

「是的，因此在審判中我完全無法傳喚他當作證人，即便我來得及傳喚他之前，整件事還沒有分崩離析，」我嘆了口氣，「在這個世界上只有一個證人能證明我是無辜的，但他媽的卻是個無家可歸的敗類。」

我把剩下的酒都喝光，又幫自己倒了更多酒，我想幫她倒一些，她卻拒絕了。

「特雷弗．富勒到底說他看到什麼？」

「他跟警察說他看見我，我很快走到街角處遇到他，他以為我打算從他身上跳過，後來他在遊民之家的電視上看到我的新聞，所以想起了我。」

「他有看到你的車嗎？」

「有。」

「他有看到你的車內嗎？」

我暫停一下看著她。

「為什麼這麼問？」我問，「怎樣？你意思是這表示他沒看見克萊兒．賓利不在我車裡，無法證實她沒被我綁在後座上之類的嗎？」

「我沒說『被你綁在』。」

「不要說了，」我發現我握緊拳頭抵在額頭上，「不要說就對了，我不知道我們為什麼要對話，每次都是用同樣的方式結束。」

我們在痛苦的沉默中對坐大約一分鐘，她有好幾次意圖開口，但每次嘴邊的話就要說出口，她又作罷別開臉去，我感覺到一股烈焰在舔舐我的內心。

「我喜歡特雷弗．富勒這條線索，」我說，「好嗎？我喜歡好像有目擊證人的感覺，彷彿真的有人可以拯救我，你剛剛那樣說，意思好像就算他是這個國家最好又最可靠的目擊證人也沒有任何意義，因為他沒看見我的汽車後座——你這麼說等於毀了這一天，好嗎？而且今天到目前為止已經夠糟了。」

「好吧，我很抱歉，」她說。她這麼說讓我很驚訝，我在台階上不安地挪動雙腿。

「你在十二點五十分離開公車站，」過了一會兒，法比亞娜看著我的眼睛繼續說道，「克萊兒不見了，消失了，兩分鐘後她的公車開過公車站。」

「對。」

「萬一其實是時間點有問題呢？」法比亞娜說。

「你什麼意思？」

「第一位證人莎莉．霍普說她母親開車經過你的時候，確切時間是十二點四十七分，」法比亞娜說，「根據莎莉的描述，她記得確切時間，因為她看了車上的時鐘，然後算出還有十三分鐘能趕去上舞蹈課，但萬一她的說法有誤呢？萬一她們車上的時鐘壞了呢？如果公車上的時鐘也壞了呢？這樣說好了，證實你出現在公車站的十二位證人，他們都有點誤判，如果要說，我們也可以假設其實是雙倍的時間，比如說你離開和克萊兒離開之間的時間差其實是四分鐘，不是兩分鐘。」

「好，」我聳聳肩，「所以呢？」

「這表示兇手就在那裡，」法比亞娜說，「這表示你上車開車離開那裡時，他距離事發地點不超過四分鐘，減去下車的時間、走去抓住女孩的時間、把她抓進他車裡的時間，還有上車的時間，不需要花費很多時間，所以你在公車站時他就在附近——離你們非常近。」

「如果有四分鐘，時間足以讓他開車過來，看見她並抓住她，」我說，「或者也有可能——」

「也有可能你在公車站的時候他已經在那裡看著你們了，」她說，「他可能正打算要發動攻擊，但沒想到你突然出現，所以他可能暫時罷手，當你離開那裡……」

汗水從我的肩胛骨上蔓延，我感覺汗水順著我的脊椎流下。

「事發那一刻你還記得什麼？記得前幾分鐘的事嗎？」她問，「你有看到什麼？聽到什麼？你還記得附近是否有停著其他車輛？」

我遙望著山巒，這一切太難以承受，我現在需要結束對話，我站起身，從門廊拿起酒瓶，示意我們的談話結束。

「我只記得她，」我說，「我只記得那個女孩。」

剛洗好的床單通常能讓我安眠，但法比亞娜走後我就失眠了，我躺在黑暗中，我抵達公車站前刺眼的片刻在我腦海裡一遍又一遍播放。

我一直想起和凱莉吵架的事，我在腦海裡和她吵架，無限循環的指責總是我的錯，因為她是新手媽媽，精神狀態逐漸瘋狂，住在這屋子裡沒有人有辦法睡覺，我因為筋疲力盡在工作上一直錯誤百出，填錯表格，把罪犯弄混，休假時我又睡太多，沒有為家庭做出貢獻，抱她的次數不夠，跟她說的話不夠多。

午夜時分我起床穿上衣服，檢查睡夢中的鵝然後走出前門，甘蔗田裡生機勃勃，生物在月光下拍動並發出嗡嗡聲，我站在路邊觀看，某些體型很小的有翅生物被我的體溫吸引，熱心飛來查看我。我走到屋前的矮磚牆上，坐在那裡傾聽夜晚的聲音和遠處高速公路上卡車的喇叭聲，還有道路遠端雨林中夜鳥的聲音。空氣中仍然滯悶潮濕，讓我的太陽穴開始出汗。

過了一小時後我看見路上出現車燈，我躡手躡腳躲到磚牆後蹲下，看著車燈在距離我藏身處僅一百公尺的地方熄滅，是治安隊隊員，我抱持著荒謬的希望，希望他們可能會來的想法在我胸中滋長，車輛行經時我幾乎揚起微笑，碎石和泥土在車輛的輪胎下碎裂，那是一台達特桑藍鳥，車身是灰色，裡面坐著四、五個人影，車輛開過時沒有停下，他們想先確認是不是所有燈都已熄滅，燈確實都熄滅了。

車子繼續往前開，在森林前掉頭，我趁機從牆後躡手躡腳爬出，在樹叢旁拖著腳步走進黑暗，我的皮膚現在充滿生氣，跟隨著我的心跳節拍，車子調頭回來時速度更快，跟一個人慢跑的速度一樣快。我看見後排乘客的車窗搖下，是司機身後的車窗，有一個女孩探出窗外時，我站了起來。

「混帳東西！」她尖叫起來，然後點燃了一個發光紅色鞭炮的引線，她把煙火往我的前廊猛力投擲，臉被火焰照亮成糖果般的粉紅色，我認出她來。

「嘿！」我大喊，我沒有什麼真正的計畫，車子轉回馬路直衝向我時，更顯露出我的準備不足。「嘿！嘿！嘿！」

「噢，操！」一名青少年喊道。車輛飛馳而過時，我用手重擊引擎蓋，但車輛在夜裡呼嘯而過揚起的灰塵使我失明，所以我無法追逐那台車，我站在黑暗中咳嗽，舌頭上都是爆竹的硫磺味。

我把車停在紅湖東側的一片泥土地上，坐在車裡時心中慶幸自己的偵探能力，我正看著哈里森．史卡利和另一個高大瘦削的男孩走進我視線中，恰好就在我預測的時間點。為了能在這一刻到這裡找到哈里森，我事先做出一些廣泛的假設，首先，我假設有鑑於傑克的異性戀基督徒障眼法，他可能會要求自己小孩就讀聖艾格尼絲學校或紅湖基督教學院，而非離這裡最近的北部史密斯菲爾德州立高中，這兩所學校都在九十一號高速公路上。我也假設哈里森會趕公車，不會讓自己的女友開車送他，因為他被自己憤怒的男子氣概所籠罩，所以會徹底拒絕這樣的姿態。與其在家裡吃早餐，同時冒著不得不與母親交談的風險，我假設哈里森是那種會在步行到公車站的路上帶著一瓶Ice Break咖啡和一包薯條的孩子，他會繞路和朋友一起走路穿越小鎮，不會直接去學校。所以現在他出現這裡，在紅湖郵局的街角走動，肩上掛著一個破舊的丹寧包包，手裡端著冰咖啡，我真是個天才。

「哈利，」我下車時說。男孩轉身看著我，幾乎沒認出我來，然後他才告訴他朋友繼續往前走，那個溫柔的哈里森．史卡利已不復見，這個人身上只有侵略性，我走上前站在濕濕的草地上，那個削瘦的年輕人從他的毛帽下面瞇著眼睛看著我。

「你叫我哈利？」他冷笑。

「對不起，哈里森。」

「你現在又想幹嘛？」他開始走路。

「我其實是想知道你昨晚是否和你女友在一起，」我說。

「什麼女友？」

「那個頭髮蓬亂的女孩，綁著粉紅色的雙邊辮，你知道我在說誰。」

「老兄，你有事嗎？」他嘆了口氣，「天啊，你為什麼對我執念這麼深？」

我笑了。「我不是對你執念深，我是想請你傳個話給你女友，也許也讓你知道一下，她一直開車經過我家，和一群暴徒在我家亂扔屎，真的很無聊。」

哈里森停步，擺出一張深感懷疑的臉，我和他一起停了下來。

「對，」我說。

「他們為什麼要在你家扔屎？」

我咬著嘴唇，

也許這是個壞主意，我的胃開始下沉。

「她哥說過有個戀童癖者住在湖邊，」哈里森說，「他聽說那個人從雪梨搬到城裡，試圖躲避警察，我知道他們有說過要去嚇嚇那個傢伙，但他們說他就像個老人之類的。」

我揉揉臉移開視線。

「你該不會是——」

「不，我不是，」我說，「我可能認錯暴徒了。」

「真有趣，」哈里森難得一笑，「有人在你家扔屎，你意思是真的是狗屎，還是——？」

「不是，是鞭炮和油漆。」

「真好笑。」

「好吧，很好笑。」

「別人私下要做什麼與我無關，」男孩說，「所以你可以滾了，不要想傳什麼話給她，我建議你徹底遠離她。」

「你建議我遠離她是嗎？」

「該死的，對，」他說著上下打量我，大多是向上看。「別幹傻事，老兄。」

「我會盡量不要，」我說，「你女友叫什麼名字？」

哈里森緊張地抽動了一下，只有一次，我想他本來以為我真的會信守承諾，遠離他和那個女孩，因為那個瘦瘦高高的朋友在遠處密切看著他，所以他剛剛那麼說是故意虛張聲勢，但這些舉動對我完全無效，這不再是個笑話，我真的對他的祕密小世界太得寸進尺了。

「她不是我女友，」他說，「我不知道她的名字。」

男孩低著頭聳起肩膀走開，他跟朋友會合時另一個男孩擔憂地回頭看著我，彷彿知道我剛剛嚇壞了哈里森。

亞曼達騎著她的黃色腳踏車從凱恩斯火車站寬闊的石階上下來，她把車牽到我的車子旁，有個流浪漢剛好推著一台上面滿是袋子購物推車，他不想撞到亞曼達，所以差點翻車。她臉上掛著燦爛的笑容，我知道我們正行經她情緒雲霄飛車的另一個高峰。

「綜觀所有追捕殺手的地點，書店可能是最好的，」她露出微笑，「對吧？」

「還是有更糟的地點，」我打了個哈欠。

我們沿著後街向北穿過城市，為了穿越主要道路暫停交談，我等紅綠燈時亞曼達在車輛之間穿梭，就像一個色彩繽紛的汙點，她騎腳踏車的技術非常好，老是無聊地停下來等我，她在小巷中施展前輪離地和跳躍的技巧，讓躺在報紙上的人們嘖嘖稱奇，那些人身上沾滿了汗水，全身曬成各種色調的古銅棕色。

我們的計畫是拜訪凱恩斯書店，同時跟所有可能見過或認識傑克簽書會攻擊者的工作人員交談。我又翻查一次粉絲的來信，排除所有女性粉絲的來信，我試圖從信紙上的文字找到監視錄影畫面那個男子身上的那種憤怒和不安，大多數粉絲信中的憤怒都是那種精神層面的剛正不阿，他們會藉經文來教導傑克他哪裡錯了，試圖向他展現「光」，這是朝講道壇上吐口水的那種憤怒，不是那種在光天化日下對女人出拳的憤怒。

我追上亞曼達時，亞曼達把手搭在我車邊，讓車子的動力帶著她前進，我把手肘擺在窗邊。

「那個街頭攻擊的受害者，」我說，「你認為粉絲會揍她，是因為她不知道傑克是誰？」

「她一開始問那個人這是什麼活動，」亞曼達說，「他很樂於回答這個問題，只有她一問他傑克．史卡利是誰時，她才被揍。」

「如果這個超級粉絲這麼愛傑克，為什麼要傷害傑克？」我若有所思地說，「我的意思是，你試想一下，這個人愛傑克到如此瘋狂的程度，有誰不認識他就能把他激怒，傑克變成一種迷戀，他也許用某種方式聯絡上傑克，在某個晚上引誘他出門，這樣他就可以跟他面對面，但事情變了調，傑克最後淪為鱷魚的食物。」

「他要怎麼引誘他出門？」亞曼達皺起眉頭。

「在引誘他出門之前——他是怎麼聯絡上他的？我沒找到他寄來的粉絲信，沒有找到他的來電記錄，他認識他嗎？」我問。亞曼達一聲不吭，騎著腳踏車繞著小巷地面裂縫間冒出的草叢迂迴穿行，潮濕的空氣讓延伸的混凝土路面帶來永不滿足的狂野。

「我確實覺得穿連帽衫很奇怪，」亞曼達說，「這裡是凱恩斯，誰會想穿連帽衫？願意忍受那種酷熱只有一個原因，就是害怕被人認出。」

「被傑克認出？」

「也許，或者是卡瑞？」亞曼達看了我一眼，「還是書店的其中一位工作人員？傑克在雪梨的出版商也在，也許那個粉絲是某個積極的作家，那些想成為作家的人都他媽瘋了。」

「你怎麼會這麼說？」

「我曾在布里斯班女子懲教所的宿舍裡認識過一個，她的名字應該是芙烈達，還是芙蕾蒂？有幾家出版商對她早期的一篇作品很感興趣，所以那個女孩認為她只是在等出版社那個女人同意出版其中一篇手稿，你知道年輕人都是這樣，讓自己的想像失去控制，開始告訴大家她已經簽下出版合約，先是口頭合約，然後說她真的簽訂合約。這小妞多年來持續寫作，一部又一部小說接著寫下去，她把其中一本書的前三萬字寄給那個女人，那個女人告訴她，『噢，寫得太好了，親愛的，太棒了，還不到可以出版的程度，但已經很接近了。』」

「太挫折了，」我說。

「芙烈達吞下挫折，告訴她的朋友和家人這是一個誤會——出版商是把她的作品當成指導範本，但不會真正的出版，還是在胡扯，但能留住面子對吧？還能讓她的幻想維持下去，她一直覺得自己離出版愈來愈近了。幾年後，芙烈達已經交了七、八篇手稿給這個女人，自從芙烈達高中輟學後，她們一直保持聯絡，然後那個女人離開了出版公司，一切戛然而止，就這樣，因為那女人決定當一個全職媽媽。」

「噢，不，」我說。

「對，她把芙烈達的手稿交接給出版社的另一名員工，但這個人拿到的第一份手稿結果如何呢？他說這東西是狗屎，他評論為『天真的半調子作品，缺乏真正的情節。』芙烈達過去經常在宿舍裡自言自語，天真的半調子作品，缺乏真正的情節。天真的半調子作品，缺乏真正的情節。」

「噢，天啊。」

「更糟的是，」——亞曼達抽搐了一下——「芙烈達仍然執著於先前那個編輯，開始追蹤她新創立的部落格，內容是關於育兒生活，過去那位編輯變身成一位超級媽咪，她在網路上紀錄她其中一個小孩的成長過程，紀錄她是怎麼鼓勵這個孩子，即使小孩在某些事情上的表現非常失敗。她說自己過去在出版業工作時也曾這樣鼓勵他人，有時當她收到很糟的手稿，糟到無可救藥，她也會這樣鼓勵對方，目的只是想讓對方感覺良好，像是：寫得太好了，親愛的，太棒了，繼續嘗試！」

「芙烈達沒辦法接受？」

「完全無法。」

「所以發生了什麼事？」我問。

「芙烈達跑去超級媽咪的家，做了一件沒頭沒腦的事，」亞曼達說，「一件完全沒計畫的事。」

「孩子們還好嗎？」我問。

「不好。」

「天啊。」我在車裡向後一靠，看著前方的路。「就因為書。」

「我認為書是另一回事，」亞曼達說，「書，就像，你的膽量，你挖出自己的膽量，然後放在盤子裡交給某個人，而他們卻棄如敝屣，在這之後你會變得空洞，完全失去勇氣，至少在我想像中是這樣，畢竟我從來沒有寫過什麼作品。」

「你很會形容，」我說，「也許你該寫點什麼作品。」

「獻給泰德！」她在空中豎起一根手指。「從前從前，有個來自雪梨的男子……」

「你這是在寫打油詩吧。」

「誰的唇！一樣紅！像腎一樣紅！」

「我覺得你愈寫愈糟，」我嘆了口氣，「真的還能更糟嗎？」

有輛車出現在我們前方的窄街裡，從兩輛停著的車輛中間用很笨拙的技術突然從主幹道切出，儘管我們之間的車距尚遠，我還是猛踩下剎車，心中想著自己是不是在單行道上開錯方向。我還沒來得及說出自己的疑慮，亞曼達已經用腳推著腳踏車回到我車窗前，她站在那裡癟著嘴看著前方。

「那是丹福德和亨奇，」她說，看了身後的窄街口一眼。「倒車。」

「什麼？」我說，「我沒辦法，搞什……你怎麼知道是他們？」

向我們駛來的汽車是一輛白色吉普車，但當我定神一看，可以從擋風玻璃的陰影當中看見兩人警察制服的輪廓。

「操，」我說。

「還有時間，」亞曼達說。

「不要，」我把車停好後下車，「你去書店，我去那裡跟你會合，我不會終其一生都在逃避這些混蛋。」

我不知道自己是著了什麼魔，但這完全超乎邏輯，亞曼達腳踏車的聲音踢踏作響地騎向我們身後的道路，聲音讓我從瞬間的暴力幻想中清醒過來，當吉普車在一公尺左右的距離停下時，我站在車門敞開的車子旁，神智完全清醒，開始感到害怕。我看了車裡一眼，想看看自己是否有任何武器，但卻一無所有——我只有一個搬家時用來裝家當的空紙箱，還有一些文件散落一地。

我在警界時就知道有警察會這樣追捕罪犯，最初幾次露面看起來都像偶然相遇，但過了一段時間，我認識的警察會開始在他們不可能得知的地點和時間點出現在罪犯的生活中。他們在凱恩斯發現我時不是開著警車追捕我，這個舉動是為了向我表示他們會一直記得我，我們每次見面都是事先計畫好的，我無處可逃，無論我在哪裡，他們都會找到我。

知道這件事之後如何在夜裡安枕？你知道他們總是在某個地方監視你，虎視眈眈。

從我見到他們的那一刻起，我就把他們視為「豬玀」，所以很難不將動物的特性套用到他們的動作中，他們搖搖擺擺走路不平衡的樣子看起來很荒謬，讓人聯想到這是因為他們平時習慣四肢著地走路。盧·丹福德臉上都是深層的青春痘痘疤，他像個老朋友一樣向我走來。

「掏空你的口袋，把手放在車頂上。」

「不要，」我說。

他的搭檔史蒂芬笑了，「不要幹傻事，」他說。

「那台是便衣警車嗎？」我問，朝他們車輛的方向點點頭，「上面有行車記錄器嗎？」

「沒有，」丹福德面帶微笑地說，「上面沒有。」

「那你們就不是在執行警察勤務。」

丹福德猛然拔出警棍，就是幾天前重擊在我膝蓋上的那根，我感覺到我腿上的肌肉收緊，手指收成拳頭。

「你要接受搜查，否則受傷也是自找。」

「反正我無論如何都會受傷，」我說。

丹福德對著我揮舞警棍，但我往後退向我的車，讓他打偏了，我舉起雙手投降，被他揮舞的力道嚇壞了。

「我會照做，」我說著把手放在車上，「我照做了。」

亨奇打開副駕車門，開始翻看車內的東西，他抓起文件看了一眼，然後把文件丟到窄街裡，丹福德收起警棍，開始對我搜身，他堅硬扁平的雙手拍打著我的肩胛骨。

「你們他媽的到底想怎樣？嗯？」我說，「你們到底想從我身上得到什麼？」

「我們想要的跟所有貨真價實的警察想要的一樣，」亨奇邊說邊拍打我的身體，「我們想要安全的街道和幸福的婦孺。」

「貨真價實的警察？」我說，「所以你們不爽的是我的身分，我曾經是你們的一員讓你們更覺得可恥。」

「《北端謀殺案》，」丹福德說著從手套箱裡拿出書，把書拿到車頂上方給他的搭檔看，兩人意味深長地交換了一個眼神，彷彿找到這本書只是證實他們一直以來懷疑的事情，懷疑什麼我不知道。這兩個人知道我一直和亞曼達共事，他們曾看過我們倆一起出現，兩次。

「你們對亞曼達有什麼意見？」

「你覺得呢，混蛋？她是個他媽的殺人魔。」

「在我出現之前，你們早就知道她是殺人犯了，」我說，「你們對我和她有什麼意見？」

「他媽的閉嘴。」亨奇猛擊我的後背，剛好擊中腎臟。

「那就把車搜一搜然後滾吧，」我說。

「關於你的罪行，泰德，你的再犯率實在太高了，」亨奇低聲說，手沿著我的腿向上移動，「像你這樣有暴力傾向又未經治療的兒童強姦犯，有百分之六十的累犯率。」

「我還真不知道你是個學究啊，」我說。

「這表示你很有可能再犯案，」他說著，雙手放在我的臀部，「如果你的生活中有性刺激，機會更高。現在，如果像你這種有特殊口味的男人被我們找到實體的性刺激……」

「這些是什麼，泰德？」丹福德在車對面問道，他拿起傑克．史卡利系列的第三集《被提》，封面上是一個青少女，他敲敲書，「這個女孩多大？」

「我注意到亞曼達．法瑞爾的體型以一個成年女性來說很特別，」亨奇說，他的手仍然在我臀部徘徊。「特別……發育不良，你不覺得嗎，泰德？」

我從齒間吐出空氣。

「她沒有奶，這就是我的意思。」亨奇的雙手在我臀部遊走，一把抓住我的胯部，他捏住我的胯部，他的氣息就在我耳邊。「她會讓你硬嗎，泰德？」

我試圖翻到側面，亨奇的手迅速抬起，夾在我的手臂下把我拉回，我失去平衡，轉身時他的膝蓋剛好撞到我的下巴，我的牙齒咬陷我的下唇，我踉蹌著單膝跪地，扭動身體想逃離他。

「你們他媽的沒有行車記錄器，」我說，「沒有什麼能阻止我反擊。」

「你試試看啊。」他的搭檔繞過我身後的車時，亨奇笑了。

我一定是昏迷了將近一小時，因為找到我的人不是亞曼達，是窄街底一家餐廳的女服務生在倒垃圾時發現我的，她注意到有一雙完好的鞋子從我的車子後面伸出，她把一條茶巾按我臉上，我才恢復知覺，然後她回頭呼叫同事們來幫忙。

「叫救護車！」

「不，不要。」我把手伸進嘴裡，摸摸下巴後部出現一個缺口，那裡本來長了一顆牙齒。「不要打電話給任何人。」

他們會在醫院認出你，如果傷勢嚴重，他們會報警。

那狀況會有多糟？

我頭昏眼花，抓著天旋地轉的混凝土地坐起，感覺自己的肋骨發出嘎吱聲，我有辦法開車嗎？鮮血在我的喉嚨裡咯嚓作響。

「你需要一輛救護車，老兄，你血肉模糊。」

我看看自己沾滿鮮血的雙手，我所有的指關節都磨破皮了，我有痛擊他們一頓嗎？希望如此。

「幫拿我手機。」我在窄街裡揮手，「手機就在那邊……某個地方，他們把手機丟出去了，幫我拿手機然後交給我，我知道該打電話給誰。」

我不太記得格拉特醫師過來找我的事，也不太記得她開車載我去凱恩斯醫院，我第一個真正鮮明的記憶是自己躺平，看著那個嬌小的老婦人坐著縫起我前臂上一道既大又深的傷口，彎曲的針在她拉線縫合傷口時拉扯著肉。我以為自己躺在床上，但仔細觀察才注意到我麻木的手指躺在跟桌面長度一樣長的奇怪溝裡，我移動頭部才感覺到自己的身體下是鋼鐵材質。

「這是解剖台嗎？」我問，薇萊麗瞥了我一眼。

「是的。」

「蘿倫．費里曼可能曾經躺在這裡，」我低聲說，如果能讓自己完全闔眼該有多好。

「好吧！信不信由你，這其實是你過去一小時說過最正常的話。」醫生站了起來，她坐的凳子在地板上嘎吱作響。「我想可能是時候再吃些好吃的藥了。」

她擺弄我另一隻手臂上的靜脈輸液管，我伸了個懶腰，聽見我的膝蓋發出爆裂聲，同時眼前閃過膝蓋在我身下遭到痛擊的畫面，一股隱隱作痛的感覺蔓延了全身。

「警察知道我在這裡嗎？」我問。

「你告訴我是警察把你打成這樣的。」

「不是，對啦，但，其他警察——」

「沒有人知道你在這裡，」她回答。

「除了我，」有個聲音說，我聽見瓷磚地板上傳來高跟鞋的聲音，「天哪，泰德，到底發生了什麼事？」

一隻溫暖的手撫上我的額頭，我睜開眼睛時發現視線已經模糊，我把視線往上移，想要確定哪個彩色的形體是薇萊麗，哪個是法比亞娜。

「我很想知道你是怎麼進來的，」薇萊麗說。

「我換邊站了，」法比亞娜告訴她，「或者至少……對原來的立場沒那麼篤定了，我現在保持中立，聽著，我不會再找麻煩了，我只是想知道他的狀況是否還好。」

「你怎麼知道我在這裡？」我問。

「我自有我的辦法，有幾個女服務生向凱恩斯警方報案，說有個黑髮巨漢遭人毆打，說救護車還沒來之前有個老太太把他接走，你沒有接電話，我很容易就猜到了。」

「老太太？」薇萊麗輕蔑地哼了一聲。

「誰把你打成這樣？」我掙扎著想坐起來，法比亞娜扶著我，「我要知道是誰，給我名字，我們還來得及紀錄下所有細節，趕上雪梨晚間新聞，這太扯了。」

「你是傻了嗎，小姐？你覺得他為什麼會淪落到這裡？」薇萊麗厲聲說道，「他會來這裡，是因為他現在甚至不能去他媽的公立醫院，否則有人會認出他來，如果你在新聞上傳出這個消息，我會馬上賞你一巴掌，讓你的口紅全部掉光。」

「這實在太駭人聽聞了！針對他的指控已經撤銷，沒有人有資格這樣對待他！」

「好吧，如果我沒辦法對你的正義行動佩服到五體投地，請你原諒我，親愛的，」薇萊麗說，「容我提醒你，就在幾天前你還出現在這裡，試圖在城市廣場吊死他。」

「你們可以停止嗎？」我說，「我只想回家，請帶我回家。」

「就算他有罪，我也不會袖手旁觀，讓一個好好的人在街上像狗一樣被毆打，」法比亞娜說。

「我不知道。」薇萊麗聳聳肩，「這會是個很好的新聞題材。」

「停止，」我抓住離我最近的模糊形體，結果是法比亞娜，「送我回家就對了。」

親愛的傑克，

昨天我參加了一趟童子軍之旅，你知道原因嗎？因為我想知道失去這麼多是什麼感覺。

我自己從來沒有什麼可失去，我指的不是物質上的資源，雖然你有一棟漂亮的房子，裡頭塞滿一堆看起來無用的垃圾，很多現代藝術作品，我猜這一切的始作俑者都是史黛拉。不，我指的是我們在內在建造的牆壁和結構，大多數人很早就開始建造了，在孩提時期，你的父母幫助你打下基礎，樓板、地板、瓷磚，你的自信，你的力量，還有一些核心要素，例如如何付出和接受愛，你已經擁有這一切，我在晚上看著你和你兒子還有你像戰利品的妻子在一起，雖然他顯然是一顆不定時炸彈，而她的內涵和小學生午餐盒一樣單調空洞，但你愛他們，你有能力愛人。

我的根基則是支離破碎，我不知道我是生來如此還是怎麼樣，我不相信任何人，我活在自己的世界裡充滿怨恨，我就像洞裡的蜘蛛，那洞裡好冷清。

你，你有很好又堅實的基礎，在這個根基上你可以建造牆壁和屋頂來擋雨，我想你一定很有安全感，你那顆漂亮的腦袋裡一定裝了一顆快樂的大腦，因為你的基礎很穩固。

我喜歡破壞，一直都是這樣，我喜歡把東西拆開，看看內部是如何運作的，我還小的時候，很喜歡用手弄壞玩具，我會把泰迪熊撕碎，把娃娃的頭從娃娃身上扯下，有些玩具很堅固，我不得不拿爸爸的錘子把玩具砸碎。昨晚我坐在黑暗中仰望你輝煌的房屋，看著你從一個房間走到另一個房間時，我想著要把你撕碎，傑克，先打擊你的信心，然後摧毀你的力量，如果我威脅你愛的人呢，傑克？你在崩潰之前能撐多久？

如果我走進你的房子，在床上刺殺你那個英俊的歌德風兒子呢，傑克？你會卸下硬漢的外表，哭著找爸爸嗎？

要怎樣才能讓你正視我的存在？

——

我聽見敲擊聲，許久之後才有勇氣從枕頭上抬起頭，我低頭看著床尾，坐在床尾的人是亞曼達，她正在用筆電工作，她時不時停頓，只是用她纖長的手指捲起幾縷狂野的頭髮，床頭櫃上堆滿皺巴巴的藥包，我輕輕翻了個身拿了一包，然後把藥包和自己一起拉回床單下的黑暗空間，在黑暗中彈出膠囊。

「你醒了？」她問。

「嗯——哼。」

她從床尾跳到我身邊的枕頭上，整張床都在顫動，這個動作立刻引發我身上所有的疼痛和痛楚。

「終於！天啊！已經躺三天了！」

「不，」我呻吟道，「不會吧。」

她舒服地蜷臥在床單底下，我躺著看她，心裡很疑惑，這個我一觸碰到就退縮，彷彿被火燒到一樣的女人，怎麼會自己開心地悄悄溜到我床單底下？可能因為她不知道床單下的我穿著什麼衣服，我確認了，我穿著睡褲。我的肋骨綁著繃帶，左臂上深深的傷口用棉紗緊緊包紮，我不知道我的臉部狀況如何，但感覺起來不太好。

「準備好接收資訊吧，」亞曼達說。

「準備好了。」

「第一，」她豎起一根手指，「書店的員工都不認識新書發表會上那個憤怒的粉絲，但其中有一位在那裡工作的女士供詞很有幫助，她認為那個人很年輕，把頭髮綁成黑色的馬尾。」

「好吧，」我說。

「第二，」亞曼達說，「凱恩斯書店所在的街道並不是全世界最安全的街道，但是街上有幾台監視錄影機，我聯絡書店幾個街區外的一家泳池用品店，要他們回溯一下他們的錄影畫面，看看是否能看到那個人，這花了他們一整天的時間。」

「他們找到什麼？」

「找到了那個人。」

「然後呢？」

「然後他只是從商店旁邊走過，罩著連帽衫的兜帽，完全沒用。」

「那你何必跟我講這件事呢？」我皺起眉頭。

「因為我認為你有義務知道我獨立、單獨、完全靠自己調查出的每一個細微差別，這段時間內你一直像條懶蟲一樣躺在這裡，」她說，「我一直在拚命工作，如果你不知道所有細節，你怎麼會感謝——」

「好了，好了，好了。」

「第三，」她繼續說，生怕又被我打斷，「我還取得那個人路過洋酒商店和鞋店的無用畫面。」

「真的好了不起。」

「然後我還拿到他在火車站外的精彩鏡頭！」她發出勝利的嚎叫，把筆電轉向我，我看著一個年紀約二十出頭的男人，臉型很長，他的目光向下看著手機，外套的兜帽掛在他肩膀上。」

「你看！我們的敵人站在那裡！」她大喊。

「惡人，露出你的真面目！」這次我加入她的胡言亂語，「所以他是誰？」

「不知道。」亞曼達依偎在枕頭上，「我在臉書上瀏覽一些《末日編年史》粉絲團上的個人檔案，看看是否有誰看起來很像他。」

我向後靠在柔軟的床上，看著她滑動著螢幕上的大頭照，如果有個名字出現在一張空白的大頭照旁邊，她就會停頓，試圖從這個人的個人檔案和名字本身取得貧乏的資訊，然後再google這個人的照片，這個工作很累人，但她似乎啟動了全自動模式，她的面色凝重，眼睛沒有從螢幕上移開。我輾轉反側睡了一會兒，她完全沒有動靜，只有手指在鍵盤上機械性地敲擊。

她小聲發出一聲「嗯」讓我醒了過來，我這才意識到自己又在打瞌睡。

「什麼？」

「我在各書商的臉書頁面上瀏覽傑克所有簽書活動的照片，」她說，「你對這個人有什麼看法？」

她給我看了一張傑克的照片，他坐在一座看似是劇院舞台旁的桌上，他寬闊的背部在照片底部就像一團灰色的羊毛，照片邊緣的角落有一個長臉的年輕人，濃眉下掩藏著深沉的雙眸，一隻手臂無力垂落在身側，另一隻手不自然地抓住手臂，他和淹沒在桌面旁的男男女女拉開距離。

照片中的他比監視錄影畫面中的他年輕。

「看起來很像，」我說，「你能找到其他角度嗎？」

亞曼達順順點下去，停在另一張人潮擁擠的照片上，同一個劇院空間現在變成了雞尾酒會。

「那是傑克嗎？」亞曼達指著畫面最上面，傑克似乎在穿同一件灰色羊毛套頭衫扎馬尾的年輕人耳邊低語。

「我們怎樣才能查出那孩子是誰？」我問。

「也許有人標記他。」亞曼達回到原來的照片上，用滑鼠指標掃過人群中的面孔，名字閃爍又消失，沒有名字出現在馬尾男身上。

「傳訊息給其他人，看看能不能找到認識他的人，檢查看看他的名字有沒有出現在粉絲信中。」

我閉上雙眼，試圖回想起我在沉睡中失落的那三天，我依稀記得亞曼達一直都在，我記得我走出去在門廳徘徊顫抖，用床單緊裹住自己，偷看她半夜在廚房的桌面上用筆電。我記得亞曼達站在廁所外和我說話，我試圖保持站立，我真的太累，沒心思因為她聽見我小解的聲音而尷尬，服了太多藥也沒辦法專心聽她說的話。還有一個令我從心底發毛的記憶，我曾在清晨或傍晚時分走到釘滿木板的窗戶旁，從縫隙瞥見亞曼達在外面的公共綠化帶與丹福德和亨奇交談。

我知道這段記憶真實無誤，因為我心目中的亞曼達是如此聰明，個性這麼樂觀，有活力又不知疲倦，但她站在那兩個圓胖的黑眼警官面前時卻顯得如此順從，讓我非常震驚，她看著自己的腳聽他們教訓她，威脅她，她不是我認識的那個早熟女孩，她當時的態度看起來很符合她的年齡。

他們講了那麼久，在說些什麼？

有輛汽車的引擎在外面轉動，我和亞曼達轉身看著門口，隨著引擎的轉速增加，愈來愈高，碎石也開始噴射，我聽見後廊上的「女人」開始尖叫。

「那是什麼鬼東西？」

「我不知道，不是治安隊隊員，他們不會在白天來。」

我從床上爬起，所有疼痛一下子全活了過來，我的臀部發出咔噠聲，肋骨嘎吱作響，腦子天旋地轉，我勉力走往前廳，亞曼達跟我身後，她選擇木板封住的窗戶上某一側的縫隙，我選擇另一道縫隙。路上有一輛綠色轎車，引擎不斷空轉，司機時不時地把車開進車道，噴灑出泥土和岩石，我抓住木板的手在顫抖，努力想看清車裡的面孔，他們都是成年男子。

「這次不是那些人，」我告訴亞曼達，「不是平常那些人。」

「你死定了，泰德．康卡菲！」副駕駛座上的男人喊道，「你死定了，你這個廢物！」

「嗯！」亞曼達嘆了口氣，「那些話不太友——」

槍聲從房子前面突然響起，我聽見子彈打裂另一個房間窗戶上的木板，我瞄見後座上的開槍者，他瞄準的目標掃過整棟房子。

「趴下！」我大喊。

亞曼達比我先趴到地上，我痛苦地蹲低身軀，肚子朝下趴在地上，子彈打穿木板的窗戶，木板的碎片撒落在我們頭上。

車輛呼嘯而去，我翻面仰躺，抬頭看著從彈孔裡透進來的光束，有八到九個彈孔，就像一道彎曲的金色階梯通向天花板，亞曼達肚子朝下趴在地上看著我，雙手在她面前張開，上面覆蓋著木屑。

「那是我迄今為止最刺激的經驗……」她停頓一下思考，「至少是這幾週以來最刺激的經驗。」

「恕我無法贊同。」我拖著腳步站了起來，膝蓋顫抖，「我會把鵝餵飽，把牠們鎖起來，你去收你的東西，我們離開這裡，至少暫時離開。」

我告訴亞曼達我會和她在辦公室會合，因為我還有一件事要處理，事實上我只是想一個人靜一靜，只是想讓自己理解方才有人對著我家開槍，種種思緒在我腦海中掠過，我漫無目的開車繞行甘蔗園，無處可去。

我很幸運，因為我不再和我的妻女同住。

我需要報警。

但三天前警察差點殺了我。

我需要讓我的鵝搬家，鵝待在這裡不安全。

最後一個念頭讓我鼻子刺刺的，然後我流下了眼淚，但這個情緒並沒有進一步潰堤，我現在不能失控，不能因為鵝，但我無法否認在紅湖的這些日子裡，「女人」和她的孩子們給予我很大的安慰，既代替我失去的孩子，也提醒我並不是這裡最無助的生物——事實上到處都是危險和恐怖，如果這些鵝能活下來，我也能活下來。早上我喜歡坐在門廊上看著牠們，想起牠們蜷縮在我帶去看獸醫的紙箱裡，羽毛因原始的恐懼而蓬鬆，牠們的生命真實掌握在我手中，無論是什麼原因把讓牠們出現我家門口，那個原因已不再存在，也許有一天，我會像牠們一樣得到拯救。

我把車停在路邊，抱著頭，我內心的火焰在膨脹旋轉，情勢愈來愈危險了。憤怒席捲我全身，我感覺我所有受過的傷立刻復活，丹福德和亨奇讓我憤怒難當；那些鄉巴佬對著我家開槍讓我滿腔怒火；那個卑鄙的小屁孩哈里森．史卡利也讓我怒火悶燒，那個孩子撲倒在我胸前哭泣，前一秒想要從我身上得到身體上的安慰，下一秒看著我的表情好像把我當成垃圾一樣，在街上用那種高高在上的態度對我說話，表現得好像自己已經是個成年人。

我還沒長大的時候，大人要我怎樣做我都他媽的照辦，因為本來就該如此，成年人就是成年人，不管他們是誰，他們的話就是聖旨，你不會先考量他們的能耐和限制，然後再權衡自己的選擇。

我意識到自己正盯著擋風玻璃發呆，手指上握著手機，在我來得及阻止自己之前，我google了當地的公立學校，我打算在她和她的治安隊隊員朋友進一步散播我在鎮上的消息之前，先發制人找到哈里森的女友，看來他們已經讓一些相當危險的人物知道我被指控的罪名，也讓他們知道我家在哪，如果他們繼續這麼做，幾天內我家門口就會出現一群暴徒，也許我可以訴諸她對上帝的恐懼，也許我如果稍微嚇嚇她，就可以阻止消息洩漏。我內心有某部分知道這是徒勞無功，但槍擊事件讓我非常震撼，所以我現在需要給自己一個任務，一個讓我集中精神的計畫，目的是阻止自己跌落萬丈深淵。

我瀏覽紅湖地區附近的公立學校列表，然後撥往第一家學校，我按下號碼時手在顫抖，接線員接起電話，我清清喉嚨，伸展脖子。

「荊棘峰州立學校，我是瑪麗安。」

「你好啊，瑪麗安，我叫泰德·柯林斯啦，我是運輸和主要道路部的承包商，在九十一號國道上施工，不好意思打擾你，」我說著吸了吸鼻子，「我正在路邊做一些工程，但有一群學生開著一輛達特桑藍鳥，在交流道邊緣幹一些蠢事。」

「噢，天啊。」

「是啊，我不是故意要來找你告密的，」我又吸吸鼻子，「但我已經叫他們開走，但他們只叫我滾開。」

「我的天，」接線員瑪麗安嘆了口氣，「地點在哪裡？」

「在公路上，皮克林街附近的交流道，這群人的首腦是一個頭髮黑粉色的少女，綁著雙邊辮，這些人穿著他們該死的學校制服在呼麻。」

「粉紅色的頭髮？」瑪麗安的語氣一振，「噢，不，聽起來不像我們學校的女學生，我們是整個地區服裝標準最嚴格的學校。」

「真的假的？」

「絕對是，我們的制服政策是最高標準，我們對學生的外表和他們代表學校的形象非常自豪，我們中學有四十三名學生，沒有一個人染過頭髮，你確定他們是學生嗎？」

我掛斷瑪麗安的電話，撥打史密斯菲爾德州立學校、布林利州立學校和羅塞塔州立學校的電話，我的一顆心愈來愈涼，我向霍夫曼州立高中的接線員格雷描述我編造的故事時，整個身體已經靠在車窗上。

「是喔，」格雷突然厲聲說，「聽起來像是那個該死的柔伊．米勒。」

「抱歉，」我坐了起來，「你說誰？」

「傑西，」我聽見接待員格雷在電話背景中的說話聲音，「傑西，打電話給卡梅爾好嗎？柔伊．米勒和那些男生在高速公路旁抽大麻，柯林斯先生？柯林斯先生，我還在，謝謝你來電，我們會派我們的日間值班警員去接那些學生回來。」

「好的，謝——」

他掛斷我的電話。

我開動車子，沒有料想到居然會產生一股罪惡感，我矇騙了一群認真工作的學校接線員，可能會讓柔伊．米勒陷入她不該遇到的麻煩，我的所作所為，無論是趕盡殺絕或者信口開河，都是因為她洩露我的行蹤，她做了一件蠢事。我緊張地掐著方向盤，她還是個孩子，我以為自己在幹什麼？我現在的行事愈來愈魯莽，我努力要保護我的祕密，努力想找到真相，想釐清她與我追捕殺害傑克．史卡利的兇手無關，我需要專心，繼續工作，謹慎行事。

我一看見戴娜．費里曼站在路邊，就忘記了所有謹慎。

戴娜在紅湖盡頭的公車站等車，和她同齡的朋友站在一起，我猜想他們是要搭公車往大學的方向去上下午的課。

我痛苦地慢跑往公車站時公車卻到站了，戴娜看見我跑來，反應沒有太高興。

「耽誤你兩分鐘就好。」我豎起幾根手指，「最多三分鐘。」

「我的車來了。」

「我會出計程車錢，」我說。戴娜的朋友們與她交換一個意味深長的眼神，彷彿希望她暗示他們是否遇到麻煩，她似乎思索了一下。

「沒事，他是我媽的朋友，」她告訴她的朋友，並揮手要他們離開。她看著公車駛離時，身上突然出現我先前見過那種若有所思的表情，大概她在姊姊葬禮上也是這種表情，現在每當有人提起蘿倫時，這表情就變成一副面具，每到聖誕節，每個生日她一定會戴上這張面具。

「要菸嗎？」她問道，從包裝裡滑出一根，我拿了一根，只是為了社交。「你他媽的是發生什麼事？」

「出車禍，」我說，「沒事。」

「我又不在乎。」她哼了一聲。

「我隱隱有種感覺，你在你母親家的時候，針對你姊姊的事還有更多話要跟我說，」我說。

「你為什麼不乾脆問亞曼達發生了什麼事？」戴娜問，探詢著我的眼睛，「我聽說你跟她一起工作。」

「你從哪裡聽來的？」

「這是個小鎮，」她吐出一口煙，「大個便也可以搞到舉世皆知。」

我思索著這話代表什麼含義，她對我而言是一扇通往蘿倫世界的小窗戶，她現在的意思是打算從此閉口不談，讓我再也無法得知是什麼原因讓蘿倫在那天晚上與亞曼達坐在車內，為何一個受歡迎的女孩會和校園怪胎獨處，而且把車停在黑暗中。

「大家都很喜歡跟我通風報信，告訴我她的近況，」戴娜說，「這很詭異，我不知道為什麼他們會覺得這有意義，我無法阻止他們，他們會傳訊息給我說：我在這裡看到亞曼達，我在那裡看到亞曼達。有人說他們看到她和一個黑髮的大個子在一起，這形容詞聽起來很熟悉。」

「我不知該說什麼。」我聳聳肩。

「你們兩個在搞什麼名堂？」戴娜問道，「試圖證明亞曼達是無辜的？她是打算追究冤獄賠償之類的嗎？」

「不是，」我在正午的陽光下瞇起眼睛。「不是，她根本不知道我在追她的案子。」

「所以你在追這個案子？」

我來公車站時有好多問題想問戴娜，現在我感覺自己就像眾矢之的，她的視線拉扯著我的心。

「我真的不知道理由，我想我只是好奇，」我說，「她是個詭異的生物，我無法確定她是危險還是好笑。」

「嗯哼，她很有趣啊。」

「不，我的意思是，」——我的臉一陣灼熱——「我是指她的個性方面，不是指，嗯，她的行為。」

「好喔。」

「而且你說蘿倫不如大家想像中那樣。」

「對，」戴娜吸吸鼻子，「她不是，所以呢？她到底是個什麼樣的女孩，能改變什麼？你知道的，我花了很多時間埋葬蘿倫，每次我覺得自己終於揮別過去，像你這種人又會出現，又把她挖出來。」

「對不起，」我發現自己無法正視她，「我不應該用這件事來打擾你的生活。」

「沒關係，」過了一會她嘆了口氣，「這種事又不是沒發生過。」

我只是為了擺脫自己遇到的麻煩，就如此公然擾亂關於她姊姊的記憶，此舉讓我非常羞愧，如果不是因為不敢正視戴娜的眼神，我可能不會注意到我的車子附近出現一個人，那個男人彎下腰，舉起一台巨大的黑色相機開始抓拍。

「噢，操！」我把手舉到臉上。

「幹嘛？」

「沒事，沒事，謝謝，戴娜，謝謝。」我轉身開始走開，走向那個拿著相機的人，接著我想起曾答應要幫戴娜付計程車錢，所以又往回走，走到一半我突然停下，想到萬一攝影師拍到我在街邊拿現金給一名年輕女性，心中頓時驚恐萬分。

「呃，」我露出痛苦的表情，「我知道我答應過要給你計程車錢。」

「當然是啊，」她說。

「我，現在，我就是，呃……」

「走就是了，」她揮手趕我走，「你這個廢渣。」

我朝著那個在我車旁的人走去時，幾乎無法抑制怒火，他是個瘦削的男人，留著一頭深色捲髮和灰白的短鬍，他還在繼續抓拍，是媒體記者。

「再拍一張我的照片，我就餵你吃拳頭，」我說。

他放下相機一笑，撥動了相機頂部的開關，大概是在錄影。

「金髮女郎和公車站，泰德．康卡菲，」他說，「你就是無法自拔對嗎？」

「我要上車了，我要走了。」我走向駕駛側的車門時跟他拉出距離，所以他的殘忍指控不會影響到我。

「不好玩，」他笑道。

「你是怎麼找到我的？」我問，一隻腳已經踏進車裡，「拜託，請你告訴我。」

「什麼？你還沒有看過那個影片嗎？」他說，「天哪，這太勁爆了，我可以拍攝你用我的手機看影片嗎？拍下你的反應？我是認真的，老兄，你給我獨家，我會付錢給你。」

他開始從另一邊繞過來，我感覺神經耗弱，我上車後砰地一聲關上車門並鎖上車門。

「新聞上都是，」他說著一邊滑著手機，「你一定會想看的！」

我發動車輛，然後直接開走。

——

我發現亞曼達又戴著那副紅色老花眼鏡坐在辦公桌前，那群貓科動物一如往常在門口喵喵叫著迎接我，我關上門查看街頭，但沒有發現其他記者。我繞過桌面然後發出噓聲，想把她從椅子上趕走，頓時覺得膝蓋發軟。

「幹嘛？你有什麼毛病？」

我沒辦法回答，我在google自己的名字時手指已經麻木，首先映入眼簾的是影片，所有的影片縮圖都一樣。

那是我坐在後廊上。

「老天，」我暗叫不妙，「天啊，天啊。」

「什麼？」亞曼達彎腰站在我身邊，我點下播放鍵，她看著螢幕。

你為什麼不從頭到尾告訴我那天的事呢，泰德？

什麼？

那天，我們為什麼不談談那一大？

「我的老天，」我的聲音裡充滿了恐懼，「她為什麼要這樣做？」

「誰？」亞曼達問道。

「法比亞娜，一個記者。」我指著螢幕，「那是我的後廊，她一定是在那裡裝了一台隱藏式攝影機，然後拍下我們的整段談話。」

我向上滑動並閱讀影片的標題：康卡菲案的祕密被告證人前所未聞。

「針對泰德．康卡菲的指控撤銷後，他第一次公開露面，他在採訪中透露有一名在審判中從未被傳喚的證人，這名證人可能會讓輿論對他罪行的看法變得複雜，」亞曼達大聲朗讀，「飽經風霜、留著鬍鬚的康卡菲向《雪梨先驅晨報》記者法比亞娜．格里珊描述，攻擊那位年僅十三歲受害者的真兇可能另有其人，當有人目擊他接近那位少女時，真兇就在附近。」

「這不是公開露面！」我呻吟著說，「這不是採訪，我被騙了。」

「那個偷偷摸摸的蕩婦！」亞曼達拍桌，「等她回頭想道歉的時候，我會把她毆飛。」

「我死了，」我邊說邊滑動新聞文章，「我死定了。」

每家主要報紙都在報導這則採訪，在頭版上有一張我過往的嫌犯大頭照，頁面上引用了影片中的一句話。

「彷彿真的有人可以拯救我，」康卡菲感嘆道。

我向下滑動看著讀者評論，共有一千四百三十二條。

Jerry34：相信這種垃圾的人都該死，司法系統完蛋了。

Littlebittykitty：影片背景裡有棕櫚樹，看來康卡菲往北方逃了？？？？

S8888er：不配憐憫！恢復死刑！

JaybeBaybe92：大家應該站出來追捕這個狗娘養的強姦犯。

亞曼達站起身伸了個懶腰，然後把一隻貓從鍵盤上推落。

「你料不準事情會怎樣發展，泰德，」她說，「這可能會改變你的遊戲規則，或者也可能是結束的開始，我只知道這些事情不會永遠持續下去，相信我。」她推了我一下，意思是要我把椅子還她。「反正我對你的煩惱沒興趣，我想繼續追捕這個超級粉絲。」

「我沒辦法專注在史卡利案上。」我倒在地板上雙手抱頭，「我甚至沒辦法呼吸，我的天啊，你總是這樣天不怕地不怕嗎？」

「也不是這樣說，」她爽快地說，視線隨著滑鼠指標在螢幕上移動。

「他們要追殺我到天涯海角，要把我燒死在火刑柱上！」

「吃燒肉了，」她說，「這押韻不錯，泰德烤肉，泰德燒肉，烤肉燒肉，泰德是塊肉！」

「亞曼達，拜託。」

「誰要來肉搜泰德的人肉？」

「亞曼達！」

「你有槍，不是嗎？」她瞄了我一眼，不是真的在看我。「你不會有事的，如果有暴民聚集，你就去外面揮揮槍就好，這方法一定有效。」

「不要告訴我你有槍，」我說。

「我有幾把非常仿真的假槍，」她說，「可以發出槍響，什麼功能都有。」

眾貓似乎感覺到我的痛苦，有一對貓真的開始在我身上蹭來蹭去，亞曼達回到螢幕引起的恍惚狀態，在臉書上四處搜尋馬尾男粉絲的下落，而我則在兩難中搖擺不定，想要打電話痛罵法比亞娜，又擔心電話被她錄音，自此與她有任何接觸都是毀滅之舉。

事實愈來愈昭然若揭，如果想要逃離自己的罪行，搬到一座偏遠小鎮並非最好的決定，被人發現時最好留在城市，躲在人群之中，至少可以時時進行短距離移動，就像鳥躲在樹蔭中一樣。我與跟戴娜站在一起時與我起衝突的那個攝影師，一定在影片中看見棕櫚樹和沼澤地，還有我家的老式昆士蘭建築，然後才大膽猜測到我逃亡到凱恩斯，身為一名鍥而不捨的資深媒體人，他可能開始到全市詢問有沒有人可以確認我人在這裡，也許有人聯絡過凱莉，而她把我的下落和盤托出，也許我的律師檔案被駭，也許是柔伊．米勒和她旗下那群治安隊隊員讓我的行蹤一傳十，十傳百，無論如何目前至少有兩名記者在追著我跑，對一個做出這種事的普通人來說似乎不算劇增，對很多普通人來說都不算。

「好了，」亞曼達大聲在我面前彈彈手指，「打起精神，老兄，我這裡收到一名史卡利粉絲的回覆。」

我拖著腳步走到桌邊，把下巴撐在手上，感覺全身沉重如鉛，光是把視線抬到螢幕上就需要耗盡全力。

「我寫信給這個小妞，問她照片中那個人的事。」亞曼達指著那個人，「我認為她是粉絲會的會長，她回信給我。嗨，亞曼達，照片裡那個人是我們布里斯班分會的其中一名成員，名字是奧蒙・施密特，他人有點怪，而且聯絡時不太會有回應，祝福你搜尋順利！上帝保佑你們。」哇，她人真好，她讓上帝保佑我們耶，你有被保佑的感覺嗎？」

「沒有。」

「有趣的評論——他人有點怪，基督徒不太會這麼說話，她在我和對方交談之前就先影響了我對他的看法。」

「那他一定真的很奇怪，奇怪到讓她說了不該說的話。」

「希望如此！」亞曼達搓著手。

「奧蒙・施密特，」我說，「他有臉書嗎？」

「沒有。」亞曼達敲敲鍵盤，「臉書可能太主流了吧，我會到處搜尋看看他有沒有網站……他有耶，他真的有個網站。」

我拖來一把椅子坐在她身旁，她點下奧蒙・施密特的網站DarkWorldRising.com，螢幕變暗，螢幕中央彈出一個下載圖示。

「好興奮喔，」亞曼達說。

「我們的世界變得黑暗，」一個年輕人的聲音從電腦喇叭傳出，聽起來低沉而邪惡，「我們周遭四處充滿了末日審判的跡象……」

隨著黑暗的音樂響起，一幅幅靜態圖片開始占滿螢幕，我辨認出音樂出自最近一部蝙蝠俠電影，被劫持的飛機撞擊世貿中心的畫面飄過，高空中有活人落下；難民乘船逃離敘利亞；還有戴安娜王妃在阿爾瑪橋隧道中的肇事車輛。不祥的音樂與畫面相得益彰，畫面沒有按內容或時間順序排列，一張照片上有一座濺滿鮮血的空浴缸，飄在O・J・辛普森[15]被捕的照片上。

「辨認出這些跡象需要高超的技巧和光的引領，」那個聲音繼續說道，「我們從出生時就開始變得盲目，我們需要訓練有素的頭腦才能擺脫自己的盲目。」

亞曼達嘴角掛著微笑看著介紹影片結束，影片結束時他對人類的墮落發出可怕的警告，影片終於結束時她放聲大笑，雙臂摟著自己在椅子上晃來晃去。

「太精彩了！」她大笑說，「我們再看一遍！」

「我們還是專心偵辦手頭上的案子吧，」我笑著把滑鼠從她手上搶走，「我們的重點是偵辦謀殺案，不是娛樂你。」

「噢，天啊，」她高興地呻吟著，擦去眼角的淚水，「O・J・辛普森……」

我快速閱讀了該網站的「簡介」，這個網站似乎主要是將新聞和時事解釋為一種宗教跡象，表示世界末日就要開啟，最近一篇文章似乎是關於敘利亞的難民危機，《創世記》中曾警告人類無以逃避自身的罪，這串警告變成紅字在螢幕上閃爍，整個網站風格看起來很九〇年代，有很多動態圖片，許多文字都用大寫強調。

「來看看能不能聯絡上他，」我說。

我寫了一封簡短的電子郵件給奧蒙，只說我想和他談談傑克・史卡利，我等待他回信的期間一邊瀏覽網路，試圖找到這個人的任何資訊，除了粉絲會臉書上的照片之外，幾乎找不到他的蛛絲馬跡。亞曼

15 美式足球史上最偉大的球員之一，一九九四年涉嫌殺害前妻與她的男友。

達坐在地板上，周圍全是貓，她沒有拍拍貓，只是讓貓時不時從她的腿上走過，然後一邊打電話給許多人打聽這名嫌犯——包括警察、雪梨的其他私人偵探，她似乎也認識戶政單位的人。

「自二〇一三年以來，他身上揹了一條傷害罪，」她說，「也是類似事件，他在一個作家節上擊暈另一名傑克・史卡利的粉絲，因為他在見面會上問了錯誤的問題。」

「這個人幾歲？」

「二十四歲。」

我聽見街上傳來車門砰一聲關上的聲音，發現自己肩膀拱起，在鍵盤上緊張起來，過了一會兒並沒有人敲辦公室的門，我又鬆了口氣。

我正打算要屈服於恐懼走到窗前向外看，想看看是否有暴徒在集結，準備衝來找我麻煩，但亞曼達螢幕上的電子郵件圖示開始閃爍，然後彈出一條訊息。

「我的天，」她把貓從腿上扔下，坐在我旁邊的椅子上。「是他！是鋼拳大隊長！」

回覆的電子郵件上只有一個字：Skype？

亞曼達切換到Skype打電話給奧蒙，我跟她互換座位回到暗影中，我最不希望發生的事就是讓那個人從當天的新聞報導中認出我，同時得知整件事。

奧蒙的鏡頭開啟，螢幕上出現一個瘦削的年輕人戴著半截黑色面具，面具在鼻子正下方切成一半，這面具在我看來就像蓋・福克斯[16]的面具，只是從原來的黑白相間變成黑色，窄而高聳的眉毛在奧蒙筆電的光線下顯得格外醒目，他的嘴唇很薄，因為神情專注而微微噘起，背景像是個毛胚屋，可能是在車庫裡。我看見亞曼達的臉頰微微上揚，臉上彷彿浮現出一抹笑意，我在她笑出來之前踢了她的椅子一下。

「認真一點，」我低聲說。

「你在嗎？」奧蒙問道。

「我們在，我是亞曼達，泰德躲在這裡的陰影裡。」她朝我揮揮手，「感謝你跟我們聯絡。」

「你們想知道什麼？」奧蒙啐了一口，他顯然不喜歡用電腦的時間有人打擾。我注意到桌面上有一些動作人偶，鍵盤旁擺著一罐紅牛，螢幕角落有一些零散的垃圾。他是遊戲玩家嗎？我傳電子郵件給他，他馬上回覆用Skype聯絡，表示奧蒙讀到我的訊息時早已坐在螢幕前，或者就在電腦附近。

「嗯，如你所知，我和我的搭檔正在調查傑克．史卡利的死因，」亞曼達說，「我們一直在偵辦這個案子——」

「你在電子郵件裡沒提到，」奧蒙冷笑道。「每次你說『如你所知』，都是在浪費別人的時間，這點你要知道，然後現在你浪費的是我的時間。」

亞曼達抽搐一下，回頭看了我一眼。

「好吧！」她笑著說，「我跟你道歉！」

「如果你在這裡是試圖調查傑克的死因，你也是在浪費我的時間。」奧蒙用手背擦擦鼻子，讓面具微微揚起，微微陷進他蓬鬆的頭髮裡。「傑克沒有死，他只是拋開一切躲起來了。」

「噢，真的嗎？」亞曼達說，「嗯，這很有趣，你，呃……你知道他人在哪嗎？因為凱恩斯有一位病理學家取得他身上的一塊髖骨，我們認為他可能會想把他的骨頭要回去。」

我伸手從亞曼達手中拿走滑鼠，啟動她的螢幕錄影程式，然後按下螢幕底部的「錄影」圖示，奧蒙笑著調整一下面具。

16 Guy Fawkes，「火藥陰謀」的主謀，其形象因圖像小說《V怪客》而廣為人知。

「如果你認為那塊骨頭真的是傑克的骨頭，那這段談話可能沒有繼續下去的必要，因為顯然你們是在自欺欺人。」奧蒙劇烈嘆了口氣，用一種厭煩的態度從螢幕上移開視線。「我沒時間跟你們解釋整件事。」

亞曼達將麥克風調整為靜音，然後轉身看著我。

「這麼自戀一定很累，」她說，「我離這種自戀還差得遠對嗎？」

我笑了，她重新開啟麥克風。

「我很忙，」奧蒙繼續說道，「我寫的文章內容都是關於《末日編年史》和澳洲政府，總共有數百篇，如果你們願意費心閱讀，只要看過一篇，就會對真正發生的事情有所了解。」

亞曼達關掉麥克風，「老是怪該死的政府和這些人，」她說著再次開啟麥克風。

「聽著，泰德和我非常關心傑克，」亞曼達告訴奧蒙，「我們真的很喜歡他，泰德是這些書的忠實粉絲，不是嗎，泰德？」她一掌拍在我胸口上，「好幾星期以來他一直哭得淚流滿面，想知道到底發生了什麼事，你何不告訴我們這兩個白痴到底發生了什麼事。」

奧蒙又用誇張的方式地嘆了口氣，我看見他身後有一列向上的混凝土樓梯出現在一排架子上方，有人經過門口又走回，我聽見冰箱門砰地一聲關上，有可能是這個人的母親。我盤點一下房間的內容物，工具、箱子、Xbox遊戲，這裡絕對是地下室，這個人是那種典型的油膩青少年，現在死賴在爸媽家裡不走，這個啃老族要等到他爸媽不再幫他的遊戲訂閱付費，才能擺脫這個男孩，這可能滿有趣的，但他的現況卻與一些危險人物的生活背景如此驚人地相似，那些人也跟他一樣執著於政府、陰謀論和世界末日，我想起挪威的安德斯．布雷維克[17]，還有他入獄時悲傷的母親。

「很多人認為傑克是從《末日編年史》開始暗示末日將臨的跡象，但事實上他早在那之前就開始寫這個主題了，」奧蒙說，「他所有的早期作品都是在網路發表，大多數人都忽略了這些作品的重要性，因為他當年還只是個想在文壇立足的作家。」

「吸血鬼色文，」亞曼達笑著說，「他不是在寫吸血鬼色文嗎？」

「呃，」奧蒙一掌拍在面具上，位置在他的眼睛，「看吧，這就是為什麼我不想跟你這樣的人說話，現代文學當中某些最珍貴的色情手法就是從歌德小說開始，請問你有在看書嗎？」

「所以傑克當年就暗示過末日將臨了，」亞曼達快要害我們失去奧蒙能給予的所有協助了，所以我在她說話之前插話。

「他想要找到一個方式告訴大眾這個社會即將崩垮，」奧蒙說，「如果你有做過功課，就會知道傑克的父親是國家評估辦公室的助理副主任，他們與澳洲安全情報組織密切合作。」

「間諜！」亞曼達鼓掌。

「天哪，你是個白痴，」奧蒙說，「他沒有跟間諜合作，他是在國家安全部門工作，他發現一切即將結束，他打算讓傑克進入這個領域時，傑克也得知了這件事，所以他想警告所有人。」

「那他為什麼乾脆把這些事攤在陽光下呢？」亞曼達問道，「拿起擴音器大喊：大家注意！末日將臨！」

「其他做過這種事的人後來有什麼下場？」奧蒙問她的時候，好奇地歪著頭。

「下場，呃……不是太好。」

「傑克不想被當成瘋子，也不想因為洩露政府機密被消失。」

「所以他把這些警告寫成小說，」我說，「這樣只有最聰明的讀者才看得出來其中的玄機。」

17 Anders Breivik，二〇一一年挪威爆炸和槍擊事件、烏托亞島大屠殺的兇手。

「引用聖經就像埋線索，」奧蒙說，「線索會告訴我們末日何時到來、會用什麼方式到來，還有如果想存活下來，我們能如何因應。」

「所以他們怎麼說？」亞曼達問道，「怎樣才能活下來？」

奧蒙笑了，「像你這種笨蛋沒資格知道。」

亞曼達看著我，咬著嘴唇深怕嘴角不小心揚起笑意。

「在《末日編年史》結尾，傑克說有一個黑暗的東西在追著他，」奧蒙說，「他說他有種陰魂不散的感覺。」

「我們也注意到了！」亞曼達舉起手想要跟我擊掌，我很不情願地跟她擊掌。

「傑克知道他為了《末日編年史》這個系列得罪很多人，他對末日的警告愈來愈明目張膽，最後被迫躲起來，事實上傑克曾想給每個人一個機會，他只想讓對的人破解他作品中的密碼，然後帶到另一世界。如果你沒有能耐，我也不會給你一張免費入場券，傑克是個好人，他可能會跟一些根本不配的人分享他知道的事，比如他那個可悲又沒用的經紀人，還有他荒謬的家人，當末日來臨之際，只有真正值得信賴的人才能有所準備。」

「那好吧，」亞曼達嘆了口氣，「你不必告訴我們通往新世界的宇宙飛船密碼，只要告訴我們傑克躲在哪裡就好，因為我們查案是受人所託，我們需要有人付我們薪水。」

奧蒙厭惡地哼了一聲，然後把手伸向螢幕，他甩手闔上筆電，聊天視窗頓時一片空白。

「剛剛那個人，」亞曼達說，「是個神經病。」

「非常有趣。」

「說得對啊，老兄！」

「你怎麼看？」我問，「有什麼蛛絲馬跡嗎？」

「好吧，我們知道他有易怒的問題，」她沉思道，「而且與我們迄今為止遇到的所有人相比，他對傑克的了解更深入，我不會排除他涉案的可能性，也許他面對傑克時拿這些末日論和政府陰謀的瘋狂指控跟他對質，而傑克卻跟我們的想法一樣——覺得他是個混蛋，一切都是無的放矢，因此毀掉了他的小小幻想，也許他偉大的救世主傑克．史卡利只是個寫小說的傢伙，不是奧蒙夢想中的關鍵人物。」

「奧蒙也沒提到傑克是同性戀，」我指出，「如果他是想向我們這些笨蛋證明自己知道傑克的真正目的還有真實自我，他為什麼沒有提及傑克最大的祕密呢？」

「要不是他不知道，」亞曼達說，「要不就是他不樂見，他可能認為這是政府羅織的謊言，就像髖骨一樣。」

「我很想看看他提到那篇傑克早期寫的文章，」我說，「奧蒙說所有文章在網路上都能找到。」

亞曼達開始在網路上搜尋傑克的作品，我口袋裡的手機響了，是個不認識的號碼。

「你好？」

「柯林斯先生，」有個聲音說道，「我是埃莉諾．查普曼。」

我咳嗽一聲，亞曼達看著我。

「噢，你好！你好。」

「你寄了一封電子郵件給我，詢問我的書《北端謀殺案》。」

「是的，」我說，「等我一下，我找隱密一點的地方講。」

我把手摀住話筒，用嘴型告訴亞曼達「是我的律師」，澳洲媒體現正大肆流傳我的照片，我卻全然忘記待在戶外有多麼令人恐懼，我走出前門站在大街上。

「你對這個案子有什麼興趣？」埃莉諾問道，「很久沒有人聯絡我了。」

「喔，我是個真正的犯罪作家，我正在寫一本……呃……一本關於澳洲年輕殺手的合輯？這是我的第一部作品，我打算在第一章的其中一個章節寫蘿倫．費里曼謀殺案，你的書寫得非常好，對我很有幫助。」

「嗯，謝謝。」埃莉諾笑了，「這本書還不錯，這是個好故事。」

「令人不寒而栗，」我看了門上的玻璃面板一眼，看見亞曼達還坐在電腦前。「他們是怎麼說的？每個父母心中最糟的噩夢？」

「幾位負責偵辦那個案子的警探最終都離開了警界，」埃莉諾嘆了口氣說，「應付不來。」

「我敢相信。」

「所以我具體能幫上什麼忙？」

「嗯，我是在想，希望可以在每一章開頭都詳細介紹受害者，還有受害者是什麼樣的人，」我說，「你在書中對蘿倫有一些描述，但她身上仍有些部分撲朔迷離。」

「噢，是的，」埃莉諾說，「這是我對那本書唯一的遺憾，我能取得的內幕只有這麼多，如果你寫的是一本真正的犯罪書籍，寫書的時間愈接近謀殺發生的時間點，銷量就愈好——但採訪的困難度也會愈高，因為受害者的家人都不願意多談，而兇手的家人仍在到處尋找可接受的說法。」

「書中對亞曼達的家人也沒有太多著墨，」我說。

「她家沒什麼好說的，她爸是個全身紋身的多嘴醉鬼，幾乎不管家庭，他在亞曼達六歲時心臟病發作死亡，她母親在謀殺案發生後徹底把店關了，她透過律師在聽證會上發表了一份非常平淡簡短的證詞，如你所知，亞曼達立即認罪，因此那與其說是審判，不如說是一連串的拘押和認罪聽證會，但如果她媽願意親自出庭作證，可能會讓刑期減少個幾年。」

「哇，」我說。

「我不認為她們母女倆的感情很親密，亞曼達的個性總是有點放浪不羈，自由奔放，你很難把她從雲端拉下來。」

「所以說她會跟蘿倫．費里曼變成那麼熟的朋友，就有點奇怪了，」我說，「我去過費里曼家，他們家的人看起來很拘謹。」

「噢，確實是，」埃莉諾說，「至少過去是，蘿倫就是那種典型的鄰家女孩，如果她是美國人，她就會成為啦啦隊隊長，小學裡的級長，老師的寵兒，她有大好前程，她妹妹完全被姊姊的死壓垮了，她叫戴安娜是嗎？」

「叫戴娜。」

「我認為她們姊妹間的關係可能有些緊張，妹妹嫉妒姊姊，這兩姊妹在謀殺案發生前一週曾發生激烈的爭吵，戴娜抓傷了蘿倫的臉，驗屍結果出來之後必須說明傷口，她們的母親不得不問戴娜是否真有其事，妹妹就崩潰了，我當時剛好在現場做採訪，這是我目睹過最可怕的事，小孩會幹蠢事，她可能直到今天還在後悔。」

「所以，呃，」我咬著嘴唇，試圖思考怎樣表達問題最好，「對了，你剛剛提到蘿倫如果在美國的話會成為啦啦隊長……我的意思是，我看過很多這種真實的犯罪紀錄片，當啦啦隊長遭人殺害時，總會發現她背地裡其實有黑暗的祕密，我不是想對死者不敬，但你知道的，總會發現死者有些不為人知的吸毒習慣，或者對英語老師調情……」

「我知道你的意思。」埃莉諾笑了。

「你當時有沒有發現什麼跡象是書中沒有提到的？像是一些最好留在檯面下的事——某些引起緊張的事？」

「絕對沒有，」她說，「相信我，我到處挖掘內幕，我會喜歡這個案子不僅因為兇手是個怪人，是個神經病歌德少女發狂殺人，但蘿倫真的是個天使，她真的是個好孩子。」

「你還是堅持那個謀殺動機嗎？」我說，「只是因為有個神經病歌德少女發狂殺人？」

「是的，」她說，「我在亞曼達．法瑞爾的第一次聽證會上看過她一眼，我知道她的內在只有空洞，冷得像冰一樣，蘿倫的出發點是好意，是想把這個怪人帶去一個她從來不可能受邀的派對，亞曼達卻抓狂了。」

我再次看著窗外的亞曼達，她正光著腳輕拍其中一隻肥貓。

「我對兇器的部分有點疑惑，」我說，「在書中你檢閱過驗屍報告，表示兇器可能是一把十或十二公分的口袋摺疊刀，你是否弄清楚那把刀是從哪裡來的？有沒有人問過為什麼在犯罪現場沒有發現這把刀？」

「對不起，我恐怕得掛了，柯林斯先生，我有一個會要開，我要趕快準備了。」

「他們用金屬探測器在樹叢中搜尋那把刀，但一直沒有找到，」我繼續說，「我的意思是，她是怎麼處置兇刀的？」

「如果你還有其他問題，請寄電子郵件給我，我會盡力回答。」埃莉諾說，我在電話的背景聲音中聽見車門的聲音，她停頓想了一下，「我想我可能在哪裡還留了幾張舊照片，這些照片都沒有收錄到書裡，裡面沒有亞曼達的照片，但有幾張蘿倫的照片，我的意思是，你要寫這本書，沒打算跟亞曼達本人談嗎？」

「嗯，我還沒決定。」

「不要跟她談，我能給你的唯一建議就是沒必要去找她，她很懂得操縱人心，她會混亂你的判斷，只會破壞作品的完整性，離亞曼達．法瑞爾遠一點。」

我感到胸口傳來一陣痛楚，我想起幾天前的事，這幾個字震動著傳入我的耳道，鬆動了我的記憶，讓我想起凱恩斯窄街裡警察找我麻煩的畫面，盧．丹福德站在我上方，他的手一把抓住我的襯衫，雙腳踩在我的胸口兩側，我記得他的拳頭懸在半空中，被太陽熾熱的白光所籠罩。

離亞曼達．法瑞爾遠一點，他說。

親愛的傑克，

今天早上你仔細檢查過自己的儀表對嗎？你家的房屋側面有座陡峭的山坡，如果爬到那裡的大石頭上，就能夠直接從房間的窗戶看見室內，你設計這棟房子的時候可能沒有太顧慮到這個部分對嗎？畢竟誰會願意不厭其煩地走進丹伯里路附近的熱帶雨林，像追隨金色燈塔一樣在黑暗中循著光線前行？誰會願意冒險陷入柔軟潮濕的土壤中，讓茂盛的帶刺樹葉刮傷身體，讓樹蔭上的露水淋濕自己，只是為了一睹傑克．史卡利在全身鏡前將頭髮往後梳，看著自己眼睛的風采？今天早上我看著你在那裡把頭部向後仰，試圖在下巴線下方尋找沒刮除乾淨的瑕疵，同時拔掉黝黑眉毛間的細毛，轉個身想確定自己的身材跟史黛拉嫁給你時相比是否變胖了，一直坐著用鍵盤打字是否讓你的身材變得不再結實。

你當然不胖，你的外表維持得很好，不僅是為了妻子，也為了那些露水姻緣，是的，我知道雷的事，我知道你在墨爾本和雪梨的夜店裡釣到的那些年輕男子，今天早上我看著你的手指順著你緊繃的腹部伸進你陰莖周圍的黑毛裡，我很好奇當你妻子睡在另一個房間時，你是否在意淫那些年輕男子。有次你在樓下的辦公室裡，我偷窺你時首度隱隱得知你另一方面的性向，你的電腦螢幕上本來是一排黑色小字在爬行，文字突然停止後你換頁，開始像個面無表情的主管一樣偷看男人做愛。

愈來愈困難了，我好難不把所有時間都花在偷窺你，就像閱讀你寫的書時也能讓我遠離現實，即使你不知道自己有這樣的能耐，我看著你寫作，看著你洗澡，看著你跟妻子做愛，你睡覺的時候我一直站在你面前，我坐在你那張糟糕的大書桌後面的椅子上假裝是你，我摸到你的物品時彷彿碰觸到你，我就是你身後那個陰魂不散的幽靈。

我看著你拆開粉絲來信，我的懷疑沒有錯，你幾乎不看那些信，你的目光只願意為自己停留。你就像是金色溫暖的太陽，我則是一顆圍繞著你運行的黑暗衛星，只有當你的影子投射在我身上時，你才能看見我，你一時覺得發寒，於是向窗外看。

你好啊，帥哥。

—

我讓亞曼達自己在網路上尋找傑克·史卡利的原創作品，大多數擁有這些故事的地方都是會員制的粉絲俱樂部，這些粉絲俱樂部似乎很嚴格篩選能進入團體的會員，這些管理員都在美國，看來我們得等這些人睡醒後上網，才知道我們能不能進入這些團體。亞曼達坐著，正在新建自己的個人檔案，如果這個團體裡看起來大多是男性會員，她會幫我新建個人檔案。她傳出訊息之前會自稱自己對傑克懷抱永恆的愛與景仰，甚至時不時暗示自己不相信他已經死了。

我的存在則完全沒有用武之地，我坐在那裡，努力忍住不要用手機搜尋自己的名字，時不時又會鬆懈，忍不住去看圖片和新聞標題，又快速關閉頁面，我和戴娜在一起被拍到的照片已經登上《每日郵報》和news.com.au之類的網站，所幸媒體模糊處理過戴娜的照片，在公車站堵到我的那個記者事後一定是接近並詢問過她，但她的臉部經過模糊處理，表示她並不允許媒體使用她的照片，然而這可能表示她現在知道我的身分了。至少如果亞曼達上網的話，不會撞見我和她謀殺案受害者的妹妹站在一起。

有則新聞頭條寫著：

渾身是傷的康卡菲又開始四處遊蕩。

公車站謀殺案被告在遙遠的北方獵殺金髮女郎。

我仔細審視自己的照片，我的臉龐只看得見輪廓，我臉上的黑眼圈和腫脹的下唇很可能連史黛拉・史卡利都認不出我，但如果哈里森看到這篇報導，很可能會把許多事兜起來，包括他女友和她朋友一直在騷擾的那個戀童癖老男人，還有我在他去學校的路上問他的問題。此時我愈來愈焦躁不安，所以我騙亞曼達我要去繞一圈，查看一下奧蒙・施密特他家的地址，看看我能不能和那個年輕人面對面聊聊。亞曼達身為有執照的私人偵探，很容易就能運用有限的資料庫追蹤到他家的地址。我鑽進車裡時感到有些擔憂，如果我在移動，治安隊隊員、憤怒的鎮民和激進的記者會發現更難逮到我了。

「記住，」我離開時亞曼達喊道，「如果有人舉著乾草叉和火把來追殺你，不要跑到風車上，這想法很蠢。」

薇萊麗・格拉特的家位於凱恩斯北部，屋子的後方傍著水面，整個上層由陽台環繞，從兩側可以一睹史密斯溪的風景，鐵絲網圍欄巧妙隱藏在樹叢中，目的是讓鱷魚遠離她家，能通往一個用閘門上鎖的小碼頭。前花園栽滿桃粉色的九重葛，我到達時薇萊麗正在拉扯這些植物，試圖阻止植物爬上長長的前台階欄杆。我把車停在車道上一語不發，我害怕如果張開嘴會止不住淚水。

我從後座卸下紙箱後放在發熱的引擎蓋上，她了走過來，脫下一隻園藝手套，拉開一片紙箱蓋，範圍剛好能看見「女人」好奇的黑眼睛。

「有幾隻小鵝？」

我清清嗓子，「六隻。」

她用小小的手掌摩擦我的手臂，在漸暗的夕陽下抬頭看著我，我覺得自己好可悲，一個成年男子竟然因一群鵝而瀕臨情緒崩潰，想到這裡我笑了，逼自己嚥下喉嚨後部的哽咽。

「牠們會喜歡這裡的。」

「我知道，」我點點頭，「我知道，他媽的，牠們只是鵝罷了，我的意思是，天啊，振作起來，老兄。」

「我看了新聞，」她說，「你不只是因為鵝的事。」

我拿著一袋飼料跟隨她走進廚房，然後把飼料放在廚房的檯面上，她則在照顧那些鵝，這感覺彷彿回到那天，在凱莉和我處理離婚之前，我在雪梨的家中把貧乏的個人物品裝進車裡，我必須決定如果想要重新開始，我需要帶些什麼，能夠留下什麼，凱莉沒有出現。最困難的部分是在我跟莉莉安重逢之前，我得決定要帶走女兒的哪些東西來陪伴我，我不知道要多久才能再見到她，我在嬰兒房裡走來走去摸著她的東西，針織兔子、棉質包屁衣，還有小女孩的書，我想最好還是拿一些聞起來有她味道的東西，但我也不想奪走她的東西，這終究還是太難，最後我兩手空空離開了房間。

我不知道凱莉是從什麼時候開始選擇不相信我，她問過我這個問題，我不該對她背叛我感到驚訝，在剛開始幾天決定自己要站在哪一邊對她而言一定非常重要，畢竟眼前面臨重重難關，如果她選擇站在我這邊，她所有朋友看過報紙上刊登的證據之後一定會嫌棄她，前去法庭的路上會有民眾對著她吼叫謾罵。如果她當時曾心存任何懷疑，我面臨指控的前幾天她確實裝得很好，我們倆都在公車站接受了令人精疲力盡的審訊過程，包括在那個關鍵的星期天我們為什麼事情吵架，我多久去釣魚一次，我用的是什麼設備，我們多久做愛一次，當天早上我們是否發生過性關係。

警方對凱莉細數我被指控的所有罪名，她得知其中的複雜性之後不再憤怒地對我同事大吼大叫，而是開始聽信他們的話，我認為是法蘭基把他們擬出的時間表唸給凱莉聽，她信任法蘭基，而法蘭基卻無法持續相信我的清白。

即便事發幾週後她已不再相信我，凱莉來看我時仍會把手放在玻璃上，告訴我她對這一切感到多麼恐懼，這場戰鬥將會有多麼艱難，她會不計代價聘請哪位律師，無論我們是否負擔得起。

她把小小的莉莉安放在嬰兒車上推進監獄，坐在小凳子上的幾名巨漢紛紛俯身想看莉莉安那張小胖臉，而我太太則嫌惡地闔上遮陽篷。

大概四個月後，有次會面她沒出現，然後又有一次沒來，當她終於現身，她唯一能說的話題只有我瘦了多少，還有我需要去看醫生，後來她不再把手放在玻璃上，不再用她的手指平貼我的手。

她從未直說過她不相信我，只是停止安排會面，是尚恩要我坐下，告訴我我們要離婚了，從她問我是否真的犯案那一刻起，我就應該要知道這是遲早的事，在我被捕後幾天，我就該知道事情會發展到這個地步。

你沒有犯案吧，你有嗎？

我看著薇萊麗在廚房裡摸東摸西，我好奇她是否也要問我這個問題，巨大窗戶外的陽台欄杆後有幾隻吸蜜鸚鵡在樹上嬉戲，離門廊僅有咫尺，有些窗戶上裝設了彩色玻璃，紅色的夕陽從彩色窗戶上掠過，一次一片在我的襯衫上映射出虹光。薇萊麗在我面前擺了一杯咖啡，儘管天氣很熱，暖意卻從瓷杯傳到我的掌心，這感覺多麼撫慰人心。猶記那一天很冷，我收拾好自己的心情，把我的妻小留在雪梨，那股寒意彷彿仍舊殘存在我身邊揮之不去，侵入我的骨髓，就像一股我永遠找不到源頭的寒冷氣流。

薇萊麗說的話讓我直皺眉。

「她沒有犯案吧，她有嗎？」

「誰？」

「亞曼達。」

「噢，」我甩甩頭試圖釐清我糾結的思緒，「噢，我不知道，她確實做了一些事，這點我很肯定，她搞砸了。」

我告訴薇萊麗那晚跟亞曼達在酒吧的事，告訴她亞曼達看著我的方式，她像貓般的眼神在黑暗中閃閃發光，還告訴我她會殺了我。

「從背後捅了一個人九刀……」薇萊麗喝著茶，靜靜地思索，「為什麼？」

「因為討厭對方？因為對方背叛了你？」

她輕蔑地擺擺手，「又不是老掉牙的犯罪劇，全是放屁。」

我笑了，聽到一個如此蒼老又一副拘謹模樣的人說髒話真的很詭異，好像當成問候語在說。

「是啊，」她繼續說，「叛徒從背後遭到刺殺，都是些屁話，『對不起喔，老兄，你睡了我女友，所以我要捅你一刀，轉過去一下可以嗎？』」

「你是經驗豐富的病理學家，你來告訴我理由吧。」

「我沒有相驗過很多背後被捅刀的屍體，」薇萊麗說，「但我見過很多刺傷，以我的經驗，要不是刺一刀、兩刀，要不就是他媽的刺個兩萬五千刀。」

我又笑了，喉嚨的哽咽正在減輕，我透過玻璃門，可以看見鵜沿著門廊踟躕不前地走路。

「這似乎是個奇怪的規則，」我說。

「如果是刺一刀？就是你在打架的時候揮舞著刀，刺過去的時候心想『挫屎，我剛剛是刺了他一刀嗎？他媽的！我剛剛刺了那個人一刀！』刺傷對方後你會立即逃跑。」

「好吧。」我點頭。

「如果是刺兩刀？」她豎起兩根手指，「嗯，那就是不小心刺傷對方，但你會想『好吧，該死，我剛剛刺了那個人一刀，最好再補他一刀，這樣我逃走的時候他才爬不起來。』」

「那『他媽的二萬五千刀』呢？」我問。

「嗯，那就是處於盛怒中或者吸毒後太激動了，根本沒有意識到自己已經刺傷對方，」她說，「你的身體在揮砍和戳刺，但在精神上已經喪心病狂，我聽說的案例是警察都已經趕到血肉模糊的現場，罪犯還在對著受害者大吼大叫，手邊還在繼續補刀，受害者他媽的早已死亡，死者就像隻紅色的美洲豹，皮膚上布滿斑點般的孔洞。」

「嗯。」

「大多數情況下，繼續落刀的原因是受害者還在動，發生死亡抽搐會讓兇手繼續攻擊。」

「好吧，」我嘆了口氣。

「那九刀呢？」她回頭看著我，「還刺在背後？這就怪了。」

「你在想什麼？」我問。

「我在想，無論刺殺蘿倫·費里曼的是誰，他本來都打算捅個他媽的兩萬五千刀，」薇萊麗說，「但是被打斷了。」

「這在犯罪現場的後勤上說不通，」我說，「沒有條件讓你的假設成立，現場除了蘿倫和亞曼達之外沒有別的人，沒有毒品跡象，沒有明顯的憤怒動機。」

「那麼犯罪現場後勤就不合理，」薇萊麗說。

我手機傳來一聲響亮的鈴聲，打斷了我們的談話，是埃莉諾．查普曼寄來的一封電子郵件，我開啟附件，在螢幕上滑動蘿倫的照片，是沙灘上的亮麗少女蘿倫，派對上的蘿倫，在一輛擁擠的公車上與妹妹和母親相擁的蘿倫，獨自坐在公園長椅上的蘿倫。

我盯著螢幕時，亞曼達傳來一封訊息。

到史卡利家跟我會合。

我上車向薇萊麗告別，感謝她照顧我的鵝，此時吹起一陣微風，微風穿過厚重的濕氣，我心中想著這是否代表風雨欲來。

「雨真的下起來，就會下得很大，」她看著群山說。微風吹起花白的短髮在她耳後飄動，讓她看起來宛如一個遠古精靈。我上了車目送她走進屋內，但在我發動引擎之前，我想起電子郵件裡似乎有什麼不對，我再次點開電子郵件，滑動到底部的照片，那是蘿倫坐在公園長椅上的照片，這張照片比正常照片的尺寸窄，彷彿掃描前的原始照片早就被裁成一半。

從照片中可以看見蘿倫右肩上有一隻男人的手，位置就在她脖子旁邊，那隻手懸在她的胸前。

親愛的傑克，

我還是個小男孩的時候，我母親買了一隻棕色的臘腸狗送我，這完全出乎我的意料，我從來沒告訴她我想養任何動物，但她不知在想什麼，很希望讓我在童年度過迪士尼聖誕節式的神奇時刻，所以她把狗放在一個長長的藍色緞帶箱子裡送給我，一個屬於我的生命，這就是動物一開始的模樣，非常有生命力——小狗的軟毛因生命而刺痛顫抖，即便牠將溫暖柔軟的身體縮成一團，牠快速搏動的心臟，跳動的血管，上下起伏的腹部明顯代表生命的痕跡，小狗身體像小豬一樣呈現粉紅色。

每當我親近這隻生物，身上都會產生一些反應，我會咬牙切齒，從我第一眼看到牠的那刻起，我就能感覺到自己的下巴一緊，感覺到前排牙齒勉強咬合時產生一股痛苦的壓力，壓力持續傳到我的下巴和脖子，我唯一能做的就是不讓這股壓力從手臂傳到手中，促使我想把生命從這個東西身上榨出。隨著時間的推移，那股咬牙切齒的感覺真實流進我的身體，我發現自己把小狗抱在下巴下面，把自己的骨頭壓在狗的頭骨上，我知道自己在傷害牠卻無法停止，我非常愛牠，我本來可以咬牠，可以吃牠，那是一種危險狂暴的愛。

這不正符合那些無聊的真實犯罪紀錄片嗎？情人深陷於自己的欲望對象，結果有一天突然爆發並勒死對方，彷彿從對方身上榨取靈魂，抽出對方的靈魂放進自己胸膛，把對方壓碎埋進自己心中。人類就像鑰匙，可以完美插入另一個空洞又開放已久的鑰匙孔，當我們做愛、擁抱和擁有對方時，是否也是在做同樣的事？把自己拔出，然後放進對方的身體？

你不是常常看到這種新聞嗎？共同經歷某種危機之後，兩個人會像磁鐵一樣黏在一起，胸對胸，臉貼臉，喀嚓一聲，一拍即合。

傑克，我想把你放進我的體內，看看你是否能跟我完美契合，看看你是否能填補那裡的空虛，也許如果我把你的身體投進我內心的萬丈深淵，你只會像礦坑中的石頭從深淵的邊緣噹啷滾落，也許我必須把你的一切，你的孩子、你的妻子、你的房子、你的物品、你的文字，也投進我的身體裡。

我就像漩渦，只知道如何吞噬一切。

—

亞曼達在史卡利家的屋外等我，她的襯衫因騎車濕透，熱風吹拂著路邊的棕櫚樹。

「新聞發布了颱風警報，」她說，「如果颱風夠大，可能不會有人注意到你在鎮上。」

「我只能這麼希望了，」我說，「你可以告訴他們颱風把我捲去奧茲國了。」

「你有那個記者的消息嗎？」

「有。」在往返薇萊麗家的路上，法比亞娜曾多次來電，我沒接。「我現在沒空跟她談，傷害已經造成，我打算埋頭苦幹，專心調查這個案子，希望當我再次出現時，一切都已結束。」

她看著我的眼神可能代表溫柔憐憫，或者只是瀕臨瘋狂的兇手身上那種安靜而空洞的目光，也許是我一直把憐憫和悲傷等情緒投射到亞曼達身上，我與薇萊麗一起討論蘿倫・費里曼兇殺案，讓我內心感到一陣輕微的不安，一把大刀刺入女孩背部削瘦肌肉的景象不時躍然眼前。

受害的女孩身上不是只有肉，從她背後捅一刀很困難，想必兇手怒不可遏，要考慮到骨頭，包括肋骨和寬大保護性的肩胛骨，我面前這個小女人在十幾歲時幾乎不可能擁有這種力量，除非她的腎上腺素充沛，充沛到讓她幾乎像被惡靈附體。

我們走到門口，史黛拉在我們敲門之前就把門打開了，她身上披著一件蓬鬆的白色長袍，袖口上沾到紅酒漬，連無動於衷的亞曼達似乎也吃了一驚。

「你，」她指著我的臉，「你這個該死的騙子。」

「呃——噢，」亞曼達說。

史黛拉擦擦眼睛下方沾染的睫毛膏。「難怪你不碰我，因為你他媽的是個戀童癖，他是個戀童癖！」她對著亞曼達嗚咽，嘴裡的話含糊不清。「你知道這件事嗎？」

「是的，我知道。」

「你知道？」史黛拉的手臂在身側垂落。

「嗯，不是指我知道他內心是個戀童癖，當然是說我知道他受到指控，」亞曼達差點笑了出來，「我的意思是，受到指控又怎樣？」

「我要走了。」我突然轉身。

「留下，」亞曼達抓住我，「留下來，泰德，天啊，史黛拉，你倒底想不想找到你丈夫？他們對泰德有什麼看法跟你有什麼關係？那和我們的案子無關，我們快破案了。」

「我們的案子？」史黛拉厲聲說，「沒有案子，你瘋了，結束了。」

「什麼？」亞曼達一陣天旋地轉。

「像這種人，不配當人，」史黛拉對著我揮手，一邊默默抽泣了幾聲，「你看不出來嗎？噢，我的天，你沒辦法對嗎？你也很有問題，自己也是他媽的怪胎，你完全不懂……」

「聽著，我們快破案了。」亞曼達不太進入狀況，她開始用手指列舉，「我們掌握一個很有可能的嫌犯，有些東西需要找卡瑞確認，我們——」

「你這個這該死的怪胎，」史黛拉說。

亞曼達的嘴慢慢閉上了。

「你這個怪胎，你當然不懂，你怎麼有辦法？你也是個怪胎，跟他一樣。」

亞曼達臉上失去所有的情緒，面色緊繃，目光定格，我脖子後面的汗毛直豎，我走上小路，朝她走去。

「亞曼達，不要！」

她撲向門口的女人，她伸出的手臂夾在門縫裡，因為史黛拉拚命想把門關上，亞曼達扭動身體試圖強行擠入縫隙。我用一隻手臂摟住她的腰往後拖，但她身上的力量大到令人難以置信，體重似乎增加了一倍，四肢堅硬如鋼。

「我們不會放棄這個案子，你這個愚蠢的賤貨！」她喊道，「現在這案子是我們的了，懂嗎？現在是我們的了！」

她掙脫我的雙臂，踢翻一棵種在盆栽裡的棕櫚樹，把石階邊緣的陶罐砸得粉碎，她轉過身來，我發現自己在閃躲，害怕她會對我揮拳。

「我們不是怪胎，泰德，」她厲聲說，用手指戳我，「無論我們做了什麼事，你跟我都不是怪胎。」

很難知道最安全的做法，我開車回家時腦海中閃過許多想法，我想找出最佳行動方案，但面對我自己的問題時，我似乎從來無法鎖定完美的解決方式，我應該再次逃亡嗎？回去雪梨，問問尚恩我能不能在他家住一陣子？我睡在律師的沙發上時，我留在紅湖的所有家當會有什麼下場？如果我拋下一切，治安隊隊員會把房子燒了嗎？他們肯定會找上亞曼達，目的是把我揪出來，把她丟下，讓她負責解釋我的下落，對她來說公平嗎？

我轉向通往我家的泥土路時正在咬指甲，我家對面的路邊站著幾個人，我認出那個偷拍我在公車站和戴娜・費里曼在一起的記者，還有另外幾個人站在他們的車旁，我想是他同事。我把車開到車道上時注意到街道更遠處有幾個人影，雨林懸垂的藤蔓讓他們模糊的臉照不到光。有兩個女警出現在我家，站在前廊邊上看著我停車，這兩個人是否與丹福德和亨奇勾結？她們來這裡的目的是逮捕我嗎？我想她們不會在媒體面前毆打我，但我下車時卻感覺所有舊傷都要甦醒過來。

「泰德・康卡菲？」其中一人問。

「是的，」我說。

這兩個女人花了一點時間打量我，估量我的體型和體魄，認真觀察我的臉，我看起來像是一個有能力犯下此等罪行的人嗎？我想從她們的表情探知評估的結果，但這兩個人卻面無表情。我看了兩人的名牌一眼：泰勒和史威尼，霍洛威海灘區。

「你們是來帶我去警局的嗎？」

「不是，」史威尼說，「我們是來保護你的。」

「噢，」我真的非常震驚，「嗯，這對我來說是個好消息，我猜你們兩個接了警局裡最爛的差事，對嗎？」

「不知道，」泰勒說，她又上下打量了我一番，同時調整一下腰帶，「我現在真的不太確定了。」

我們三人尷尬地站在一起，看著對街的媒體，沒有人真正確定我們對彼此有什麼立場和看法，她們靴子的皮革發出嘎吱聲，槍械和裝備發出銅的金屬味，這些都讓我感覺很好，有那麼一刻我閉上眼睛，想像自己回到雪梨警察總部，聽著年輕的巡邏街警在我辦公桌旁邊穿著又大又沉重的靴子走過。

「那個沉默的證人是怎麼回事？」史威尼說。泰勒一掌拍在她手臂上，目的是要她別多問，她們顯然事先說好如果我那天晚上出現，不要跟我談我的案子，也許是有人明確告知她們不要這麼做。

「你說富勒嗎？他目擊我出現在加油站，但他們沒有給他發言的機會。」

「為什麼？」

「因為他是個酒鬼，」我說，「一個流浪漢兼酒鬼，有精神健康方面的問題，我們希望爭取他作證的可信度，但他們在我們爭取之前就先裁定不起訴了。」

史威尼瞇著眼睛，不安地抓抓脖子，我們就這樣在房子後方的沼澤地聽著青蛙的叫聲好一陣子。

「為什麼沒有人目擊你釣魚？」她窮追不捨，「據我所知，沒有人在碼頭看見你。」

「我在那裡，」我聳聳肩，「我在那裡待了大約一個半小時，也許兩個小時。」

「嘿，我們來這裡不是來討論這個的，」泰勒伸出雙手，同時阻止了她的搭檔和我繼續聊下去。「我們來這裡是為了確保沒有人進入你的房子，我們對你有罪或無罪沒有任何興趣，康卡菲先生。」

「我有興趣，」史威尼平靜地說。我給她一個感激的微笑，開始走上門廊往屋內走去，門廊上有五顆爆裂的水球，位置靠近木板條密封的窗戶，我聞到尿味，算是新招數，我站在那裡好奇他們是用什麼方式把尿液放進那麼小的水球，還要考量把水球運送到目標地點的風險，要怎麼避免水球爆炸後讓所有東西都泡在惡臭的氣味當中。

「丹福德和亨奇警探，」泰勒突然說，在門口攔住了我，「你認識他們嗎？」

我感覺自己的手指正想抓住門把，另一隻手拿著鑰匙，卻開不了門。

「認識他們？」

「對，比如你過去有和他們打過交道嗎？我知道自從你搬到這裡之後他們一直找你麻煩，但在那之前有發生過什麼事嗎？」

「沒有，」我說，「自我搬來這裡我們才開始有接觸，你為什麼要問這個？」

泰勒聳聳肩，兩個警察轉身朝著路上走去，雙手都擱在腰帶上。

「我認真的，」我鬆開門把，「拜託，告訴我，你為什麼要這麼問？」

兩名警官不理會我，我走進屋裡，有個新的煩惱在我的血管中激盪。

夜裡充滿各種聲音，記者和當地人都在挑戰我的房屋界線，我側躺在床上聽著警官高低起伏的說話聲，有時紅藍相間的燈光會在窗戶和天花板上閃爍，我一直覺得自己睡在後臥室都能聞到門廊上的尿味，但過了一陣子似乎就習慣了。每分每秒都有湊熱鬧的人行經我的房子，停下腳步看熱鬧，同時與站在最前面的抗議者聊天。

泰勒警官的疑問讓我非常困擾，很可能她和她的搭檔之所以從另一個轄區派來保護我的房屋，是因為丹福德和亨奇不願意來，或者因為紅湖的其他勤務讓他們分身乏術，也許泰勒問這個問題，是想知道為什麼沒有派這兩個人來保護我，畢竟像這種小鎮能有多少其他犯罪案件？

黑暗中的聲音持續不斷。

「先生，不要逗留，請離開。」

「他在裡面嗎？」

「離開柵欄，女士。」

「我們不希望那個人住在我們鎮上。」

「把那輛車從草地上移開，這裡是私有房屋，回你的車上然後回家。」

「她才十三歲！你們晚上怎麼睡得著覺？」

「你們在這裡保護一頭該死的強姦豬，你們應該到外面追捕他們，不是在他們睡覺時保護他們。」

「回到你的車上，先生，然後回家。」

此時傳來旋轉的引擎聲。半夜時分我想幫那兩位警官泡杯咖啡，但我透過窗板的縫隙看出去時，卻發現是兩個沒見過的警官，一男一女，我不知道這兩個人會不會像前兩位一樣態度溫和，我正想出去抱抱鵝，才想起鵝已不在原處。

在寒冷湛藍的清晨我正要重新入睡，此時卻被胃裡一種反胃感和一種奇怪的感覺驚醒，我聽見一聲尖銳的噪音，像是金屬的刮擦聲。我的思緒轉向房屋後面，沒有人保護屋後，雖然任何入侵者都必須走過五十到六十公尺的距離才能到達我的後門，且這段路沒有任何防護鱷魚出沒的措施，但我認為對一個願意一路來到我家與警察硬碰硬的人來說，並不算太難的事。

我抓起手電筒悄悄走到後廊，屏住呼吸悄悄推開門，連青蛙都安靜下來，在樹叢中傳來蟋蟀和蚱蜢低沉的鳴叫聲，遠處則傳來很可怕的聲音——是鱷魚在黑色的水面上互相呼喚，發出一種類似咳嗽的嚎叫聲。我聽著遠方傳來的聲音，因此當咳嗽聲從車輛附近傳來時，讓我全身在驚嚇中一震，應第一輪輪班的保護警官要求，我早把車輛移到房屋後面。

「嘿！」我按壓手電筒，把光往黑暗中投射，「嘿！」

有兩個人影從原本蹲伏在前輪的位置站起，我故意抓抓短褲後面。

「我有槍。」

其實我沒有，但我提醒自己如果這種情況再次發生，那麼告訴對方我身上帶的不只是手電筒可能是個好辦法。我繞過汽車的一側，光束照亮了兩張蒼白年輕的臉，其中一張臉有一半藏在一頂黑色羊毛帽下面，哈里森把某個物體塞進口袋。

我苦笑一下，哈里森和他的女友柔伊退後一步，在燈光下眨著眼睛。

「我們打算割破你的輪胎，」男孩說。這認罪自白來得很快，彷彿是倉皇之下的胡言亂語，他這麼說話很奇怪，我把他的怪異舉動歸咎於驚嚇過度。

「我看得出來，你是因為你父親的事，還是因為看到新聞？」我問哈里森。

「是因為你是一個禽獸，」女孩冷笑道。這是我第一次近距離看著柔伊．米勒，在她蒼白的粉底下，我可以看見她的鼻子和穿洞的臉頰上隱藏一大片深褐色的雀斑，雀斑不太符合歌德風格。她身上有哈里森平時擁有的所有自信，也有他身上隨時具備的自大敵意，在手電筒的燈光下卻似乎消失無蹤。「我們知道你的所作所為了，你這變態的混蛋。」

「我也知道你是誰了，柔伊．米勒，」我說。我深吸一口氣，打算接著問她在大半夜對別人的房屋投擲鞭炮，還在凌晨時分和男生一起開車到處跑，她父母做何感想，但現在看這兩個孩子臉上的表情表示目前威嚇已經足夠，他們對視一眼，這下子兩人是真的是害怕了。

我知道她叫什麼名字，為何如此可怕？

「我們要走了，」哈里森抓住她的手臂，「柔伊，走吧，走了。」

「想都別想，」我說著側身擋住他們的去路，「你們要把刀交給我，交出來，你們別想攜帶武器離開這裡。」

兩名青少年盯著我看，我向前邁出一步，把他們逼到柵欄邊。

「刀，」我示意哈里森的口袋，我看見他把武器藏在那裡，「交給我。」

「不要。」

「交給我。」

「去你媽的！」

我丟下手電筒，伸手抓住這孩子的肩膀和薄夾克上的兜帽，我的大手一口氣抓住太多布料，把襯衫從他的肚子往上拉，拉扯到他的腋窩。我往他的口袋裡掏，握住刀的橡膠把手。

「放開我！他媽的放開我，老兄！」

兩人向我撲來，我被推回陽台欄杆，他們逃到房屋後面，我聽見鐵絲網線刺耳的聲音時，前門的兩名警官正好從房屋的一側衝過來，他們警覺到這裡有騷動。

我撿起手電筒，照探在我手中的工具，那不是刀。

奧蒙．施密特和他母親住在凱恩斯郊區一棟寬闊低矮的房屋裡，廣闊土地上的草修剪得很短，目的是阻止蛇從房屋間的小棕櫚樹叢中爬出來穿越草坪。奧蒙是那種典型的「遊戲玩家」，我有點欣賞他那種無恥的生活方式，這個憤怒的年輕人因為長期坐在他家地下室裡所以能一直維持蒼白病態的外貌，而凱恩斯的其他居民只是出外檢查一下信箱，就會被太陽曬焦。年輕人的反抗似乎是一種組織化的態度，痛苦的皺眉是必要的偽裝，多年來在聊天室和論壇中能熟練進行盲打則是合格的先決條件，奧蒙．施密特蒼白的面孔和平直的頭髮，還有哈里森．史卡利難以理解的毛帽是他們的制服，當中傳達出一種獨特的訊息：可以毫無歉意對著所有人口出穢言。

他們活得很有自知之明，也許這就是我對奧蒙．施密特這種人的欽佩之處，我知道自己曾是個警察，有制服，有技能，有情報，但我現在什麼都不是。

我坐在車裡，把車停在要去施密特家街區的半路上，我看著亞曼達躲在路邊的棕櫚樹蔭下，腳踏車則靠在其中一棵樹上。她挺直腰背盤膝而坐，雙眼緊閉，垂頭讓下巴抵在胸前。我想我的某些行為已經讓我拿到賤民階級的入場卷，雖然沒有全身紋身，但我也改變了外表——每天早上在浴室的鏡子裡看到臉上濃密的黑鬍仍然會驚嚇到自己；儘管是無心之過，但我放任一群無助的動物包圍著我——我立即成為這群生物的領袖，更糟的是我竟接受這就是我的生活方式；雖然亞曼達臉上會不自主抽搐，還有情緒問題，但我失眠厭食，而且思想偏激。

我在斑駁的陽光下看著亞曼達，欣賞我們兩人之間奇異的相似點，她突然從原本的冥想狀態中清醒過來，跪在草地上朝著車窗爬去。

「我好了，」她說，「我們去嚇嚇這個瘋子吧。」

她從後口袋掏出一部我過去從未見過的手機，那是一部老式的翻蓋手機，她咔嚓一聲啪的打開，接著開始打字，她把舌頭塞在門牙之間，打完字後帶著滿意的微笑抬起頭。

「你剛剛在幹嘛？」

她看著手機，「我在澳洲電信有認識的人幫我取得奧蒙的手機號碼，我剛剛傳訊息給他：我們知道你跟警方和私家偵探談過傑克·史卡利的事，希望你知道這不是個好主意。」

「我喜歡。」我露出欣賞的表情，沉思地望著遠方，「語氣權威又嚴厲，但很有想像空間，你具體想要達到什麼目的？」

「我希望他怕到挫屎，以為是光明會傳訊息給他，腐敗政府的影子大師讓傑克從事地下活動，目的是揭露世界末日的祕密，」她看著手機，「也許我應該幫訊息加密。」

我們等待回覆時亞曼達輕輕抽搐著，最後她終於從口袋裡掏出一張面紙，咬下面紙的一角，然後用她的犬齒嚼碎紙片。手機響起時她用腳後跟站立，身體前後搖擺著往後一倒，一邊發出尖銳的笑聲。

「你哪位？」她讀出訊息，為了回覆訊息，她又把身體向前晃回。

「不要插手，施密特，」她一邊打字一邊唸出。

「你會讓這孩子做噩夢，」我說。

奧蒙不再回覆，一個小時過去了，亞曼達期待地盯著房子，我不確定她究竟希望看到或聽到什麼，她是否期待對奧蒙惡作劇能讓他因恐懼而激發出任何身體上的行動，但她對山姆和雷的看法正確，而且她證明自己的網路辦案能力比我熟練許多。我就這樣和她一起坐在路邊好幾小時希望能有所斬獲，我內心有某部分知道我會願意這麼做，是因為我很害怕家裡外面那些男男女女，也害怕那天晚上不得不在家中度過的黑暗之夜。

我的手機響起，亞曼達因為太興奮而全身一顫，後來才意識到是我的訊息，她鬱悶地撲倒在草地上，是凱莉傳來的訊息。

《六十分鐘》又聯絡我了。

我發現自己真的抓著胸口，一看見螢幕上是她的名字，我心臟周圍肌肉的劇烈疼痛就開始顫動，自我離開雪梨，她從未回應過我任何想要溝通的企圖，螢幕上她的訊息上方滿是我傳給她的訊息，大部分都是在深夜傳出，而且篇幅很長。

可怕審判的最後幾天，凱莉無視尚恩懇求她接受採訪可能會危及我的案件，還是執意接受《六十分鐘》的節目採訪，她在法律上可以接受採訪，因為凱莉本人根本不會對審判程序發表任何評論，她回答的問題包括我曾經是個什麼樣的父親和丈夫，還有我們家庭生活的模樣，但該集節目的主題是「嫁給魔鬼」，且節目上刻意捕捉了她最脆弱的一面——比如偷拍她盯著我們家附近一條空蕩蕩的高速公路，一邊嘆氣一邊搖著我們哭泣的孩子，她是被拋棄的妻子，是困惑的妻子，也是背叛我的妻子。

這次採訪對我的形象沒有造成任何負面影響，因為我當時的形象已經壞到谷底，而且他們既已認定我對克萊兒．賓利做出這種事，我妻子陷入困境的事實也不會有多少媒體價值。

即便如此，我回覆訊息時手指仍在顫抖。

要講電話嗎？

過了一會兒她才回覆。

我不知道，我以為一切都已塵埃落定，但那個影片又讓所有人群激憤，大家都在問我是否知情，接受採訪可能是澄清我不知情的大好機會。

我獲釋後的頭幾天每晚仍會瘋狂google自己的名字，想看看我的個人網路歷史上又被記上什麼恐怖事件，我在犯罪部落格上看到一篇文章，那篇文章的標題是：保護獵食者？該文章的作者想知道怎麼會有妻子不知道自己的丈夫是個兒童性侵犯者，同時將我們的婚姻當作案例進行研究。這篇文章純粹是垃圾，只是出於推測，內容包含許多我被帶上法庭的可怕黑白照片，但這篇文章出現的時機恰到好處，剛好出現在我不予起訴的新聞迅速傳開時，因此大眾想知道她是否知情。

我沒有回覆訊息，她又傳了一封訊息。

如果你能暫時遠離新聞輿論就好了。

——

凱莉的訊息激怒了我，我感覺到一種痛苦又煩躁的激動感，我的母親曾經稱這種情緒為「熱鍋上的螞蟻」，我腦中有一種無意識的預感，只要我繼續前進，就能超越心中煩惱的事，所以我把亞曼達留在奧蒙．施密特的房子外面，讓她坐在陰涼處把一根樹枝剝成好幾絲，我告訴她我會帶午餐回來，但沒告訴她我要去哪，沒告訴她為什麼我要隻身前往，她也沒問，可能是因為她知道我的感受。

這就是問題所在，我不像暴力戀童癖者，我看起來不像，行為也不像，對大眾來說，這個事實讓我比那些完全符合罪犯形象的人更加可怕。

我打破了所有關於戀童癖的社會假設，與普通人無異的暴力戀童癖者會犯罪通常出於多種原因，首先，他可能年老色衰，典型的戀童癖者是老人，可能妻子已經去世、與他離婚或者去住養老院，所以把他留在一間陰暗的小房子裡獨居，房子裡裝飾了許多信任的象徵，能讓小孩聯想到自己的祖父母——像是門前的玫瑰花叢，廚房裡裝著老式糖果的玻璃罐，他每天會遛一隻乖狗。這種老人可能已經染上六十年前的敗德喜好，可能自己曾在某座無名的郊區教堂擔任輔祭男童，在一名乾癟神父掠食性的目光下，在一個如死般寂靜的後室裡倒聖水，從那以後他一直對這個創傷保密，他的妻子曾滿足他的黑暗欲望，她突然不在之後，過去跟在她身後那群鄰居小孩仍會登門拜訪。

除了年事已高、有不為人知的祕密，還有曾經受到創傷等面向之外，固定形象的戀童癖者還有很多典型特徵，可以加入到一系列警告標誌當中，也許是丹尼斯．弗格森[18]那種油膩駝背的類型，他憤怒反抗、舔著嘴唇、抽搐的模樣，長期關押在中途之家時還憤怒揮打戶外的攝影機，種種行為都嚇壞了大眾。也可能是吉米．薩維爾[19]那種眼神狂亂的類型，叼著一根像巨大陽具的雪茄，在玫瑰色眼鏡的鏡片後方露出長長的牙齒咧嘴笑著，難以捉摸、有錢，動作像蜘蛛一般。

這些人都不像我，這點可以肯定，我讓大眾看到的照片都沒有上述特徵，我在雪梨西郊成長的過程受過良好教養，從未受過性或身體上的虐待。登上報紙頭版的泰德．康卡菲身材高大，體格健壯，三十出頭，英俊瀟灑，我有一份支薪的工作，已婚，女兒還是個嬰兒，我順利通過心理評估，有資格成為一名警官，神經系統沒有任何祕密潛在性的失能足以解釋我犯下的罪行。我與一般小孩的關係和正常人相比起來不親不疏，當然我自己也有小孩，但除了陪伴莉莉安之外，我不會在公園或遊樂場閒逛或與其他小孩交談，無論我妻子在不在家，我從來沒有理由邀請任何小孩到我家裡。我沒有刻意去找一個能讓我接觸到小孩的工作，我沒有試圖靠自己的魅力跟小孩在安靜的房間裡獨處，同時照顧、娛樂、教導或指導他們。

我以各種可能的方式掩蓋戀童癖的傾象，此舉讓大眾感到害怕，澳洲人民相信自己知道兒童性侵犯者的模樣、聲音和氣味，他們以為自己掌握了箇中奧義，偏偏卻出現了一個泰德．康卡菲，這個禽獸是一種全新又更加複雜的品種。

誰有能耐看穿如此創新的偽裝？

我的妻子。

她一定有看見或聽見某些蛛絲馬跡，這種扭曲墮落的胃口不會是在我看到一個孩子獨自站在路邊時才曇花一現，這種癖好我已經埋藏許久，也許我偽裝了一輩子，但我們結婚有八年，我一定曾在某個時刻向凱莉顯露了真實自我——也許是喝醉時發表了一個奇怪的評論，或是瀏覽器留下某些可疑的網路搜尋紀錄，或是週六下午在後院游池裡對鄰居小孩毛手毛腳。

歸根結底，如果凱莉該為我的罪行負起什麼責任，對她罪責的真正考驗一定是我們女兒的誕生，想

18 Dennis Ferguson，一名澳洲性犯罪者，被判犯有兒童性虐待罪。
19 Jimmy Savile，英國廣播公司知名節目主持人，他過世後被爆出是戀童癖，犯下多起性侵案。

當然爾，當凱莉生下莉莉安，當我第一次用我那雙大手抱著那個暖呼呼掙扎的嬰兒，某種原始的母性警覺已經響起。

這些陰暗想法完全控制了我，當我終於從這些思緒的掌控中掙脫，卻發現自己停在霍洛威海灘的主街上，我的手放在方向盤上，緊閉著下巴直視前方。有兩個女人坐在我車窗旁的室外區，她們盯著我看，可能是好奇我的腦裡在想什麼，怎麼看起來如此僵硬，在她們認出我之前，我快速下車，迅速從她們身邊走開。

我走到霍洛威海灘主街上一家名為「海星」的咖啡館，第一次看見戴娜身上的綠松石色圍裙時我就認出了她，人行道上到處擠滿桌子，我不得不在用午餐的人們之間側身鑽來鑽去，用餐的人們偶爾會向上瞄我一眼，他們的眼神對我而言彷彿被輕微的電擊穿透，他們有認出我嗎？如果他們認出我來會有什麼反應？

我發現戴娜在櫃檯負責結帳，一直到她用那雙疲憊又厭世的眼神抬頭看著我時，我才意識到自己有多沒禮貌，就這樣闖進這裡找碴，只因為她死去已久的姊姊。

她側眼瞥了一眼她的經理，這個眼神等於是立刻告訴我她不僅看過那則新聞，現在還打算告訴經理她看到的新聞，以及這則新聞與櫃檯那個大鬍子巨漢有什麼關係。

「拜託，」我舉起雙手，「拜託不要。」

「你想做什麼？」她說。

「我來點餐的，」我看了一眼她身後的巨大黑板，「我不想給你添麻煩，我要一份雞肉三明治和一份火腿起司三明治，外帶。」

她不情願地輸入點單，一隻手彈射而出快速收走我的錢，她很驚恐。我退到邊角的一張桌面等待，她把食物裝在手提袋裡拿出來後突然溜到我對面的座位上，我嚇了一跳，她伸出手用力抓住我的手，態度並不友善。

「他媽的，你得放下這個案子，」她說著靠得更近了，我可以看見她眼中的憤怒。「你自己的麻煩已經夠多了，老兄。」

我拿出手機開啟埃莉諾．查普曼寄來的電子郵件，我把手機放在我們面前的桌上，指著蘿倫．費里曼的照片，有隻神祕的手懸在她的肩膀上。

「那是誰的手？」

「我的老天，你有在聽我說話嗎？」戴娜厲聲罵道，她懊惱地搖搖頭，「難怪你會陷入這種爛攤子，你完全是個蠢蛋，老兄，到處都是你的新聞，新聞上說你試圖在雪梨殺害一個小孩。」

「是的，」我點點頭，仍然握著手機，「他們是這麼說沒錯。」

「那來這裡找我是在做什麼？如果我是你，我會躲在安全的地方。」

「嗯，我的過去在官方版本之外另有隱情，戴娜，」我說，「我想你看得出來，否則你現在也不會和我說話，你很會看人，你知道嗎？我也是，而且我認為你姊姊的過去在官方版本之外也另有隱情。」

她對我嘆了口氣之後瞄了一眼廚房門口，經理正緊緊盯著她看，無論我的來意為何，他可能給了她五分鐘時間解決這位神祕的不速之客，然後要她重新回到工作崗位，所以時間不多了。

「我一直在看《北端謀殺案》這本書，」我說，「書裡有很多疑竇揮之不去，首先書裡把亞曼達．法瑞爾描繪成一個徹底的怪人，一個怪胎，我完全同意，她確實是個徹頭徹尾的怪人，當時的她想必也很怪，或許不是書中描述的那種邪惡暴力的怪胎，但肯定不是正常人。」

「所以你的問題是什麼？」戴娜問道。

「我的問題是，這本書沒有說明亞曼達在學校時曾經遭受過任何霸凌，」我說，「你想想看，這女孩瘋了，一個孤僻的人，父親是個酒鬼，母親不想跟她牽扯上任何關係，她是個活在幻想世界的人，一個社會棄兒，為什麼那些受歡迎的女生不會想讓她活得生不如死呢？」

戴娜坐著盯著我看，雙臂在胸前交疊。

「我的第二個問題是關於你姊姊，」我說，「她是個大美女，聰明又會運動，我的意思是，她已經死了，跟她一起上學的人當中有大半仍然聲稱是她最好的朋友，甚至到了她過世以後，她還是有能力擺布她所有的支持者。」

戴娜一語不發。

「那她為什麼沒有男朋友？」我問，「書裡沒有提到她有過男友，完全沒有，這點最讓我大惑不解，你懂嗎？不要誤會我的意思，我的意思是還有很多疑點我想不透。我有一個徹底荒唐的想法，像蘿倫這樣的女孩，還有像亞曼達這樣的人，會一起在離學校派對不遠的樹叢中停車，只為了什麼目的，聊天？幫對方塗指甲油？他們說她和亞曼達一起參加派對，在派對前喝了一杯，計畫一起離開，打算在蘿倫的所有好友面前度過一個美好的夜晚，但完全沒有任何證據表明蘿倫在那天晚上之前有看過亞曼達一眼，她們兩人過去甚至連點頭之交也不算，沒有說過話，沒有傳過紙條，沒有去過彼此的家，所以蘿倫會開車送她去參加派對？完全不在意此舉會對她的社交地位造成什麼影響？」

戴娜沉沉嘆了口氣。

「沒有男朋友？」我不屑地說，「算了吧，像蘿倫這樣的女孩會有一長串人排隊——」

「照片裡沒有其他人，」戴娜說完迅速站起身來，她的身軀在桌面高高聳立在我上方。「照片裡沒有其他人，好嗎？不要亂管閒事，他媽的不要再管這件事了。」

「我不是問——」

我也站起來，但經理繞過櫃檯，顯然注意到他員工身上痛苦的情緒，戴娜擦擦眼睛，我又給她看了一次她姊姊的照片，那隻手臂搭在蘿倫的肩膀上。

「他是誰？」我問道，一隻眼睛還盯著走近的經理，「朋友？老師？為什麼這段關係不能公開？」

「他與這一切無關，」戴娜啐了一口，她轉過身時差點把經理撞倒，那傢伙步履艱難地向我走來，打算給我教訓。

我沒有被修理，但得到需要的線索。

這裡是奧蒙．施密特家的街區，我坐在車裡已經好幾個小時，亞曼達則把這個年輕人徹底擊敗，讓他變成一個偏執的瘋子，她在這個情況下已經玩過火了，她時而躺在草地上，對著自己所寫的訊息咯咯發笑，拇指一邊在按鍵上飛舞，她假裝自己是某個冰冷辦公大樓裡的政府變態，正在製定策略來打倒奧蒙，令人害怕的是她竟能如此輕易地利用這個男孩可笑的恐懼，還有這種恐懼似乎讓她非常愉悅。

我實在忍不住了，所以問她跟他說什麼。

「我傳訊息告訴他：我們知道你知道傑克人在哪裡，我們會讓你告訴我們的，就算要用上那些老派方法，就算要刑求你也在所不惜。」

「這辦法很沒道德，我覺得有點反感，」我說著將手臂靠在車門上，「如果你讓這小子相信他所有的陰謀論都是真的，會發生什麼事，會有絕密情報員對著他的屁股施以水刑——」

「等我真的讓他相信的時候，你就知道了，」她笑著說。

「等你真的讓他相信，」我嘆了口氣，「結果他根本不知道傑克發生了什麼事？」

「如果他不是真兇，我們會浪費一個下午，還幫一個孤獨的年輕人和他的末日好友提供大量的手淫素材。」她坐起身，從她抓成一束一束的頭髮上摘下草葉。「泰德，我認識這種人，監獄裡有很多這種人，陰謀論者、偏執妄想的人、靈媒和降神者，他們編造這些愚蠢的理論是因為他們很孤獨，因為想要覺得自己很重要，想像一下，如果這個世界真的要毀滅了，而你竟然是唯一具有特殊才智的人，可以從一堆無害的書籍中推斷出這些資訊，如果你在高中遇到很多大男生要找你碴，想要撐下去只能靠這種方法了。」

「我想是吧。」我透過漸暗的夕陽看了房子一眼。

「結果居然真的有人現身確認，你想像一下——是的，奧蒙，你發現了我們的祕密，九一一確實是美國政府的噱頭，草丘上真的安排了一名槍手，狂喜即將來臨，傑克．史卡利確實知道實情，我們對此並不樂見，但願意承認，你一直以來的看法都正確，奧蒙。」

她側身躺下，閱讀男孩傳來的另一封訊息。

「他在內心深處，」她說，「其實很喜歡這樣。」

我聽見紗門發出砰的一聲，我抬起頭來，奧蒙．施密特的纖細身形從他的房子裡出現，他隔著門喊了幾聲，然後果斷走向他的車，匆匆掃視街道一眼。上車前他彎腰檢查引擎底下，一路巡視到車尾，他在找什麼？炸彈？追蹤設備？眼前的狀況讓我覺得很殘酷，我自覺罪惡感沉重，這小子顯然是瘋了。

「李．哈維．奧斯華，」我低聲說。

「嗯？」

「那個草丘上的槍手，這讓我想到一件事，李．哈維．奧斯華說他沒有槍殺甘迺迪，他說自己只是個替死鬼，對真正想殺甘迺迪的人來說，他是一個瘋子，剛好當替死鬼。」

「開車，」亞曼達拍拍我的手臂，「奧蒙移動了，跟好他，如果我跟不上你，你一知道目的地就打電話給我。」

我和目標同時發動引擎，奧蒙把可能是他母親的藍色豐田Tarago從車道上開出，然後沿著街道駛離。

我跟在奧蒙的車後面，太陽從山邊西下時，法比亞娜又打電話給我，我一直無視她的來電，但現在我想專心跟蹤人，又不方便跟她講電話，我覺得自己無法專心開車，我接聽電話的同時按下擴音。

「有什麼事嗎？」

「我沒想到你會接電話，」她在長時間的沉默後說，她一定是借這段時間恢復鎮定。「泰德，對不起，我做的事——」

「違法？沒道德？完全背叛信任？」我說。

「所有一切。」她嘆了口氣。

「都很惡劣，惡劣到極點，我第一次見到你時，你看起來不像那種人，雖然也許我只是自欺欺人。」

「泰德，」法比亞娜低聲說，「聽著，我一直……對這個案子很困惑，他們派我來這裡，是為了追逐一名獵食者，然後從他身上榨出一些新聞，要不取得一些駭人聽聞的快照，要不最好是能錄到足以放在網站首頁的虐待影片，但你和我想像中完全不一樣，你……你很……」

「溫和？」我說。

「嗯，」她想了想，不由得笑了起來，「是的。」

「溫柔、英俊、高大，」我說，「一個年輕男子，一個好人，對女人好，對動物好，所有帳單都付清，廚房裡所有茶巾都摺得整整齊齊。」

「是的。」

「嗯，謝謝，」我說，努力壓抑聲音中的憤怒，「你要不要別再想我這個人有多好，他媽的開始關心我的真實案件呢？」

她思考我的話時話筒中一片寂靜，那輛 Tarago 在我前方的車輛之間穿行，然後轉往海岸。

「我希望就算我看起來是個駝背的老惡魔，臉上還有你預期中的狂亂眼神，你仍舊會追查證據來追求我的清白，我不希望大眾支持我是因為我看起來很真實，我希望他們支持我是因為我是無辜的。」

「你好生氣，發生了什麼事？」她問，她的聲音更小了，感覺有點受傷。

我默默地開車，儀錶盤上的手機亮著，通話仍在持續，我考慮要掛斷電話，但我慢慢深呼吸之後開始平靜了下來，一股疲憊的感受再次湧上心頭，試圖撲滅憤怒的火焰。

「有人在騷擾我太太，」我用一隻手擦擦臉，另一隻手握住方向盤，「這真的很難，好吧，她是拋棄了我，但她未曾與這件事有任何瓜葛，她承受的跟我一樣多，但她不該承受這些困擾，我努力埋頭在工作上也是為了擺脫這一切，但現在人們開始跑來我家，太可怕了。」

「聽著，」她又說，「今晚可以見你嗎？」

「不行，」我笑著說，「絕對不行。」

「我不會偷拍你的。」

「到底為什麼還要跟我見面？」

「因為我相信你，泰德。」我聽出了她聲音裡的緊張，「而且其他人也開始相信你了，我知道我的行為讓你受傷，我知道我錯了，但那個影片讓某些人開始挑戰自己對你的成見，我認為我們還能使得上力，你有機會不必永遠過著這樣的生活。」

我握住方向盤，想要相信她，但我沒有。

「你能不能跟我談談，幾分鐘就好？」

我看著儀錶盤上的手機，前面的藍色車輛從高速公路開下交流道，駛進濃密的森林，遠方是一道灰色的海洋。

我用手機定位然後把地圖傳給亞曼達，我想她會從樹叢中掉頭追上奧蒙和我。奧蒙把車停在路邊，我在他視線之外停車後溜進樹叢，然後把槍塞進牛仔褲後面，我內心有一部分仍然懷疑奧蒙是否涉入傑克的失蹤案，我們在Skype上跟他交談時，這小子似乎真的有妄想症，極度沉迷於自己的幻想世界，因此幾乎沒有能力在真實世界生活，但也不該低估他。我尾隨這個肩膀窄小的年輕人沿著小徑走進紅樹林，雷聲在頭頂上響起。

我們現在深入了鱷魚的國度，空氣中瀰漫著蟒蛇令人作嘔的甜味，不時能聽見遠方可能是鱷魚嚎叫的聲音，這些巨大的爬蟲類為黃昏的狩獵而醒來，在水面上互相呼喚。我在樹林間瞥見一條小溪但距離很遠，我們穿越樹叢時小溪剛好與我們平行，奧蒙時不時停下腳步看進愈來愈深的黑暗，一邊心不在焉地伸手從小徑旁的蘆葦上拔下種子。我蹲伏著等待，用T恤的邊緣擦去額頭上的汗水，好希望趕快下雨，天色開始起霧，我心懷感激地舔舔我的上唇。

我在完全無預警的情況下突然發現亞曼達，她像幽靈一樣出現在我身後，雙手放在身側，挑著眉看起來充滿疑惑，我指著奧蒙走上的小徑，她像踩在蛋殼上一樣小心翼翼朝我走來，因為瘋狂騎車過來還在氣喘吁吁，她牛仔褲上的爛泥巴噴到大腿中段，因為流汗她把頭髮往後撫平。

我們跟蹤奧蒙走了半個小時，我全身都在痛，我受傷的腿走在不平整的地面上感覺疲憊不堪，沒多久紅樹林在河岸邊中斷，眼前豁然開朗，那裡有個巨大的方形物體，這個年輕人開始撥開覆蓋在上面的棕櫚葉和附著的藤蔓。

我舉起槍走出樹叢，來到空地。

「趴下，」我說，「趴在地上，施密特。」

奧蒙轉身看著我，他的面色僵硬，眼睛在漸暗的光線中閃爍，就像年輕的兒子在老爸辦公室裡被逮到一樣，他似乎根本沒看到槍。

「我不會告訴你他在哪裡。」奧蒙在發抖，突然間他看起來渺小到不可思議。

「我們知道他在哪裡，奧蒙，」我說，「他死了，你太迷戀他了，你不知何以在半夜把他帶來這裡然後殺了他。」

年輕人哼了一聲，移開視線。

「你之前和傑克有聯絡嗎？」我問，「他說了什麼惹惱你的話嗎？」

奧蒙似乎決定要朝我衝來，他站穩身軀，眼裡像燃燒著火光，我轉換身體的重心，他卻改變主意，決定後退靠在車上。

「你為什麼要這麼做，奧蒙？」我問。

「你不可能有辦法理解這一切。」奧蒙顫抖著，嘴裡咕噥某些我聽不見的話，「你不可能……」

他看了亞曼達一眼，又看了我一眼，然後轉身衝向水邊。

「他媽的！」亞曼達大喊，半是懊惱，半是想笑，「他要衝進小溪了！」

我們大聲叫著要他停下，但他快速奔入水中，雙臂向前衝進泥濘的棕色小溪，就像孩子在沙灘上衝進水裡一樣，我們跑到岸邊時亞曼達沒有放慢速度，我伸出一隻手臂把她向後攬。

「不值得這樣。」我在岸邊打量著河水，想要找出水裡有沒有鱷魚，是否能看見鱷魚肥大的肚子跟著男孩滑進水中。

我們看著奧蒙游向對岸，我意識到自己上氣不接下氣，肺緊緊壓在肋骨上，如果他被鱷魚抓走，我會看見什麼景象？真令人作嘔，會先濺起水花，水面上伸出一隻手，然後留下一片猩紅靜止的水面，我不敢看，我用手摀住臉轉過身去，把手指塞進耳朵裡。

「天啊，不要，拜託，」我呻吟道，我不想聽見尖叫聲，「拜託，拜託。」

「他成功了。」過了一會兒，亞曼達在我旁邊笑著，一邊用力拍打我的手臂。「那個瘋狂的混蛋過河了。」

奧蒙從傑克車子周圍樹上拔下的藤蔓並沒有枯死，這些藤蔓像所有叢林植物一樣太耐寒、太強壯，枝條像毛茸茸的手指附著在門窗上，葉子在玻璃和輪架內持續蔓生，如果我們沒有找到這輛車，我知道熱帶雨林會及時把車吞噬，把觸手纏附在車輛的門窗上，然後把車拖進雨淋深處，就像章魚把一隻掙扎的螃蟹拖進吮吸的嘴裡。我們剝除藤蔓，把棕櫚葉往後推，葉片鋒利的邊緣戳進我們的手。車裡一片漆黑，我拉開駕駛座車門，輕彈車頂燈的開關。

沒有光線，車輛的電池沒電了，車裡有霉味和外帶食物的味道，我記得史黛拉告訴我傑克是個容易上癮的人，後座堆滿丟棄的速食外袋，這些袋子揉成一團，從駕駛座往後丟去，還有賽狗投注後棄置的收據，這是罪惡的快感，也是他拒絕帶回家的祕密。

車子的點火開關裡沒有鑰匙，亞曼達出現在陰暗的副駕車門旁砰一聲打開車門，開始在手套箱裡翻找，她只用指尖將文件推到一邊，以免留下指紋。

「所以這裡就是犯罪現場，」亞曼達說，「奧蒙把他引到這裡來，也許是想用他對書的那些理論來跟他對質，那些傑克藏在書裡的末日祕密，也許傑克不認同，告訴奧蒙他的理論是胡說八道，那些書單純只是書而已，所以奧蒙就殺了他，把他丟進小溪裡，最後一些肥鱷游過來處理掉屍體。」

「我不知道，」我嘆了口氣，一邊在中控台上的棒棒糖包裝紙間仔細翻找，「要怎麼把他引到這裡來？沒有電子郵件，沒有訊息，沒有來電紀錄。」

我下車四處走走，先拔下藤蔓尋找彈孔或血跡，彈孔和血跡能表明兩人之間曾發生爭鬥，傑克最終落敗。我蹲下用手機的手電筒尋找是否有彈殼的閃光，卻一無所獲，除了覆蓋在車輛上的樹枝之外沒有撕裂的樹枝，沒有沾有血跡的可疑石頭，蘆葦中沒有踩平的區域。

「這些是什麼？」亞曼達說。

她靠在副駕駛座位上，手裡拿著一疊紙張，紙張已經乾裂，因為摺疊而顯得皺巴巴的，而且被塞在駕駛座的側面，她把紙張攤開在中控台上。

「是粉絲來信，」我掃視這些頁面，「都是新的，我都沒看過。」

「跟他家裡放的信不一樣嗎？」

「不一樣，」我快速掃過一眼內容，「不是，這些不一樣。」

我閱讀這些文字時內心開始下沉，這些信的篇幅愈來愈長。

我實在太迷戀你了。

我不知該如何表達我有多為你驕傲。

我們是同一種人，如果你能知道就好了，你會很高興自己終於在茫茫人海中找到了我。

「你看。」我給把信給亞曼達看，「這些信不是郵寄過來，是電子郵件，印出來的電子郵件。」

我脖子後面的汗毛直豎，我一面讀一面顫抖。

成為神的感覺一定很好。

你可能認為我是個怪胎。

如果我威脅你愛的人呢，傑克？

要怎樣才能讓你正視我的存在？

「為什麼卡瑞沒有提醒我們有這些信？」亞曼達正在看後面的其中一頁，「這些信都好扭曲。」

「那不是傑克的正規電子郵件地址，」我指著頁面頂部，「這一定是舊的電子郵件，舊網站的舊電子郵件地址，你可以在這個網站找到傑克過去所有的作品，這推論說得通，奧蒙在傑克．史卡利成名之前可能就是他的粉絲，他會用舊的電子郵件地址寫信給他，卡瑞一定不知道這件事。」

「超級粉絲，」亞曼達低聲說，眼神中充滿了興奮。

「我們到此為止，報警吧，」我說著關上駕駛座的車門，「不要進一步破壞現場了，告訴警方我們發現的線索，也通報他們關於施密特的訊息。」

「我們要繼續偵辦，」亞曼達把信塞到我手裡，「我們付出了太多努力，不能讓警方攬走所有功勞。」

親愛的傑克，

你有沒有想過你筆下的角色有什麼感覺？他們不情願地被你選中，在遊戲板上移來換去，當角色已經沒有利用價值，他們被你折磨、被你霸占、被你拋棄，你曾經為他們感到難過嗎？你知不知道你用手指操控他們的方式有多殘酷，知不知道你是多用力在拉動他們的下巴，逼你的小木偶嘰哩呱啦地說話？當你跟那群人一起混，你最喜愛的那些角色，像我這樣的角色就只能在暗影中等待被你選中，日復一日，我從來沒有感覺到你像上帝摟著我的腰，我無時不在想。

養成角色一定很像撫養孩子的感覺，這些年來精心塑造，所有的目的和夢想，當你的兒子哈里森不再是你的傀儡，開始獨自四處遊蕩，嘴裡吐出你從來不准他說的話時，是什麼感覺？昨天我看見你和他一起坐在院子裡，你伸手想觸碰他，他離開時你心痛的表情，你創造了他，但現在他已經不再受你控制，他的命運不由你譜寫，即便你的手指仍瘋狂敲擊著鍵盤，試圖再次把他抓回籠裡。

也許這正是不幸的起點，你失去對其中一個角色的控制，也許你會開始失去情節的分支，神的意思是要讓祂的兒子死嗎？或者這是因為他創造出不服從的角色，而這就是這些角色在書頁上狂亂奔逃的結果？如果你已逐漸習於忽略某個藏身在暗影中默默等待的角色，但這個角色卻突然反擊並改變整場遊戲，會發生什麼事呢？如果我打算偷走你最喜歡的一個角色呢？

所有讀者都喜歡看到刺激的轉折，對吧？

我家的街道上擠滿了人，有輛新聞轉播車斜停在甘蔗田，攝影師正在拍攝馬路對面穿西裝的男子，我的房子在鏡頭的背景中，金色的燈光透過支架上巨大的柔光箱照耀出來，一小群人過來只是為了看熱鬧，他們沒有立場，雙臂交疊，燈光在這些人臉上投射出陰影，其餘的人在鏡頭中進進出出，專注於他們倉促之下拼湊出來的白色紙板標語，持標語的人一高呼他們就晃動身體。我在街道盡頭的黑暗中停車閱讀那些標語，聽著風中的聲音。

為克萊兒伸張正義。

保護孩子的安全。

燒死泰德，燒死他。

我握著方向盤看著他們，這些人不可能整晚都在那裡，沒有人的決心會這麼堅定，攝影機結束拍攝後人群一定會散去。我向後靠在駕駛座上，開始按手機，這些人不能阻止我工作，他們可以阻止我回家，但他們不能帶走我唯一的消遣——追捕奧蒙．施密特，我心中有一股無法逃避的渴望，想要圓滿找出傑克之死的純粹真相，有些事情我會很堅持，傑克的事就是其中之一，因為我可以騙自己他的案子能破，我的也可以。我的人生中曾有過一些非常堅定的錯覺，這次也與過去無異。

我打電話給卡瑞，他打著哈欠，聽起來不情不願，他給我權限登入傑克的舊電子郵件帳戶，傑克使用這個電子郵件時還是一個懷抱遠大夢想但沒沒無聞的年輕作家，卡瑞似乎對我們找到傑克的車輛毫無反應，我想他知道傑克已經死了，所有人都知道，而這個事實不會影響他與這位作家未來的關係。傑克的去向留給其他人釐清就夠了。

「那個郵件已經用了十年，」他告訴我，通話中傳來鍋碗瓢盆撞擊的聲音，「警方已經查過了，沒有什麼有趣的線索。」

「你錯了，」我說，「我不會跟你透露太多，因為發現傑克車輛的事情警方希望保密，但我們有理由相信舊的電子郵件帳戶仍然有效。」

「是一個粉絲幹的，是嗎？」卡瑞似乎精神一振，「我的天，是讀者幹的？」

「謝謝你提供登入資訊，」我說，「我不能再多說了。」

我開啟傑克的郵件帳戶並查看電子郵件，奧蒙的來信是收件匣近期收到的唯一一封信，我瀏覽了最後一封郵件，那封信的內容是關於哈里森和傑克一起坐在他們家的院子裡，父親試圖對這個任性的孩子曉以大義。

你創造了他，但現在他已經不再受你控制。

有人在黑暗中行經我的車門，嚇了我一跳，我彎腰弓背將手機按在胸前，天色感覺起來突然間比我剛到時要黑了許多，陌生人離開後我再次點開手機螢幕。

「已刪除」郵件匣中有一封電子郵件，我開啟郵件查看標題。

回覆：你的問題，糖鈴牧場

有另一人在黑暗中走過，我在這裡並不安全，我把車停在雨林中，穿越樹叢走到紅樹林，在黑暗中摸索著前行，盡量不去想顧慮鱷魚，我走向大門時有蜘蛛網纏在我伸出的手上，棕櫚樹割過我的前臂，我來到後院時有一名警察從屋側的黑暗中走出，是史威尼，前一天晚上保護我家的兩位巡邏員警之一。我的鞋裡全是泥巴水，牛仔褲的底部也已濕透。

「噢，」她說，「是你。」

我走到門廊邊的水龍頭前脫掉鞋襪，想將臭泥沖掉，我把腳放在水流下，用手抹去腳趾間的泥土。

「你們又要守夜了嗎？」我問。

「有人會守著你家，直到這一切漸漸平息，」她說話的時候一邊看著我清洗牛仔褲的褲管。「保護詳情表上寫明要十二天，如果你在那之後依然受到騷擾，警長可能會決定延長保護。」

我能從我們站著的地方聽見房子前方傳來重複的叫喊聲，我們尷尬對望，聽著那些聲音。

保護孩子的安全！

不要等到為時已晚！

「安全跟已晚又沒有押韻，」我說。史威尼看著我，好像覺得我瘋了，我突然替亞曼達感到懷才不遇，她一定會感謝我對押韻這件事的關心，也會欣賞我在大多數人都覺得無可救藥的狀況下苦中作樂，在亞曼達面前說任何話都不會顯得太奇怪或太尷尬。那個警察走開了。

我走到臥室，坐在窗戶縫隙旁的地板上聽著新聞報導，有個穿西裝的男子站在人群旁的草地上，手裡拿著麥克風，正在檢查預錄好的《時事》節目，他錄製了幾段針對當地人的採訪，目的是用來製作較長的片段，他目前在嘗試錄製幾段介紹，新聞編輯之後若想把獨家報導綴集在一起，便可從這些片段中選擇。

「一座處於恐怖之中的小鎮，」他一邊說話一邊點著頭，接著猛然抬起下巴來捕捉光線，「紅湖這座安靜的熱帶社區，對當地的孩子來說，唯一的威脅通常是蒸氣騰騰的炎熱夏季，這裡的家家戶戶都感到安全，有人情味的當地農民總是互相幫忙，好吧，這一切都到此為止。」

攝影機下降，有個女人從陰影中走出。

「表現不錯，麥可。」她從站在攝影機後方的某個人那裡取走一張卡片，換成另一張後離開鏡頭。

「再錄一次，三，二……」

「在紅湖這座安靜的小鎮，恐怖正在潛伏，」西裝男子伸出他方方的下巴說，「在這個小型的熱帶社區，對當地的孩子來說，唯一的威脅通常是……」

我聽不下去了，因此開始處理亞曼達和我在傑克車裡找到的電子郵件，我想起自己在後門廊還放了幾瓶野火雞威士忌，我想讓酒精為自己帶來虛假的平靜，然而我轉身走進門廳時回頭看了一眼前門，卻發現門外射進來一道光。

門已半開，我的胃裡一沉，我走到門口把門拉開，看著站在門廊邊的兩名女警，他們聽見門嘎吱作響，因此轉過身來。

「你們兩位有進來過嗎？」我問。

「什麼？」

「這扇門沒上鎖，」我說，「今天自我出門有人進來過嗎？」

「沒有，在抗議群眾看到你之前請回到屋內，康卡菲先生。」

恐懼不斷上升，我關上了門，我知道自己早上離開家去跟監奧蒙・施密特時明明有記得鎖上門，我走進臥室數數裡面家徒四壁的家當——只有筆電和幾箱文件。我走進廚房拿起長凳上的手機，家中的一切看起來與我離開時的樣子無異，但我手臂上的一股電流卻告訴我有什麼事情不太對勁，此時手機突然在我手中嗡嗡作響，我在驚嚇之餘把手機摔在瓷磚地板上。

「你好？」

「泰德？我是法蘭基。」

我頭暈目眩，一切都錯了，自逮補前偵訊之後我就沒有和小法蘭基說過話了，這是因為她在偵訊到一半時擅離，我聽到她在辦公室偷哭，懇求同事告訴她這不是真的。

「嗨，」我說，試圖想出什麼話來填補這可怕的沉默，「你好。」

「我，呃……」法蘭基生氣地嘆了口氣。

「是凱莉要你打電話給我嗎？」

「不是，」她說，「為什麼她會要我打電話給你？」

「噢，《六十分鐘》又在追著她跑了，就這樣。」

「不是，我，嗯，我打電話給你，其實是因為我想知道你能否告訴我你認識不認識這幾個人，」她翻動一張紙，「其中一個叫L・丹福德，一個叫S・亨奇？」

我抓住廚房桌面旁的一把椅子，爬上座位。

「你問我這個做什麼？」

「他們來自你所在的地區，他們已經提出好幾次申請，要申請搜查令搜查你的住處，這是昆士蘭警局一個朋友告訴我的，跟我講八卦，你懂的，申請已遭退回，但他們還是不斷提出申請，我在想他們是不是，呃……」她不作聲，我拿著手機沒掛斷。「是不是在追捕你，因為所有新聞，因為這一切，你知道的？」

「他們是在追捕我沒錯，」我說，「那幾個人追著我不放不僅因為我的案子，其中的原因比這更深不可測，他們……我有一個搭擋，他們不希望我和她共事。」

我們間隔數英里傾聽著彼此的呼吸，一言不發，外面的叫喊聲變了，我辨認不出他們在喊什麼。

「我不知道是不是該警告你，這真的很難，」她說。

「我很感激你打給我，」我告訴她。我在腦海中回想被捕以來跟她說過的所有話，想起在監獄裡睡不著的那幾個晚上，我努力向她解釋我是無辜的，我告訴她我很抱歉，告訴她我想念她，我想念大家——那些我曾經以手足相稱的頑固警察，那些我輪班時經過的疲憊面孔，那些在警局聖誕派對一起過節時喝醉的笨蛋。

我還沒來得及說出口，法蘭基就掛斷了我的電話。

恐慌就像熱流在體內燃燒一樣原始而真實，恐慌爬上我的喉嚨，在我的耳裡跳動，我把手機放在廚房桌面上往前廳走去，我把放在那裡的一箱個人物品丟到地板上，拿起平裝書本翻閱，又把衣服塞到一旁去。我什麼也沒找到，於是走到臥室，從床上拆下床單，蹲下抬起床墊，把床墊靠在牆上，用手摸過床墊背面，尋找裂縫或凹洞。我現在已經忘卻自己的傷勢，疼痛也無所謂，因為恐慌感凌駕了一切。

丹福德和亨奇想要找一個正式的理由闖進我家，他們想要得到法院批准，想要拿到那張紙，這對他們來說從來不成問題，他們只要想要就能進出我家，從未徵得過任何人同意。

他們想要拿到批准，我能想到的理由只有一個，他們知道這次一定會找到什麼東西。

我發現法比亞娜．格里珊站在我臥室門口，我幾乎沒有認出她來，畢竟她不是直接的威脅。

「前門沒鎖，你到底在做什麼？」

「會有人來搜查我家，」我說。我拆開梳妝台的抽屜，把裡面的物品倒在床上，「他們預先藏了什麼在我家裡。」

她陷入沉默看著我，我發現她這次現身時穿著休閒，身上穿著一件柔軟的白色棉質洋裝來抵禦炎熱的天氣，長頭髮綁成高馬尾從汗濕的脖子上垂下，我也有發現她看起來很美，但我似乎無法把目光停留在她身上，我的視線瘋狂在房間裡搜尋，然後是套房，我跑進裡面打開櫥櫃，把手伸到水槽下方以防有什麼東西用膠帶黏在那裡。

「泰德，」她說，她突然靠近我，把手放在我手臂上，「泰德，你恐慌發作，你快瘋了。」

我推開她，彎身檢查馬桶，我將雙手撫過水箱後面沾滿灰塵的地方，到處都要檢查看看，我想著，檢查上面。我回到臥室把床墊拉回床上，站起床墊上用雙手撫過吊扇葉片的頂部。我任職緝毒小組時就知道，如果有人想蓄意把非常重要的東西藏起來時選擇的地點會多有創意，毒販會拉開幾片踢腳板，會把東西用膠帶貼在椅子下面，會把東西縫進床墊側面，有無窮無盡的可能性。我提醒自己要記得檢查衣服的所有口袋，要記得檢查鞋子，還有洗衣機後方的管道。

法比亞娜站在套房門口看著我。

我還沒原諒她，但身處危機中有敵人的救援總比孤立無援好。

「你可以選擇盯著我看，或者也可以幫忙，」我說。

她想了一下然後走去廚房，我能聽見她在水槽底下推著什麼東西，我立刻趕去幫她把所有食品櫃的物品從寬層架的一側抬到另一側，我站到椅子上檢查那裡的吊扇，然後走到門廊上拆開藤椅。我發現我的槍放在梳妝台最上面一道抽屜，我握著槍幾秒鐘，想起過去按下板機的感覺，那沉默的誘惑就像一顆逃生按鈕，想逃出這個陷阱就是這麼簡單。

到了午夜，我用手電筒在門廊下搜尋完畢，我站在黑暗的後院用手電筒輕敲手掌，試圖思考。她端著幾杯酒走下台階，廚房的燈光穿透棉質洋裝映出她瘦削身型的輪廓。我很髒而且汗流浹背，她向我走來時，甘蔗蟾蜍從她身上快速穿越潮濕的草坪，我們赤腳站著，望著樹間月光下的水面。

「網路上有個團體叫作『泰德是無辜的』，」她輕聲說，「這個團體是在採訪片段公開之後成立，他們正在努力找到特雷弗．富勒並取得書面聲明，想在部落格上發表，他們還在努力，看看是否可以取得該地區基地台的數值，想知道案發當時還有誰在附近。」

「這些人是何方神聖？」我問。

她聳聳肩，「只是一般人，一些相信你的陌生人。」

我盯著水面時意識到她在看我，她希望我告訴她我原諒她了，但我沒有，在那一時刻我沒有原諒，只有恐慌，只有對眼前可能發生的事的匆忙想像：先是搜索，然後是發現，再來是逮捕，最後入獄。

回到我開始的地方，回到鐵幕後方。

法比亞娜伸出手握住我的手，同時捏捏我的手，我低頭看，不確定自己有沒有辦法對上她的眼神，直到那一刻我才意識到，但房子前面的叫喊聲已經停止，時不時能聽見警察在輕笑，但他們輕柔的聲音是唯一的人聲。法比亞娜和我就像兩個普通人站在院子裡享受著夜晚的炎熱，這是我獲釋後第一次如此接近正常人的生活。

當我陷入幻想時恐慌減輕了，是的，這就是答案，完全忘記一切，不計法比亞娜的所作所為，忽略路上的人，不管一切即將結束，同時拚命抓住幻想，想像自己是個冷血的乘客，在遊輪的酒吧裡平靜喝著蘇格蘭威士忌，即使地板在我腳下傾斜，冰冷的海水在我的腳踝邊升起。

「你不是一個人，泰德，」法比亞娜說。

我放開她的手，伸手捧住她柔軟的臉頰。

假裝自己不是自己，我吻了她。

萊頓偵查佐：我是紅湖警察勤務區的偵查佐安東尼．萊頓，證件編號四七七一七七，我身旁的是偵查佐維若妮卡．普林斯，我們的偵訊涉及紅湖地區十七歲少女蘿倫．潔西卡．弗里曼謀殺案的調查工作，時間是二〇〇四年二月十一日上午九時四十九分，普林斯偵查佐能確認一下自己在現場嗎？

普林斯偵查佐：維若妮卡．普林斯，證件編號四八一九一一。

萊頓偵查佐：亞曼達，可以說出你的姓名、地址和出生日期作為紀錄嗎？

法瑞爾：嗯，我的名字是亞曼達．法瑞爾，亞曼達．喬伊．法瑞爾，一九八六年十二月一日星期二出生，嗯。

萊頓偵查佐：你的地址？

法瑞爾：紅湖帕森坊十四號，白色的房子。

萊頓偵查佐：亞曼達，這是我們的第二次偵訊，我們上次採訪結束時開始談到你和受害者蘿倫．費里曼的關係。

法瑞爾：對。

萊頓偵查佐：我想回頭談那個話題，聊一聊為什麼你上週三晚上要搭蘿倫的便車，也就是她遇害那天晚上，你跟蘿倫是朋友嗎？

法瑞爾：我們是朋友嗎？

萊頓偵查佐：是的。

法瑞爾：嗯，不是，不太算，我的意思我們不是朋友，我沒有很多朋友，我不——

萊頓偵查佐：也許你可以想想為什麼要搭便車，為什麼你們會一起去參加派對。

法瑞爾：嗯，她說有一個派對，在接吻岸，如果有人邀我，我不介意去參加一些聚會，比如派對和其他聚會，有些派對不會邀請人，不會發邀請之類的——

萊頓偵查佐：亞曼達——

法瑞爾：我的意思是，我覺得現在發邀請是一種很蹩腳的行為，也許發邀請是小屁孩才會做的事情，我從來沒有參加過派對，所以我不知道，我不知道怎樣才是對的。

萊頓偵查佐：但蘿倫有沒有要求你和她一起參加派對？她有沒有說過像是「嘿，今晚要跟我一起去嗎？」這種話？有沒有說過你們兩個會一起去？

法瑞爾：嗯，沒有，這不是她辦的派對。

普林斯偵查佐：聽著，我們正試圖弄清楚為什麼蘿倫一開始會要你和她一起去，亞曼達，因為大家都告訴我們你們兩個不是朋友，你也告訴我們你們兩個不是朋友。

法瑞爾：有一次她對著我丟了一支鉛筆。

萊頓偵查佐：你說什麼？

法瑞爾：小學的時候，我想是五年級吧，我們都上格蕾絲老師的課，蘿倫對著我丟了一支鉛筆，我的意思是每個人都對著我丟鉛筆，她也加入了，但如果你問她，她現在也不會記得了，前提是她還活著。

萊頓偵查佐：這就是你這麼做的原因嗎？

法瑞爾：做什麼？

萊頓偵查佐：這就是你刺殺她的原因嗎，亞曼達？我現在是問你，你是不是因為過去的一些事情刺殺她，例如她在五年級對著你丟鉛筆，所以讓你對她心懷恨意，這就是你刺殺她的原因嗎？

法瑞爾：（聽不清楚）

萊頓偵查佐：亞曼達，如果你能讓大家理解這件事發生的原因，大家會比較容易接受這個事實，蘿倫的家人也比較能夠釋懷，我的意思是，你之所以做出這種事可能是出於某種原因，可能是因為發生過什麼事——

法瑞爾：我什麼時候可以回家？我好累，我真的很想趕快回家。

萊頓偵查佐：還有誰可能理解你和蘿倫之間的關係，而且可以好好解釋你們之間的關係嗎？你還有沒有告訴誰你對蘿倫的感覺？

普林斯偵查佐：亞曼達，討厭一個人沒有犯法，每個人都會討厭人，你討厭蘿倫嗎？有沒有可能蘿倫帶你去參加派對是跟你致歉的一種方式？

法瑞爾：我確定她人很好。

萊頓偵查佐：（聽不清楚）

偵查佐普林斯：東尼，我可能想休息一下，這對我來說很沉重。

萊頓偵查佐：採訪於——

法瑞爾：她的家人可能會很想念她。

萊頓偵查佐：採訪於二〇〇四年二月十一日十時十一分暫停。

前窗木板傳來的撞擊聲讓我們驚醒，可能是有人猛力投擲一塊磚頭，外面傳來很多聲音，但一名保護警員的喊叫聲打斷了他們。

「嘿！再丟一次，我就登記你違法，老兄！」

法比亞娜側身蜷縮著背對著我，她翻了個身把臉埋在我肩上，我躺在那裡盯著天花板，幾乎記不得我們做了什麼事，我的靈魂離開了，躲起來了，讓另一個不是泰德的泰德接管我的大腦，我隱隱覺得自己過去也發生過類似的行為，我內在還有另一個我，那個我更有能力處理創傷和恐怖，也許這也是這些年來我處理工作的方式，毒窩裡死去的嬰兒，毒販的妻子躺在骯髒的床墊上慘遭割喉，「另一個泰德」才不在乎這種事，他是個普通人，一個沒有煩惱、不知危險的人，一個無所畏懼的人。

不管他是誰，「另一個泰德」現在已經消失無蹤，正常的我感受到所有傷害，痛苦開始在我身上蔓延，法比亞娜抱著我但我沒有抱她，我沒有忘記她對我做過的事，我坐起身，抓抓頭皮想把自己喚醒。

法比亞娜決心繼續睡，她抓住我，彷彿把我當成一塊能讓她繼續留在夢境中的船錨，她的手臂環繞著我的腹部，雙腿纏繞著我的腳。

「真是一群不死心的暴徒，」當所有策略都無效時她嘆了口氣。

「如果《時事》沒有來現場拍攝，人一半都不到，」我說，「憤怒的暴徒喜歡看那個節目，要咖啡嗎？」

「我會需要一杯咖啡，」她說。

我走進廚房，停下腳步檢查院子，預期自己可能會看見治安隊隊員造成的某些破壞，我用鐵鍊鎖住後門，但看來至少有人曾經試圖推過這道門，意圖彎曲鐵絲網的頂部闖入，可能已經遭到警察驅離。

我把咖啡從層架上取下，在檯面上放了兩個杯子，我感覺到一種全面性的悲慘，我落入法比亞娜的陷阱，也陷入對她的吸引力，這是我為了逃避現實做出的最後努力，如今咒語已被打破，我想對著她尖叫，她偷拍那支該死的影片等於讓我送死，前一天晚上的畫面向我逼來，我以為自己喜歡她，但我真的不喜歡她對我做出的事。

該如何告訴她我再也不想見到她，但也不希望她離開？

法比亞娜走進廚房，我停頓了一下，盯著打開的罐子裡乾燥的咖啡色渣滓。

「你沒事吧？」

咖啡粉頂部出現一個小小的塑膠三角形狀物體，就像一座半透明的山從巧克力色的巨石中突出，我伸手進罐子，用拇指和食指捏著尖處輕拉，咖啡粉移動、倒塌、下沉，我又拉，袋子從罐裡浮現。

「噢，老天，」我說，法比亞娜擠到我身邊。

夾鏈袋裡的照片是捲起裝入罐內，我把罐子裡的內容物倒進水槽，把夾鏈袋拿出來，在檯面上把照片攤平，有一疊照片，是五六張拍立得照片，用不著仔細看就知道是什麼照片。

「噢，媽的，」法比亞娜從我手上搶過夾鏈袋，舉到她的鼻子上，「天啊，天啊！」

前門傳來敲門聲，我在人群中認出亨奇的聲音，我目瞪口呆地看著法比亞娜把裝著照片的夾鏈袋塞到她的內褲前面，然後拉下我借她穿的T恤，T恤懸在她的大腿上方。

丹福德和亨奇等不及我走去開門，他們在人群面前演了一場好戲，直接破門而入，屋前傳來歡呼聲，兩名警官走進來，眼前的景像映入他們眼底。

水槽裡滿是咖啡渣，頭髮蓬亂的法比亞娜站在我身邊，手指緊張地抓著T恤領口，這不符合他們的劇本，亨奇從腰帶中取出警棍。

「舉起手來，康卡菲，我們有搜查令。」

他用警棍戳我的肚子，力道不大，不像在其他情境時那樣，這兩個人不知道該如何判斷法比亞娜，她太清新，太漂亮了，不像我從凱恩斯帶回家的妓女，但現在會有哪個心智正常的女人想跟我扯上任何關係？當我家門口的暴徒在大喊著要私刑處死我時，我竟然在取悅女人？

「搜吧，」我說，「你什麼也找不到。」

「不是現在。」亨奇恨恨地看著水槽，他把一根手指伸進我四角內褲的腰帶裡，讓鬆緊帶彈了一下。「看起來我們遲到了幾秒鐘，嗯，泰德？脫掉你的襯衫，把手放在水槽上。」

「你申請的搜查令也包括搜身嗎？」法比亞娜開口了，她走到廚房的桌子旁坐下，我皺起眉，害怕夾鏈袋的塑膠材質會在她的內褲裡皺起發出聲音，但沒有發出聲音。「我敢打賭你沒有，我敢打賭你只能搜房子。」

他們像狗一樣轉向她。

「你叫什麼名字，小姐？」

「我沒有義務要告訴你我的名字。」

「呵，」丹福德冷笑道，「講話還真像個垃圾罪犯，你知道這裡這個人是誰嗎？他是泰德．康卡菲，親愛的，你聽過那個名字嗎？」

「聽過。」

「那你就該知道你的男朋友喜歡的口味比你年輕許多，可能要年輕個二十歲吧，這部分沒有問題嗎？」

「你們想做什麼事就繼續做，可以做完就離開嗎？」我遠離亨奇，遠離他警棍揮舞的範圍，他把身邊的牛奶盒推過去，牛奶盒傾倒並落在地板上，流出的牛奶蔓延到冰箱下。

「哎呀。」

丹福德看著法比亞娜，想要確定她是否把照片藏了起來，很明顯我們是在他們進來前幾秒鐘才找到這些照片，照片要不在我身上，要不在她身上。亨奇經過我身邊走到櫥櫃前，他用臀部試驗性地輕推了我一下，希望如果塑膠袋藏在在我內褲腰帶或胯部會發出劈啪聲，他打開櫃子四處查看，打開抽屜，大聲翻動餐具。

「你們什麼也找不到，」我緩慢重複道，這句話成功吸引了胖警官的注意，「相信我。」

丹福德和亨奇出去的路上又打翻了幾件東西，他們停下來穿過門看著我的臥室，但他們知道這是我第一次贏了，我在他們身後關上前門後才感覺到一股噁心反胃，我回到廚房時法比亞娜已經把照片擺在桌面上，她救世主的角色現在結束了。

我打開袋子，小心翼翼擺好六張照片，照片因為曾經塞在咖啡罐裡所以每一張都是彎曲的型態，照片裡的人的姿勢都一樣，但不是同一個女孩，每個人都仰躺在不同的表面上；兩個人躺在床上，一個躺在地毯上，看起來是在一間凌亂的臥室裡，一個橫躺在汽車後座上，兩個躺在沙發上，每個女孩都舉起一隻手臂懸在眼睛上，手肘向上伸出遮住她們的臉，女孩赤身裸體，多骨節的年輕膝蓋張開，乳白色的身體緊繃地張開，在閃光燈下怪異地張著嘴。

我發現法比亞娜站在臥室裡看著自己的手，她給我的表情感覺起來是不知道自己方才是否做了對的事。

我把車停在海星咖啡館外，坐在車裡翻閱著傑克．史卡利車上的粉絲來信，幾乎無法專心看信，至今我一直想把槍留在家裡，但記者和治安隊隊員讓我緊張兮兮，所以我開始隨身帶槍，把槍塞在牛仔褲後面。風雨欲來，亞曼達和我身上這兩個案件的恐怖能量似乎也隨之而來，即將迎來殘酷的事實。廣播上每半小時就有一篇新聞快報提到警方已找到傑克的車輛，正送交法證檢驗，廣播中也提到了施密特，稱警方意圖就知名作家失蹤案偵訊這名年輕人，廣播主持人持續將聽眾導流到罪案舉報網站，網站上也刊登了施密特的照片，他母親已經向警方投案，稱自己不知道那個年輕人在哪裡，也對該案一無所知。

給傑克的信是施密特寫的，這點毋庸置疑，字裡行間充滿他天生的自大，還有那種高姿態的說話方式，我讀完前五封信，感覺這些文字背後有火焰在燃燒，他無法抑止自己有多希望這個前輩能看他一眼，一眼就好，當沒有人願意看他一眼時，他覺得很受傷，那種感覺再熟悉不過，一個孩子受到忽視讓他的自尊心受到傷害，當他身上的獨特性沒有人願意承認時他感到困惑，他覺得自己在人群之中是如此耀眼，只是在等待有人發現他。

我看著他的文字慢慢黯淡，愈來愈黑暗，此時戴娜手裡拿著鑰匙抵達咖啡館，我只好讓自己從施密特創造的那個既黑暗又可怕的世界中掙脫，重新回到光天化日之下，施密特創造出的宇宙是如此黑暗深邃，我知道在那宇宙的黑暗深處是傑克．史卡利的屍體在某處盤繞，那隻殺害他的動物不過只是載具，我確信沼澤並非深不見底，但只有奧蒙自己知道底有多深，只有他知道那裡潛伏著什麼。

我放下施密特寫給傑克的信，拿起廚房的咖啡罐裡的照片，看著那些迷失的小女孩。

我下車時戴娜停下動作看著我，我走向她時，她唇邊閃過一絲挫敗的微笑，眼中的淚水開始流淌下來。

—

我離開海星咖啡館時風正吹拂著棕櫚樹，我拉開車門，即將到來的暴風雨讓車門把手從我手中猛然拽下，我遙望群山，發現山頂的天空呈現一片憤怒的暗藍，閃電在山脈的頂部閃逝。這裡的雨尚未落下，但地面上的瀝青似乎知道風雨欲來因此開始冒出蒸汽，大街上建築物後方花園裡的生物在呼喊。那天下午戴娜沒有顧客要對付，她站在黑暗的廚房裡向外張望，看著排水溝氾濫。

我在車裡坐了很久，只是盯著放在副駕駛座上的信件，不知道現在是不是該去找亞曼達，告訴她我知道所有真相了。我的腦袋怦怦直跳，迴轉車子朝著紅湖駛去，戴娜的話語在我腦海中響起，我的思緒裡糾纏著少女的聲音、身體的四肢張開、眼睛遮起、驚懼害怕、嘴角下垂的畫面。

我抵達比爾街的小辦公室時，有兩名記者站在木階梯上，我辨認出他們正在用亞曼達的馬克杯喝咖啡，她竟泡咖啡給追著我們跑的人，但她對記者的熱情還不足以邀請他們進門，這就是亞曼達：不按牌理出牌。我幫車子上鎖，把裝有裸體女孩照片的夾鏈袋塞進我牛仔褲的後袋裡，那兩個男人看著我，我現在不擔心自己被記者逮到了，他們太神出鬼沒了。門口的兩人打量我的臉，他們應該在我開上這條小路之前就開始評估我是否會回答問題了。

「跟我們講一句話就好，」右邊的記者說，像是要表示友好一樣伸出他端著杯子的手，「隨便一句話都好，泰德。」

「無可奉告，老兄，」我說著推開他們走過。

亞曼達端著自己的咖啡杯站在廚房裡慢慢攪拌著，她茫然的眼神盯著一圈又一圈環繞的巧克力棕色液體，她的神情看起來就像外面的天氣，就像一場風暴正在緩慢形成，我腦中有種荒謬的想法，我好奇她是否早就知道我方才從戴娜那裡得知關於她的事，她是否能以某種方式在我腦海中聽見戴娜的聲音蔓延開來，她嘴裡不斷吐出的畫面逐漸織成一張可怕的網。我走到辦公桌前坐下，看著電腦螢幕，螢幕上出現一個實況部落格，上面不斷更新搜索奧蒙·施密特的最新狀況，警方去當地的五金行找過人問，他曾在那家店當過收銀員，但沒有那個年輕男子的蹤跡。我在桌面附近移動物品，不知道從何開口，亞曼達還在廚房裡眼神呆滯地攪拌咖啡。

「亞曼達，」我說。

「怎樣。」

「亞曼達，我知道了，我知道在接吻岸發生什麼事了。」

空間裡一片寂靜，我拿著一疊文件，我真的需要有什麼東西讓我緊緊抱牢，因為我即將在我搭擋的世界裡投下震撼彈，我甚至不知道那疊紙是什麼，是奧蒙網站截圖的列印畫面，是卡瑞提供的電子郵件，還是我們在傑克車裡找到的粉絲信件，但那疊紙在我指間的重量令人放心。我又重複說了一次，但亞曼達沒有反應，內心裡的漩渦開始攪動，外表卻無聲無息。三隻貓僵硬地坐在廚房地板上抬頭看著無法動彈的主人，想知道該如何打破這個魔咒。

我無法再承受，我的決心一下子崩塌，我有太多問題想問她，我再也無法忽視，這些問題在我的喉嚨後方痛苦而沉重地跳動，我打算走到她身邊搖晃她的身體，但當我輕輕砰一聲把文件放在桌子上時，卻突然意識到我們大錯特錯，我看著一疊列印出的頁面，聽見文件撞擊到桌面上發出的嘎吱聲在我腦海裡迴盪，聲音讓我全身顫抖。

「噢，我的天，」我說。

亞曼達終於回神，她轉向我抽搐了一下。

「什麼？」

「我們得走了，」我說著跌跌撞撞走回桌子後面的書架，我從桌面上抓起車鑰匙。「去牽腳踏車，我們現在得去史卡利家！」

我們來到那棟坐落熱帶雨林裡的大房子，史黛拉．史卡利的車子停在車道上，我把車停在她的車後方，抬頭看著街道，知道亞曼達的身影即將出現在甘蔗牆間。我遙望閃電在黃色的平原上迸裂，地平線上閃現黑色，無論接下來要面對的是什麼，都會將沼澤夷為平地，讓岸邊房屋周圍淹滿冒著泡的泥巴水，我對薇萊麗．格拉特心生感激，因為我知道我的鵝住在她靠近凱恩斯的堅固昆士蘭州建築中非常安全，我家末端的水要漲了，我不知道回家時會發現什麼生物和治安隊隊員一起在我的房子周圍爬行。

我把那些沉甸甸的文件放在她辦公室桌面上時意識到某些事，那個聲音在我身上觸發了真相，我沒辦法等亞曼達，我頓悟的事讓我再也等不及了。

紙張在桌面上發出厚重而沉悶的砰聲，那些紙張的重量讓我想起作家和他們的文字，讀者撫摸並擁有那些書頁上的文字，讓這些文字變得何等珍貴，這些文字是如何折磨奧蒙．施密特，是如何在他體內翻攪再翻攪，直到創造出一個怪物。

我小跑步走到前門，重重敲擊大門並按下門鈴，看著屋內玻璃面板裡冰冷黑暗的門廳，我看不見任何人，於是走回車道看向哈里森的陽台，樓上的窗戶反射出即將來臨的暴風雨。我沒有再大喊，而是直接從前花園撿起一塊石頭，用力朝門邊的玻璃投去，面板向內碎裂，玻璃濺到瓷磚上，警報系統開始發出尖響，我打開門並推門而入，行經時用手掌直接擊碎控制面板，想要關閉噪音卻徒勞無功。

「史黛拉？」我大喊著跑進餐廳，我繞過廚房、大洗衣房巡視一圈，然後經過起居室走向辦公室，她曾在辦公室裡把手放在我的胸前，試圖把我的身體拉進她體內，我的臉上湧起一陣滾燙，半是因為那件事帶來的痛苦羞辱感，半是因為我好想馬上找到她，想要解決問題就要確定她人很安全，「史黛拉！」

我發現她側身蜷縮身體躺在地板的地毯上，好多盤餅乾和零食擺在她周遭，彷彿她從未離開過我們兩人獨處的那一刻，有一瓶空的香檳瓶倒在她身體的曲線上。我跪倒在地，將垂落在她臉上的金色捲髮推離臉頰，她的身體很溫暖卻僵硬得像一塊木板，我試圖拉她的手臂把她扭成仰躺的姿勢，但她似乎在抗拒我。

「她還好嗎？」亞曼達從我身後走進房內，頭髮上還沾著雨水，她的脖子因費力騎車而發紅，她跪下把手指伸到史黛拉的脖子上。

「她快沒呼吸了，」我說完把酒瓶和盤子推開，「扶她坐起來，史黛拉？你聽得到嗎？」

我聽見聲音從牛仔褲裡掏出槍，轉身發現哈里森站在門口，他的表情很順從，目光從他的母親身上移到我身上，然後又轉移到亞曼達身上，她毫不理會他，只是專心把這個昏迷不醒的女人拉到一旁，抬起她的下巴，然後開始打手機叫救護車。柔伊出現在他身後，表情看起來更加好奇，彷彿一隻戒慎恐懼的狗被主人發現做了不該做的事，不確定自己是否會受到懲罰。我朝這兩個青少年揮槍，試圖把他們引進房間，但他們只是大感震驚，對我把槍指著他們感到憤怒。

「進來吧，」我說，「你們兩個。」

哈里森側身走進房間，拉扯他的毛帽邊緣讓下擺蓋住他的眉毛，女孩則留在門口，我看得出來他們正在動歪腦筋，無聲的訊息和疑問在他們之間用無形的路線在傳遞，兩人似乎都無法決定要留下還是逃跑，他們的雙腿站得有點太開了。

「她吃了什麼？」我問，「哈里森，你讓她吃下什麼？」

「FM2，」女孩替他回答。

「多少？」

「十二顆。」

哈里森盯著地面，看著他黑白相間的鞋子，鞋底周圍的筆觸是長了尖牙的塗鴉笑臉。

我站起來把槍對準男孩，亞曼達跪在史黛拉身邊看著我，她的手指仍然按在女人的脖子上，感覺那顆心臟在焦糖色的皮膚下緩慢地跳動。她低聲跟接線員交談，說話的聲音低沉又快速，她的眼神在史黛拉和房裡的僵局之間來回移動。

「這是柔伊．米勒，」我告訴亞曼達，「六個月前，她的母親泰瑞莎．米勒死於一場車禍，只是這並非意外，對嗎？那天晚上，我在我家屋側發現你們兩個出現在我車子旁邊，你們說打算割破我的輪胎。」

我幾乎無法呼吸，胸口像鼓一樣緊繃。

「我覺得很奇怪，」我說，「哈里森，你脫口而出時是怎麼說的，『我們打算割破你的輪胎』，你怎麼會那麼說？因為你不想讓我知道你真正的目的，你不想讓我知道你們的目標其實是我的剎車線，你也是這樣對付柔伊的母親吧，這就是你帶剪線鉗來的原因，這就是你手上沒刀的理由。」

柔伊苦笑一下，哈里森則看著我。

我繞著桌子走了幾步，我不想把女孩嚇到逃出門外，但我也不想放過這個男孩，他站在高爾夫球桿旁低著頭，眼睛時不時搜尋他的同夥，想與她交換眼神。

「這就是為什麼你不想讓我知道你女朋友的名字，哈里森，」我繼續說，眼睛直直盯著男孩，「因為如果我知道她的母親已經死了，我就會開始懷疑兩個無辜的孩子在六個月內剛好各自失去父母的可能性有多大，因為我一直在鎮上到處看見她母親的名字，泰瑞莎．米勒，非常想念。泰瑞莎．米勒，英年早逝，你知道我們會深入挖掘並查閱所有線索，你絕對不希望我們去查。」

「這傢伙，」哈里森憤憤不平，笑著搖搖頭，「他媽的。」

「這計畫不算太糟，」亞曼達評論道，她的聲音很平靜，「柔伊的母親在一場奇怪的車禍中喪生，哈里森的父親被一個瘋狂的粉絲殺害，兩名父母死亡，還剩下兩個。」

「六個月，」我說，「時間正好足夠，足以讓人們錯失兩件死亡事件的關聯性，接下來再等個幾年……什麼？下一個輪到誰呢？」

「下一個是我父親。」柔伊的下唇在顫動，她看起來很想尖叫或者想哭，她指著史黛拉，「但是她……她僱用了你們這兩個該死的廢物。」

女孩用力抽泣了五六聲，抓住黑色長袖T恤的袖子壓在嘴上，哈里森垂頭盯著我看，下唇的唇環在來回旋轉，他在用牙齒撥弄唇環。

「那些信，」亞曼達發出小聲卻憤怒的哼聲，「不是奧蒙．施密特寫的，全都是你寫的，你捏造出一堆瘋狂的垃圾信，然後用電子郵件寄給你父親，讓他歇斯底里，製造威脅……威脅你自己。」

「閉嘴，」哈里森厲聲說，恐慌正在吞噬他，我可以看出恐慌爬上他的皮膚，讓他的脖子通紅，下巴燃燒。「到目前為止你說的都只是他媽的推論，你就去跟他們說這些廢話啊，誰會相信一些他媽的戀童癖和他的殺人魔女友？」

「線索在信裡面，」我說，「一切線索都在信裡面，那些信件的文筆很好，非常聰明，你把那個瘋狂超級粉絲瘋癲的語氣呈現得恰到好處，你故意讓奧蒙得知你父親的車在哪，把這個爛攤子嫁禍到他身上，你當然知道他會去看車，把指紋和纖維都留在上面，他怎麼有辦法拒絕？你父親是奧蒙的一切，是他人生的目標，他的祕密任務，你有很多強迫症粉絲可供選擇，但是你選了一個當地人，一個可能把傑克引誘進水道裡的人。」

我突然感覺筋疲力盡，所有的計畫都是為了這個目的，一個策畫許久的冷血計畫。

「但你撈過界了，最後一封信寫得太誇張了，你描寫奧蒙像幽靈一樣在房子裡遊蕩：看著你洗澡，看著你跟妻子做愛，你睡覺的時候我一直站在你面前，我坐在你那張糟糕的大書桌後面的椅子上假裝是你。」

我搖搖頭。

「奧蒙·施密特從來沒有坐在這張桌子後面，」我說。

我伸手拿起桌上的手稿，第一頁上沾滿了一層薄薄的灰塵，我揮動這疊紙讓書頁翻落在我手上，幾分鐘前坐在亞曼達辦公室裡時，我感覺到那些文件的重量從我指尖滑落，落在桌面上，至此我才想起這份手稿，如果我沒想起來……我發起抖來，如果我沒想起這份手稿……

「新書，」我說，「傑克一定已經完成一半，你的計畫——恰到好處，像奧蒙·施密特這種患有強迫症又危險的怪胎可能會寫那些奇怪的信給你父親，這貌似合理，但這個患有強迫症又危險的怪胎不可能會把手稿留在原地，如果他真的進屋偷窺他又偷窺你，他一定會拿走這份手稿，他至少會看一看並在信中提到這件事，一個病態、強迫症又殺人不眨眼的粉絲怎可能把作家熱騰騰未完成的手稿原封不動放在桌上，彷彿手稿對他而言毫無意義。」

「去你的，」哈里森再次嗤之以鼻，「你他媽的懂什麼？到底懂什麼？」

「這就是為什麼沒有來電記錄，沒有訊息引傑克在深夜外出，最後一封信告訴傑克他的超級粉絲要來找他兒子了，哈里森，傑克一定很擔心奧蒙會對你做出什麼事，然後你在半夜叫醒他，說你收到一則訊息要你出去跟他見面：爸，網路上有個人想在河邊見我，他說他必須和我談談你的事，我很害怕。結果去赴約的人是傑克，他覺得自己終究得面對這個人，命令他遠離他兒子。」

「全毀了，」柔伊現在哭得很慘，但是當她把手從臉上挪開時卻看不見眼淚。「哈利？哈利，我們真的完蛋了，他們什麼都知道了，我們真他媽玩完了！」

「我們不會有事，」哈里森的聲音在顫抖，「沒關係，寶貝，沒關係。」

「你們不會沒事，」我說，「亞曼達負責等救護車，你們兩個跟我來。」

哈里森從袋子裡抽出他一直拿在背後的高爾夫球桿，整個袋子噹啷一聲掉到地板上，高爾夫球灑了出來，他拿著閃亮的球棍揮了一下、兩下，然後把整根球桿都丟到我身上，球桿上下顛倒砸在桌子後面的裱框書籍海報上。

我永遠不會向他開槍，我從來沒有真正把槍對準他，即使他在我面前露出了真面目，即使我看見他卸下否認的面具，那個愚蠢、魯莽、可恨、謀殺親父的孩子從面具後面浮現，我也無意對哈里森開槍，我只想控制他們，因為我可以看出哈里森那張病態、灰色又蒼白的臉正在緩慢燃燒，我知道他正在失去所有希望，失去所有控制，他現在對自己的危險性比我大太多，但是當我躲開高爾夫球桿並站起身來時，兩個青少年已經逃逸無蹤。

我跑出屋子左轉跑到街上，行經寬闊溫暖的馬路，馬路上有警告鶴鴕穿越的標誌，微雨斜斜落下打在柏油路上又冒出縷縷蜿蜒的蒸汽，我在前方的轉角處看見兩個人並肩逃跑，我向前衝刺，柔伊轉身發現我在追，隨即就聽見尖叫聲。

他們消失在茂密的樹叢中，就像兩隻黑兔悄悄溜進濕漉漉的覆土，在我跑到他們消失在樹叢的位置之前感覺像過了一世紀，除了他們留在地面上的腳印之外不留任何痕跡。我蹣跚地悄悄走進熱帶雨林，抓住毛茸的藤蔓，心中感謝動物走出的路線最終助我走回平坦的路面上。我張著嘴，濃稠的空氣從我肺裡噴出，這裡沒有下雨，青蛙低沉而持續的鳴叫聲震耳欲聾。

我跑了十分鐘，腦中唯一所想只有他們一定是向左轉，因為那裡的森林較為稀薄，他們不會右轉回到房屋。垂掛在狹窄小路上的蕨類植物浸濕了我的牛仔褲，割傷了我的大腿，我回頭看了幾眼卻不見亞曼達的蹤影，我大聲呼喚兩個少年的名字，但除了周遭生物發出的大量聲音之外完全聽不見任何回應。

風雨當空，我確定自己已經跟丟他們，但我突然掉轉方向時卻看見柔伊站在一棵樹旁，她的長袖還咬在嘴裡，她用一顆犬齒撕咬一條鬆脫的線，雨水讓睫毛膏沾染在她的臉頰上形成兩股細流，我停下腳步抓住她的肩膀。

「我們真的完了！」她哭哭啼啼。

「他在哪裡？」我問。

「我們殺了我媽。」她用力吞口水並搜尋我的眼神，她的呼吸在顫抖的啜泣中斷斷續續。「我們他媽的殺了我媽！噢，我的天啊，我們殺了我媽！」

「哈里森去哪裡了？」我搖晃著她，「在他傷害任何人之前告訴我！」

我想甩她一巴掌，因為除了嗚咽聲之外她什麼也說不出來，一個在顫抖中哭嚎的女孩擠在我懷裡，我不顧一切抱著她——不顧她的所作所為，不顧我有多想逮到她的同夥，不顧這個女孩身體緊貼著我所帶來的羞恥感，不顧自己被指控的所有罪名，不顧腦海中充斥的所有可怕畫面，我將一切拋諸腦後，因為抱著她最安全，我撫平她蓬亂的粉色頭髮，告訴她沒事，深怕她真的如她外表看起來那樣無助，深怕流在她臉頰上淚水不是裝出來的。

當我感覺到刀插在我背上時，我知道自己錯了。

她的第一刀下得不好，她把菜刀直直插進我的肩胛骨，刀尖刺進我的後背不超過幾公分就碰到骨頭，一定是從史卡利家裡拿的刀，我能感覺到刀刃的鋒利度。我把抱著她的手臂束緊，她再次下刀，瘋狂地刺向我的後背，一次又一次戳刺那塊骨頭，我把她扔到地上，心中震驚又受傷，她再次像蛇一樣站起，將整片刀刃刺進我的右大腿中。

雷聲在我頭頂劈落，我痛苦大叫著從腿上拔出刀，捏緊拳頭一拳打在女孩臉上，她趴在我腳邊的地上，頭靠在我的鞋子上。

「該死！」我大叫著抓住腿上的傷口，刀傷的感覺本來像是被昆蟲叮咬，但當我的神智清醒過來，疼痛卻在我的大腿和臀部震動，我感覺到一股悶悶的劇痛，接著看見猩紅的顏色，血來得很快。我把刀塞進口袋一瘸一拐走著，嘴裡一邊怒吼，突然間這條腿似乎和我整個身體一樣沉重。

我把柔伊留在黑暗之中沿著小路走去，嘴裡一邊呼喚著那個男孩的名字，小路向下延伸，很快我發現了樹木間的汙濁河流，還有茂密扭曲的紅樹林起點，我放慢步行速度，同時留意周遭動靜，身後依舊沒有亞曼達的蹤跡，我從樹間看見那個男孩，停下腳步拔出槍來。

他站在一個又長又高的碼頭盡頭，這個碼頭專為漲潮設計，細細的支柱離水只有幾公尺距離，雖然我在離開森林走進微雨時喊了他的名字，但他並沒有轉身，頭上的毛帽在他窄窄的肩膀上滴下細細的水流，黑色T恤歪歪斜斜地垂掛在他身上，他手裡拿著一根長棍，正在快速敲打碼頭邊緣。我把槍繼續瞄準他，我抬頭看向樹木時耳裡聽見沙沙聲，但無法確知來者是我的搭檔還是他的共犯。

「哈里森，」我說著邁出第一步走上碼頭，「我要你轉身，把手放在頭上。」

碼頭可能有十五公尺長，我聞到一股氣味，雨水喚醒了一種魚內臟的氣味，我慢慢靠近，男孩持續敲打，用棍子敲擊著木板邊緣，我不知道他在做什麼，一直到他發出幾聲短促而有力的咕噥聲，彷彿試圖清除喉嚨裡的堵塞物一樣，我知道那種聲音，他在呼喚牠們，他正在模仿鱷魚的吼叫聲。

我全身的每一塊肌肉都繃緊了，我在渾濁的黑色河水裡搜尋，但在細雨的漣漪下什麼也沒有。

「哈里森，」我說。他看著我，表情目空一切，這個世界正在崩塌，哈里森・史卡利竭盡全力不肯屈服，他放手讓幻覺接管自己，屈服於內心深處那個不像哈里森的自己。

「你為什麼要這麼做？」我問，我靠近了一些，「這是誰的主意？」

他用棍子敲敲碼頭邊緣，一開始我以為他不會回答，但他很快開始吐實。

「一開始只想對付泰瑞莎，」他說著搖搖頭，「柔伊的媽媽，她……緊迫盯人，她從一開始就不希望我們在一起，天啊，那……那太可怕了，你無法想像她有多討厭我們，討厭我們的想法，就像我們是她的噩夢一樣，柔伊想逃家但她只是個孩子，我知道那麼做不能解決問題，我們得面對，我們需要改變這種情況。」

我面前這個孩子在雨中瑟瑟發抖，他稱柔伊為孩子是多麼諷刺，他看起來好渺小，肩膀向內縮的模樣就像是鳥類瘦骨嶙峋的翅膀。

「你想像一下，」哈里森掙扎著說出口，話在他嘴邊快要成形，「你想像一下，有個人成為你的神是什麼感覺，一個活生生的人，不只是一個活生生的人，是一個連自己妻子都無法控制的自戀白痴，想像一下成為另一個人的奴隸是什麼感覺，我就是他的奴隸，」哈里森捶著自己的胸膛，茫然地移開視線。

「哈利——」

「他要把我送走，我們才擺脫柔伊的媽媽，我爸卻接手泰瑞莎的工作，開始對我們趕盡殺絕，我們被詛咒了，我們只是想在一起而已，我們為了在一起已經殺了人，這麼做應該已經夠了，他對我根本沒有興趣，完全沒有，他就這樣抓住這個他不喜歡的小辮子，自認自己有資格干預，硬把我們拆散。」

我看著男孩怒氣騰騰喘著粗氣，他的肩膀因憤怒而顫抖，在濕透的襯衫下顯得單薄。

「是我剪斷了煞車線，」哈里森說，「但我有先問過柔伊，我確定。」

「你殺了柔伊的母親，」我說，「你們兩個，然後什麼事都沒發生，你們逍遙法外。」

「沒錯，」哈里森眼神狂亂地看著我，「沒錯，什麼事都沒發生，他媽的什麼事都沒發生，舉辦了葬禮，有守靈，每個人都哭了，然後大家都回家，柔伊和我，我們一起回家，這……這……」

哈里森伸出雙臂懇求我的理解。

「這感覺真的很好，」我幫他把話說完。

「真的很好！」哈里森笑了，然後突然間抽泣起來，「我們沒救了，你懂嗎？柔伊和我沒救了，因為我們殺了她媽，感覺卻很好。」

男孩大聲抽泣，用手壓彎棍子，在碼頭末端來回踱步。

「哈里森。」我又靠近了一些。

「泰瑞莎死了感覺很好，我們沒辦法不去想接下來的事情對吧？為什麼不趕盡殺絕呢？」他艱難地吞吞口水，「這太容易了，感覺太好了，為什麼不把所有葬禮都辦一辦？為什麼不把該守的靈都守一守？我們開始試著討論這個想法，只是隨口說說而已，你懂的？柔伊的爸爸是個垃圾，是個……豬狗不如的人，但後來我爸開始針對我們在一起的事，說我們年輕人太愚蠢，我知道泰瑞莎的噩夢又開始了，他會開始挑剔我們的毛病，挑到我們再也受不了，他曾寫信給專門接收問題青年的矯正所，你相信嗎？他想讓我參加一個為期六個月的課程，只因我跟我他媽的女朋友在一起。」

他現在是在懇求我的理解，他需要我的理解。

「我們可以在兩年內擺脫他們，」他說，「柔伊和我可以繼承他們留下的生活，他們沒有在過生活，他們在巨大空蕩的房子裡徘徊，避開對方，盡量不要在樓梯上撞見對方，意義是什麼？這一切的意義何在？既然結束這一切如此容易，我們為什麼要讓他們繼續扮演他媽的上帝呢？」

亞曼達突然從我身後的樹叢中衝出，又減速在我身邊停下，她的運動鞋在淋濕的光滑木頭上滑行。

「哇！」她抓住我的手臂，「差點拖太久！你還好嗎老大？你渾身是血。」

「我很好。」我看了她一眼。

「路上有看到柔伊嗎？」

「完全不醒人事。」

「哈里森？」我說，「哈里森，把雙手舉起來。」

這個少年還不願罷手，他盯著水面，手裡拿著棍子，想起自己和女友的所作所為，大腦大半還留在憤怒的記憶中旋轉，他又發出那種吼叫聲，然後轉身看著我，此舉讓我停下了腳步。

「這太容易了，」他說。

亞曼達向前走了幾步，但我抓住她的手臂把她拖了回來，這時有什麼物體從碼頭盡頭幾公尺處掠過水面，哈里森轉向我們時仍在敲打著那根長棍，臉上洋溢著笑容。

「你想見見我的寵物嗎？」他問。

「混帳東西，」我身邊的亞曼達顯得很遲疑，聲音很小，「我不確定我們的調查費用有沒有包含這件事。」

「哈里森，慢慢朝我們走來，」我說，「我們可以多聊聊你走下碼頭的好處。」

少年沒理我，迷失在自己的小小世界裡，就像個冒雨不進來的叛逆小學生，準備在教室裡聚集的學生面前大顯身手。碼頭末端的支柱處又閃現身影，哈里森倚在搖晃的木欄杆上左右揮動著木棍，我不知道是該吼他還是和他談判，正當我盯著他看時，有一團黑色的東西從水面升起，在雨中閃閃發光，不知是動物的口鼻或是一隻眼睛，我無法判斷，我只知道牠是活物。

「不要這樣，哈利，」我說，「如果你跳進水裡，我沒辦法救你。」

哈里森．史卡利看著我，他似乎已經忘記亞曼達的存在，我的搭檔掏出自己的槍，那把複製品，巨大的銀色史密斯威森左輪手槍拿在她手中看起來大到有些滑稽，我看著她輕彈左輪手槍的槍管，檢查裡面的子彈，我不知道複製品也有可滑動的槍管，她的表情凝重而冷漠。

「我們要的只是自由，」哈里森說，「你懂了吧？」

一聲爆破聲讓我畏縮，我的目光暫時從亞曼達身上移開，那一刻她舉起槍朝哈里森的上半身開了一槍，這把槍並非複製品，少年向後飛去落在碼頭盡頭。

「亞曼達！」

「我沒勇氣再開一槍了。」她說。她朝著碼頭的盡頭走去，接近少年時她的腳卻像魔法一樣消失在木頭表面，有人預先鋸開木板中間，在中央用楔子卡住就能讓人垂直落下，這是道陷阱，哈里森在那個命中注定的夜晚，在那個黑暗的時刻假造有陌生人威脅他，引誘他父親起床，讓傑克落入同一個陷阱。我看見亞曼達從碼頭上掉落時彷彿也看見傑克掉落，他雙手抓空尖叫，抬起眼睛看著碼頭盡頭的少年，少年轉過身來，這個人不是陌生人，不是威脅，而是自己的親生兒子。

我看見傑克試圖抓住木板手卻滑落，就這樣消失在獵食者等待的深淵，落入一隻被他親生兒子馴服的野生動物口中。

我還沒來得及喊出她的名字，亞曼達已經不見蹤影，她的槍在洞前的木板上發出咔噠聲。

「亞曼達！亞曼達！」我跑到她落水處的邊緣，但當我走到洞口並跪下時，我聽見哈里森站了起來，他在流血，我試圖舉起槍，但可惡的是他奪走槍，咔嗒一聲把擊錘往後一推。

「不要，」他說。

木板在粗大的釘子上向下翻動，讓木板保持直立的楔子掉入泥濘的水中，沒有看見亞曼達的蹤影，我腳下的河水在旋轉，我以為自己聽到一聲尖叫，但也許是風暴在我們周圍肆虐的聲音，雨水順著我的後腦勺流到我的下巴，源源不斷地流下，我的胃在翻攪，像是打了個死結。

「把槍放下，」哈里森說。

我照做。

「拜託，拜託，她是我的搭檔，」我深呼吸想要向前跳進洞裡去救她，不管那表示將會有什麼下場。他拿著亞曼達槍指著我的那雙手在顫抖，我一時抬頭看著哈里森的眼睛，看見他眼裡的猶疑和恐懼。

「我不是你爸，」我說，「你不認識我，我不該死，我的搭檔也命不該絕，把槍放下。」

少年壓下手指，我想像自己聽見扳機裡彈簧的聲音，一想到子彈穿過我身體的感覺，我全身的皮膚都張揚著恐懼，槍管對準我的右眼，少年沒有回答，我逮住機會。

「在安全裝置啟動的狀態下你沒辦法向我開槍，」我說。

哈里森微微轉動槍看著槍的側面，槍口本來瞄準我的眼睛，現在轉移到我的左耳旁，我就是在等這一刻，我朝他的腿撲去，繞過我面前的洞然後跌在碼頭盡頭的木板上，此時聽見一聲槍響，我們都滑倒在地上四肢不停掙扎，身體離碼頭邊緣近到令人想吐。我的身體仰賴自己的意志移動，已然忘記背部和腿部的傷口，也忘記我的搭擋，哈里森抓住我，我用雙手攫住哈里森的手臂，他扭動身體從我的雙腿之間滑過，試圖把我推到碼頭邊緣，我看了一眼亞曼達用槍擊中的肩膀重重一揮，他被擊倒攤平在木板上。

我以為我贏了，我向少年衝去時確定亞曼達的槍已經掉進河裡，但我站起來走向他時他卻轉身舉起手槍近距離朝我開火，離我的頭部只差了幾公分，子彈從我右耳掠過。

槍聲震耳欲聾，我的耳裡開始像火災警報般嗡嗡作響，我拚命一揮把少年手中的槍打掉，然後跌在他身上，他的手抓在我腰上時發現柔伊用來刺我的那把刀，我在少年要把刀刺進我脖子之前握住他的手腕，將刀刃向下轉，遠離我的身體，少年向上一踢讓我的手肘從我身下滑出，刀就這樣刺進他的喉嚨，刀柄正好卡在他的下巴下方。

「白痴，」我怒吼著拔出刀刃，一半是在罵他，一半是怪自己，「他媽的白痴。」

「噢天啊，」男孩的喉嚨發出咯咯聲，他感覺到溫熱的鮮血在他指間湧動，他捂著流血的喉嚨開始咳嗽。「天啊，我快死了，我要死了。」

「你不會死。」我扯下濕透的襯衫揉成一團，塞在傷口上，少年用手接過襯衫時我碰觸到他，發現他的雙手顫抖，他散發出孩子般的恐懼，那個大膽的兇手已不復見。「但我的搭檔可能會死，所以我得把你留在這裡先去找她。」

「不，不，不要，」他咳嗽著說，一邊瘋狂抓住襯衫並伸手向我，「我要死了！」

我能聽見山的另一頭傳來警報聲，救護車來接史黛拉了，他們會看見車子，看見門開著，我希望有鄰居聽見槍聲後派警察進樹叢裡搜尋，我希望柔伊仍在原地昏迷不醒，沒有逃跑，這些都是短暫且瘋狂的想法，我跳過碼頭的縫隙，小跑步回到紅樹林，我真正的任務是找到亞曼達，只有這才是最重要的事，兩個愚蠢的孩子已經謀殺了自己的父與母，不能再有人賠上性命。

我沿著灰色的灘邊奔跑，眼睛掃視水面尋找亞曼達的蹤跡，我持續留意森林邊緣的動靜，不時顫抖著停下，因為我一直覺得高大的草叢裡出現騷動。

「亞曼達！」我大喊。我跑回碼頭，開始沿著小而泥濘的水濱走上另一條路。「亞曼達！」

我跑了起來，一邊想起戴娜告訴我的話。我搜尋她的蹤跡，大喊她的名字，希望她沒有死的同時，腦中彷彿親眼見證了亞曼達的罪行。

「這太愚蠢了，」十二歲的戴娜在蘿倫的汽車後座上說，「我們應該回家。」

姊姊不理會她，視線盯著馬路，時而用一隻手順過她燙直的秀髮，從髮絲一直梳到髮梢，蘿倫緊張時總會摸自己的頭髮，所以有時如果眼前有什麼真正重要的事，比如學校的獨舞表演或者公開演講，她會把髮尾摸得油油的。戴娜懷疑蘿倫的神經質是她能在學校、家裡和朋友面前都表現完美的關鍵，戴娜似乎永遠無法達到那種焦慮能量的巔峰，如果戴娜被迫在眾人面前說話，或者有人邀請她參加一個重要派對，她會先感覺想吐然後感到疲倦，最後她會放棄，那就是她一貫的方式。

她現在開始感覺想吐了，因為她知道他們抵達會合點時會發生什麼事，她深呼吸，雙臂交疊抱在胸前，努力將目光集中在窗外晃過的熱帶雨林，車子一路向上駛進黑暗中，朝著接吻岸駛去。戴娜不認識她前面座位上的那個女孩亞曼達，但對「特殊計畫」來說她似乎不算聰明的選擇，蘿倫和那些男生會找女孩來參加「特殊計畫」，但條件是不能洩密，這個亞曼達女孩從她上車那一刻起嘴巴就沒閉上過，戴娜揉揉肚子努力深呼吸。

「有多少人會去？」亞曼達發問，「二十人？三十人？誰主辦的？特洛伊．萊德維奇會去嗎？他很可怕，那個特洛伊．萊德維奇，有人跟我說他一個人住，他才十七歲卻一個人住。」

「你的問題和問題之間沒有足夠的時間讓我回答，」蘿倫不自在地笑道，「你太嗨了，小姐，冷靜一點！」

「我簡直不敢相信你邀請我，有人邀請真高興，哈！這句話有押韻耶，有人邀請真高興，我過去從未參加過任何派對，我知道在去年的聯誼會之後舉辦了一場非常棒的派對，你有參加嗎？」

「什麼？噢，噢，對，有些人去了海灘。」蘿倫清清嗓子，在駕駛座挪動姿勢想坐得挺一些。

「我們該回家了。」戴娜踢了她姊姊的座位。

「好了，亞曼達，」蘿倫說，「我們把車停遠一點然後走去派對，你覺得好嗎？這樣散場的時候我們就不會卡在車陣中。」

戴娜開始坐立難安，蘿倫說「好了，亞曼達」的方式跟她第一次要她參加「特殊計畫」時對她說「好了，戴娜」的方式如出一轍，甜甜的好溫柔，彷彿只是希望她幫一個小小的忙，卻能得到巨大的回報，好了，戴——娜……好了，亞曼——達，那語氣彷彿她犧牲了自己，把機會讓給更值得的朋友，好像這場交易的贏家真的會是亞曼達，蘿倫竟然願意放棄資格，她人真是太好了。

汽車駛離主幹道，在一條窄小的泥土路上轆轆行駛，然後停在一排茂密樹木後方的空地上，女孩們下車，戴娜可以聽見風中傳來的音樂聲，亞曼達一路上一直在喝那瓶酷思樂伏特加調酒，她喝完之後把酒放在汽車的中控台上。

「所以我真的給你一個大驚喜對嗎？」蘿倫說，手指順著髮絲滑下，「我帶了一件洋裝讓你穿去參加派對，洋裝放在後座，戴娜，把衣服拿出來好嗎？」

戴娜把手伸進後座拿出邁爾百貨的購物袋，把袋子扔在汽車輪胎旁的地上，袋子翻到一邊但沒有打開，因為袋口貼了膠帶封合，戴娜知道袋子裡不是真的裝了一件洋裝，只是裝了一條舊毯子好把袋子撐起來，這是個謊言。戴娜認為說謊是這世上最糟糕的行為，而這是一種特殊的謊言，一種可以拿在手上的謊言，一件物品。亞曼達興奮到幾乎顫抖，她能聽見這個大姊姊的牙齒在打顫。

「我能聽見音樂了，」亞曼達說著望向樹巔，彷彿可以親眼看見路上有派對傳來的聲音飄過，彷彿看見音符在雲層的映襯下熠熠生輝，「真不敢相信。」

「你不能穿那件衣服，」蘿倫看著亞曼達的牛仔褲和條紋襯衫，「脫掉你的衣服，我們會幫你換衣服好嗎？」

在車內燈昏暗的燈光下，戴娜目睹亞曼達脫到剩下內褲和胸罩，這是一件在凱馬特商場買的粉色短版胸衣，戴娜也穿過這種胸衣，但連她現在都改穿穿A罩杯的鋼圈胸罩了。亞曼達的身體纖細削瘦，乳白色的肌膚很少曝曬陽光，戴娜對這個女孩知之甚少，但如果蘿倫選中她參加「特殊計畫」，她一定是個怪胎，一個無足輕重的人，一個不會有人相信的人，就像她自己，就算她告密了也不會有人相信戴娜的話，她深知這一點。

亞曼達在空地上穿著她的小內褲站在兩個女孩面前，摩擦著她修長如蜘蛛般的手臂，戴娜把喉嚨裡想吐的感覺吞了回去。

「好了。」蘿倫看向樹林，遠方的音樂聲中傳來男人的腳步聲，「現在不要驚慌，好嗎？」

盧和史蒂芬從樹林中現身，兩人都穿著巡邏制服，戴娜在那天下午曾聽見蘿倫用廚房電話和她的男友盧說話，小聲問他什麼時候結束值班，她在冰箱旁邊的黑板上塗寫「LD」兩個字母然後迅速擦掉，這樣母親就不會看見。蘿倫覺得自己很行，可以和校外的人約會，一個成年男子，還是個警察，這很令人興奮，太危險了，戴娜去上學的路上多次有人問她，蘿倫的朋友們會追著她跑，戳她，想要問出細節，他是誰？他真的三十多歲嗎？手銬是真的嗎？蘿倫說過等戴娜長大後也許可以和他的朋友史蒂芬約會。

戴娜爬上車，熟悉的戰慄感從她的四肢開始蔓延。

「你好，小姐們，」盧笑著說。

「警察，」亞曼達的臉上沒有任何情緒，她看著蘿倫，「是警察。」

「重點來了，」蘿倫爽快地說，「盧是我的男朋友，好嗎？他正在進行一個『特殊計畫』，我們只需要你配合，這就算是幫了我們一個非常大的忙了，好嗎，亞曼達？這是一個非常特別、非常重要的計畫，我們只需要你按我們說的做。」

「我們不去參加派對嗎？」亞曼達的手爬到她胸前，抓住布胸罩。「我們不是——」

「當然，」蘿倫說，「我們當然要去，你想和我們成為朋友對吧？你不想和我變成朋友嗎？好吧，你只要幫我這個忙，我們就會成為朋友。」

亞曼達看著戴娜，這孩子畏縮了。

「我們動作很快的，」蘿倫輕推著盧說，「不要傷害她，好嗎？快點做你們該做的事，我們就離開這裡。」

「把你的內褲脫掉，」史蒂芬說著朝亞曼達走來，戴娜看著警官抓住纖瘦少女的手臂，蘿倫的男友扯掉女孩的內褲。「你躺在地上，我們只是想拍幾張照片。」

「把她放到後座，」盧說，「我們借一下汽車的燈光。」

戴娜再也忍不住眼淚，她走到空地的邊緣，聽著亞曼達困惑和抗議的叫喊聲，這女孩嚇壞了，戴娜第一次遇上時也嚇壞了，她摀著臉哭了起來，馬上感覺到姊姊的手搭在她肩上。

「沒事的，戴，沒事的，」蘿倫說，「天啊，這又不是什麼大不了的事，只是拍個照。」

「他們為什麼不能只拍我和你的照片就能手？」

「你年紀還太小，還不懂，這些照片真的很重要，他們要利用這些照片讓非常重要的人按他們說的話去做，」蘿倫安慰她，「他們手上的照片愈多，他們就愈有能耐說『好了，你現在有大麻煩了，先生，你必須按我們的意思做。』」

「這些人是誰？」戴娜說，「他們為什麼……他們怎麼不……」

「這叫勒索，」蘿倫小心翼翼地說。

「我不喜歡！」

「不會永遠這樣下去，」蘿倫低聲說，「他們會用這些照片來賺錢，這是一個非常好的計畫，沒有人會受傷，盧和史蒂芬，他們真的很聰明，你年紀太小了，你不懂，沒什麼大不了的，盧說我們可能有天會結婚，你可以當伴娘，你願意當我的伴娘嗎？」

亞曼達在敞開的車門裡反抗那兩個人，突然間她似乎不再掙扎，史蒂芬抓住女孩的手臂，拉著手臂蓋過她的眼睛，亞曼達的右膝在顫抖，相機閃光燈一閃，反射出他們周圍黑暗的樹林。

男人回到了空地中央，蘿倫加入他們，戴娜四肢都因恐懼而僵硬，似乎無法正常行走，她加入這群人時史蒂芬向下伸手摸摸她的耳朵，小女孩跌跌撞撞地從他身邊躲開。

「好照片，」盧說著摟住蘿倫的肩膀，「她剛好是個排骨精，她不會洩漏什麼，對吧？」

「不會，她是學校裡的怪胎，」蘿倫從盧的口袋裡掏出一包菸，「她是個徹頭徹尾的怪胎，就算她洩密也沒有人會相信她。」

「你也不會亂說什麼對嗎，小美女？」史蒂芬說著捏住戴娜的二頭肌，他的手掐得愈來愈緊，緊到戴娜的手臂痛了起來，但醜陋的笑容從未離開過這個大塊頭。「你不會告發我們的對吧？」

「聽著，我們為什麼不去參加派對呢？」盧說，「我帶你們去參加派對吧，戴娜，你跟我們一起來，史蒂芬會開車送亞曼達回家。」

「不要，」蘿倫對盧聳聳肩，「我們不想丟下她一個人。」

「她不會一個人，她會和我在一起，她會沒事的，」史蒂芬調整腰帶，「我會照顧她。」

戴娜抓住她姊姊的手臂。「蘿倫，不要讓她和他獨處。」

「什麼？你以為我會做出什麼事？我不會傷害她。」

「走吧，你們兩個。」盧抓住戴娜的手腕，將他的手臂滑回蘿倫的肩膀上，他對他的搭檔使眼色。

「她會沒事的！他是個警察，對嗎，史蒂芬？」

史蒂芬從腰帶後面的小袋裡掏出一把口袋摺疊刀，他在汽車的燈光下啪一聲展開刀。

「我只是想給她看看我的新玩具。」史蒂芬在戴娜面前閃過刀刃，「很漂亮吧，對嗎？」

「走吧，」盧拉走戴娜，推著她姊姊，「我們走吧。」

「蘿倫，」戴娜懇求道。

「拜託，戴娜。」蘿倫不安地笑了笑，「不會有事的。」

「拜託，」戴娜穿越樹林時回頭看了那台車，她看見史蒂芬走近車子，亞曼達的腳仍然懸在敞開的車窗外。「蘿倫，我們不能丟下她。」

她的姊姊和警官男友沿著泥土路向主幹道走去，戴娜跟在他們身後緊緊用手摟住自己，小雨開始落下，啜泣在她身上擴散，她只想回家。

她停下腳步，蘿倫似乎感覺到了，她轉身，姊妹的目光在黑暗中相遇。

「我們不能這麼做，」戴娜說，她轉身跑回了空地。

「戴娜！」蘿倫現在生氣起來，「戴娜！他媽的不要管這件事了！」

戴娜沿著小路往回狂奔，當她跑到車旁，史蒂芬躺著，腿伸出在敞開的車門外，雙臂撐在後座上，亞曼達壓在他身下，戴娜用力踢他的腿，把他的臀部往拉。

「什麼鬼？」

「戴娜，不要管他們！」蘿倫抓住她妹妹，把她推開，「你他媽的真的很煩！天啊！」

「盧，控制好這些婊子，好嗎？」史蒂芬抓住他解開的腰帶用力推了戴娜一把，她仰面倒在泥土地上，盧跑到那裡抓住她，「他媽的！把她們帶走。」

在那晚之後的幾年裡戴娜一直在想，是因為亞曼達的動作完全無聲，還是因為自己太害怕，因此大腦無法記錄下她姊姊在生命最後瘋狂的幾秒鐘被人刺殺一定會發出的聲音，雖然她沒聽見聲音，但她確實目睹亞曼達從後座站起，看見一個黑色的人影映襯著金色的車內燈，手裡拿著刀，刀子直直插進蘿倫的後背時她猛然震了好幾下，亞曼達下刀迅速，接連幾下狂亂的戳刺，但當蘿倫倒下時，戴娜可以看出亞曼達根本沒有對準蘿倫，她只是對著她剛接觸到的第一個物體、她身體第一個辨認出的人影戳刺，亞曼達並沒有打算刺殺蘿倫，她單純只是從她身旁的座位上拿起史蒂芬的刀，站起身便開始攻擊。

周遭人發出的聲音回到戴娜的耳朵前是片刻的盲目恐懼，史蒂芬抓著自己的頭髮在嚎叫，他看著蘿倫躺在地上，就在戴娜的腳邊。盧抓住亞曼達，把她扔到車旁，把她手指上拿的兇刀打掉，他撿起血淋淋的兇刀，抬頭看著自己的搭檔。

「快，史蒂芬，」盧說，「快跑！帶著戴娜走，我會清理現場。」

當我看見沙子裡出現血跡，我知道自己找到亞曼達了，我沿著血跡一直往前走，直到血跡變成一道拖長的汙跡，血跡從一側沿著吃水線走，然後直接滴到樹林的邊緣，亞曼達倒在一根小圓木上，頭和肩膀向後仰躺在圓木上，眼睛直直看著天空，我以為她死了，她最嚴重的傷勢出現在她腿上，她的腿上有一道長長的傷口，腿上的牛仔褲完全撕裂，裡頭血肉模糊，血流得不可收拾，從脖子到腰都浸滿鮮血，我衝上前將她抱在懷裡，抬起她靠在我胸前。

令我驚訝的是，有隻冰冷的手抓住我的胸毛。

「你沒穿上衣，」她輕聲說，她的頭靠在我的肩膀上，她的嘴唇上也有血。

「撐住，亞曼達，」我說，「撐住。」

「你脫……」她氣若游絲還試圖要笑，「你脫光光了。」

我朝碼頭跑去，那裡有兩名警察正在處理哈里森，他們看見我時指了指山上，小徑上沒有醫護人員，我只能用跑的去找停在路上的救護車，我受傷的腿已經麻木，我在樹叢中愈跑愈高，瞥見道路就在遠方，雙腳陷入柔軟的覆土，我跪靠在一棵樹上休息了一會兒，把亞曼達抱起緊緊貼在我身上，我手指下的手臂上有著齒痕，鱷魚在她的紋身上面咬出一排小洞。

「我知道接吻岸的事了，」我告訴她。如果她就要死在我懷裡，她得知道我已經探知實情，史蒂芬．亨奇和盧．丹福德對亞曼達、對蘿倫、對戴娜，對所有他們在鏡頭前猥褻的小女孩做出這種事，對天真的小女孩拍下那種不可置信的裸照，我不會讓他們逍遙法外。

那天我站在廚房裡看著這六張照片，他們已從這系列照片中剔除受驚的少女亞曼達，他們覺得我可能會從《北端謀殺案》的犯罪現場照片中認出蘿倫車子的後座，也許我會認出亞曼達本人，可能會辨識出她尖銳的下巴和細長的四肢，但他們沒料到我會認出戴娜．費里曼，照片中的戴娜看起來年約十二歲，她一直咬著嘴唇，強忍著淚水，我幾乎可聽見她姊姊試圖說服她，希望妹妹能幫她成年的男友這個奇怪的忙，就算受到暴力威脅也不能告訴任何人，她告訴妹妹這不過只是照片，沒什麼大不了。

我在空蕩的咖啡廳和成年後的戴娜．費里曼坐在一起，聽著她泣訴那個夜晚，她的姊姊要她一同前往，因為如果蘿倫的傻妹妹坐在後座，亞曼達更有可能相信整起安排，可以跟受歡迎的女孩一起去很酷的派對，還送她一件漂亮的新衣服。

戴娜再也沒有和丹福德和亨奇說過話，她在鎮上看過他們，他們也曾看見她。她看見亞曼達，知道她瘋了。她不確定盧．丹福德和史蒂芬．亨奇曾經拿這些照片做了什麼好事，但她猜想得到他們利用這些照片來脅迫一些有權有勢的人，勒索他們要錢，多年來這些年輕女孩的骯髒照片可能為這兩個男人敲開數百扇門，他們把照片偷放在這些男人家裡，放在他們的臥室、他們的辦公室，然後他們再現身搜出這些照片，然後開始勒索這些人。戴娜知道這個罪行甚至與金錢無關，儘管她可以看出這兩個男人身上有很多錢，這是關於權力，他們在那天晚上展現出的原始獸性，兩個成年男子和三個小女孩在雨林的黑暗中難解難分，女孩們無奈只能聽從男人的要求，亞曼達被史蒂芬身體壓在下方，躺在汽車座椅上，戴娜曾抓住史蒂芬的腿和臀部，試圖把他從亞曼達小小的身體上扯下來，但他沒有絲毫動搖，難以撼動。成年後的戴娜知道對落入史蒂芬．亨奇魔掌的那些男人來說，他就像那天晚上一樣無可動搖又不可觸碰。

我在暴風雨中靠在樹上，懷裡抱著我的搭檔，我告訴她我會找上那些對她做出這種事的人，亞曼達瀕臨昏迷，她的頭靠在我的手臂上，但我不會讓她睡著，還不行，我需要知道一件事。

「你為什麼不告訴任何人？」我問她，我把她的身體壓在我身上，試圖把她搖醒，「你為什麼讓他們把你送進監獄？」

亞曼達抬頭看著我，她的眼睛閉上。

「因為我在監獄裡很開心，」她說。

尾聲

她把鞋子壓在腳踏車前輪上，腳後跟插進泥土裡，身體前傾，疼痛從她小腿傷痕累累又凹凸不平的肌肉蔓延開來，然後又慢慢退去，變成一種溫暖的疼痛感，她呼吸著，感覺到陽光照射在她的脖子後方，亞曼達把她的腿放在腳踏車上然後一撐，一場霧濛濛的微雨開始落下。

亞曼達看著雨滴開始沾附在她紋身手臂上的細毛，她向前伸展，緊緊抓住彎曲的車把，她的手臂對她而言很陌生，從多年前那兩個警察在蘿倫的車子後座上拍下她照片的那一刻起，亞曼達就想遮蓋住自己的皮膚，她開始在監獄裡紋身，由另一名囚犯設計手針刺青，一個女人拿縫針，從行政辦公室偷來筆然後收集墨水來幫她紋身，一開始是臀部上一隻扭曲的藍鳥，當一幅幅圖案，一層又一層的花朵、甲蟲、女人和動物爬上她的腿、手臂和胸部，她感覺自己赤裸又脆弱的自我也遮蓋起來，彷彿受到保護。那兩個警察讓她毫無保留光著身體，她再也不想光著身體，一點都不行。

她已經習慣她有色彩遮蔽的手臂，但如今鱷魚的下顎在她身上留下的粉紅斑痕和割傷已經帶走她某些保護層，保護層底下還是原來的肉身，粉紅色的疤痕組織就像貓耳內部的顏色，有些皮膚上有一排排小洞，是那猛獸咬出的。她身體的其他部位像被蒼白的閃電劈裂，因為那隻猛獸搖晃著她，帶著她在水中翻滾，她就像一只破碎的花瓶又重新拼裝起來，新長出的粉紅色皮膚讓她想起過去的身軀，那副被丹福德和亨奇玷汙的身體，但現在沒有那麼可怕了，她在醫院多的是時間觀察裂縫的形成，她能接受這些殘缺。

亞曼達沿著泥濘的道路在高大的甘蔗牆間踩著腳踏車，一邊抬頭看著在電線上標記她方向的燕子，牠們就像守護灰色天空的哨兵。她記得自己坐在病床上看著病房角落的電視，倚靠在一群聚集起來觀看新聞報導的護士周圍，戴娜．弗里曼正在電視上舉行記者會，她看見丹福德和亨奇在家中被捕的畫面，看見戴娜坐在桌邊哭泣，頭頂上掛著她亡姊微笑著的巨幅照片。如今才過去十二小時，好幾個亞曼達不認識的警探到她病床邊詢問她雨林之夜的細節，他們告訴她戴娜的說法，問她是否屬實，史蒂芬．亨奇和盧．丹福德是否幫她拍下這些裸照，史蒂芬．亨奇是否壓在她身上，他是否碰過她，是否強姦她，他們把她少女時期拍下的裸照拿給她看。

亞曼達看著自己傷痕累累的手臂，用指尖順著新長出的傷痕劃過皮膚，這些年來她一直糾結於自己的過錯，認定自己是殺人兇手，她皮膚下深埋的真相永遠無法重見天日，如今真相浮現，戴娜已經說出所有內情。

記者來到醫院，她接受他們來訪，他們告訴她關於奧蒙．施密特的事，他現在正在接受個別輔導，仍在網路上寫關於傑克、政府和祕密社團的文章。他們告訴她史黛拉就住在同一家醫院的樓上，已經從昏迷中醒來，正在接受檢查，因為兒子曾讓她服用藥物，不知她是否因此受到任何腦部損傷。與她和泰德逮到的兩名少年殺手相比，記者們更想知道蘿倫．費里曼的事，沒有人知道該用什麼標題：史卡利案件偵破，兒子入獄。青少年情侶的謀殺陰謀導致父母雙雙死亡。亞曼達已經習慣那些小記者和他們有趣的小筆記本，也習慣他們把她視為危險的獵食者，現在沒人知道該怎麼看她，她算受害者嗎？她是個禽獸嗎？她是偵破案件的辦案英雄嗎？亞曼達並不介意這種混亂，她喜歡把大眾耍得團團轉。

她轉動車把繞路穿越比爾街，途經鯊魚酒吧，薇琪正在酒吧清洗前窗，亞曼達騎著車經過她辦公室外的碎石路，門上掛著的新招牌在新雨裡閃著微光：康卡菲和法瑞爾公司。泰德想要加上「調查公司」，但亞曼達不想在店面再加入任何文字了，她不喜歡變化。通告、公告、呼告，「『調查』這個字就像個標籤，會制約我們，而且暗示人們我們公司能經手的業務只有調查。」泰德坐在她病床邊，拿手機上的招牌設計給她看時，她這麼告訴泰德。

「調查確實就是我們能做的事啊，」她的搭檔說。天啊，這個人實在缺乏遠見。

她騎著車穿越甘蔗田，穿過道路開闢出的雨林隧道，一邊提防著鶴鴕出現，微風吹過她的短髮，亞曼達及時轉彎騎上通往泰德家的路，騎到磚頭圍欄前她跳下車，牽著腳踏車沿著路邊穿越短短的草地，亞曼達從牛仔褲後面抽出一只對摺的信封。

她走到房屋轉角處看見他，他正躺在草坪上，雙肘撐在身後享受午後的陽光，修長的雙腿在他面前張開，房屋底部的柵欄旁有六隻灰鵝鬆散排成隊伍在遊蕩，一邊對著草地啄食，這裡還沒下雨，金色的陽光照射讓他的雙眼緊閉。自泰德到醫院探望她才過了三天，但他看起來又不一樣了，每次他出現在病床邊亞曼達都會注意到些許不同，像是變胖了，他會到在戶外曬點太陽，所以膚色更黑了，今天鬍子刮掉了。他告訴她治安隊已經停止攻擊，他有時會聽見車輛在深夜駛過，這些車子經過他家時會好奇地減速，但不再出現更多磚頭、砲火和尿液，也不再出現群眾聚集，此地終於得到安寧。

這可能是那名記者的功勞，法比亞娜已經搬離他家，她已從泰德身上得到她想要的一切——一個動機、一個使命，還有一些新聞素材，新聞上播出沉默證人的採訪後，「泰德是無辜的」社團也成立了一個部落格網站，法比亞娜現在擔任他們在雪梨的發言人。亞曼達躺在病床線上觀看了法比亞娜的影片，閱讀成百上千則的網友留言，法比亞娜一開始因公開採訪影片而在網路上遭受猛烈抨擊，當網友發現她和泰德居然短暫交往過，情況變得更糟了，他們說她和「禽獸」同居的行為等同「背叛所有女性」，把她比喻成嫁給監獄裡連環殺手的女人。部落格貼文當中有留言懇求她不要和泰德生小孩，因為孩子肯定會成為他戀童癖的下一名受害者。她上了許多晨間脫口秀節目，表現出堅毅高尚的形象，她沒有回應她在網路上收到的死亡威脅，她說現在人生的使命是為泰德的清白而戰，所以沒有時間回應那種垃圾留言，更別提她在報紙上有更多義務要幫泰德說話，業餘時間還要替他爭取正義。隨著時間推移，留言的風向很快產生變化，疑點愈來愈多，泰德本人並沒有出現在網路上的跡象，他把挽救名譽的工作交給那名記者，亞曼達樂見其成，這筆債是那個女人欠他的，她應該幫他更多。

亞曼達現在把信封舉到唇邊，若有所思地咬著一角，有隻大白鵝從房屋一側接近她，現在站著觀察她，牠那雙珠子般的眼睛充滿疑竇，亞曼達也是滿腹問號。

信封裡裝著幾頁列印出來的文件，是她調查「白狗」的截圖，亞曼達對克萊兒．賓利偵訊錄影中提到的那條白狗產生了興趣，自泰德走進她人生以來，她一遍又一遍觀看那捲影帶。泰德被指控攻擊的那個小女孩受到深度創傷，沒錯，但在影片這幾小時內有人問及她的親身遭遇，她卻說了很多奇怪的話，亞曼達數過，她提到有一隻白狗總共三次，女孩在醫院接受偵訊時首度提到有一隻白狗，後來創傷輔導員與她談話時又提到一次，還有一次是在帕拉瑪塔警察總局進行的一次偵訊當中，亞曼達發誓當她單獨在房間裡接受錄音時，女孩含糊地說出了「狗」這個字。

這對亞曼達來說已經足夠，她得到線索便著手調查。

她今天帶來三張紙，首先是一份安南山當地報紙的影印本，發行日期是克萊兒．賓利遭到綁架的前四天，在「免費贈送」版面有一則廣告登出一隻中型混種白狗可以免費收養，上面寫著「搬到英國，不能帶她一起走」，亞曼達在這個版面背後記下她與廣告主的談話，她在病床上打電話給那對養狗的夫妻，在夜深人靜的時候和他們講電話，電話的背景中還聽得見倫敦早晨的聲音，雖然他們不太記得那個領養狗的人，但他們確實記得他開了一台深藍色皮卡。

亞曼達遍覽克萊兒遭綁架那一刻的所有證據，尋找一輛深藍色的皮卡，她的搜索引領她來到信封裡的第二張紙，這是她從坎登公園一家家居用品店裡監視攝影機取得的截圖，此地距克萊兒．賓利被綁架的地點有八公里。她從安南山附近的監視攝影機開始搜索，克萊兒在那裡遭人綁架，然後再擴大搜尋。店主之所以保留克萊兒．賓利遭綁架那天的錄影，唯一原因是因為隔天店裡遭到搶劫，收銀機被人偷走，所以整個星期的錄影畫面都納入警方記錄。亞曼達發現的畫面當中出現一輛藍色皮卡正停在商店外等紅綠燈，陰影中的人影坐在駕駛座上，在副駕側車窗的邊緣可以看見兩個小三角形，以影片的品質和鏡頭的距離來看，這輛皮卡車窗上的兩個白色三角形有可能是閃光，可能是店面的反射，也可能是傾瀉在建築物間的陽光。

但亞曼達的看法不同，她認為那是一隻中型白狗尖尖的耳朵。

信封中的最後一張紙是另一張截圖，這張截圖取自亞谷納澳洲愛護動物協會外面的監視錄影機，只要是被人留在收容所門口再由協會捕獲的動物，澳洲愛護動物協會都會保留所有螢幕截圖。畫面中有一名男子將一條中型白狗的牽繩拴在協會大門，畫面中的男人彎著腰，看不見臉孔，這是攝影機拍下最清楚的照片，隔天早上動物救援人員上班時在那裡發現這隻狗，狗的左前爪已經骨折。

亞曼達一閉上眼就能看見克萊兒．賓利站在公車站，小女孩目送泰德的車駛離時在公車站後方的樹叢裡聽到一聲狗吠，有隻白狗出現暗影中，用爪子走路時一瘸一拐，一邊痛苦地嗚咽，哪個孩子不會去關心受難的動物？

亞曼達站在泰德家的轉角處盤算，她知道自己這幾個月來一直在追查那個帶白狗的男人，這表示她最終逮到真兇的可能性很大，她是一個優秀的偵探，她在監獄裡的經歷讓她學會那種沉著冷靜的耐心，唯有耐性，她才能逮到像藍色皮卡男那樣滑頭的禽獸，但亞曼達也知道，如果她繼續前進，如果她把這些訊息告訴泰德，跟他一起追捕克萊兒．賓利案的真兇，她就會失去這個搭擋。

如果泰德徹底洗清自己的名譽，她將再次孤身一人，因為他沒有理由繼續留在紅湖的黑暗水域旁，沒有理由繼續待在這座他幫自己建造的監獄裡，亞曼達很喜歡泰德陪在身邊，儘管他不太願意加入她的遊戲，而且他不想靠押韻來挽救自己的性命。

他有能力讓她快樂，自從多年前第一次入獄，待在青少年拘留所等待受審以來，她就沒有這麼快樂過了，當年的她站在宿舍門口，拿著牙刷、肥皂和配給的衛生紙，看著這座陌生而嶄新的混凝土仙境，仙境中的居民們意識到她的存在，她看著她們從毯子裡鑽出，倚靠在鋪位的角落裡打量她，她的顫抖突然間停止了。

她認出了這些人。

這些人就像破娃娃、怪人、怪胎，她這一生都屬於這裡的人，她終於找到同類，終於找到自己的家。

當那個大塊頭出現在鯊魚酒吧門口，她看出他正在壓抑內心的憂鬱，試圖藏起自己的臉孔，她浮現同一種回家的感覺，這是另一個邊緣人，是她其中一個同類。

亞曼達深吸一口氣緊緊捏著信封，當她走到陽光下時，草地上的男人注意到她，她走過去時泰德轉頭微笑。

她告訴自己一定要相信他。

致謝

有些人想像中的作家是獨自一人坐在安靜的私人辦公室裡，腦中的靈感自然而然會源源不斷湧現到電腦鍵盤上，完美的文字浪潮隨時準備好打包帶走，也許在某個地方真實存在一個這樣的作家，但我可以肯定告訴你一件事——我不是其中一人。

早在安靜的私人辦公室之前，我就先在一些非常有經驗的創意寫作老師旗下學習，這些人包括Dr Ros Petelin、Dr Kim Wilkins、Dr Camilla Nelson、Dr Gary Crew、Dr Ross Watkins和James Forsyth。和為人風趣又溫暖的James Patterson合作出書就像是快節奏犯罪的速成課程，我非常感謝他。

Gaby Naher收集那些不夠完美的用詞，並決定為這些詞的容身之處而戰，Bev Cousins很快加入她的工作，如果沒有這兩位勇敢的女性，我的小說永遠沒有問世的一天。

一絲不苟的Kathryn Knight負責編輯我的作品，固執的Jess Malpass幫我找到與他人談論作品的機會，在世界各地有愈來愈多的人懷抱我不曾奢望的愛和支持，將我的作品交到讀者手中，包括德國的Thomas Wörtche、英國的Selina Walker和Susan Sandon，以及美國的Lisa Gallagher、Michaela Hamilton和Kristin Sevick。

我還要感謝辦公室門外那個好老公，他毋需開口，只要陪伴就已足夠，Tim，你是我生命中的美好，我很幸運遇見你。

紅湖冤罪

Crimson Lake

作者	坎迪斯・福克斯 Candice Fox
譯者	李雅玲
副社長	陳瀅如
總編輯	戴偉傑
責任編輯	涂東寧
行銷企劃	陳雅雯、趙鴻祐
封面設計	兒日設計
內頁排版	宸遠彩藝
印刷	呈靖彩藝有限公司
出版	木馬文化事業股份有限公司
發行	遠足文化事業股份有限公司（讀書共和國出版集團）
地址	231 新北市新店區民權路 108-4 號 8 樓
電話	(02)2218-1417
傳真	(02)2218-0727
客服信箱	service@bookrep.com.tw
客服專線	0800-221-029
郵撥帳號	19588272 木馬文化事業股份有限公司
客服專線	0800-221-029
法律顧問	華洋法律事務所 蘇文生律師
初版一刷	2024 年 5 月
定價	460 元

ISBN　9786263146709
EISBN 9786263146697（EPUB）、9786263146723（PDF）

國家圖書館出版品預行編目

紅湖冤罪 / 坎迪斯 . 福克斯 (Candice Fox) 作 ; 李雅玲譯 . -- 初版 . -- 新北市 : 木馬文化事業股份有限公司出版 : 遠足文化事業股份有限公司發行 , 2024.05
368 面 ; 14.8×21 公分
譯自 : Crimson lake
ISBN 978-626-314-670-9（平裝）

887.157　　113005318